# 无双

中

梦溪石 著

中国致公出版社 知音动漫

知音动漫图书·时代坊
ZHIYIN COMIC BOOK 打造优秀作品·引领流行阅读

# 目录

# 第二十二章 强闯王帐

翌日清晨，凤霄、崔不去四人从且末城启程，前往阿波可汗所在的三弥山王庭。

且末城这一闹，他们由暗转明，不仅多了云海十三楼这一敌人，佛耳的事情也还未解决。此去山高路远，要保护金莲安全抵达突厥王庭，并不是一件容易的事情。

但出乎意料，从他们离开且末，抵达龟兹，又在龟兹休整几日，朝三弥山进发，直至抵达三弥山脚下，进入王庭的范围，遥遥看见突厥狼骑奔腾，一路上竟都平安无事，无惊无险。

就连金莲都觉得太过顺利了些，忍不住问崔不去：“难道佛耳已经放弃杀我了？”

崔不去道：“在没有见到阿波可汗之前，一切定论都为时尚早。你先与我说说，阿波可汗是个怎样的人？”

左月局自然也有自己收集消息的渠道，但再多消息都比不上金莲这位阿波的枕边人，她才是世上最了解阿波可汗的人之一。

金莲沉默片刻：“他其实有些胡闹。”

崔不去挑眉。

金莲一路上对阿波可汗三缄其口，直至此刻才终于对崔不去谈论起来。

“突厥部族众多，可汗也多，就像你们中原的春秋战国，各个国家分而散之，星罗棋布。部落与部落之间相互杀戮很常见，今日你当可汗，明日我做首领，屡见不鲜。沙钵略自从崛起之后，就露出想要吞并周边部落、统一突厥的意思。阿波可汗并非不知晓，有时候除了战争，还有许多别的手段让人死，所以，可汗身边的人每隔一段时间就要换一批。”

崔不去点点头，这件事情他也有所耳闻。

说到这里，金莲叹了口气："而且大汗生性有些异想天开，在我离开王庭来中原之前，他还特地让我训练了一批女护卫放在身边，说是女人比男人更加忠诚可靠，更能保护他的安全。"

凤霄面露古怪："你家大汗对美色如何？"

金莲坦然道："爱美之心人皆有之，上至王公，下到平民，大汗如何能例外？"

这位金莲可敦固然风韵犹存，眉目之间毕竟也染上了风霜。她虽然颇有见识，又经常辅佐阿波可汗，颇受看重，但说到底，她只是对方的妾室，自然也会担心自己色衰爱弛。说不定此事也有金莲的主意，她亲自出马为阿波可汗拉拢隋朝，又怕自己腹背受敌，训练女护卫一可用来固宠，二可充当自己的耳目。

听到这里，崔不去大致就明白了。这位阿波可汗，是个才干平平、热衷美色、猜疑心重的人。

东西突厥部落众多，各个割据一方，在沙钵略强势出头之后，阿波并未想着如何去超越，而是在沙钵略与隋朝之间摇摆，可见他雄心不足，纵有野心，也早已被岁月磨平。

这样一个人，想要说服他投靠隋朝也不难，前提是他被隋朝彻底震慑降服，不敢两头押宝起异心。几日后的八部会盟，倒是可以好好利用一番。

思忖间，几骑迎面而来，将他们拦下。为首的突厥士兵看见金莲，面露惊讶，忙下马朝她行礼。

金莲微微颔首，高踞马上，态度矜傲，全无一路上与崔、凤相处时的亲近和善。

双方交流了几句，金莲忽然面露怒色，高声质问。那几名突厥士兵虽然行礼请罪，却依旧上前朝崔不去他们簇拥过来，手持长刀，怎么看都不是迎接贵客的方式。

凤霄跟乔仙听不懂突厥语，崔不去飞快为他们翻译："他们要将我们拿下，金莲说我们是她请来的中原贵客，让他们去禀告大汗，他们却说大汗有命，最近任何中原人都不能进入王庭。"

金莲脸色难看，她千辛万苦请回来的隋朝使者，若因此事对西突厥心生芥蒂，那自己白跑一趟不说，也意味着她的失势。更何况她知道，崔、凤二人都不是什么好相与的人物，万一把人得罪狠了，他们完全有可能在这里搅风搅雨，干出点大事来。

想及此，她忙回头对崔不去和凤霄道："两位，实在抱歉，我也不知大汗会突然下这样的命令，便是拼了我这条性命，也绝对不能让你们受辱。还请两位在此稍等，待我前去面见大汗，分说一二，再亲自出来迎接二位！"

崔不去问道："可敦离开前，大汗对中原人也是这种防范的态度吗？"

金莲摇头："我前往中原是得大汗首肯的，那封亲笔手书你们也看见了，确无作伪。"

崔不去："既然如此，在你离开之后，王庭一定出了什么事，让大汗改变主意。可敦的诚心，我等有目共睹，我们在此等你便是。"

金莲见他没有迁怒怪罪，心下松了一口气，忙告罪一声，向那几名士兵叱喝几句。对方面露难色，又看了看崔不去他们，勉强点头应承，这才抛下他们，簇拥着金莲朝王庭方向而去。

崔不去他们等了约莫半个时辰，又看见一队人疾驰而来，对方面目陌生，已经不是刚才那几个人，而且其中也没有金莲。

凤霄道："莫不是他们发生了兵变，老可汗死了，新可汗登基，盟约作废，金莲也失势了？"

崔不去道："解剑府摄四方情报，难道凤二府主还需要问我吗？"

凤霄摊手："每天飞送解剑府的卷宗没有几百也有几十，我又不像崔道长一样过目不忘，怎么可能面面俱到？更何况我原本想着解决完于阗使者的案子就回京的，哪里会想到被你又拐到这里来呢？"

话里话外，责任反倒成了崔不去的。

崔不去："阿波有两个儿子，长子伊旬是元配可敦所生，次子阿德，生母不详，应该出身不高，也早就死了。突厥人强者为尊，子篡父、弟篡兄的情形不少见，阿波可汗的防范心很重。据我所知，那两个儿子都没什么权力，你看他重用金莲，金莲却膝下无子，就可见一斑了。"

凤霄："这么说，他那两个儿子都没什么威胁？"

崔不去："也未必。听说阿波宠爱幼子，轻视长子，觉得长子过于懦弱，没有突厥人的狼性。"

话题戛然而止，因为那一行突厥人已经疾奔过来，分作两股，将崔不去他们团团围住。为首之人高声呵斥，神情凶狠，杀气腾腾。相反崔不去却面色淡定，与他们交谈。

过了一会儿，凤霄听见崔不去低声飞快道："你们将这些人放倒，但不要杀他们，将那个头领挟制住，我们直接冲进王庭里去！"

凤霄："我们三个人？那不就等于羊入狼群？"

崔不去冷冷道："有凤二府主的地方，别人怎么配称狼？"

凤霄哈哈大笑："这话我喜欢听！"

话音方落，他人已经到了那帮突厥士兵面前。对方一惊，就要勒起缰绳让马踩死他，但凤霄如何会给对方这个机会，当即身影微闪，士兵惨叫一声，已然落马。见凤霄出手，乔仙也才跟着出手，并非怕死，而是她还要保护崔不去。

这些人劫掠普通中原百姓也就罢了，如何会是凤、乔的对手，很快都落地不起，为首之人被凤霄提在手里，跟提着小鸡仔似的。

"走，咱们闹事去！"凤二府主一脸兴致勃勃，唯恐天下不乱。

有了人质在手，接下来就顺利多了。这人质身份不低，居然还是一位叶护，据说在突厥里，类似丞相或将军。凤霄提着他要求见可汗一面，沿途的突厥人又惊又怒，可也拿他没办法，只能赶紧去通报。

于是半个时辰之后，他们终于站在王帐内，见到了这位大名鼎鼎的阿波可汗。对方四五十岁左右，头发黑白交杂，络腮胡子，看人喜欢眯起眼睛。不知是不是年纪大了的缘故，他坐着的样子有些佝偻。

"中原人，你们为何挟持我的大臣？"阿波可汗语气不善，望着他们。

王帐宽敞无比，周围除了金莲之外，坐的俱是突厥面孔的王公大臣，个个虎视眈眈望向站在中间的他们。

崔不去跟凤霄甚至还发现了他们的老熟人。佛耳在阿波可汗下首，正襟危坐，面无表情地看着他们。与他们一样有着汉人面孔的女子，却只能在帐内为贵人们倒酒，低眉顺眼，连头都不敢抬。

"啊！"

就在这紧绷的氛围中，痛呼声突兀响起，一名女奴被踹中腹部飞出老远。她倒地呻吟片刻，又很快勉强爬起，匍匐在地上瑟瑟发抖，生怕因此再度惹怒贵人。

"卑贱的中原人，我捏死你们就跟捏死蚂蚁一样！"踹倒她的年轻突厥贵族恶狠狠道，说完还瞥了崔不去一眼，露出恶意的笑容。

金莲没有像他们之前想的那样被抓起来，她换了一套衣裳，打扮隆重，完好无损，只是望向他们时隐隐透着焦灼，似有许多话想说，又碍于场合没法开口。

这情势可真是四面楚歌啊。崔不去想道。

"不这样做，如何令大汗肯见我们？"崔不去缓缓道，"大汗派金莲可敦前往中原，如今我们代表大隋前来，大汗却是这般待客之道，实在令人心寒。"

阿波可汗沉声道："我何时下过这样的命令？一切全是金莲自作主张，

若不是看来八方来客的分上，今日我定要重重惩罚她！”

说话期间，他的视线若有似无往佛耳的方向飘去，后者恍若未觉，低头吃茶。这些落在崔不去眼里，一切就有了解释。

想必是在他们到来之前，发生了什么事情。也许是佛耳先到，对阿波可汗威逼利诱一通，他心里害怕服软，不敢得罪突厥第一高手，再看崔不去等人行旅简薄，心里就有了高下之分。

崔不去冷道：“大汗害怕得罪沙钵略，就不怕得罪隋朝？”

旁边有人讥笑一声：“就凭你们三个人，也能代表隋朝？若中原人都是这样文弱不堪的，那也没什么可怕。我看小可敦怕是被你们给哄骗了，谁知道你们是不是用美色诱惑她答应你们跟来……”

说话之人正是方才出言不逊的年轻突厥贵人。以他的年纪，能坐在这大帐之内，身份定然不一般。从他方才踹倒女奴却没有被呵斥的行为，也能看出他的地位，和他杀鸡儆猴的意图。

可惜，崔不去不是猴子，凤霄也不是。所以在他话音未落之时，凤霄身形一动，人已朝对方掠去。

佛耳一直注视着他们的举动，自然不肯坐视，当即也掠过来，插入突厥贵族与凤霄中间，拦下凤霄一击。

两人竟直接在大帐之内动起手来，真气澎湃鼓胀，周围的杯盏食盘俱被掀翻。旁人大惊失色，纷纷走避，阿波可汗却没有出声喝止，似乎想看他们分个高下，好决定自己究竟倾向哪边。

凤霄袖子一振，边上一张桌子随即飞起，朝那突厥贵族掀去。后者想要躲闪，却因惊慌过度，后脚跟踩住袍子，一屁股坐倒在地，眼看就要被桌子当头砸下。佛耳眼皮不掀，头也没回，一道真气随掌风拍出，桌子当即在半空四分五裂，令那突厥贵族免于头破血流。

佛耳在六工城虽没能杀成凤霄，但并不意味着他武功不高，就算略逊凤霄，两人也应该在伯仲之间。

那突厥贵族眼看脱离危险，凤霄又顾不上自己，他看见站在一旁的崔不去，面露冷笑，挥手就让人将崔不去与乔仙拿下。

他显然没有去过中原，自然也不知道在中原的江湖上流传着一条不成文的规则：敢于在江湖上行走的女人，越是漂亮，越惹不得。

小看乔仙的下场就是那几名扑向崔不去的护卫转眼都躺在地上翻滚，乔仙本着崔不去教导过的擒贼先擒王的原则，摇身朝突厥贵族掠去。后者只觉眼前一花，胳膊一痛，天旋地转，人已经被踩在地上。

他的脸被一只纤足踩住，像这样比一般突厥女人还要纤细的脚，放在平时早就被那突厥贵族捉来把玩不知多少回了，眼下他却半点色心都不敢起。那只脚力气奇大，他使劲挣扎也挣脱不开，脑袋反而被更用力地踩住，贴着地面的那张脸在地毯上被用力摩擦，疼得他眼泪都飞出来了，嘴里胡言乱语说着狠话，可惜色厉内荏，毫无威胁。

乔仙听不懂，却能听出他骂人的语气，当下弯腰，将他另外两条胳膊都卸了，痛得突厥贵族面容扭曲，大声喊阿波可汗救命。

在小半个时辰之前，此人还在那里面露轻蔑，说中原人卑贱。而现在，他就像刚才那个女奴一样躺在地上哀号，甚至比那个女奴还凄惨。

“住手！”阿波可汗终于大声道。

持刀的突厥护卫们冲进来，将王帐团团围住，却因凤霄与佛耳还在交手而不敢靠近。

阿波可汗怒道：“你们说要来做客，这就是客人的礼仪吗？！”

崔不去淡淡道：“你们突厥人不是喜欢说强者就是王吗？我们入乡随俗，照你们的规矩来而已。什么时候你觉得我们可以好好谈谈了，我们再心平气和坐下来说话也不迟。”

旁边就是两大高手对决，除了离得稍远的阿波可汗周围有人拱卫，金莲稍稍镇定之外，其余诸人莫不是吓得躲出王帐，或者瑟缩在一角以免被波及。唯独崔不去膝盖背脊未弯，更未因病容而弱了半分气势，似立在满地狼藉中的青松。

阿波可汗惊怒交加，正迟疑要不要让人将他拿下，崔不去好像已经窥见他的心思，先一步开口：“在他们捉住我之前，我的手下足可将大汗的脖子捏在手里。你觉得，是你的人更快，还是我的人更快？你要用你的命，来赌我的命吗？”

阿波可汗当然不想用自己宝贵的性命来赌，他权衡片刻，发现自己的确没有胜算，便大声道：“两位请住手，你们都是我请来的贵客，我不希望你们在这里发生任何冲突。明日八部会盟，将有比试环节，两位贵客到时再决出高下也不迟！”

话音落下，原本交手的二人骤然分开，凤霄与佛耳各踞一边，四目相对，面无表情。

佛耳并没有表面看上去的那么镇定，他心头气血翻涌，好一阵才平息下去，手臂的衣裳也被割破，伤及皮肉。凤霄的袖子则没了一角，但他依旧气定神闲，除了衣服略皱一些，没有什么异常。双方这次过招，似乎又是凤霄占了上风。

“刚才大汗的儿子还说我们是卑贱的中原人，怎么现在一转眼又变成贵客了？我随身携带大隋天子亲手所写的文书，为的是两国和平而来，若大汗不即刻为我们正名，让你的儿子向我们致歉，请恕我们无法接受！”崔不去掷地有声，根本不肯顺着阿波可汗的台阶下，反倒还得寸进尺，要求正被踩在地上动弹不得的突厥贵族道歉。

至于那突厥贵族，刚才他呼救的时候，崔不去就已经知道，他就是金莲提过的阿波可汗的小儿子阿德。

阿波可汗面露恼怒，但也不能置儿子于不顾。这三个人里有两个武功高强者，他们能不能完整走出王庭先不说，真要发起狠来，肯定能让自己落不到好的。

“阿德，你就向这几位贵客道歉吧，的确是你不对在先。”

“我不……啊！”阿德王子刚想硬气一下，转眼脸就变得更像猪头了。

此人平时嚣张惯了，有时竟连金莲都不放在眼里。金莲从头到尾默不吭声，看见这一幕，不由幸灾乐祸，暗自叫好。

形势比人强，阿德王子不得不委委屈屈、不情不愿地道了歉。乔仙松手之后，他在侍卫的搀扶下爬起，只觉面上无光，忍不住恶狠狠剜了崔不去他们一眼，匆匆离开。

阿波可汗勉强笑道：“此次八部会盟，疏勒部未派人前来，却有中原贵客到场，也算热闹。此处已经无法坐下，还请各位先回去休息，待晚上我再开宴，请各位过来。”

此时有奴仆入内，躬身对他耳语几句，阿波可汗面露难色，望向佛耳。

“今次没预料到中原贵客会来，收拾出来能住人的地方不多，中原贵客的住处就只能安排在佛耳先生隔壁了，您没意见吧？”

佛耳淡淡道：“既然是大汗的安排，我自然只能接受了。”

崔不去他们的帐篷，内部陈设一应俱全，都是贵族所用，并无故意削减恶心人的迹象。想来经过刚才那一顿震慑，阿波可汗也不敢再在这种小事上搞什么幺蛾子了。

乔仙忧心忡忡，总怕突厥人半夜翻脸，在外面埋伏。对方人多势众，她就算拼尽全力也未必能护得崔不去周全。凤霄却不以为意，只让乔仙去打听，看王庭之内是不是除了佛耳隔壁，就真没地方给他们住了。

结果乔仙回来时还带回一盘瓜果，据说是大王子派人送来的。大王子还让人带话，说他那里也有地方住，如果几位贵客觉得这里不舒适，可以搬到那边去。

凤霄靠着软靠，舒舒服服坐下，道："那就不必担心了。"

乔仙不明白，为什么大王子这么说就不必担心。

凤霄对崔不去叹道："你还说裴惊蛰笨，我看你的人也没聪明到哪里去。"

崔不去淡淡道："凤二府主不赶紧疗伤，还有空闲话，是觉得自己当真无敌了么？"

凤霄笑了一下："看来你总关注我，居然被你发现了。"

乔仙这才发现凤霄的脸色有点不好看。凤霄宽衣解带，露出肩膀，那里有个深红色的印子，想必正是刚才佛耳留下的。

练武之人有真气护体，一般来说，这种没有伤口却留下痕迹的伤，就是内伤了。

乔仙有些意外："你被佛耳伤了？"

她感觉这次见面，佛耳的武功好似变高了一些，但毕竟没有亲自交过手，感觉不能作准。现在看凤霄情状，竟果真如此。

凤霄不以为意："你别看他没事人似的，肯定是把血咽了下去，想要强装无事，反倒把内伤弄得更严重，这会儿肯定也忙着疗伤呢！"

说罢他就不再说话，闭上眼运功疗伤。

崔不去道："如果王庭之外还有其他合适的住处，阿波却偏偏把我们安排在佛耳隔壁，说明他想坐山观虎斗。又或者说，他还没想好到底投靠哪边，想等我们跟佛耳杀出个高低，再作决定。"

乔仙怒道："好一个反复小人，先前明明让金莲……还有金莲，刚才那种场合，竟也不为我们出面说话，这些突厥人果然一个都靠不住！"

崔不去："还有机会。明日八部会盟，我们绝不能低调，一定要出尽风头。不仅要压倒佛耳，还要让其他部落的人都知道，中原人不是好惹的。我们越强大，他们就越恭谦。"

很快，"靠不住"的突厥人金莲可敦上门来了。她的头一句话就是："你们闯祸了！"

乔仙听见这句话，当即便沉下脸色："可敦何出此言？"

金莲也意识到自己失言，她压下乱纷纷的心绪，放低身段道："我也是太心急了，还请几位不要见怪。"说罢还像中原女子那样朝他们行了个礼，表示歉意。

崔不去摆摆手："你我如今同在一条船上，一损俱损，可敦不必如此客气。还是先说说你们可汗为何突然态度大变吧，难道仅仅是一个佛耳的到来就让他吓成那样？"

“此事说来话长。先前我不是与二位说过，大汗让我训练一批女子充当护卫吗？那些女子武艺力气平平，但胜在比男人细心谨慎，还真帮大汗躲过一桩危险，之后大汗就十分信任她们。谁知在我身处中原期间，这些女护卫里居然有人行刺大汗，险些令大汗受伤。据说那刺客交代，她父亲是汉人，母亲是突厥人，父亲为大汗手下所杀，因此她痛恨突厥人，便混入女护卫的行列伺机行刺。”

金莲顿了顿，苦笑着继续道：“大汗一怒之下，将那些女护卫全杀了。经此一事，他也对我有所不满，所以这次我一回来，人就被扣下，还是大可敦为我求情，大汗才没有治罪于我。之前我未能亲自折返回去迎接你们，也是因为如此。”

乔仙冷冷道：“就算如此，那与我们又有何干？”

他们虽然只有三人，背后却代表隋朝，如果阿波可汗脑子还正常，就算他因为女护卫的事情迁怒金莲，也不该迁怒隋朝使者。

金莲叹道：“几位也看见了，大汗有两个儿子，却都非我所生。长子是大可敦生的，与我关系还过得去，但大汗偏爱幼子阿德，就是方才冒犯二位的那个。我倾向与隋朝合作，阿德却觉得汉人不可信，平日里也经常与我唱反调，跟部落里那些守旧贵族走得更近。想必是他趁我不在之际，与大汗说了我不少坏话，用你们汉人的话来说，众口铄金，积毁销骨。一次两次，大汗可能不信，但说得多了，我又不在跟前，大汗自然就听信了他的谗言。这次我回来，明显能感觉大汗对我疏远许多。”

崔不去皱眉道：“可敦不要告诉我，你一直以来都是孤身奋战，连一个帮你在大汗面前说话的盟友或手下都没有？”

“我与大可敦母子关系不错，这次也多亏她求情，大汗才暂时免了我的罪。至于我的人，从前也有一些，在王帐周围以及大汗身边担任各个职位，但这次我回来，发现他们全都因各种罪名被铲除了，一个不剩。”

金莲面色沉重，她原不想将自己的老底都揭出来，但她也明白，此时不说，只会与崔不去他们离心，自己彻底失去翻身的机会。

“以前大汗虽然宠爱阿德王子，但也不至于听不进我的话。没想到阿德突然之间竟如此出息，能将大汗蛊惑得事事听从，加上佛耳先于你们到来，想必也代表沙钵略许了什么好处给大汗。大汗现在已经开始有倒向沙钵略的意图了。”

崔不去沉吟道：“但方才凤霄出手压制住佛耳，乔仙也令阿德吃了教训，如果阿波可汗不糊涂，应该知道重新权衡利弊才是。”

金莲道："如今大汗已经将我视作大皇子一派与你们站在一边，我若帮你们说话，只会更加惹怒他。但我会暗中吩咐人手，尽可能给两位方便。"

崔不去道："你能否帮我们联系大可敦母子？"

金莲了然："崔先生想与他们结盟？这法子行不通的。"

崔不去："为何？"

金莲："我早试过了。大可敦虽帮我说话，却终日只知道织着她的羊毛毡，不肯管外面的事情。大王子伊旬性情柔弱，与他母亲差不多，哎，他们俩不像突厥人，倒像是中原的南人。"

刚一出口，她就意识到自己的失言。虽说南北分立，但这样带着贬损的话，显然不适宜在三个中原人面前说出来，金莲忙道："我不该这样打比方。"

崔不去他们都没放心上。

金莲原本是个冷静理智的人，说出这种泄愤又无益于解决问题的话，可见是走投无路，心情烦乱。

崔不去："你的意思是，现在事情一丝转机也没有了？"

金莲："那也未必。诚如先生所言，方才你们虽然破坏了场面，惹得大汗更加恼怒，但他也看见了二位的实力，不敢再轻易下决定。我听说方才你们走后，佛耳想要求见他，却被人拦在外面了。明日八部会盟，除了与西突厥交好的国家部落会面之外，还会有骑射比武。西域诸国尚武纵乐而不喜文，如果凤郎君能力压群雄，我再设法说服大汗，他可能会改变主意。"

崔不去："你不觉得女护卫刺杀可汗的事情很可疑吗？刺杀发生在你离开突厥时，在你回来之前，人又全部死了。没了她们，你就没了在可汗身边的耳目，也失去了可汗的信任。"

金莲："我知道你的意思，我也怀疑是阿德干的，但没有证据，人也死光了，我根本没法追查。"

崔不去道："你们整个西突厥除了大可敦母子，难道就没有其他不参与争斗，但又地位超然，能在大汗面前说上话的贵族吗？譬如说，可汗的母亲，或者其他长辈。"

金莲："有！不过不是可汗的亲属，是黑月大巫。"

# 第二十三章 黑月大巫

突厥人有自己的信仰与神明，对于中原人来说往往更像原始而落后的异端，但他们非常虔诚。既然有神明信仰，部落里就有与神明沟通的大巫。可汗不希望找个人来分享自己的权力，所以这些大巫平时不参与决议部落里的事情，除非可汗有需要，向他征询意见。

黑月大巫年纪很大了，深居简出，想要见到并不容易。但崔不去建议金莲去拜会一下这位黑月大巫，就算不能把人争取过来，至少也让他在阿波可汗面前帮忙美言几句。至于礼物，金莲这次从中原带回来一些珍宝，都是在琳琅阁买的，不多，但足够贵重，相信能够令黑月大巫动心。

时间不多，眼看就要天黑了，金莲立马起身告辞，去找黑月大巫。

她前脚刚走，后脚外头就有人来拜访，自称是大王子的侍从，过来询问贵客是否住得惯。

崔不去让那侍从在外面稍候，然后飞快对凤霄道："扯开我的衣裳，压在我身上。"

凤霄差点以为崔不去疯了，但崔不去的表情很冷静，反倒像刚才的话是自己的幻听。

没等凤霄说话，崔不去不耐烦了，直接亲自动手，将自己的外裳扯乱，鬓发揉散，再往地上一躺。这还没完，他竟直接往自己脖子上掐了几把。

"红了没有？"崔不去低声问。

凤霄似乎有点明白对方想做什么了。虽说此处情势险恶，危机重重，但他非但没有紧张的感觉，反而觉得很有趣。

他依言压在对方身上，就听见崔不去一声痛呼："不、不要……啊！"

喘息里带着三分隐忍，声调高低错落有致，足以令人误会。

凤霄嘴角抽搐，看着他投入表演。

外头那人听见动静，果然忍不住掀开布毡闯进来，也不出意外地满脸呆滞看着崔、凤二人。

崔不去做出羞愤欲死的表情，一手推开凤霄，踉跄起身，用突厥语指着那个大王子的侍从道："你、你给我出去！"

大王子侍从本是奉命过来传话的，万万没想到会看见这一幕，当即就脚下生根，呆愣了好半天，直到被崔不去这一指，他才反应过来。

他结结巴巴道："伊旬王子让我过来送些瓜果，顺便问问两位贵客可有什么需要？"

凤霄头也不回，挥挥手赶苍蝇似的示意他离开："没有，东西放下，你可以走了。"

说罢便揪住崔不去的衣裳，朝他露出狞笑："今日你可跑不掉了！"

崔不去怀疑凤霄在趁机报复，因为没见对方怎么用力，但自己两条胳膊已经疼得快要被卸下来了。

他咬牙切齿，低声飞快道："那人听不懂汉语！"

凤霄"哦"了一声："那你赶紧用突厥语说不要不要啊！"

崔不去："……"

他作势踹向凤霄，但腿轻轻松松就被对方压制住。

凤霄眨眨眼："如何？够逼真了吧？"

简直举一反三，以假乱真。

崔不去暗暗憋气憋了片刻，硬是在那张苍白的病容上憋出几分潮红，用勉力镇定又掩不住微颤的声音对那侍从道："请、请你回去转告大王子，今晚我会亲自过去道谢的。"

侍从也不知道听进去没有，胡乱应了几声，转身就跑了。

人一走，崔不去就推开凤霄："可以了。"

凤霄："你做得不对。"

崔不去挑眉疑问。

凤霄："你我之间，论容貌论武功，我若想要对你动手，肯定有一百种让你瞬间无法动弹任我施为的办法。只有当你觊觎我的美貌，我又半推半就欲拒还迎时，才会如此纠缠难耐，所以下次换你来。"

崔不去面无表情道："没有下次了，那侍从看见的这一幕，回去一定会禀告给大王子。"

凤霄好奇道："你想让他误会我们有龙阳之好，为什么？"

崔不去一字一顿道："因为那个大王子，有断袖之癖。"

"哦？"凤霄露出意外的表情。

方才大帐之中的人很多，凤霄的注意力大多放在佛耳和在场其他会武之人身上。在他看来，除了佛耳之外，起码还有两个人称得上一流高手。但崔不去的关注点与他完全不同，他在看每一个人的表情反应。因着过目不忘的本事，许多人的细微举动也许他们自己都没留意，却被崔不去看进了眼里。

"那位大王子起初为你的容貌所惊艳，几乎从头到尾都在看你，但他身后的侍从，就是刚才进来的那个，眼睛却在你和大王子之间游移，并露出愤愤的表情。"

刚才那个侍从虽然也是突厥人，但可以算是英俊的突厥人了，而大王子三十出头的年纪，眼角已经染上风霜，胡须更显苍老，满脸写着不得志的阴郁和早衰。这不是一男一女，而是年龄悬殊的两个男人，要不是崔不去点明，凤霄绝不会想到那方面去。

想来也正常，自古好色之人，有好女色，自然也有好男色，甚至还有以此为消遣、男女通吃的达官贵人，中原南北比比皆是。突厥人也是人，有个断袖之癖的大王子，并不奇怪。

崔不去道："刚才退席时，大王子先走，那侍从在后面紧追了两步，以为无人发现，便偷偷去拉大王子的手，大王子也没有挣开。我因为先前的发现多看了他们两眼，这才更加确定。"

凤霄："断袖之癖不足为奇，但突厥化外之地，崇尚武力出众的强者，而不是文采飞扬的儒生。更何况大王子是这种内向阴沉的性子，他治国能力不强，武力也不如弟弟，如果再被人发现喜欢男人，他这个大王子估计也就当到头了。"

崔不去："不错。说不定阿波可汗正是因为如此，才很不喜欢这个儿子。"

凤霄了然："你的意思是，方才这一出，那侍从肯定会转告大王子，想借此让他增加对我们的好感？"

崔不去道："他虽是突厥人，又有一人之下的地位，但有了这样隐秘的癖好，自然无法与地位相当的人讲，就如混入狼群中的异类，内心必然煎熬。但当他发现，这里不单只有他一个异类，还来了两个跟他一样的人，你觉得他会作何想法？"

凤霄笑道："自然是喜出望外，引以为知己。"

崔不去也微微一笑："有了这一出，我们应该更好接近大王子。今夜我先寻机与他单独会面，再编造几句，必使得他对我们信任有加。伊旬虽不济，但也能提供不少方便，少一个敌人总比多一个敌人好。”

很快，被派去打听消息的乔仙就与金莲的侍女一起回来了。金莲这次回来，地位摇摇欲坠，为了避嫌，不方便频繁亲自出面，她便派了自己的心腹侍女过来传话，后者名叫木格，一个面色黝黑寻常的突厥女子。

木格带来了一个不太好的消息：黑月大巫正在闭关，出关之日未定。

大巫是与神明沟通的人，收到神明的谕示就要闭关冥想参透，也就是说金莲一时半会儿没法见到人了。

金莲还打听到了另外一件事，托木格代为转告。

据说阿波可汗遭遇女护卫刺杀险些丧命之后，就大病了一场。当时黑月大巫让人将大汗抬到他那里医治，黑月大巫治好了阿波可汗，自己却因此大病一场，所以才对外宣布闭关休养，不知什么时候才能痊愈出关。

上古巫医不分家，后来中原医术昌明，名医辈出，逐渐将巫与医分隔开来，巫术甚至被视为不入流与谋害人的手段，但在突厥，略通医术的大巫就成了部落里医术最好的人。

凤霄微哂：“怎么那么巧？”

金莲一夕之间失势，阿波可汗态度大变，想见的人也见不上。这趟突厥之行简直像是上天不肯站在隋朝那边，所以设下种种妨碍，让他们寸步难行。

“你让她给我画一张从这里去往黑月大巫住处的地图。”凤霄对崔不去道。

崔不去疑惑：“你不会突厥语，就算上门也没法与他交谈，反而会打草惊蛇。”

凤霄：“我就看看他是真养伤还是假闭关，若他倾向与我们作对，那不如趁早杀了干净。”

他自有打算，崔不去点头，不多干涉。方才说话多了，此时有点渴，他随手拿起大王子送来的一片蜜瓜吃。

瓜如蜜，手似玉。没有人不喜欢看美人，即使是自诩风采天下第一的凤霄，视线也在崔不去的手上稍稍停留了片刻，在对方察觉之前，他就移往木格那边，不经意道：“可要在她面前也装一装，好坐实我们的关系？”

崔不去看了他一眼，莫名其妙：“让她误会有何好处，金莲又不是断袖。”

凤霄笑着摇扇子：“那我就放心了，免得崔道长觊觎我的美色，冷不丁又来上一回。”

崔不去：“……”

乔仙虽然听不明白，但心已经偏到天边去的她，觉得肯定是凤霄又在欺负崔不去。再仔细一瞧，崔不去的衣裳、鬓发都比方才凌乱一些，脖子上也有些可疑的痕迹，她当即勃然大怒。

“尊使，这厮是不是又对您做了什么？！”

凤霄好笑：“我能对他做什么？明明是你家尊使对我做了什么好不好？”

乔仙不屑道：“尊使神仙人物，天下无双，这世上只有他看不上的人，怎会有他看上却得不到的人……你作甚这么看着我？”

凤霄上上下下来来回回打量了她好久，奇道：“这好好的姑娘，怎么一双眼睛却跟瞎了一样，你怎么就知道我对他做了什么？分明是他心怀不轨，对我施暴未遂才这副模样。”

眼看乔仙冷笑一声，又要吵起来，崔不去适时打断：“又有人来了。”

来的是阿波可汗的人，对方奉命过来通知崔不去，道夜宴即将开始，请他们过去赴宴。

乔仙不仅略通医术，也是验毒的行家，有她在，可以防住佛耳暗地里的手段。大庭广众之下，料想佛耳也不敢明着对崔不去如何，于是崔不去带着乔仙去赴宴，借机跟大王子套近乎，而凤霄则趁着夜色独自前往黑月大巫所在的地方。

明月，星辰。远山起伏，衰草连绵。水波粼粼尽处的山坡上，一处石屋孤独矗立，被包裹在温柔的月光中，愈显孤独寥落。

黑月大巫在西突厥有着超然的地位，所以他的住处可以俯瞰整个部落，住得比阿波可汗还高。因为他要与天神沟通，所以离天神越近自然越好。

火光与欢笑喧嚣尽数被抛在身后，凤霄几个腾跃，毫不费劲就来到石屋附近。但他没有再靠近，而是在此处不远不近地观察。

王庭就在水源边上，不同于出关之后的黄沙百里，这里草木繁盛，是真正的塞上江南，人间仙境。虽然突厥人没有像中原人那样会建造亭台楼阁来居住，但白日芳草树木沐浴在阳光中，连着山水营帐，有种原始的美感。

凤霄不心急，所以他站了半天，在确认没有危险之后，才慢慢走向石屋。

黑月大巫离群索居，据说身边只有两名侍童，但凤霄并没有看见他们的身影。可能是大巫闭关休养，他们就趁机偷懒；又可能是今晚宴会，他们按捺不住，跑去看热闹了，毕竟还是小孩子。也就是说，那间屋子里现在只有黑月大巫一人。

凤霄走得很慢，他在感应屋子里的气机。

到了他这种境界的高手，对危险的感知十分敏锐，如果屋子里现在埋伏着一个绝顶高手，那么他一定会发现，并就此止步，等对方自己出来。

但是没有，石屋很平静，里面似乎还有微微的鼾声，时断时续，显示一位身体不怎么好的老人正在睡觉。

木门关着，凤霄手轻轻一推，门开了。里面黑漆漆一片，星月所到之处，映出瓶瓶罐罐的轮廓。而在月光照不到的地方，一帘幔帐垂下，后面似乎还有个人侧身在睡觉。

隐隐的香气传来，凤霄嗅了嗅，嗅出草药味，其中就有川芎、麝香和细辛。不是毒，而且结合先前这位大巫伤了元气的说法，似乎也说得通。

但凤霄总觉得有哪里不对。

是声音！他忽然想了起来。刚才在屋外，宴会上载歌载舞的动静虽然离得远，但模模糊糊还能传来一些，此刻竟一丝都听不见了。

与此同时，旁边传来低笑。

“你终于来了！”似近在咫尺，又似远在天边。每说一个字，就像在一个方位，前后左右，四面八方，无处不在。

笑声苍老沙哑，带着无限沧桑，而且说的是汉话，所以凤霄能听懂。

作为部落里的大巫，年高德劭，见多识广，会说汉话也不奇怪。毕竟西突厥还有个会遣词用典的金莲，她的汉话甚至比一般目不识丁的中原百姓还要流利些。

声音自四面八方传来，但凤霄没有动，他在听音辨位。过了一会儿，他发现自己根本听不出对方的具体方位。除非对方不止一个人，而且是从各个方向同时出声。难道黑月大巫还有同伙？

此时，似乎有什么东西爬上了自己的鞋面，并很快顺着往上攀爬。凤霄没有低头去看，他直接运起内力，将那些东西震飞出去。但那些东西源源不断、前仆后继地涌上来，一时竟将他的脚牢牢抓住，黏在原地动弹不得。就在此刻，他的正面与后脑勺同时掠来一股劲风，杀机漫涌而至！

“黑月大巫！我此来是友非敌，我们可以坐下来谈谈！”

凤霄说道，双腿未动，上半身直接歪向一边，让前后两股劲风扑了个空，他自己则双手猛地拍向地面！

掌风所到之处，不明爬虫立毙当场，虫尸纷纷飞起，有些还在凤霄衣服上弹了一下。他忍不住撇撇嘴，将这笔账都算在黑月大巫身上。

黑月大巫一直没有回答，笑声也停止了，要不是他最开始还说了一句话，凤霄会以为他是个哑巴。

这也说明，对方根本就没有合作的意愿。难道黑月大巫早就站在阿德王子那边，不愿与隋朝合作？

随着地上的爬虫被灭，凤霄的双脚也恢复了自由，但他很快发现，自己似乎又走入了另一个泥潭里。外头不知何时没了星月之光，连带屋里也伸手不见五指，四周寂静无声，就像刚才仅仅是一场幻象。

一点幽光出现在他的视线之内，于半空微微颤动，蓝绿交加，如同鬼火，他知道那是想要引诱自己过去。但凤霄别无选择，这间屋子是黑月大巫的地盘，他可以布下无数机关暗器来暗算凤霄。与其如此，倒不如走出去，也许还能找到突破点。

从屋子里到幽光处，只有十几大步的距离，但凤霄足足走了半炷香，幽光依旧不远不近。而他四周也蒙上一层迷雾，看不清是在屋里，还是在屋外。

凤霄明白了，从他刚才爬上山坡看见石屋开始，恐怕就已经走入了对方的阵法之内。

阵法之博大精深，在于沙场行兵布阵，御敌千里；在于利用天地万物，迷惑敌人，乱人心神。大到日月星辰山川河流，小到一树一木一花一草乃至几块石头，皆可为精于布阵者所用。有些人还会辅以声音和气味，加强效果。正如方才对方一开始说话，就是故意为了让凤霄分神去辨别自己的方位，从而踩进陷阱里来。

凤霄淡定自若，甚至还笑了一声。

“看来黑月大巫早就料到我今夜会过来，特地为我准备了这场盛宴。只是不知他们到底开给你什么价码，让你不听听我能给你带来什么，就迫不及待想要置我于死地？”

没有任何声音回答。幽光在迷雾中晃动，含羞带怯地诱惑着向往明亮的人前去，但如果过去了，等待着的十有八九是死亡危机。

地面“噗”的一声，似有什么东西破土而出，下一刻，凤霄的脚踝被紧紧抓住。他低头一看，隐约能看出那是一只白骨手。凤霄面不改色地抬起另一只脚，直接将那只手踩在脚下碾碎。

一只又一只鬼手从地里伸出来，就像从黄泉归来的恶鬼，叫嚣着想要拉个活人下去垫背。从脚下延伸开去，千万只枯骨嶙峋的手拼命地向上抓着，而凤霄所到之处，那些白骨又都纷纷被内力震碎，化为悲哀无奈的鬼泣声。

突然间，呜呜咽咽的鬼泣倏而化为凄厉尖叫，有东西朝他背后扑来！他回身拍去，却又扑了个空。紧接着，鬼哭从四面八方响起，它们发出常人难以忍受的凄怆叫声，一齐涌入凤霄耳中。

凤霄皱起眉头，忍不住停了一下。他在犹豫要不要伸手捂住耳朵，让自己不要再听见这种折磨人的声音。但就是这微微一顿的瞬间，迷雾之中飘出鬼影，由远及近，悄无声息，须臾来到凤霄身后，手掌摊开竖起，印向他的后心死穴！而凤霄兀自被声音所困，一动未动，更未察觉身后的动静。

王帐内一片歌舞升平。

此处是可汗平时召集王公大臣举行重要会议的地方，接待外客与举行宴会也都在此。白日里的狼藉已经被收拾干净，中间堆起篝火，一只肥嫩的羊羔正在火上被翻烤。羊肉上涂满了各种香料，随着温度升高渐渐散发出诱人的香气，发出不耐高温的吱吱声，已经能让人想象一口咬下去的口感。

一名身着龟兹衣裙的女子，在竖箜篌与琵琶乐者的伴奏下，围着篝火翩翩起舞。襟飘带舞，薄纱飞扬，旖旎荡漾，心驰神往。

崔不去扫了一眼，大部分客人都已经到了，或欣赏歌舞，或交头接耳，气氛浓烈，酒香已起。佛耳就坐在崔不去对面，他旁边则是二王子阿德，两人相谈甚欢，看都不看他这边。

在这样放松的场合下，就连之前一言不发的大王子伊旬也打开了话匣子，主动跟崔不去闲聊："崔先生是否不喜欢沙钵略可汗的使者？"

崔不去："我们是隋朝使者，他想杀掉我们，进而促成大汗投向沙钵略，大王子觉得我该喜欢他吗？"

大王子干笑一声，似乎也觉得自己这开场白选得并不好，他又换了一个话题："你那位副使怎么没有一起过来？"

崔不去道："他身体不适，在歇息。"

他说完，果然就看见大王子露出暧昧的神情，对方凑近了些，低声道："你果真是那样的关系？"

崔不去故作不懂："我不太明白您的意思。我二人性情投契，出门在外，也互相照顾。"

大王子了然，一脸"好了你不用说了，我都懂"的心照不宣。

"他那样出色的人物，的确惹人喜欢。不过，我听列骨都说，他好像很骄傲，你要驾驭他不容易，白天还险些被他……"

让对方误会有助于拉近彼此关系，崔不去正中下怀，也不去纠正他，只是苦笑一下，道："多谢您的关心，只是我们……"

他没再说下去，只是摇头叹息，似是而非，欲语还休，已足够让大王子联想出一段复杂纠葛的关系了。

大王子果然很同情："我看你身体不大好，我这儿有些助兴的药，宴会之后让列骨都送过去给你。"

崔不去嘴角抽搐了一下，咳嗽两声，忍住没破功，还得一脸感激地拱手："那我就先谢过王子了。"

这位大王子生性柔弱，又有这样的"隐疾"，在西突厥根本没几个交心的朋友。崔不去是外人，但也正因如此，反倒不必担心他将事情到处散布，对自己不利。更何况两人还有同样的"苦衷"，大王子顿时对崔不去亲近不少。

二人闲聊几句，崔不去看见汗位依旧空着，就问："大汗今夜是否不至？"

大王子面露尴尬："应该会来的，就是稍晚些。父汗新近多了一位龟兹汗妃。"

旁边传来一声冷哼，却是金莲在崔不去身旁坐下，听见了大王子的话。

"难怪我之前从未见过如此美貌的龟兹舞女，想必也是那位新妃子带过来的了？"金莲语气不善地问道。

大王子道："你走后不久，阿德就为父汗进了几名龟兹女子，其中有一个比这跳舞的还要更美，当即就被父汗看中，纳为新妃，几乎到哪里都带着她，阿德也因此更加受宠。"

金莲皱眉："我回来时，怎么没有人告诉我此事？"

大王子苦笑："你知道了有什么用，难道还去找她的麻烦吗？那新妃一直住在父汗的王帐里，直到他大病一场之后，才为那新妃另辟营帐，不过父汗依旧是每晚都召见她，宠爱非常。"

但见新人笑，哪闻旧人哭。金莲年轻时也曾美貌过，虽然她现在根本不依靠外貌来让阿波可汗信任，但听见这样的事情，难免会想起昔日的自己，涌起复杂难辨的滋味。

不同于她的伤感，崔不去正想着如何将话题转到黑月大巫上面，向大王子打听一些。转头他就看见有人匆匆跑进来，对着阿德王子一顿耳语，后者听完后拍案而起，面露怒色。

"有人去黑月大巫那里捣乱！"

他环顾一周，沉声道："黑月大巫乃我族智者，谁敢去惊扰他，就是与我突厥为敌！你们谁要是做了这种事，现在站出来承认，我还能在父汗面前帮你们求情，要是现在不说，到时候被抓住了，可别怪我用最严厉的酷刑来对付你！"

在场的欢乐热闹荡然无存，所有人面面相觑，惊诧莫名。

阿德王子的视线落在崔不去身上："隋朝使者，你说呢？"

崔不去茫然回望："王子在说什么？我怎么听不懂？"他又转头问金莲，"黑月大巫是谁？"

金莲道："那是我们西突厥最负名望、最受敬重的智者，也是大汗的辅弼。"

虽说她早就给崔不去介绍过此人，这会儿心下也嘀咕，觉得凤霄会不会去找黑月大巫麻烦，但当着所有人的面，她还是配合崔不去一问一答，作出震惊莫名的反应，反过来追问阿德："谁竟敢那么大胆去惊扰黑月大巫，我这就去禀告大汗！"

阿德冷哼一声："我早就派人去通知父汗了！"

大王子问："到底发生了什么事？"

回话的是过来禀告的侍从："刚才石屋附近起火，屋子里还传出喧嚣打斗声，这边都能看见。现在火已经灭了，但纵火的贼人还没抓到，但大巫受了伤，医者已经赶过去医治了！"

大王子忙道："我去看看他！"

二王子伸手一拦："不用去了，大巫那边有医者在！往日这里什么事也没有，明天就是八部会盟，今天外人一来，立马就出事。我看也不用到处去找了，贼人肯定就在这里！"

大王子面露不悦："他们都是父汗请来的贵客！"

二王子一贯瞧不上他这大哥，当着众人的面也爱理不理："不是也有人不请自来吗？"

他扫了崔不去和乔仙一眼，阴恻恻道："若是让我发现此事与你们有关，你们就等着吧！"

金莲闻言有些恼，什么叫不请自来？崔不去明明是自己带来的，阿德此举明显是没将她放在眼里。

虽说她这次回来发现形势大变，但不管怎么说，自己也是可汗侧妃，阿德对她非但没有半分恭敬，反倒将她视作眼中钉，时时想要除去她。她正想着如何应对才更妥当，就听见"砰"的一声，崔不去已拍案而起。

"就算大汗与隋朝如今尚未结盟，但大汗仍将我们视为贵客，你却无凭无据就将罪名扣在我们身上，令大隋蒙羞。就算定罪，也须由大汗亲自来说！我要见大汗！"

阿德冷笑："就算大汗来，也是一样的说法！"

崔不去疾言厉色："你能代表大汗吗？白天大汗明明亲口承认我们是贵客，现在你是不把大汗放在眼里的意思吗？！"

阿德也拍桌而起，咆哮道："我什么时候这样说过？！"

崔不去回以更大声："你的父亲还没死！他才是西突厥的王，你前面还有兄长，轮不到你来做主！"

虽说有理不在声高，但对付阿德这种人，在气势上还真不能落了下风。崔不去身量高，虽然瘦了些，但冷着脸的模样半点也没弱了气势，反倒把阿德气得面红耳赤，直接挽起袖子就要上前揍人。乔仙和金莲当然不会让他这么做，直接就横身一拦。

大王子见状，居然有些羡慕。当然不是羡慕有女人保护崔不去，而是羡慕崔不去一个外人竟也有如此气魄，敢在王帐跟自己跋扈嚣张的弟弟争执，而且气势半点不弱于人。

但在阿德王子眼里，这个成日脸上没点血色的病恹恹的隋朝使者，实在没什么可惧的。如果他代表隋朝而来，那只能说中原气数已尽，尽派些病鬼和女人出使异邦，合该轮到他们突厥强大崛起了。至于崔不去旁边的女人，白天将他踩在脚下，身手的确不错。不过等他把崔不去解决掉，这个美丽的女人，还不是只能匍匐在自己脚下呻吟求饶。

想及此，他狞笑一声，招来侍卫。

“大汗不在，这里就由我做主！来人，将这两个隋朝人先抓起来！他们一共来了三个，现在有一个不在，那人肯定就是纵火伤人者！”

“慢着！”大王子居然先于金莲说话，他沉声道，“他们是父汗的客人，有什么事，也得等父汗来了再作决定！”

话刚说完没多久，阿波可汗的近身侍从就过来了，言道可汗今晚身体不适，要早点歇下，这里宴会就由两位王子主持，有什么事等明日会盟再说也不迟。知道内情的人面面相觑，心道什么身体不适，分明就是沉溺美人乡里不舍得离开罢了。

大王子先回过神：“既然如此，那就等明日父汗来，再作决议！”

二王子：“不行！黑月大巫在我族地位特殊，惊扰了他的人必须得到惩罚，等到明天，贼人早就跑了。那人在大巫手下没讨着好，现在也受了伤，跑是跑不远的，我已经派人去找了。但他还有可能躲在营帐里，只要在各个营帐一搜，肯定能搜到！”

大王子怒道：“各部使者都是贵客，没有你这样无礼对待客人的！”

龟兹、高昌等周边邻国，实际都是依附臣服于西突厥的。虽然众人对二王子这样的决定不太满意，但也没法说什么，反倒是大王子今夜的表现，很让人出乎意料。要知道往常这个时候，他都是一言不发装哑巴的。

二王子眯起眼，上前一步，以气势和身高压迫他的兄长：“父汗不在，这里由我说了算！”

大王子非但没有退却，反倒寸步不让：“你连叶护都不是，父汗根本没有赋予你任何职位。我才是兄长，这事应该由我说了算！”

二王子怒极反笑：“你这是铁了心要袒护隋朝人了？你已经跟隋朝人勾结在一起了吗？！”

“住口！”一个戴着珠冠的女人走进来，“伊旬说了不算，那么我的话总该有用吧？”

崔不去没见过她，但不难猜到她的身份。

从来不敢跟弟弟争执的大王子，今晚破天荒地跟二王子相持不下，很少露面参与政事的大可敦，今夜也出面了。突厥可敦的权力很大，可汗不在时，她甚至可以代可汗理事。大可敦没有动用过这项权力，但不代表她不会用。

二王子看着平日不显山不露水的母子俩突然发难，登时有种被挑衅的恼怒：“黑月大巫平白受惊，又被外族人侵扰，谁该为此负责？难道可敦想要负责吗？你负得起责任吗？”

可敦淡淡道：“大汗不在，我就有权做决定，你让开。”

二王子意识到，可敦突然冒出来，并不是为儿子撑腰那么简单。如果自己让了一步，可能以后就会连原来的权力都失去，所以他断然道：“不行！”

崔不去上前一步，厉声道：“我与此事毫无关系，我可以对天发誓，对你们的狼神发誓，如有假话，就让上天降下天雷，让我走出这个帐篷，就被狼神的使者咬死，不得全尸！”

所有人被他这恶毒的誓言震住，就连二王子一时也不出声。这里的人看重发誓，轻易不会拿这种事情开玩笑。

但崔不去并未就此停止，他望住二王子，目光灼灼：“二王子殿下一直在针对我们，仿佛早就认定我们是凶手，你敢说自己没有私心？隋朝与贵部交恶，正是沙钵略所乐见的，二王子这是在帮沙钵略吗？”

二王子大怒：“胡说八道！”

崔不去咄咄逼人：“那你也发誓！发誓你所作所为，一心为了本部，绝对没有任何私心！”

众目睽睽之下，崔不去反客为主，二王子骑虎难下，亲近他的人想为他说话，却被金莲先一步抢话：“不错，既然崔使者已经发誓了，二王子问心无愧的话，也发个誓言吧！”

就在此时，一名突厥侍从疾奔而入，神色仓皇，像是要说什么，看见王帐之内几人对峙，反倒愣住。

二王子如获大赦，巴不得有人来转移注意力，见状就喝道：“又有什么事？快说！”

侍从跪地颤声："大巫伤势过重，已经……已经去见天神了！"

所有人面露震惊，方才以为只是小事故，怎么一转眼连人也没了？

可敦脸色大变，崔不去和金莲皱起眉头，就连乔仙也暗暗咋舌，心道这次凤霄玩得也太大了吧。

二王子先是一愣，而后突然发作："大巫被他们害死了，谁护着他们，谁就跟贼人是一伙的！"

"我们是清白的，可以被搜查！"崔不去突然道，盯住二王子，"但我有个要求，如果二王子搜不到我们与此事有关的证据，必须当众致歉，将我们以贵客之礼相待！"

二王子冷笑道："如果被我发现你那个同伴杀害了大巫，那我就要把你们的脑袋都割下来，挂在狼旗上，把你们的身体丢去给野狼吃掉！"

他一挥手，吩咐道："去给我搜，一定要将那小子找出来！"说罢转身带了人，大步流星就往崔不去他们的营帐走去。

乔仙微微靠近崔不去，耳语道："这个二王子由头到尾都在针对我们，会不会连大巫也是他杀的？"

崔不去"唔"了一声，不置可否。

在他们后面，突厥侍卫有意无意围上来，将他们的后路堵死，不让他们有机会逃跑，这显然是二王子的授意。其他各部使者、可敦母子也没走，都跟着一起过去。

闹出这么大的动静，阿波可汗竟没出来看上一眼。

崔不去问金莲："你们可汗连黑月大巫的死都不管了？"

金莲冷笑道："白日里我让人带我去见过那龟兹美人，的确是国色天香，大汗会迷上不奇怪！"

她看着二王子气势汹汹的背影皱起眉头，小声问崔不去："此事当真与你们无关？"

"当然。"崔不去面不改色，回以纯净明澈的眼神，"我连誓都发了，你怀疑我，不如怀疑不敢发誓的二王子。"

金莲没再怀疑，歉然道："我不该对先生多虑。"

乔仙闻言抽了抽嘴角，忍着没吱声。她略通突厥语，虽没有崔不去那么流利，但听得懂一些词句。刚才崔不去发誓，说的分明是"我"，而非"我们"，也就是说，凤霄惹事不在誓言内。

但突厥人不清楚这一点，在他们眼里，凤霄跟崔不去都是一伙的。

跟崔不去说话，一不留神都会被坑，凤霄深刻体会了这一点，可惜他此时不在，无法提醒金莲。

二王子很快带着人在崔不去的帐篷里搜了一圈，果然没有发现凤霄的踪影。这更让他肯定凤霄就是那个纵火杀了黑月大巫的凶手，嚷嚷着要将崔不去他们治罪。

金莲当然不让，人都还没找到，人赃并获更谈不上，非要强行施加罪名，只能说明这个二王子是迫不及待想让崔不去他们死。

反倒是那位突厥第一高手佛耳，从宴会开席时一直坐在那里，直到此刻跟出来看热闹，竟从头到尾未发一言，更没有落井下石，弄得乔仙差点都以为他转性了。

在场的不只有可敦母子和金莲等人，更有各部使者。饶是二王子再霸道，也知道不能这么简单粗暴就把人定罪，否则其他人肯定有想法，不利于明天的八部会盟，巩固西突厥权威。所以他在心腹近臣的劝说下，勉强耐着性子，叉腰站在崔不去的营帐外面，等着去各处搜查的人来报。

“阿德王子，那个人武功高强，不下于我。”佛耳终于出声，果然他没有转性，只不过是在找最合适的机会开口，“他如果没有受伤，肯定早就出来了。现在到处找不着，只能说明他也受了伤，跑是跑不远的，应该找个地方躲起来了。仓库、马厩那些地方容易藏人。”

“对！”二王子精神一振，指挥人道，“快去那些地方找找，还有父汗的营帐也去问一声，免得贼人偷溜进去！”

凤霄去黑月大巫那里查探的事，乔仙是知道的。眼下这等情形，很可能是凤霄在查探的过程中遇到什么变故，大巫死了，他自己也受了伤。虽说凤霄武功高强，被拿住的可能性不大，但他也不可能一直不露面，如果露了面，被发现受伤，就躲不开杀害黑月大巫的嫌疑。二王子跟佛耳现在虎视眈眈，绝无轻易放过他的可能。

如此一想，乔仙也觉情况有些棘手，再看崔不去，他依旧一脸平静，跟没事人似的。在乔仙的印象里，好像就没什么事能让崔不去慌张的。

她不禁有些佩服，悄声问：“您是不是有对策了？”

崔不去微微摇头。

那怎么还如此淡定？乔仙疑惑。

崔不去在她手心写了几个字：装出来的。

乔仙：“……”

那头二王子已经开始不耐烦了，前去搜寻的人终于回来，说找到凤霄了。

二王子大喜，不禁看了崔不去一眼，大有“这下看你还有什么好说”的架势，又对侍卫道："在哪里？带我过去！"

谁知侍卫吞吞吐吐，竟面露难色。

二王子怒道："快说，你想当隋朝人的同伙吗？"

人还没找到，罪名都开始扣上了。但是自凤霄被找到的消息传来，崔不去反倒放下心，翘起嘴角，似笑非笑。

二王子扬起鞭子要打人，侍卫赶忙躲闪，大声道："就在您的营帐里！"

"什么鬼话！怎么会在我那里？"二王子黑了脸。

崔不去悠悠道："原来跟隋朝人勾结的是二王子你啊，怎么不早说？咱们真是大水冲了龙王庙，自家人打自家人了！"

"不可能！"二王子断然反驳，一面大步奔向自己营帐，在左右士兵的护卫下，将毡帘狠狠一掀！

他原本黑如锅底的脸色，居然由黑转绿，从脖颈到耳根，甚至连头发丝都变绿了。

二王子的营帐虽然比不上王帐那么宽敞，但也十分可观，从江南的瓷器到北地的木雕，再加上西域的挂毯，琳琅满目，华丽得近乎凌乱。但最令人瞩目的，还是中间那张不知用了多少雪狐皮毛才织成的床褥。

因为上面躺了两个人，一男一女，衣衫不整。

是个人，只要脑子正常，看见这样的情景都会忍不住浮想联翩。二王子刚才没让人堵住门口，现在该进来的都进来了，想要再赶人出去已经来不及了。

"这是怎么回事？"金莲惊讶道。

她认得床上那两个人，男的是凤霄，女的则是二王子最宠爱的美妾。帐内飘着一股淡淡的血腥味，再细看二人，身上都有大小不一的血痕，一把匕首丢在旁边，两人身上捆着的绳索已经松动了，但人还昏睡着。

没等二王子反应过来，崔不去已先一步高声质问："这到底怎么回事？为何我的副使会在王子床上？"

二王子只觉热气阵阵往脑门上涌，想也没想就朝凤霄扑上去，想要把人揪起来。

在他扑上来之前，凤霄终于醒来，揉着脑袋一脸痛苦。在看见二王子近在咫尺的脸时，陡然大叫一声，直接一拳把二王子揍翻。

二王子平日里欺负欺负奴隶还行，又如何会是凤霄的对手？哪怕后者没用内力，单凭一双肉掌，几拳下去，二王子也被揍得七荤八素，连连哀号。那些被崔不去他们堵在外面的近身侍卫终于挤了进来，上前将两人拉开。

"你敢揍我！我要将你……"二王子一口气用突厥语骂了一大串。

他一声令下，突厥侍卫扑上去就想要拿下凤霄。但这纯粹是不自量力了，那些人个个被踹翻在地，与二王子一个下场。

在崔不去的示意下，乔仙也跑过去帮忙。

“都给我住手！”金莲喝道，当即横在中间，阻住还要再过来的突厥侍卫。

二王子吼道：“他睡了我的女人，你还敢拦着！你连心都被这帮中原人给换了吗？”

金莲当然不太相信凤霄会干出这种没品的事，但这么多双眼睛捉奸在床，她只能理解为凤霄想找二王子的茬儿，故意拿他的女人来报复。

“凤郎君，您要女人，我帮您找便是，要多少有多少，您又何必去招惹二王子？”

凤霄悲愤道：“胡说八道！以我这等容貌，在中原要多少女人没有？不知有多少美貌女人前仆后继想与我一夜风流，我都看不上。这分明是二王子男女通吃，乘我不备对我下药，害我昏迷在此，他还想来个齐人之福！你见过偷他的女人还把自己也划伤的吗？你先问问你们二王子，有没有什么见不得光的嗜好吧！”

在场有不少听不懂汉话的，金莲便将凤霄的话翻译一遍。众人一听，看看凤霄，又看看床上那女人，是啊，前者的确英俊非凡，要什么女人没有，又何必偷二王子的女人？再看二王子，平日里就跟他爹一样，有好色的名声，会做出这种事似乎也就不奇怪了。

二王子看着所有人，甚至包括他自己的侍从，都露出一脸了然的表情，差点没气得吐出一口血。天地良心，他是好美色，可他不喜欢男人，更没有在床上把人弄出血的奇怪癖好！

大王子扬声道：“阿德，就算你再不喜欢中原人，这几位也是父汗认可的贵客。你居然连客人也不放过，你把八部会盟当成什么了？难道龟兹与高昌国那些使者们，你看得顺眼的都要下手吗？”

那些看热闹的各部使者，自认为容貌尚算英俊的，都不约而同微微往后退了半步。他们虽然依附西突厥，可也知道隋朝强盛，不能轻易凌辱。可二王子既然连隋朝使者都敢下手，谁又能保证他会把别人放在眼里？

二王子被他大哥一顶帽子扣下来，直接就要气得翻白眼昏厥过去了。他好歹撑住一口气，怒骂大王子：“你喜欢男人，别以为我跟你一样！你当父汗不知道吗？他早就知道了，所以才……”

“阿德！”这次喝止他的是突厥可敦，她向来和善的面容蒙上一层阴霾，看上去竟有几分凌厉，“你竟做出这种丑事，还想狡辩推卸。来人，去将大汗请过来！”

“吵吵嚷嚷的，到底何事？”

这边闹了半天，正主儿终于姗姗来迟。阿波可汗挽着一名年轻女子的手，便是来到这种地方还不肯松开，可见寸步不离到了什么地步。

崔不去扫了一眼，那女子戴着珠冠，身着龟兹衣裳，的确极为美貌，比起乔仙也毫不逊色。若乔仙是高冷不可侵犯，那女子则是令人心旌动摇的柔媚，便连嘴角那微微一笑，也似吹来温柔旖旎的香风。难怪阿波可汗爱不释手，连夜宴也不肯出面。

再看可汗本人，脚步虚浮，额头上还微微冒汗，看来刚刚经历了一场游戏，果然有其父必有其子。

阿波可汗没留意众人暧昧的眼神，他环顾一周，皱起眉头：“阿德！”

“父汗，都是这家伙！”二王子指着凤霄一边骂一边说。他实在太气愤了，十句里有九句是骂人的，颠三倒四，令阿波可汗听得一头雾水，满心不耐烦。

“大巫死了，你还有心顾着你的女人！”可汗指着二王子的鼻子骂了一通，又骂大王子，“你还有空在这里看热闹！大巫的遗体呢？我要去看看他！”

大可敦道：“大汗，我已经命人过去妥善安置大巫的遗体了，我与你一道过去吧。”

“大汗！”崔不去沉着脸色道，“大巫的死，我很遗憾。但二王子刚才非要将杀害大巫的罪名扣在我们身上，却在暗地里干出这样的事情，我需要一个交代！”

“待我处理完大巫的事，自然会给几位满意的答案。”阿波可汗扫视一眼，“我也希望此事不要影响明日的会盟，以及我部与诸位的友谊。”

众人自然纷纷表态说不会。阿波可汗带着妻妾与一干近身大臣，行色匆匆地离开。

“父汗！”二王子不甘心地喊道。

但可汗头也没回，连脚步都没慢下半点。二王子知道此事今夜肯定是闹不出个结果了，只得狠狠瞪了凤霄一眼，撂下一句狠话，意思是这事儿咱俩没完，才急急跑去追他老爹了。

眼看人都走光了，只剩下崔不去他们三人，还有床上依旧昏迷不醒的美女。凤霄这才道：“乔仙，过来扶本座一把。”

乔仙先前觉得这些血迹都是凤霄弄出来故意恶心二王子的，但当她靠近凤霄时，却闻到一股更浓的血腥味，心下顿生疑窦。

崔不去似乎已经看出什么，适时道：“把人先扶回去再说。”

三人回到营帐，凤霄直接往柔软被褥上一坐，开始脱衣服。没等乔仙发怒，他已将上衣除去，转过身，肩胛上一道深可见骨的伤痕映入两人眼帘，边上还有几个指印，显然受了点内伤。

崔不去让乔仙找来伤药为凤霄包扎，乔仙这才有些明白过来："方才你和那女子身上那些小伤痕，是你故意弄出来的？"

凤霄任由他上药，浑身松弛，也不见痛色："自然，不然怎么掩盖得住血腥味？"

崔不去："二王子易怒，但并不傻，他很快就会反应过来。就算他想不起来，佛耳也会提醒他的。"

以凤霄的武功，二王子就算再用上一百种手段也制服不了他，更不要说在他身上弄出那么多伤痕。

凤霄不以为意："今晚先蒙混过去再说。"

崔不去蹙眉："你的武功当世鲜有敌手，更何况这偏远之地，能打伤你的人不多吧？"

凤霄："对方似乎早就料到我会过去，故意在石屋周围布下阵法，诱我入阵。那人的武功与我相差仿佛，又借着地利，才让我着了道。"

幸而这时他看见二王子的下人，便尾随其后进了二王子的营帐，把那美人打晕，借机打了所有人一个措手不及，顺带将二王子耍得晕头转向。

崔不去："所以你杀了黑月大巫？"

凤霄："这就是我觉得奇怪之处了。我也伤了那人，并敢笃定他伤势同样不轻，但对方武功既然高到这等地步，就绝不可能被我杀死。石屋那把火也是在我离开之后才烧起来的。"

乔仙推测："会不会在你走了之后，有个更厉害的人过去，把黑月大巫给杀了？"

凤霄："放眼现在整个西突厥，能做到这一点的，除了我，只有佛耳。"他望向崔不去。

崔不去却摇摇头："自从夜宴开始，佛耳就在席间，根本没有离开过。"

凤霄："那就更奇怪了。"

崔不去："还有一个可能。"

凤霄与乔仙皆看他。

崔不去缓缓道："黑月大巫可能在你去之前就已经死了。"

凤霄不由坐直身体，却牵扯了伤口，"嘶"地倒抽一口凉气。

崔不去道："与你交手的那个人，很可能就是杀害黑月大巫的凶手。如果能将你杀死或困住，再加上黑月大巫的尸体，正可把一切都推在你身上。可你跑了，对方只能把尸体烧了，毁尸灭迹。”

凤霄沉吟道：“那他怎能料到我会去？去那里查探是我临时起意，连金莲都不知道。”

崔不去：“他未必冲着你而来，只是你刚好撞上了。我倒是奇怪，为什么他要杀黑月大巫？此人是西突厥的人，还是前来参与会盟的使者之一？”

凤霄：“说不定跟黑月有私仇，趁着会盟时外人多，才更好混淆视听。”

人算不如天算，再聪明的人也会遇到始料不及的情况。正如现在，崔不去也觉得千头万绪，有些难以入手。

乔仙似乎感受到他的烦恼，出言安慰道：“我本来以为大王子会躲在一旁不敢吭声，没想到他居然还跟二王子争执起来，可见您交好大王子这一步棋是走对了。”

崔不去道：“他们兄弟两人早有矛盾，泥人也有三分脾性，大王子忍了那么久，早就忍不住了。我那几句话顶多只是推波助澜，只能说大王子自己还算争气。”

大王子的母亲可敦，平时闷不吭声，但关键时刻能站出来，显然也不是金莲口中那般懦弱无能的人物。不过这些都是西突厥的内部矛盾，他们可以加以利用，促进西突厥向隋朝靠拢，但对即将到来的局面却没有太大帮助。

“明日，八部会盟。”崔不去道，“我们原定是需要你大出风头，但二王子回过神来，明日一定会想方设法刁难你。佛耳也会趁机落井下石，动手置你于死地，你……”他望着凤霄，没有再说下去。

凤霄回望着他，素来八风不动的左月正使，罕有地浮现迟疑为难之色，似不忍心也不愿意让凤霄去冒险。他静立无言，目光澄澈，却已胜过千言。

没来由地，凤霄石头似的心，破天荒地开了那么一条缝，软了那么一点点。

他对崔不去道：“这点伤，无妨。明日让他们放马过来便是。”

崔不去露出如释重负的表情，微微一笑：“太好了，那一切就有劳凤兄了。”

凤霄：“嗯？”

这也太干脆了吧，连虚与委蛇假装客气谦让一下都懒得敷衍了是吗？

明明是自个儿说出来的话，为何他有种被逼良为娼的感觉？去他的目光澄澈吧！

# 第二十四章 八部会盟

黑月大巫的死对于西突厥是件大事，却不可能阻止八部会盟的照常进行。

隔日一大早，崔不去他们刚刚更衣洗漱好，金莲身边的侍女木格就送来早膳，等他们吃完，再带他们前往赴会。

“崔先生，我家主人问您，若您想要看大巫的遗体，她可以设法安排，不过你们不能逗留太久。”木格道。

昨夜二王子故意针对凤霄，而后凤霄又出现在二王子的营帐里，前后联系起来，金莲就是反应再慢，此时也意识到不寻常了。她甚至怀疑黑月大巫的死也跟凤霄有关，但崔不去否认了，他们也的确没有这么做的理由。倒是二王子，以他天不怕地不怕的性子，很有可能干出杀害大巫、嫁祸崔不去等人这种事。

在且末城，金莲见识过崔不去验尸的本事，自然希望他再度出马，将大巫的死因查出来。

崔不去却摇头道：“凶手为了毁尸灭迹，直接杀了人再焚烧，恐怕是已经确定万无一失了。现在再看，也查不出什么。”

木格似懂非懂，但她会将这席话转告给金莲。

崔不去与凤霄吃完一顿谈不上美味的突厥早餐，便跟着木格来到绿草湖旁边。

此湖因四周倒映绿草而得名，译成汉话便是绿草湖。

不早不晚，二王子也在侍从的簇拥下，与他们差不多时候到来。他没了昨夜的气急败坏，目光在崔不去和凤霄身上扫了一眼，嘴角勾起恶意的弧度，想必是又想出了什么整治他们的坏主意。

佛耳的视线则在凤霄身上停留得久一些，又若有所思地移开。

“他看出我受伤了。”凤霄道。

高手之所以是高手，不仅仅是武功高，更有锐利如刀的目力与杀伐果断的决断能力。

如果凤霄没有受伤，佛耳想对他动手还得掂量一二，但经过昨晚的闹剧，佛耳很肯定凤霄受了伤，而且伤势不轻，否则不至于需要掩盖血腥味，所以佛耳今天肯定会想方设法逼迫凤霄动手。

所谓会盟，不是大家围坐在一起，和和气气谈天说地。突厥人的办法简单粗暴，先以武功见高下，打赢了，我敬你是个强者，什么都好谈；打输了……若是隋朝使者都如此不堪一击，又如何让人相信隋朝的强大可靠?

崔不去道：“他很可能会要求单独与你打一场。”

凤霄：“然后在众目睽睽下把我杀了。”

崔不去点点头。这样才能起到杀人立威、震慑全场的效果。

凤霄懒洋洋地笑了一声：“那我真的很害怕。”

两人的对话就此中断，因为阿波可汗来了。

可汗到来就意味着会盟开始，众人面前都有美酒佳肴。阿波可汗举杯起身，感谢诸位远道而来，又特别点到隋朝使者与沙钵略可汗的使者，分别单独给崔不去和佛耳敬了酒，说了不少场面话。

在崔不去看来，这位突厥可汗不沉溺美色的时候，脑子还是挺清醒的。

沙钵略咄咄逼人，派了佛耳过来胁迫利诱阿波可汗结盟，为此估计许下了不少好处。佛耳先于他们数日抵达三弥山，所以才有了昨日崔不去他们抵达三弥山就被刁难的情形。但阿波可汗一看隋朝人不好惹，也是块难啃的硬骨头，立马就转变了立场，待他们客气有礼。就连昨晚黑月大巫的死，他也没有趁机发难，反倒息事宁人，让崔不去他们度过了一个安宁的夜晚。

就在崔不去神思飘远之际，阿波可汗依旧面带爽朗笑容对众人说话，看来昨夜黑月大巫的死，并没有影响他新得了乌兹侧妃的心情。

他拍拍手，便有几名突厥武者上前，身携弯刀，开始挥舞。不同于昨夜的龟兹乐舞，今日则是完全带着阳刚之气的刀舞。这种从战场上真刀真枪演化而来的刀舞杀气腾腾，几名武者动作一致，不时翻腾纵跃，透着古朴之风，别有精彩。

但真能静下心去欣赏的人很少，许多人更为关注接下来的比试。西域小国的使者想着如何出风头；周边的突厥小部落思考如何免于被吞并的命运；二王子想着如何让崔不去他们倒大霉；大王子回忆自己昨夜凭空生出与弟弟争执的勇气，有些激动难平，想着再找个机会压制那个嚣张的兄弟；阿波可汗揽着美人低声说笑，乐呵呵看着刀舞，根本没把他人的反应放在心上。

至于佛耳——他隔着武者，遥遥与凤霄对视，片刻之后，露出一个意味深长的笑容。

刀舞既罢，武者散去。二王子终于等到机会，他站起身，以一种志得意满、意气风发的表情环视众人，然后对阿波可汗道："父汗，以往会盟，多以比武开场，但我觉得，今年既然多了几位尊贵的客人，规矩也应该变一变。否则，对他们来说，太不尊敬了。"

金莲一听就知道他在打什么主意，当即反对道："大汗，会盟比武已是三弥山盛事，轻易变更才是不尊重客人。"

阿波可汗抬手制止她说下去，饶有兴趣地问二王子："怎么个变法？"

二王子得意地看了金莲一眼，道："以往比武都是先从骑射开始，骑马射箭，以准头和距离为胜，但佛耳乃东西突厥第一高手，这样的比法未免太侮辱他了。不如以一人骑马奔驰，手持鲜果，射箭者须在百步开外的距离，射中鲜果者为胜。"

在场之人闻言，大多"嘶"的一下倒抽了一口凉气。

百步穿杨已经足以称为高手，但如果那片杨叶时时刻刻在动呢？一不小心射空了还好，若射中拿着鲜果的人呢？

二王子打定主意不轻易放过崔不去和凤霄，当然不会让射箭者随随便便找个奴隶拿着鲜果上场。

"射箭者与持靶者须有一定身份，不能以奴隶仆从顶替上场。"

佛耳击掌道："二王子这个主意很好，就由我来开个头彩吧！"

他没等阿波可汗或崔不去他们提出反对，就让随同自己而来的副使拿着苹果上马，然后纵马往前驰骋。马奔出数百步外，又被掉转马头往回疾驰，佛耳这才拿起弓箭，把弓拉满，灌注内力，稳稳射了出去！

所有人都眯起眼睛看着箭矢直直往前的方向。

这个距离，普通的神射手是绝无可能射中的，因为还要考虑弓箭本身的射程，而佛耳手里那把弓只能射到百步左右，不能更多了。但灌注内力之后，箭矢到了百步左右依旧没有缓下来的趋势，反而继续向前飞掠，直至射中突厥副使手中那枚苹果。

山呼海啸般的欢呼声顿时响起，几乎所有人都击掌喝彩。不管沙钵略与他们有什么恩怨、是否同盟，佛耳这一箭的确令人惊艳，而强者值得敬畏。

佛耳一脸平静地放下弓箭，望向凤霄，露出微笑。

他已看出，三人之中，崔不去不会武功，更不可能拿弓射箭。乔仙武功不错，但不代表射箭也准。这是一门考验目力的功夫，否则军中也不会有专门的弓箭手了，就算乔仙练过射箭，也绝无可能像自己一样，能在百米开外射中疾驰而来的、那么小的苹果。但凡他们表现比自己逊色，都可以视为输了。

输一场射箭好像没什么，但崔不去他们输掉的不仅是隋朝在西域各国中的威望面子，也可能输掉阿波可汗最终选择投靠哪一方。

如果他们不想输，就得由凤霄亲自上场——

那就更好了。因为凤霄受了伤，拉弓射箭一定会拉扯伤口，加重伤势。就算他们赢了第一场，在接下来的第二场里也肯定会输。

佛耳的笑意更深了。

这个局，你们要怎么解？不管怎么解，都是输。

崔不去微微蹙眉，似有些担心，转头对凤霄说了什么。后者面露不满，两人像是起了微小的争执，但很快平息下来。

看在佛耳眼里，这无疑是敌人内部发生了分歧。阵前分歧，人心不齐，更容易输。他心情舒畅地想道。

二王子还在火上浇油："难道隋朝使者怕了？也难怪，佛耳堂堂突厥第一高手，你们的确有所不如。不如当场认个输，结盟的事就算了，我跟父汗求个情，好歹赐你们点牛羊，让你们回中原的时候不至于太难看。"

实际上，佛耳跟二王子完全是不相干的两拨人。之前佛耳甚至觉得二王子很聒噪又很暴躁，但现在，两人有了共同的敌人，他不用自己开口，自有二王子在前边跳个没完，佛耳忽然觉得二王子也没那么讨厌了。

崔不去终于开口："既然如此，就由乔仙来射箭，我来接吧。"

"不行！"二王子又抢过话，"那女人是你的侍从，刚才我就说了，射箭者与持靶者须有一定身份，不能以奴隶仆从顶替上场，难道一个女人能代表你们隋朝吗？"

崔不去淡淡道："乔仙并非随从，她在左月局也是有官职的，换而言之，她也是朝廷官员。"

"但刚才东突厥是正使射箭，副使持靶！"二王子话锋一转，"若是你们换了人也可以，那女人的身份比不上东突厥副使，自然只能以略逊一筹来判定了。"

他望向阿波可汗："父汗，您说呢？"

"这……"可汗拈着胡子，面露迟疑，却没有反驳。

二王子更得意了，对崔不去道："这样你们还要坚持让那女人上场吗？"

崔不去果然皱起眉头，不由自主望向凤霄。

后者缓缓起身，道："我来。"

激将法成功了，二王子很满意。

佛耳也一瞬不瞬地看着凤霄拿弓搭箭，拉满，对准骑上马疾驰而来的崔不去，稳稳射了出去。

箭射中了苹果，而崔不去与凤霄的距离，跟刚才佛耳那场差不多。

金莲有些紧张，生怕阿波可汗有失偏颇。

这次可汗却很公允："两位贵客的箭术同样出色，不相上下。"

二王子冷哼一声，没想到崔不去那么快就妥协。

佛耳面上不显，心里却很愉悦。他敢笃定，不管凤霄昨夜到底伤到哪里，刚才拉弓的动作一定加剧了伤势。

凤霄放下弓，朝阿波可汗拱手便回到席间，动作一派潇洒，没有半分迟滞。佛耳却发现对方的右肩略略僵硬，转身时有那么一点点不自然。旁人也许没注意到，却瞒不过一直在观察他的佛耳。

三弥山下的白天很热，许多人都穿着轻薄衣裳，唯独凤霄衣领里露出白色棉衣，外面还是厚厚的衣袍。佛耳知道，这并非凤霄畏寒，而是他肩膀裹了纱布，所以才要穿厚一点，不然会显得左右肩高低不平。

原来受伤的是右肩，佛耳微微一笑。

毫不意外，佛耳与凤霄的大出风头，让其他小国部落使者喝彩之余也自叹不如。

虽也有人不甘心，自请上场比试，但不是距离不如凤霄他们，就是箭差之毫厘射偏了，有的直接落空，有的射在马匹上，差点令骑马的人也跟着受伤。

接下来的人自然不敢再尝试，第一轮比试以双方的不分胜负而告终。

没能让中原人当众出丑，二王子十足不甘心，又开始撺掇生事。

"父汗，今日第一场比试也太快了，这第二场一定不能草率结束！"

阿波可汗点点头："你有什么主意？"

"昨日隋朝使者身边那个侍女的武功真是让我印象深刻。"说到最后四个字，二王子忍不住咬牙切齿，笑容也略微狰狞，"我麾下的纳木多想与她比试一场，好好讨教讨教。"

可汗望向崔不去："贵客认为如何？"

崔不去问道："纳木多是哪位？"

一直站在二王子身后闷不吭声的突厥中年人往前迈出一步，朝崔不去行了个突厥礼仪。

待在二王子这样的人身边，却没有跋扈之气是很难得的。无须凤霄提醒，崔不去也立时看出这是一个高手。

崔不去低声问乔仙："有把握吗？"

乔仙道："还未看见他出手过，昨日此人没在二王子身边，不过神气内敛，应该不差。属下愿意一试。"

换而言之，昨日如果有他在，乔仙可能也就没那么容易能把二王子的脑袋踩在地上当皮球了。

许多人看见乔仙翩然步出，弱柳扶风，都露出不可思议的表情。昨日有些没在王帐中亲眼看见乔仙如何撂倒二王子的人，都觉得这年轻美貌的女子根本不会是突厥勇士纳木多的对手。

不待众人细想，纳木多已是一拳挥出！他的拳法力道极大，一看便知走的是大开大合的粗犷之风。

乔仙身形纤瘦，步法出手也极为飘逸轻灵，与纳木多截然相反。但在凌厉厚重的拳法攻势之下，却丝毫不落下风。

只见二人一灰一白，一者虎虎生风，一拳挥去有如山崩地裂，破空之声飒飒而起；一者矫若游龙，剑光在拳风中穿插来去，缥缈柔弱中隐含丝丝杀气，一不小心就会令人着道。

纳木多面对乔仙这样的对手，原该轻视以对的，但他居然没有，依旧全神贯注地与乔仙交手，浑然不管外事。

"他的武功比乔仙如何？"崔不去问。

"假以时日，能成为第二个佛耳。"凤霄这样回答。

崔不去不由蹙眉。

练武需要刻苦，但也讲究天赋。凤霄之天赋，自然当世佼佼，佛耳也不消说，没点天赋，无法成为顶尖高手。凤霄说纳木多能够成为第二个佛耳，已是承认他的天赋很好。而且纳木多面对乔仙一名女子也没有轻慢娇纵之心，甚至比佛耳还要更胜一筹。乔仙对上他，很难有必胜把握。

天下能人比比皆是，山外有山，人外有人。突厥之大，同样不止佛耳一个高手，一不留神就冒出一个纳木多来。

凤霄道："乔仙想要赢他，有些难。"

凤霄能看出的，佛耳也能看出来。他看着场中一人衣袂翻飞，一人沉凝如山，不由露出笑容。

二王子却有些着急，他的身手只是寻常，看不出两人孰优孰劣。甚至他跟很多看热闹的外行人一样，觉得稳打稳扎的纳木多打不过身形变幻莫测的乔仙。

“你笑什么？”二王子眼角余光瞥见佛耳，忍不住恼火。

佛耳并不恼怒，他甚至很好脾气，态度平和地回答道：“我在为二王子高兴。”

二王子没好气：“有什么好高兴的！”

佛耳道：“纳木多的胜利，近在眼前了。”

二王子吃惊：“你是说纳木多能打赢那女人？”

佛耳娓娓道来：“那中原女子的轻功虽然更胜一筹，但力气迟早会用完。相反，纳木多的内力比她深厚，拳法古朴有法，按中原人的话说，这叫大巧若拙。”

他刚说完没多久，纳木多果然一拳打中乔仙腹部，后者身形一滞，往后踉跄几步，勉强稳住身形。纳木多自然不肯放过这个机会，他紧追上前，身形跃起，将乔仙手中的剑踢飞，半空旋身，扫中乔仙的腰。

乔仙面色一白，一掌拍出，堪堪将纳木多逼退，但她嘴角一抹鲜红流下，显然是受了内伤。

“住手！”崔不去“腾”地起身，“我们认输，不必再打了！”

二王子志得意满，命令纳木多：“打，继续给我打！”

纳木多却不肯动手，认真回道：“她已经认输了。”

二王子怒道：“谁才是你的主人？我要这个女人死！”

“大汗！”金莲看不下去了，出声喝止。

“阿德，坐下！”阿波可汗开口。

二王子不满：“父汗，中原人派遣女人来当使者，明明是对我们的侮辱。这女人昨日还打伤了我，我在比武场上公开将她打死，不是公平地复仇吗？”

可汗冷声道：“今日是会盟，不是你的复仇之所，让你坐下就坐下！”

乔仙慢慢地走回崔不去身边。

“如何？”崔不去关切道。

乔仙摇头，表示自己没事。

她的武功放在中原江湖上，只能算是二流高手，打不赢纳木多也很正常。在她上场之前，其实乔仙自己、凤霄、崔不去都已经有所预料。

崔不去露出微微怒色与克制的焦虑，看在佛耳眼里，更是坐视了他对凤霄的推测。他认为崔不去三人已经山穷水尽、走投无路了，原想在今日大出风头，没想到反被狠狠打击了一番。但今日，对他们的打击肯定远不止于此，该轮到自己出手了。

思及此，佛耳从容起身，遥遥目视凤霄，朗声道：“我愿向凤郎君讨教。”

他眯着眼打量风霄：两次交手都没能将你杀死，今日大庭广众，堂堂正正，我要让你死得心服口服。

佛耳将所有注意力都放在风霄身上，以至于忽略了崔不去在说话，但风霄却听见了。

崔不去说："我让乔仙费心为你营造的局面，还请风二府主不要浪费。"

风霄笑道："你忍心这么对待一名伤患吗？"

崔不去没再说话，不过他脸上的每一根眉毛、睫毛、汗毛都在表达着一个讯息：他很忍心。

崔不去心如铁石，风霄轻轻叹了口气，面露无奈，走向佛耳。他的脚步很慢，慢得几乎可以称得上是迟疑。但佛耳没有催他，反而很耐心地等他走到自己身前一丈处。

"风二府主，您是不是受伤了？"佛耳关切地问道。

"没有。"风霄的平静在佛耳看来完全是故作镇定。

佛耳微微一笑："若是风二府主力有不逮，我可以让你三招。"

风霄："好啊！"

佛耳："……"

他没想到风霄答应得这么干脆利落，瞪眼片刻，对方回以纯良无辜的表情。位高权重的解剑府府主，一个宗师级高手，不应该是年轻气盛、目无余子的吗？但风霄不仅没有傲气拒绝，反而痛快接受，连面露挣扎都没有。

佛耳有点后悔，但话已出口，他也不好收回，只得伸手一引。

"那请吧。"

风霄毫不客气，身形腾空而起，若玄鹤亮翅、惊鸿掠水，以迅雷之势滑向佛耳，却悄无声息。

佛耳心头一凛，下意识就要出手还击，突然想起"让三招"的话，只好变攻为守，往旁边闪开。

风霄却如影随形，紧紧粘着他不放，佛耳闪到哪里，风霄就跟到哪里。他不仅跟，灌注了深厚内力的掌风也与身形一道随风而至。

佛耳迫于自己当众说的话，不得不忍住出招的欲望，连着避让了两次。但他很快发现，风霄其实根本不需要他让招。

此时才刚刚让了两招，佛耳却有天荒地老之感，心道反正今日自己也不是为了切磋而来，旁观者未必看得清他到底让了几招。想及此，他直接转守为攻，一掌拍向风霄的右肩！

风霄侧身避开，身形又轻飘飘地拔高一尺，挡下对方的攻势。

"说好让我三招，怎么才两招就忍不住了？"他笑了一声。

"凤二府主怕是记错了吧！"佛耳哂道，攻势丝毫不减。

他的武功原是沉厚豪迈一派，此时却带上几分诡谲飘忽。他绕着凤霄周身不断游走，伺机找到对方的弱点再给予致命一击。偏偏凤霄身形极快，左腾右挪，衣袂翻飞，就是不让佛耳有机可乘。

他们这种级别的高手，不动手则已，一动起手来，必然不会像今日这样你躲我藏。凤霄的招数在旁人看来很没风度，根本不敢堂堂正正与对手交锋，而在佛耳看来，这却是受了伤不敢正面对抗的佐证。

躲藏是需要花费力气的，而力气总有耗尽的一刻，佛耳不着急。

二王子却很着急。昨夜出的丑，让他对凤霄等人恨之入骨。这要是换作草原上的汉人奴隶，二王子早就将他们的脑袋割下来喂狼了，但他打不过乔仙，更不用说对凤霄下手。碍于他们的身份，暂时又不能明着对他们如何，他心里早就憋闷得冒火。

刚才佛耳与凤霄比试射箭打了个平手，并不能让二王子满意，他更希望佛耳能一掌把凤霄拍死。如此一来，隋朝使者三去其一，剩下一个病鬼、一个女人，怎么都不足为虑。不说周边各国对隋朝印象跌落，就连阿波可汗肯定也会当场倾向沙钵略可汗，不会再考虑与隋朝结盟的问题，金莲那女人更不敢再蹦跶。这些人失势之后，要杀要剐，肯定都随二王子心意。

他盯着场中二人变幻莫测的身形，双眼几乎要冒出火来，恨不能将意念化为熊熊烈焰，烧死可恶的中原人。

佛耳在第三掌落空之后，微微皱起眉头。

刚才过去的几十招里，凤霄一直以躲闪居多，很少还手，却总能恰到好处地闪开或挡下佛耳出手的每一招。

为何不出招？他越是这样，佛耳就越想逼迫他出手。掌风若山呼海啸，气势澎湃惊人，正面破开凤霄的真气，令他躲无可躲，不得不正面应对。

"砰！"

两人肉掌相接，两股真气撞在一起，如两座山被拱起的地面强迫相冲，顷刻间山崩水泄，玉碎岗倾。佛耳感觉到丝丝刺痛从掌心传来，忽然意识到一件事。

他的所有推断都是建立在凤霄受伤的基础上，那如果凤霄没有受伤呢？

他跟凤霄交过两次手，自然知道自己略逊一筹，但佛耳下意识不愿承认这一点。他是堂堂突厥第一高手，就是放眼中原也罕有人能匹敌。假如凤霄受了伤，两人之间就谈不上略逊一筹了，而是势均力敌。

昨晚的古怪，今日凤霄持弓时的不自然，都不像是在作假，这样的凤霄，佛耳完全有把握将他拿下。

两人对完一掌，各自分开，又轻飘飘自半空落下。

佛耳手臂微垂，袖中滑出一物，手里随即多了一枚小巧玲珑的金刚杵。之所以说小巧玲珑，是因为它原本只有手指长短，佛耳手腕轻轻一震，金刚杵就自动变长，大约有半臂长短，被佛耳握在手中，就如一道金光，抡向凤霄！

世上千奇百怪的兵器很多，大多数人喜欢用刀剑，但也有人例外。凤霄就喜欢用琴，琴音可伤人，琴身还可砸人，但他现在手上非但没琴，连一件趁手的兵器都没有。面对流星一般朝自己当头落下的金刚杵，他只有两个选择，避其锋芒，或者正面迎敌。

佛耳料定对手肯定会避开，几乎提前封死了凤霄的所有去路，让对方几乎无法避开，只能选择全力一搏。

凤霄提了一口真气，又略略拔高一些，似乎想徒手去接金刚杵。

但没有用。佛耳无声冷笑，因为他的杀招并不在金刚杵，而在——他另一只手上！

随着金刚杵被凤霄一手接下，佛耳的掌风也到了对方胸前要穴。这一掌灌注了他十成的功力，就算凤霄没有受伤，他分了心去接金刚杵，就必然不可能集中全力再接下他这一招，更何况凤霄一定受伤了。

“你为什么那么笃定我受伤了？”轻若鸿毛的声音飘到佛耳耳畔。

下一刻，佛耳发现自己的金刚杵落了空，那一掌拍过去如拍在棉花上，竟全数被吸收了。

“我一直在等你全力出手。”凤霄又道，“你的耐心比起在六工城时的确好多了。不过——”

佛耳在招式落空之际已觉不对，急急抽身想要后退，却已是来不及。

因为凤霄以比方才躲闪还要快上数倍的速度落在他身旁，一手拍在他的肩胛，另一只手则持剑刺入他的背心。

高手过招，不容片刻闪神。佛耳吐出一口血，但他没有丝毫迟疑，人便往前掠去，企图摆脱凤霄插在他后背要穴的剑。

他的应变不可谓不快，但凤霄仿佛预见他的打算，以更快的速度将手腕一转一拧，剑随即刺得更深。他的另一只手松开佛耳的肩膀，却点上他后颈与脑袋的几处大穴。

佛耳睁大眼睛，勉强撑着一口气，拧身抓向凤霄，似乎想要拉他同归于尽。但凤霄一招得手，却不再恋战，直接闪身避开，转眼又落在他的身侧，直接一掌印上佛耳的心口。

又是一口鲜血吐出！佛耳终于失去了所有反抗的力量，身体软软落下。只是他的眼睛依旧圆睁着，死死瞪住凤霄，怨气不散。

凤霄动了动手臂，发现刚才接对方的金刚杵时自己付出的代价也不小，不仅手臂被震断，似乎还牵连到筋骨，受了些内伤。

但这点伤比起佛耳一条性命来说，简直太划算了。

“你没料错，我是受了伤。”他蹲下身，对犹有最后一口气的佛耳道，“不过你可能不知道，有种心法叫封脉，可以暂时封住受伤的经脉，提升功力。虽然会有些后患，不过能拿下你的命，我觉得值。”

“而且——”凤霄拿起脚边的金刚杵看了看，随手往后一扔，就跟扔垃圾一样，“你以为只有你藏着武器？天下奸诈的人不止你一个。到了地府好好跟阎王爷说，下辈子别碰上我。哦，我忘了，你们突厥人是没有阎王爷的，那你就当你的孤魂野鬼吧，突厥第一高手。”

佛耳张了张口，似乎想说什么，鲜血却争先恐后地从他嘴边溢出来，他什么也没能说成，身体最终僵直不动，最后竟是被凤霄活活气死了。

四周一片寂静。

堂堂突厥第一高手，以如此死法终结了自己的性命，令所有人都震撼得说不出话来。而在一炷香之前，几乎所有人都认为，出丑甚至没命的人会是凤霄。

二王子更是维持着拿葡萄的姿势，目瞪口呆，手停在半空一动未动，似雕塑一般。

偏偏这时，凤霄还转过头朝他一笑。

佛耳的副使大喝一声，当即朝凤霄冲出去。下一刻，鲜血飞溅三尺之高，伴随着副使的身躯一起落在草地上。

沙钵略可汗派来的两名使者，其中还有一位接近宗师级的高手，就这样被杀了？

二王子手一抖，再看佛耳死不瞑目的模样，第一次有种躲到阿波可汗身后的冲动。

# 第二十五章
# 四面楚歌

周围的气息在那一瞬间停止了流动。

所有人，包括阿波可汗，只能愣愣地看着。凤霄用佛耳身上的衣裳布料慢慢将剑身上的血迹擦拭干净，再把软剑收回腰间，起身走向二王子。

“你别过来啊！我警告你，你再上前一步，我就杀了你！来人啊！救命啊！”他也不管对方听没听懂，就是一通胡乱咆哮。

眼看对方一步步走近，二王子是真的怕了，他顾不上其他，连滚带爬跑到阿波可汗后面，一脸惊惧戒备地瞪着凤霄。

突厥侍卫提着刀上前，示意凤霄不可再靠近。后者也真就听话止步，抬起手，手里还捏着一颗葡萄。

“我只不过想把葡萄还给你。”凤霄无辜道，“既然你不要，那我就随意处置了。”说罢，他食指与拇指微微合拢，做了个碾碎的动作，那颗葡萄随即化为齑粉簌簌落下，又随风消散在空中。

二王子抖得更厉害了。

阿波可汗缓缓起身，面色凝重。他拂开了龟兹美人搭在他腿上的手，离开了那张摆满美酒佳肴的桌子，走向凤霄。

躲在他身后的二王子不意暴露，又是一阵恐慌，目光不由四处搜索，忽然与大王子撞上。

大王子今日却是异乎寻常的冷静，对比二王子的上蹿下跳，他似乎更有领袖者的风范。

二王子意识到自己的失态，不由暗暗咬牙，赶紧回到自己席位上，假装什么事情也没发生过。

所有人都看着阿波可汗朝凤霄走近，但预想中兴师问罪的场面并没有出现。只见可汗面色一整，随即换上一副笑脸，对凤霄道：“没想到今日还能看见这么精彩的搏斗，按我们突厥人的话说，您就是狼神赐下的勇士，值得所有人尊敬！”

凤霄听不懂突厥语，崔不去上前，慢声细语地翻译成汉话。

阿波可汗的笑容热情洋溢，甚至带上了几分殷勤，与之前的冷淡疏离判若两人。

整个王庭所有人加起来也没有佛耳的武功高，所以一开始阿波可汗才会对佛耳恭恭敬敬。突厥人敬畏强者，愿意对强者臣服。而现在，佛耳被凤霄杀了，也就是说，凤霄比佛耳更强。这样简单的推断，别说阿波可汗，普通突厥人都懂得。阿波可汗态度大为转变，也就不稀奇了。

有人担心沙钵略那边会因此兴师问罪，但对阿波可汗而言，交好隋朝使者才是眼下最重要的事情。

他最后总得选择一边结盟，眼下似乎已经不必纠结了。

凤霄微微一笑，笑容炫目耀眼，令众人晃神。

“多谢大汗夸赞。不过，被我杀死的是突厥第一高手，沙钵略座下的得力干将，您就不怕沙钵略怪罪，率大军过来将王庭吞并吗？”

阿波可汗的视线从佛耳尸身上移开，再看凤霄的笑容，感觉身上有些冷。他不由拢了拢披风，干笑道：“能见证一场高手之间的对决，是我的荣幸。战场上刀剑无眼，沙钵略可汗也会理解的！”

他赶紧挥手让人将佛耳与副使的尸身拖下去，两名突厥侍从一人一边将尸身抬起就走。突厥人没有落叶归根的讲究，沙钵略可汗想必也没有要回一具尸体的兴趣。

阿波可汗重新回到座席上，只当什么事也没发生过。其他使者自然也乐得装聋作哑，纷纷夸赞起凤霄武功高强，天下无双，当世无出其右。好话就跟不要钱似的纷纷往外倒，生怕说少一句就会吃大亏。

虽然比武还没结束，但也没有人傻到主动站出来想要再挑战凤霄的武功。阿波可汗顺势让凤霄好生歇息，继而让两名突厥勇士上场比武摔跤，倒也看得众人喝彩连连。

大王子亲自过来敬酒，阿波可汗笑吟吟看着，也未阻止。他挥退龟兹美人，让金莲到自己身旁坐下，与她低声耳语，仔细听她诉说前往中原的一路艰辛。

二王子怯生生地拉了一下父亲的衣袖，可汗沉下脸色，似乎训了几句，二王子当即灰头土脸地告退，看样子是回去反省了。

形势顿时为之一变。原先那些看好东突厥的，不敢得罪佛耳一行的，此时都纷纷起身过来敬酒。会说汉话的妙语如珠，不会说汉话的也以突厥语奉承崔不去。

他们不知凤霄在中原的名声如何，甚至在此之前压根就没见过凤霄，但佛耳的名头响彻西域，无人不知。正因如此，亲眼看见他的死亡才更震撼。

不要以为中原以外的人就不会见风使舵，趋利避害乃人之天性。隋朝强大势不可当，如今凤霄当场击杀佛耳，如同压在众人心头的最后一根羽毛，瞬间把心压偏，也让原本左摇右摆的立场顿时有了抉择。

阿波可汗虽然什么也没说，但他训斥二王子，人人都瞧见了。想必最迟今夜，他也会主动找上崔不去。

虽说还谈不上大局已定，但也定了七八分，崔不去终于可以松一口气。

“崔道长，这次我可是居功至伟，您就没有什么表示吗？”身旁，凤霄好整以暇的声音传来。

“啊？”崔不去露出一脸茫然，“咱们这不都是在为朝廷办事，为天子分忧吗？”

乔仙已经被崔不去提前打发回营帐疗伤了，否则现在肯定会忍不住嗤笑一声。

“少跟我来这一套！”

凤霄抽了抽嘴角，想起当初在紫霞观刚见到这人的时候，对方在香火缭绕间无悲无喜的模样。那些信众估计也想不到他们心目中慈眉善目、不食人间烟火的崔观主，竟是如此厚颜无耻、薄情寡义、脸皮比城墙还要厚的一个人吧。

“方才我为了杀佛耳，封了自己伤处的经脉，现在气血倒流、真气逆转，不说伤势加重，起码也得休养十天半月才能恢复。我从未用过此法，还不知会否留下后患。”凤霄没有大声宣扬，而是靠着崔不去的耳朵低声道，“没有我，你就算有三寸不烂之舌也没法让这帮蛮人软化吧？”

两人离得极近，说话时的气息就难免喷在对方耳朵上，崔不去倒是不动如山，一副“任凭你说得天塌下来我也不为所动”的模样，凤霄的视线却自然而然落在他的耳朵上。

很白，看上去还挺软，不知道捏一下的感觉如何？想及此，他发现自己的手比脑子还快，已经捏住对方的耳垂。

崔不去一个激灵，完全没想到他会来这一套，下意识就要挣脱。

没想到对方似乎预料到他的举动，手扶住他的腰肌，将他的后路给切断。

“松手！”崔不去的声音冷得可以下冰雹了。

他莫名其妙地看了凤霄一眼，冷声道："凤二府主若是太久没有美人相伴，我可以跟可汗说一声，三弥山下的美人，想必都乐意与你春风一度。"

凤霄笑而不语。

二人本就是一伙的，纵然举止亲近一些，旁人也没多想。但想要与他们交好，再度过来敬酒的大王子见此一幕，感受就不一样了。

他忍不住感叹道："我真羡慕两位，在异国他乡，可以尽情做自己想做的事！"

崔不去想起自己之前为了取信结交大王子，对他胡言乱语的那些话，不禁干笑一声，什么也没说。

凤霄似乎找到崔不去的软肋，心想此时不逗更待何时，便顺势又捏了一下崔不去的耳垂。他动作极快，在对方还没来得及反对时已经撤手，然后对大王子笑了笑："多谢您的理解。"

大王子会意："我理解，我理解！"

崔不去：你理解了什么？

他一肘撞在凤霄小腹，将对方撞得倒抽一口凉气，起身想要叫住大王子，却不知道说什么好。

凤霄哈哈一笑："自己挖的坑，自己含泪也要跳下去！"

金莲能感觉到自己的地位又发生了变化。

最直观的变化就是阿波可汗待她就像她出远门前那么和气，一切龃龉仿佛从未发生过。龟兹美人也不过是好看的摆设，占据可汗身旁位置的人，重新又换成了她。

而这些变化，都源于凤霄杀死佛耳的那一刻。金莲很明白这一点，她并未过河拆桥，无视崔不去他们，反而从阿波可汗这边打听了消息，就兴冲冲去告诉他们，今夜宴会之后，阿波可汗就要主动召见崔不去，提及与隋朝结盟一事。

"我们杀了佛耳，难道他一点都不担心沙钵略那边怪罪？"崔不去问道。

营帐之内的另一边，凤霄与乔仙在闭目调息，崔不去与金莲二人的会谈，无法影响到他们分毫。

金莲摇头："他应该是觉得隋朝强大，不必再畏惧沙钵略那边了吧？"

崔不去露出沉吟之色。

金莲奇怪道："你是觉得还有哪里不妥吗？与隋朝结盟，总好过向沙钵略俯首，他们的胃口可比隋朝还大，聪明人都应该知道怎么选。现在你们已经帮他做出选择，他应该不会再迟疑了。”

她的话很有道理，崔不去没有反驳，也说不上还有哪里不妥。但正因说不出，才心头不安。

夜幕降临，一场比昨夜还要盛大的宴会在王帐之内举行。

昨夜可汗忙着与美人玩耍，没有出席。但今夜不一样了，可汗不仅现身，还盛装打扮，带着大小可敦与大王子，以及一众突厥贵族大臣，显得既正式又热闹。

唯独二王子迟迟未至。

不过这也正常，白日里他千方百计给崔不去他们下绊子，结果绊子没下成，反倒把自己给绊倒了。这对心高气傲的他来说肯定心情不爽，迟到甚至缺席都有可能。

阿波可汗却不大高兴，还派人过去催促二王子。

酒过三巡，大家都有些醺醺然，酒意上涌，氛围也更加随意。

凤霄有伤在身，没有喝酒。他喝的是当地一种果子榨出来的饮品，很酸，但与烤羊肉一道吃，却别有一番风味。

众人都轮番过来敬酒，就连阿波可汗也亲自端着酒杯走过来。盛情难却，虽然以果茶代酒，也难免多喝了点，凤霄终归有些不适，便与崔不去说了一声，准备起身先回去养伤。

外面凉风徐徐，火光遥遥映现，近处黑作一团。

一只柔软滑腻的手从暗处摸来，悄无声息地摸上他的腰际。

在那只手堪堪碰上他时，原本恍若未觉的凤霄闪电般将对方的手腕捏住。对方“哎呀”一声，顺势软软往他怀里倒。

阿波可汗最宠爱的美人居然意图勾引隋朝使者，若是传出去，结盟之事估计又要再起波澜。

凤霄松开手，后退两步，美人猝不及防直接摔在地上，软软喊疼。

“谁让你来的？”凤霄蹲下身，捏住她的下巴。

力道不大，却令人无法挣脱。

“妾……仰慕郎君风采。”龟兹美人会说汉话，虽然够不上官话的标准，但反而多了一丝异域味道。

“你不怕被你的大汗发现，掉脑袋吗？”凤霄饶有兴趣。

那美人想说话，却发现自己的哑穴被点住了，下巴处传来一阵刺痛，疼得美眸含泪，欲落未落。可惜此处阴暗，灯火照耀不至，没人看见这番楚楚风韵。

凤霄问："有人派你来，让你缠住我，再大声叫嚷引来外人？"

美人无法说话，只能拼命摇头，眼泪随着摇动的幅度涟涟落下。

她想说自己是真的喜欢他，但美人连开口的机会都没有，凤霄也根本没兴趣听她解释。他改而抓住美人如云的乌发，直接拖着人往王帐的方向走，半点都无怜香惜玉之情。

当他们从黑暗中走出来之际，凤霄看见王帐另外一头的方向忽然喧嚣起来。火光迅速往那里聚集，随之而起的还有吵嚷尖叫声。

凤霄很快认出动静来源于二王子的营帐。与此同时，有不少人从二王子那边飞奔向王帐，行色慌张，必然是出了大事。

凤霄伸手一点，美人软软倒下。

王帐之内，原本一片歌舞升平。

金莲一反前几日的凝重消沉，表情带上难得的轻松惬意。她千里迢迢远赴中原，历经艰辛将隋朝使者带回来，想要得到的不仅仅是地位提升，更是话语权与威望的增加。她知道大可敦还在，又生育了大王子，地位很难撼动，她所能做的，就是不断让自己更加重要，掌握更多的权力，如此才能在未来得到更多。是以，她一定会牢牢抓着隋朝这艘大船，坚决与崔不去合作，不会轻易换船。

如今佛耳已死，消息传回沙钵略那里需要一定时间。就算对方反应过来，结盟的事情也已尘埃落定，基本不会再有什么改变。再说二王子，经此一事，在崔不去他们离开之前，应该也不敢再惹出什么事来了……

就在此时，一名突厥侍卫直接从外头冲进来，竟连通报都省了。

众人来不及反应，也无人叱骂，只见他满头大汗，高声道："大汗！二王子死了！"

金莲脸色一变，阿波可汗腾地起身，连葡萄酒汁打翻洒在衣服上也浑然不觉，他推开侍女，大步流星往外走去。

众人一脸蒙，只能跟在后面，一路来到二王子的营帐。

王庭的大夫也被找了过来，对方是突厥人，略懂中原医术，对着一动不动的二王子检查半天，只能宣告自己无能为力。

阿波可汗勃然大怒："人怎么可能说死就死，快把他救活！"

也难怪他根本不相信儿子死了，大王子也很难相信，因为白天时二王子还上蹿下跳到处蹦跶找麻烦。

突厥医者跪在地上，战战兢兢道："二王子全身没有外伤，身上也没有酒气，说不定是吃了什么毒物……"

突厥王庭不像中原皇宫那般精致讲究，但有毒的东西肯定也轻易近不了贵人们的身。现在如果二王子被毒杀，那就意味着阿波可汗也有危险。

可汗一边痛心儿子的死，一边担忧自己的性命，当即盛怒非常，下令宴会暂停，所有人都不准离开。众人还未从震惊中反应过来，可汗的侍卫已经将此处营帐团团围起来，不让任何人出入。

在阿波可汗杀气腾腾的注视下，医者硬着头皮，叫上徒弟，继续检查二王子的尸身。贴身服侍二王子的侍女，则开始禀报二王子死前的动向。

白天二王子丢尽颜面，佛耳也死了，自然心情不好。晚上设宴，他实在不想去，又不甘心被大王子抢了风头，就在营帐里磨磨蹭蹭，还因为侍女伺候不好而大发脾气，将人鞭打一顿之后，又把所有人赶了出去。

侍女在外头等了又等，等到宴会开始，实在拖不下去，只得冒着再次被打骂的风险进去询问。里头灯火全灭，其中一半东西是二王子发脾气的时候打翻的，后来她们守在外头，也听见二王子在里面骂骂咧咧摔打东西。众人只好重新点了灯火，便看见二王子躺在地上不动。

若是发泄一通累得睡着，倒也不是不可能。问题是二王子从来没有睁着眼睛睡觉的怪癖，众人心觉不对，扑上去察看，这才发现二王子已经断了气。

众人听侍女结结巴巴地禀报，心想二王子倒像是活活被气死的。

此时医者的徒弟忽然喊起来："这里！二王子头顶好似有东西！"

阿波可汗大步上前，亲眼看着那两人将二王子扶坐起来，拨开他的头发，露出下面一截铁针。

铁针入得极深，直接嵌入颅骨之中，再怎么用力拔也拔不出来。明显就是这枚铁针插入百会穴，直接令二王子气绝身亡的。

普通人肯定做不到这一点，二王子自己也会武功，虽说身手不怎么样，但营帐外面还有侍卫守着，能神不知鬼不觉潜入其中，又在二王子不出声的情况下将他杀死，再悄然离开，那一定是高手之中的高手。放眼整个西突厥，未必有人能办到这一点。

金莲自忖武功不错，但她若想要不惊动任何人就把二王子杀死，也是做不到的。

但有一个人能做到。

她忽然打了个激灵，一股寒意从心底冒了出来，直冲胸臆，蹿上喉咙，弥漫在鼻息之间，仿佛阴谋的味道。

在场自然不止她想到这一点，有一名突厥贵族突然叫起来："隋朝使者！那个武功很高的隋朝使者不见了！"

金莲猛地望向崔不去的方向，后者似乎感觉到她的目光，微微抬首与她对视。一半脸都隐在阴影之中的崔不去，令人看不清表情。

阿波可汗看也没看崔不去，只怒声咆哮道："将他给我找出来！"

"找我？"凤霄排开人群，越众而出。

他淡定如常，似乎没有意识到落在自己身上的诸多视线。

阿波可汗阴沉着脸："你去哪里了？"

他总算想起凤霄的武功，没有贸贸然下令将他抓起来。

崔不去将可汗所言翻译成汉话。

凤霄道："我方才提前退席，回去歇息，没承想听见这里有动静，就过来看看了。"

他没提龟兹美人的事情，因为说出来只会令阿波可汗更加暴跳如雷，而且龟兹美人肯定也不会承认。这样一来，他就等于挖个坑把自己给埋了。

阿波可汗冷冷问道："阿德的死，你怎么解释？"

凤霄摊手："我与二王子并无仇怨，他死了，我很遗憾，除此之外，还能说什么？"

阿波可汗吩咐下人："去把刘思古叫过来。"

凤霄不知道刘思古是谁，他一派淡然，任凭周围的人远离他，而包围在他身边的，换成了一干突厥勇士。

金莲尝试劝说："大汗，隋朝与我们结盟在即，他实在没有必要杀害二王子，肯定是有人陷害……"

可汗举起手，制止她继续说下去。

那个名叫刘思古的突厥人很快被带来，阿波可汗问凤霄："你知道他是谁吗？"

凤霄摇首。

"他是黑月大巫的弟子，大巫死的那天夜里，他亲眼看见你潜入大巫的石屋！"阿波可汗冷笑，"隋朝使者，大巫的死疑点很多。我早就知道这件事，却愿意为了两国和平暂时压下来，谁也没说过，也愿意相信你们。可今天阿德的死，让我彻底改变了看法！你们来这里，就是为了毁灭我西突厥！你们杀了佛耳，让我们无法与沙钵略结盟，彻底断了我们的后路，又杀了大巫和阿德。下一步，你们是不是就要杀我了？"

人群轰然惊诧，连金莲也一脸惊愕地在崔不去与凤霄之间来回看。

崔不去的眉头微微皱着，凤霄却依旧很从容："大巫和二王子的死，都与我无关。我真想毁灭西突厥，直接杀你就好了，何必迂来绕去，杀那么多不相干的人？"

"谁知道呢？我早就说过，汉人根本不能相信！"

不知谁先鼓噪起来，紧接着就是此起彼伏的应和。

"对，汉人心思歹毒，早就想要我们突厥人先打起来了！"

"他们杀了大巫，又杀了二王子，说不定也对大汗下过手，只是大汗侥幸躲过了！"

"杀了他们！"

"杀了汉人！"

金莲汗如雨下，几乎将衣服后背都浸湿了。

阿波可汗面色阴沉，盯着凤霄。

大王子嘴巴微张，还没完全弄明白这是怎么一回事。

并非在场所有人都是亲近二王子的，但守旧势力在这种境况下大规模抬头，怂恿可汗一怒之下将两名隋朝使者斩杀。

凤霄武功的确很高，高到令所有人畏惧，但他毕竟只有一个人。双拳难敌四掌，王庭之地，高手重重，他自己也许能全身而退，若带上一个不懂武功的崔不去和一个白天也受了伤的乔仙，却不大可能办到。

然而这种情况下，他似乎已经别无选择。

突厥勇士一步步将他们包围，只等可汗一声令下，当场就会有无数长刀砍向他们。而不会武功的崔不去，无论他如何智计卓绝、谋算无双，都会成为凤霄的累赘。

两人遥遥对视，凤霄看不清崔不去的表情。

崔不去也摸不透凤霄的内心，他不知道凤霄会如何选择，但他知道自己会怎么选。

"且慢。"崔不去说道。他音量不大，但足以压下那些七嘴八舌的杂音。

二王子死了，谁能得益？自然是大王子。因为这样一来，阿波可汗就只剩下他一个儿子。

但单凭大王子手下那些人，绝无可能在不惊动任何人的情况下杀掉二王子。除非大王子与隋朝使者勾结，请凤霄动手。

无论如何，隋朝人都是最有嫌疑的。毕竟白天谁都看见二王子是如何挑衅隋朝人，想要置他们于死地的。

金莲的心像被一只无形的手紧紧攥住。她亲眼见识过崔不去的三寸不烂之舌，也知道他的能耐。现在只能寄希望于崔不去突然之间想到脱身的办法，又或者这是他早就算到的环节，只等他开口，所有问题就能迎刃而解。

迎着金莲饱含期待的目光，崔不去终于开口："既然大汗非说是我们干的，那我也没什么好说的。"

啥？金莲怀疑自己的耳朵出了毛病。她难以置信地望着崔不去，恨不能冲上去捂住他的嘴巴。

阿波可汗果然冷笑道："好，既然连你自己都这么说……"

"我是说，对大汗非要加诸在我们身上的罪名，我没什么可说的。但是，"崔不去抬手打断他，"凡事都要讲证据，现在有谁看见我们当场杀人？还是有谁看见我们从二王子的营帐出入？二王子身边有那么多人守着，就算他们都打不过凤霄，难道他们连看都没看见？"

阿波可汗的声音更冷了："刚才阿德被杀之时，你的副使也正好离席，上回大巫死之前，别人也看见他出入大巫的石屋，一次凑巧就算了，天底下怎么会有接连的巧合？你们还想抵赖到什么时候？来人，将他们抓起来！"

崔不去："给我一天，我可以找出真正的凶手！"

阿波可汗眯起眼："一天？"

崔不去淡淡道："不错，只要一天。一天之后，如果找不到凶手，要杀要剐，都任凭大汗处置。"

"不行！"可汗断然拒绝，"如果你们直接跑了，一天之后我去哪里找人？"

崔不去："我们受天子之命而来，若不能完成任务，就无颜回去，保住性命又能如何？而且，此事根本与我们无关，也就是说，杀害黑月大巫跟二王子的凶手现在还隐藏在你们中间，随时会再出手。他下一个对象，很可能就是大汗你了。"

一名亲近二王子的突厥贵族嚷道："你别以为这样胡说，我们就会相信！"

崔不去根本没理他："大汗，杀了我们，你就不怕凶手另有其人，依旧隐藏在暗处窥视你吗？我不需要你放了我们，只要一天时间。"

金莲见机插话："大汗，二王子这件事太明显了，使者他们不会干这么愚蠢的事情，凶手肯定另有其人！"

可敦也道："还请大汗给他们一天，让他们心服口服。"

这位大可敦既然不愚蠢，那她肯定能想到，会有很多人以为大王子母子跟隋朝人勾结，先杀二王子，再杀可汗，争夺西突厥可汗之位。为了表明清白，她也要出声，以示坦坦荡荡的态度。

昔日亲近二王子的人不少，但现在二王子已死，不管死因为何，大可敦母子的地位只会更加稳固。很多人不愿意再得罪他们，见大可敦这样说，当下也有不少人附和。

阿波可汗不能无视这些人的意见，他沉吟片刻，怀疑道：“只要一天？”

崔不去：“不错。”

阿波可汗指着凤霄道：“他武功太高，给你们一天，你们肯定会逃跑。”

崔不去淡淡道：“但我们总要出去找证据线索，否则又怎么追查凶手，自证清白？如果大汗不放心，可以留一人为质。”

打从崔不去刚才说出想要一天时间时，凤霄就嗅到了熟悉的味道。这股味道别人闻不着，只有他才能察觉。俗称，跳坑的味道。

要了一天，那就肯定得在一天里找出凶手。但阿波可汗不可能任由他们几个都在外头，势必需要扣留人质，所以崔不去十有八九是会让凤霄留下来的。

凤霄摸摸鼻子，只觉肩膀上的旧患又开始隐隐作痛。虽然早有预料，但被人牵着鼻子走，总会感到不痛快。

但下一刻，他摸在鼻子上的手就停住了，因为他听见崔不去道：“我留下来，让凤霄去找凶手。”

凤霄一怔，望向崔不去。

阿波可汗皱眉：“不行，他武功太高，会跑掉！”

崔不去道：“他只是副使，我才是正使，虽然我不会武功，但我的命比他值钱多了。我自愿留下来，是为了让大汗放心，如果你不愿意，我们现在拼个鱼死网破，从这里杀出一条血路，也不是办不到吧？”

阿波可汗吓得当即后退两步，让侍卫挡在自己身前，犹面露警惕。

连佛耳都能说杀就杀的人，自然能碾压在场绝大多数人。就算突厥人仗着人多势众将他擒住，还不知要付出多惨重的代价。

阿波可汗很惜命，他虽然痛心二王子的死，但要他下去找儿子，他是绝对不愿意的。

金莲适时低声劝道：“大汗，佛耳一死，我们跟沙钵略的关系已经坏了，别再得罪了隋朝人。”

阿波可汗看向崔不去，狐疑道：“你真能在一日之内找出凶手？”

崔不去没有信誓旦旦，只道：“我会尽力。”

阿波可汗道：“一日之后，不管能否找到凶手，你的副使都必须回来。否则，我就杀了你。”

凤霄笑了一声。

可汗大为不快：“你笑什么？”

凤霄走上前。

他的脚步不快，前面还有许多人，却无人敢拦。众人不自觉地让出一条路，由得他轻轻松松走到崔不去面前。

“大汗放心，既然他许诺一日，这一日之内，我一定竭尽全力寻找证据。否则，他若是让你杀了，我又上哪儿去找我的情人呢？”

金莲为阿波可汗翻译凤霄的话，在翻译最后一个词的时候，她忽然卡壳了。她自忖这辈子见过的世面足够多，经历的风浪也足以令她面对任何困境，但听见凤霄的称呼，金莲脸上的表情还是僵住了。

崔不去知道凤霄是故意这么说的，而且故意当着阿波可汗的面这么说。

起码阿波可汗误会两人的关系，可以稍稍不那么担心凤霄会一去不回头，想提前对崔不去下手也会有所顾忌。

所以崔不去没有动，任凭凤霄将他拥住，夸张地抒情：“去去啊，你可千万要等我。我一定会抓住凶手，证明你的无辜！”

崔不去还得配合他，勉强伸出手，回抱了他一下。

金莲目瞪口呆，阿波可汗半信半疑，而大王子的眼神居然还有一丝羡慕。

“你真有把握？”凤霄耳语道，“现在走的话，他们拦不住。”

崔不去“嗯”了一声，他不会传音入密，无法在这种场合说更多了。

凤霄随即松开他，转身便走，头也不回，与方才的深情款款判若两人。

崔不去抽了抽嘴角，将手中刚刚拿到的瓷瓶往袖里塞得更深。

# 第二十六章 真假可汗

崔不去被暂扣在二王子的营帐，阿波可汗调了百来名侍卫守在外头，别说一个人，就连一只苍蝇想要飞进去都会被发现。

凤霄回到他们先前住的营帐。

乔仙已经听说前头发生的事情，挣扎着从床榻上爬起，暴跳如雷：“你怎能将尊使一人留在那里？”

凤霄摊手，一脸无奈：“你家尊使主动要求留下的，我能有什么办法？”

乔仙怒极，再也不愿维持表面的和气：“我不信尊使会这样做！”

凤霄：“那你可以亲自去问他。”

“我自然要去问！”她说罢怒气冲冲地走了。

凤霄没能得到一室清静，乔仙前脚刚走，金莲后脚就来了。

她的焦急不比乔仙少半分，只因他们现在是同一条船上的人了，想下船已经来不及，金莲只能硬着头皮看这艘“破船”驶向何方。

“凤郎君，您现在有什么法子找出凶手？若需要我帮忙，请只管说。”

凤霄：“我没有办法啊。”

金莲更急了：“我们只有一天时间，这眼瞅着快天亮了，我看方才大汗的确是起了杀心，就算拖也拖不了多久的。要是没能找出真正的凶手，崔先生可就危险了！”

凤霄：“有件事，你想必也听说过。”

“请说。”金莲有种不祥的预感。

凤霄：“我与崔不去分掌解剑府和左月局，平日里王不见王。这么形容吧，就有点儿像大王子跟二王子，谁看谁都不顺眼，一方恨不得另一方倒霉，你明白了吧？”

金莲："……我不明白。"

凤霄拍拍手："说白了，就是崔不去现在被扣下，如果不管他，左月局就会少一位正使。少个人跟我作对，这对我来说是好事，你觉得我为什么要想办法为他奔走呢？"

金莲瞠目结舌："但、但事关你们的差事，你们来这里不就是为了结盟？"

"这原本是崔不去的差事，不是我的差事。我只是为了蹭点功劳，才会与他一道来这里。"凤霄将蹭功劳说得一脸理所当然，"差事成了，于我是锦上添花；差事砸了，我回去之后只要把事情往崔不去身上一推，就不关我的事了，你说是不是？"

金莲："……"

凤霄笑吟吟："他总喜欢算计别人，这回终于轮到他自己跳进坑里了，你说我不击掌喝彩就罢了，难道还真要想办法去把他从坑里拉出来吗？"

说罢他也不管金莲什么表情，起身就往外走去，一边走还一边自言自语。

"他现在肯定是坐困愁城，左右为难，可惜看不见崔道长抓耳挠腮、无计可施的样子了。明天这个时候，看在同僚一场的分上，我会为他送葬的。"

金莲看着凤霄轻快远去的步伐，只觉一阵头晕目眩。

她有种冲动，想现在就冲到崔不去面前告诉他，他看错人了，凤霄压根就不会设法救人，非但不会，还会眼睁睁看着他去死，在旁边拍手称快。

但也许崔不去真有什么法子，能让这艘即将覆灭的船重新开起来呢？那她现在去说，就是扰乱崔不去的计划了。

金莲站在原地，心中纠结难受。

阿波可汗并没有限制凤霄的行动，他知道这里任何一个人都限制不了凤霄这等高手，因此只让人跟着他，回报他的行踪。

凤霄没有趁机逃走的意图，也没有到处奔走寻找凶手的积极。他在水草丰美的绿地上四处溜达，这里看看，那里逛逛。往来西域的商贾们新到了一批，带来最受欢迎的中原瓷器和丝绸，凤霄也去凑热闹，跟那些人聊了半天，顺便吃了一顿美味的烤羊肉。

撒了安息茴香的烤羊肉美味柔嫩，入口即化，吃完再来一串甘美的葡萄。虽然此地物资远不如中原丰富，但这两样食物却是中原难比的美味。

商队来自天南地北，既有汉人，也有高鼻深目的异域人。汉人们难得在异乡看见熟悉的面孔，对凤霄很是热情，招呼他一块坐下来用餐。凤霄也没客气，他慢条斯理地吃着烤羊排，就似吃着世上难觅的珍馐。

主人家见他吃了片刻就放下羊排，还以为不合他的胃口，就让人重新拿了牛肉过来。

风霄道："不是肉的缘故，是味道有些淡了。"

烤肉的人奇怪："我已放了许多盐，郎君若是口味重，不如再撒些盐上去。"

风霄摇头。

他也觉得奇怪。按理说，自己现在一身轻松，只要拍拍衣服回中原，就能笑看左月局群龙无首，乱作一团，再也别想与解剑府平起平坐，而这世上也会少一个与他作对的聪明人。如是，他还有什么不满意的？

风霄看着眼前食之无味的烤羊排，忽然叹了口气："没有人斗嘴，还真有点不习惯。"

他离开酒席，沿着湖边草地漫步。

一只白鹭不期然飞来，停在他不远处。浑身雪白的鹭鸟羽毛丰茂，看上去柔软蓬松，颈后优美的弧度，就像崔不去懒散躺卧在床榻上不肯起来时的背部。当然，最像崔不去的还是那长而坚硬的嘴巴，随时都能伸出啄人。

风霄想起崔不去长了一只鸟嘴的样子，不由哈哈笑起来。

金莲好不容易找见人，急匆匆跑来，想再劝劝风霄，却冷不防听见对方畅快的笑声。她心道完了，崔不去倒霉，风霄竟乐成这样，估计是不肯帮忙了。

金莲暗叹一声，事到如今，只能设法去见崔不去一面，看他是否有起死回生的法子了。

这时却见风霄回过头，奇道："你怎么来了？"

金莲懒得多说，淡淡道："无事，我走了，风郎君自便。"

"慢着。"风霄喊住她，"黑月大巫的尸身还在吗？"

金莲摇头："被烧得不成样子，当时便就地火化了。不过部落大巫死后，一般也是要火葬的。"

风霄："那间石屋还在吧？他的两个徒弟你设法将他们带来，我有话要问。"

金莲狐疑："您不是不想救崔先生吗？"

风霄含笑："世上只有一个崔不去，他若死了，我上哪儿再去找这么有趣的人？"

乔仙也没闲着，她之前受伤不轻，想要将崔不去安然带走是不可能的，想闯进去见崔不去也有相当难度。直到大王子路过，看见乔仙在营帐外徘徊，这才好心说通了侍卫，让她见到崔不去。

崔不去倒没有受到什么虐待，他席地盘膝而坐，闭目养神，仿佛不知自己死期将近。

“尊使！”乔仙疾步上前，单膝跪下。

“属下无能，属下会设法救您出去，绝不让您在此处受辱！”

崔不去：“凤霄呢？”

乔仙愤愤不平：“不必指望他了！我看他根本就没心想救人。”

崔不去沉吟道：“你帮我带句话给他，就说，让他走得越远越好，千万不用来找我，也不要找阿波可汗算账，他身边尽是能人异士，单凭你们二人之力，不会是他的对手。”

乔仙一愣。

如不是崔不去神情冷静，面色淡定，她一定会以为对方疯了。既然对方没疯，那就是自己的耳朵出毛病了。

崔不去问：“现在是什么时辰？”

乔仙：“卯时三刻，天已大亮。”

崔不去颔首：“事不宜迟，如果你想救我，就尽快将这句话转达给他。”

乔仙左思右想，都没想出这句话有什么特别，只怕凤霄听见这句话，更会开心地转头就走，毫不留恋。但崔不去的命令，她无论如何都会遵守。

乔仙毫不犹豫，起身离开。

崔不去目送她的背影消失在毡帘之后，慢吞吞摸出袖中瓷瓶，将旁边的香炉拿过来，倒入瓷瓶里的东西。

突厥贵人喜爱汉地特产，争相效仿的好处便是，这种中原富户里才能找到的香炉与熏香，在这些营帐里随处可见。

崔不去看着香炉里袅袅冒出轻盈烟雾，又很快消散在半空中，无痕无迹，淡雅清甜。

他盯着香炉看了好一会儿，忽然用突厥语高声道：“我要见阿波可汗！你们告诉他，如果他不来，将会有难以预料的严重后果！”

若是寻常囚犯，侍卫只当他在瞎嚷嚷，自然不予理会，但崔不去的身份毕竟不是寻常人等，侍卫一听，立马就去禀报了可汗。

阿波可汗难得没有沉浸在美人乡里，亦没有招人议事，侍卫进去时，只见他正盘膝坐在王帐中央，双掌朝上作拈花状，怎么看都有些古怪。

但侍卫不敢多看多问，忙将崔不去的话转达。

阿波可汗并未勃然大怒，他平静地听侍卫说完，一张被岁月和美色侵蚀得差不多的衰老脸上竟露出一丝奇异的笑容。

“崔不去。”这个名字头一回从突厥可汗口中道出，字正腔圆，轻柔缓慢，仿佛有着无穷的韵味。

直到阿波可汗起身，朝崔不去的营帐走去，那侍卫才慢半拍地想起，刚才可汗说的似乎是汉话。

“你要见我？”

阿波可汗带着不少侍卫进来，这里是他的地盘，他想去任何一个地方，想带多少人，都无须经过别人的同意。

随人群汹汹而来的热浪一下子冲淡了营帐内的气息，原本就清淡的熏香变得更加若有似无。

崔不去点点头：“我要见你。”

“说吧。”阿波可汗带着胜利者特有的骄矜，居高临下看着崔不去。游牧民族的辛苦让他的面容比中原那些贵人们增添了更多的风霜，他看崔不去的眼神已经没了先前的讨好和热情，取而代之的是冷漠和嘲弄，让人感觉他想让崔不去死，就像捏死一只蚂蚁那么简单。

崔不去忽然道：“二王子刚刚罹难，怎么大汗看起来并不是很难过呢？”

阿波可汗冷冷道：“作为突厥可汗，我的心里装着整个突厥的子民，不可能因为自己儿子的死，就难过得连可汗的职责都忘记了。”

这样一句大义凛然的话，换作任何一个突厥人听了都会感动莫名。就如现在站在阿波可汗身边的突厥侍卫也忍不住露出动容之色，一下子忘记阿波可汗以前干下的种种昏聩之事。要是在中原，估计就立马跪下山呼万岁了。

崔不去却笑了出来，像是听见什么笑话，那些突厥侍卫不由怒目以对，差点想要上前揍人。

“我想与大汗单独会面。”他道，强调单独二字，“若不然，说出什么不该说的话，大汗不要后悔。”

二人对视片刻，阿波可汗不辨喜怒，却居然挥挥手，让侍卫们都退出去，顺便让人将厚厚的毡帘放下，隔绝一切窥探的视线，同时也阻止了声音的外泄。

阿波可汗：“你想说什么？”

崔不去不语。

阿波可汗笑了一下，轻松道：“不管你想要说什么，你的死期都不会改变。”

崔不去咳嗽两声，他的脸色看起来比刚到草原的时候更白一些，但苍白与更苍白之间并没有太大区别，除了亲近之人，一般不会有人太过仔细去观察。

他伸出袖子掩住咳嗽声的手很细长，薄薄皮肉下面透出骨节嶙峋，却并不显得瘦弱可欺，更像一节劲竹，背脊挺直，撑起一身的宽袍大袖。

崔不去道：“但你还是进来了。你还是很好奇我到底想说什么，或者，好奇我到底知道了多少。”

阿波可汗没说话，他在等崔不去开口，他知道对方一定会按捺不住，卖弄聪明，试探自己，拖延时间。他不在意，因为他早有准备，不管崔不去说什么，知道了多少，都不会改变最终结果。

崔不去果然语出惊人：“我本来以为你是黑月大巫假扮的。”

阿波可汗挑起眉头，饶有兴趣：“是什么让你后来觉得不是？”

崔不去淡淡道：“因为那间石屋。”

阿波可汗：“哦？”

崔不去：“那天晚上，凤霄潜入石屋，他鼻子比狗还灵，所以闻到了草药味，而且还闻出其中有川芎、麝香和细辛的味道。”

凤霄不在这里，也没法反驳自己的鼻子不会比狗更灵，或者抗议狗跟人不能相提并论，只能任由崔不去编排。

“麝香少许，细辛半两，甘泉一两，川芎一两，你知道这样的药方可以做什么吗？”崔不去没有等到对方的回答，他也并不需要对方的回答，“辟秽丹。人死之后，以此丸焚烧，可辟除尸臭之气。

“金莲说过，先前阿波可汗生了一场大病，是被黑月大巫医好的。这件事发生在我们不在时，而金莲回来之后，就发现阿波可汗原本支持她去中原寻求盟友的态度发生了极大转变，非但不待见远道而来的隋朝使者，就连对她也冷淡疏离，不复从前。

“制作辟秽丹所需要的麝香、细辛等物，本地都没有，须得托人从中原购得。于是我就让金莲去查，看谁最近从商人们手中购买了这几种药材，结果查到了大汗你身上。

“原本我以为，是黑月大巫将阿波可汗杀死，然后假扮阿波可汗的身份，但是辟秽丹的出现改变了我的想法。一个突厥人，哪怕是部落大巫，也绝无可能熟悉这种方子，更不要说用这种法子来掩盖尸臭，这不像是突厥人的作风。而你在假扮突厥可汗之后，所作所为也完全不符合西突厥的利益。”

啪，啪，啪，阿波可汗鼓起掌。

他不急不忙，很有耐心地听崔不去将这些话说完，半点都没有惊慌失措、恼羞成怒的样子，反倒露出赞赏之色。

“不愧是左月使，单凭那几样药材的气味竟能推断出这么多事情。从前有人与我说，大隋之中有几个惹不得的人，其中之二便是凤霄的武功和崔不去的心计。凤霄武功之高，我的确亲眼见识过了，就连突厥第一高手也在他手下身败名裂，而如今听君一席话，我才有了更深的体会。”

这番话，他居然是以再标准不过的中原北方官话说出来的。

崔不去早有预料，他面色淡淡，宠辱不惊："我是否该说多谢大汗，不，应该说，多谢这位假扮大汗的兄台夸奖？"

对方大笑："你是何时察觉异常的？"

崔不去："一开始。"

对方想也不想就道："不可能！"

崔不去冷冷看着他："你从一开始就露出破绽了。阿波可汗是个好美色之人，当日我带着乔仙进入王帐，以乔仙的美貌，你初见她时别说惊艳垂涎，眼神甚至都没在她身上停留半分。这正常吗？"

对方若有所思，竟还微微颔首表示赞同。

崔不去："再者，黑月大巫死的那天晚上，夜宴刚开，所有使者都在场，按理说，你这位大汗也应该到场，但你却迟迟未至。别人都说，自打新纳了龟兹美人之后，可汗就完全沉溺于美人乡，不问正事，连这样重要的场合也是能拖就拖。但在我看来，这却恰恰说明了一点，你早就料到凤霄一定会去找黑月大巫，所以提前在那里设好陷阱，与凤霄交手，让凤霄以为你就是大巫。事后你把石屋连同大巫的尸体焚毁，将一切都推到凤霄身上！

"还有，当时你与凤霄交手，凤霄固然受了伤，但你也没好到哪里去。他潜入二王子的营帐，假装二王子有特殊癖好，借此掩盖身上受伤的血腥味。你随后携着龟兹美人出现，我便闻见那美人身上的香气比以往还要浓烈，想必你也是一样，借了这股香气来掩盖血腥味。"

一口气说了这么多话，身体似有些承受不住，他低头咳嗽起来，一边快速思考着。

能设下这么大一个局，冒充突厥可汗，把所有人玩得团团转，甚至将佛耳也蒙在鼓里，就连崔不去自己起初也不敢贸然确认，可见此人之可怕。但对方却耐心地听崔不去在这里说了这么多，肯定不是因为崔不去长得好看或声音好听，而是崔不去想拖延时间，对方也想拖延时间达到某个目的。

崔不去现在已经任人鱼肉，值得对方拖延时间的只有凤霄了。想及此，崔不去咳嗽得更厉害了。

他现在只能寄望于凤霄能领会他的意思，与自己里应外合。否则，就算是他在这里忙得半条命都快没了，也根本无济于事。

假阿波可汗一脸关切，口中却说出截然相反的话："你没事吧？是不是咳得快要死了？我看你成日病恹恹的，怎么老死不了？"

崔不去又咳了两声："有劳关心，只怕要让玉秀禅师失望了。"

假可汗眯起眼看着他，杀气立现。

崔不去仿佛没有察觉，他咳得有些累了，往后靠向柱子，借以喘息，但他的手还按着胸口的位置没松开，那里正泛起阵阵疼痛，连一呼一吸都会受到牵扯。

杀气如芒在背，令痛苦又增添一层，后背沁出冷汗。

良久，他听见对方道："你怎么知道是我？"

崔不去闭了闭眼，挨过一股漫涌上来的痛楚才开口："在且末城时，你故意放出一个与你相貌身形差不多的玉衡和尚来误导我们，起初也的确让我们以为那就是你。现在想想，那时候你应该已经来到西突厥开始布局了。

"阿波可汗毕竟是突厥可汗，身边每天都围着无数人，你要杀他也许能办到，想要假冒他却不是那么容易的事情。但杀黑月大巫却容易多了，他离群索居，身边服侍的人也不多，所以你先杀了大巫，扮作大巫，再借着给可汗治病的机会，把阿波可汗给杀了。然后把可汗的尸体继续安置在石屋，用辟秽丹掩盖尸臭，假装大巫在闭关疗伤，如此你便可以光明正大地以可汗的身份出现在众人面前。

"你亲近龟兹美人，因为她是在你假冒之后才被送来的。一方面符合你好美色的名声，另一方面可以减少你跟可汗从前的女人接触，避免暴露身份，实在是非常高明的做法。

"而且，你假冒阿波可汗之后所做的一切，都是在挑拨沙钵略与隋朝的矛盾，甚至意图让西突厥更加混乱，走向毁灭。这与你先前处处跟我们过不去的行事作风如出一辙。

"其实到方才为止我都不敢确认，一切都只是推测。"

说到这里，崔不去浅浅笑了一下："但是你，自己承认了。"

假可汗，也就是玉秀禅师无所谓地点点头，他甚至懒得再伪装阿波可汗苍老沙哑的嗓音，恢复了自己原本清朗悦耳的声线。

"我承认了，但又如何？你在等凤霄来救你吗？恕我直言，他恐怕会更乐意看着你去死，就算他良心发现，现在也来不了了。"

玉秀原本就是个年轻俊美的和尚，眼下纵然顶着垂垂老矣的皮囊，也掩不住底下无意中表现出的风流神采。

空荡荡的石屋里，到处都是焚烧过的痕迹。里头的床榻柜子原本都是木制，其他器具又以陶器和布料居多，一场大火下来，几乎没剩什么，就连陶器都已经变得黑乎乎的，焦味淡而不散，四处飘荡。

大巫的骨灰早已被运往别处安置，此地几乎不会留下什么有用的线索。金莲看着凤霄在屋里转了一圈又一圈，心里的焦灼也一圈圈递增。

“看出什么了？”她忍不住问。

凤霄蹲在地上端详半天，然后起身拍拍手上的尘土：“你让人提一桶清水来。”

金莲的心瞬间提起来：“怎么？真有发现？”

凤霄：“不是，我要净手。”

金莲：“……”

她是真想把地上那个陶罐提起来往凤霄脑袋上扣。

但是她不敢。金莲深深吸了口气又吐出去，还是没法将焦虑尽数吐出。

“凤郎君，此事攸关生死，大汗动了真怒，若我们不能按期找到真凶，他是真有可能将崔先生处死的。”

凤霄漫不经心地“嗯”了一声：“有我在呢。再不济，把人带走便是。”

金莲怕的就是他这种倚仗武功高强不将任何人放在眼里的行径，他们拍拍屁股走了倒是干净，问题是她又不可能一走了之。这次闹出这么大的事情，结盟早已希望渺茫，金莲只求阿波可汗不要迁怒于她，但这又谈何容易？

来硬的不行，只能晓之以理动之以情了。

金莲苦笑道：“凤公子武功盖世，天下莫出其右，自然是无所畏惧。可您也要为崔先生想想，这次他奉了朝廷之命，若是没能完成差事，回去要如何自处？恐怕革职查办都算是轻的吧。”

凤霄奇道：“我为什么要为他着想，我救了他的命，对他已是再造之恩。至于天子那边，我巴不得左月局被追究，这样解剑府不正好少了一个对手吗？”

金莲几欲抓狂，她从没遇到过这么难缠的人，崔不去算一个，凤霄更是油盐不进。眼下崔不去被软禁起来，纵有天大的智慧也难以发挥分毫，凤霄的存在格外重要，可他压根就不按理行事，更无半分着急。

不然她去求求大可敦和大王子，他们对隋朝人印象不错，大王子与崔不去也谈得来，兴许会答应帮他求情。金莲如是想道，转身欲走。

凤霄看出她的意图，道：“你去找大王子也没用。他们虽然倾向与隋朝结盟，但现在大王子如果出面求情，他就有勾结隋朝人、谋害二王子的嫌疑，大可敦不会让他出面的。”

金莲顿住脚步，她不是不明白，只是救人心切，走投无路。

“崔先生当初以身相代，让凤公子得获自由，只怕没想到凤公子会如此瞻前顾后吧？”

对于她的冷嘲热讽，凤霄不以为意："我在等。"

金莲狐疑："等什么？"

凤霄："等崔不去。他什么都没跟我说就主动留下来，想必当时他还有什么事情没想通，等他想通了，肯定还会再传消息出来。"

话音方落，外头就传来动静。

凤、金二人步出石屋，便见乔仙的身形起起落落，很快就由远处掠来。她一袭白衣，身姿缥缈，果真当得起名字中的一个仙字。

但乔仙的面色远不如她的轻功那样出尘无染。

"尊使让我带句话给你。"乔仙急急道，"他说，让你走得越远越好，千万不用去找他，也不要找阿波可汗算账，说可汗身边尽是能人异士，单凭我们二人之力，不会是他的对手。"

"崔先生真这么说？"金莲一听就更急了，心道凤霄本来就不大想救人，这不是给人家找了个名正言顺的理由吗？

乔仙叹了口气："对！尊使说想要救他的话，就要将这句话转达给凤二府主。"

她在路上想了几回，都想不出这句话有什么特别，此时只能将所有希望都寄托在凤霄身上。

凤霄也叹了口气："你看，他让你转告我，却不直接让你琢磨，就是知道你怎么想都想不出来的。到头来，还得靠我。"

乔仙隐忍不发："所以这句话到底是什么意思？"

凤霄"嗤"的一下笑出声："你觉得，以你家尊使的为人，他是那种舍己为人、甘愿牺牲的人吗？"

乔仙不耐烦道："听不懂！能否开门见山，说直白些？"

凤霄语重心长："他当然不是。他是那种挖一个坑也要别人跳三回，就算自己跳下去也要拉别人垫背的狐狸。你跟了他这么久，连他什么秉性都不了解吗？"

乔仙额上青筋暴跳，濒临发作边缘。

凤霄："所以他这句话要反着听。"

金莲忙问："何意？"

凤霄："让我们走得越远越好，千万不要去找他，意思是让我们一定要去找他；让我们不要去找阿波可汗算账，意思是症结很可能出在可汗身上。"

金莲越听越糊涂："他的意思是说向大汗求情？"

凤霄："不，他很可能已经想明白了，阿波可汗有问题。我去找可汗，你们去找崔不去，尽可能待在他身边不要离开。”

他说罢，神色一动，弯腰捡起一块石头，忽地扭身掷去。

乔仙与金莲便见一人从石屋之后的树丛中跃出，迅若闪电，直扑凤霄而去。

凤霄却似早有预料，身形并未如何动作，人已飘然后退，避开对方的雷霆一击。他倏地反手拍出一掌，不让对方有半分反应的机会。

乔仙与金莲看着两人身影交错，彼此出手快如流星，别说上前援助，竟是半分也插不进去。二人心头骇然，暗道佛耳已死，又从哪里冒出这么一个武功不逊于佛耳的人？

对方不仅出现得突然，就连武功路数也十分古怪，不用刀剑枪戟，手一抬，便从袖中掠出一道虹光，细看竟是非金非银的细链。那链子如有知觉，生生避开凤霄的真气，转眼便缠上他的手腕。

凤霄哂笑，手臂微微一振，真气就将细链挣开，但那细链依旧在主人的操纵下掠向凤霄的周身大穴。

对方出手毒辣，招数诡谲，处处出其不意，丝毫不留余地，铁了心想要将凤霄置之死地。

凤霄的武功固然高绝，但他先前在石屋与神秘人交手便已受了点伤，后来又杀了佛耳，伤势只会更重，不会变轻。换作天下第一高手来，面对接二连三的挑战，只怕也要左支右绌。哪怕他现在表现得还算游刃有余，与他交手的这人也相信，凤霄其实已是强弩之末，今日便要死在这里。

对方冷笑一声，心头恨极了他，出手越发凌厉狠毒。

那头乔仙与金莲也根本没有脱身先走的机会，几名黑衣人从远处掠来，拦住了她们的前路。

这些黑衣人像是凭空冒出来，先前从未见过。从武功路数看，他们都是出自同一个门派，或者由同一个人教导出来，这样一批人怎会突然来到西突厥？难道杀死大巫和二王子的也是他们？金莲腰间中了一剑，忍痛避开，忽而想道。

“凤二府主来不及赶过来了，我劝你不必有所奢望。”玉秀微微笑道，又重复了一遍先前的话。

他见崔不去咳得越发厉害，似有些心生怜意，便伸出手在对方后背抚了几下。

崔不去懒得避开，也没有多余气力避开。他眉间倦色渐浓，却依旧强撑着，不肯合上眼睛。

"对你，我心中始终有个疑问，思来想去都无法解开。"待咳嗽稍平，崔不去缓缓问道。

玉秀微微一笑："你是不是想问，我明明是晋王谋士，得晋王青眼与看重，将来前程不可限量，尤其我出身名门大派，哪怕放弃朝堂去江湖上混，也能混出个名堂来，为什么要三番五次跟你们作对？"

崔不去蹙眉："不错。难道你跟晋王有仇，故意留在他身边，明着为他谋划，实则干这种危害隋朝的勾当，好将晋王拉下水？"

玉秀摇摇头："我跟晋王往日无冤，近日无仇。"

崔不去："那就是晋王所图甚大，暗地里创立云海十三楼，命你到处招揽人才，想要推翻太子，改朝换代？"

他言辞尖锐大胆，也不怕犯忌讳，反倒说得玉秀一愣。

玉秀失笑："你真是……我本来就舍不得杀你，要不是你屡次跟我过不去，现在又怎会落到如此境地？"

崔不去闭了闭眼，兀自道："云海十三楼，以十三人为掌事，各自号令一方。冯小怜排行末尾，段栖鹄位居十二，玉衡是第十一人，以你的能耐，必然远远不止于此。你是他们口中的一先生？"

玉秀摇摇头："我不是。"

他看见崔不去的表情，笑了一下："我知道你不信，但我的确不是。"

至此，玉秀的神态动作都是放松自在的，因为他自信一切尽在掌握中，也不惧崔不去再使出什么手段——只要凤霄被拖住，任凭崔不去智比孔明，他都翻不出花来。

但是，他的笑意忽然在嘴角凝固了。

玉秀腾地起身，满屋子转悠，最后在柜子后面的暗角找到一个香炉。他拿起香炉嗅了一下，脸色大变，将炉子往地上狠狠摔去，扯过被褥盖在上面，然后几步上前，单手掐住崔不去的喉咙，将他按在地上，看着对方瞬间变青的脸，恶狠狠道："你在香里掺了什么？"

崔不去勉强扬唇，无声地一字一顿道："奈、何、香。"

伴随这三个字，玉秀的杀气几乎化为实质，与他掐住对方喉咙的手一道，成为崔不去的催命符。

鲜血从崔不去的嘴角缓缓流出。

# 第二十七章 玉秀禅师

玉秀听过奈何香的可怕之处。不仅听过，他还知道那是天下奇毒，是解剑府专门用来对付那些难缠至极、嘴巴闭得比蚌壳还紧的嫌犯。

顶着阿波可汗的脸皮，动怒越发显得狰狞，玉秀咬牙切齿，几乎想要直接掐死崔不去，但残存的理智制止了他。

“解药呢？”

奈何香是没有解药的，但此时此刻，崔不去自然不可能告诉对方。他的嘴角咳出血沫，话语含糊不清。

“你屏住呼吸也没有用……因为，它在你进来的那一刻就已经渗入你的发肤，通过经脉周身运转，你越是用内力抵御，就会发作得越快……咳咳！”

玉秀将他抵在地上，低下头，鼻尖对着鼻尖，压低了声音，杀气却更浓。

“那你呢，你自己也中了奈何香，你要跟我一起死吗？”

崔不去笑了：“你的命还挺值钱，跟你死在一起，我也不亏。”

掐在脖子上的那只手令他喘不过气，崔不去不得不仰起脖颈，微光透过营帐顶端的薄布，映出修长优美的线条，有种惊心动魄的濒死美感。

玉秀喜欢欣赏世上所有美妙事物，不管生物还是死物。放在平时，他必定会让崔不去仰首的弧度更深一些，让自己多欣赏片刻。但现在，他反而松开手，任凭对方剧烈咳嗽，身体蜷成一团，不住地喘息。

崔不去自己也中了毒，一个人总不可能连自己性命都不顾吧。

玉秀冷眼旁观，顾不上其他，坐下来运气调息。

他很快发现崔不去没有说谎，内力运转反倒令针刺般的痛感越发剧烈。很快玉秀就感到心口像有千万根针同时在戳刺，连同皮肤接触到的任何一处都剧痛难耐，甚至是穿在身上的衣服都让人觉得难以忍受。

玉秀自打武功大成，何时栽过这么大的跟头。他咬牙在崔不去身上搜了一圈，却只搜到一个绣袋，里头装着几颗丸子，细嗅还有些药味。

“这是什么？”玉秀怀疑是解药，又不敢确信，捏起两颗就掰开崔不去的嘴巴往里塞。

崔不去被逼吞下药丸，却喘着气笑了。

“你笑什么？”玉秀心头怒极，早已风度全无，飞起一脚就朝对方踹去。

“这是治我喘鸣之症的药，你以为是解药，却不敢轻信吗？”崔不去咳嗽两声，“枉你多疑似鬼也无用，我既然算计了你，又怎么会把解药带在身上？”

玉秀见他吃下药丸没事，疑心那的确是解药，便也自己吃了两颗。过了一会儿，胸口疼痛的症状并无好转，他就知道崔不去没有骗他。

“解药呢？交出来，不然我就杀了你！”

“在凤霄身上。”崔不去说话断断续续，却笑道，“你不是还找人拦住他吗？如果他死了，以他的为人，死之前肯定会把解药销毁，让你跟我们同赴黄泉的。”

玉秀抬起脚，又想往崔不去身上踹，再看对方这上气不接下气的模样，只怕一脚下去人也差不多了。解药还没着落，崔不去自然暂时死不得。玉秀忍气坐下，重新闭眼运气，试图找出破解之法。

崔不去却不肯安生片刻，也不肯让玉秀安生：“你说你不是一先生，但肯定也在云海十三楼里占了一席之地，既非为首，那么就很可能屈居第二，或者第三。”

玉秀不言不语，没有理会。

崔不去也无须对方回应，兀自推测下去：“你师从天台宗，又是晋王幕僚，本该前途光明，却偏偏加入云海十三楼，去干搅乱天下的勾当，这说明你从投靠晋王起，就已经别有居心。你屡次三番与我朝作对，又将西突厥闹得鸡犬不宁，云海十三楼总不会觉得单凭见不得光的几个人就能问鼎天下吧。至于你——”

他喘鸣发作，加上奈何香的毒性，就算有那两颗药丸缓解，也只是稍微不那么难受，说话依旧断续困难。

“玉秀禅师，你还记得芦花村吗？”

玉秀蓦地睁开双眼。

崔不去笑了：“看来我没查错。你在拜入天台宗之前，一直在芦花村生活，因为胡汉血统而受尽村人歧视。直到一行贵人出现，将你带走。”

玉秀望着崔不去，慢慢道：“崔不去，有没有人跟你说过，你总在应该闭嘴的时候开口，自找死路？”

崔不去："禅师你与凤霄果真英雄所见略同。二位既然神交已久，不如我做个中人，让你们烧黄纸喝鸡血义结金兰？"

"待凤霄的尸首被带过来，便是你的死期。能多活一刻，你最好还是多珍惜，免得我一不留神，怒火中烧，提前把你掐死。"玉秀慢条斯理道，至此已完全冷静下来。他知道自己中了奈何香，气急败坏或破口大骂都不能改变结果，倒不如省点力气，从崔不去口中套出解药所在。

崔不去："我没有查出那位贵人是谁，但结合时间与你之后的经历看来，那位贵人应该就是被当时的周武帝送去和亲的千金公主吧。"

玉秀看他的眼神已经像在看一个死人，但崔不去浑不在意，他想要说的话，必然得说个痛快。

"千金公主怜你无父无母、备受孤立，便将你带到突厥，手把手教你认字，又让人教你武功。几年之后，你离开突厥，游历中原，而后出家，成为天台宗一名弟子。像你这样天资出众的人，无论在哪里都不会被埋没，所以你很快就在天台宗脱颖而出，甚至差点就成为下一任的宗主候选。

"但你却主动拒绝了，表示自己资历不足以服众，希望下山游历。宗主见你年轻稳重，任你为尚礼堂首座，让天台宗经营多年的人脉物资为你所用，方便你在外行事。但你下山之后的第一件事，就是回到当初那个芦花村，将全村灭口，然后付之一炬。"

说到这里，崔不去不得不停下，他的喘鸣之症经过刚才两颗药丸压制好了许多，但奈何香的毒却没能得到缓解。玉秀有武功在身，不像他这么狼狈，崔不去却只能勉强靠着柱子支撑身体，待缓过这一阵，才能将话继续说下去。

玉秀淡淡道："真不容易，难为你能一路查到芦花村。但我很奇怪，当时全村人都被我灭口了，你从何得知这件事？"

崔不去道："周家的新妇刚嫁到芦花村没多久，那几日归宁省亲，正好逃过一劫。你自然不认得她，她却从家人与同村人口中得知过你的存在。"

玉秀"呵"了一声："原来是漏网之鱼！可你查到这里又有什么用处？"

崔不去："自然有用处，起码我知道，你的计划、云海十三楼的计划，跟千金公主脱不开关系。如此，你一直以来处处阻挠我们，想要天池玉胆，甚至假扮可汗破坏隋朝与西突厥的关系，又不让佛耳那边好过，才有了解释。因为千金公主深恨当今天子夺取了他们宇文家的江山！"

玉秀哈哈笑道，神情讽刺："你错了，公主跟云海十三楼没有半点关系。她身负使命，嫁给突厥可汗，这一辈子都要被困在突厥，又怎么在中原翻云覆雨，弄出一个云海十三楼？但她想要做的事情，无须她亲自去做，我会帮她完成。云海十三楼想要做的一切，正好与我不谋而合，我为何不能借助他们的力量呢？

“崔不去啊崔不去，你智谋过人，可你这些算计别人的本事怎么不用在经国济民上面呢？成日只会与凤霄钩心斗角，揣摩天子心思，然后让弱女子去出头，让弱女子去和亲，让她将本来应该你们这些人受的苦难都受尽了！”

玉秀面露恨色，仿佛将崔不去与心中许多仇人的面孔重叠。他伸手揪住对方的衣领，直接将崔不去揪到跟前，另一只手则掐住崔不去的脖颈，狠狠收紧！

崔不去原想问出他背后的主谋，探知云海十三楼更多的秘密，没想到竟阴差阳错将玉秀心底最深的秘密给问了出来。

眼前这个戴着阿波可汗衰老面皮的俊美和尚，竟是个不折不扣的情痴。而他钟情的对象，正是那位前朝的千金公主。

千金公主和亲之后不久，北周就改朝换代变成了隋朝。坐上皇位的天子杨坚不是别人，正是末代周帝的岳父，他仗着自己独揽朝政，顺便黄袍加身，又将千金公主一家戮尽。

权力之争，从来没有脉脉温情，但失了家国的公主又如何会不恨？她培养玉秀，可能仅仅是为了利用，可能也动了几分真情，但玉秀为了她，才真正是赴汤蹈火，以天下为棋局博弈，搅动了多少人心。

若是让天台宗得知这一切，他必定会被逐出师门，身败名裂。晋王也不可能再用他，这几年他费心筹划得来的权力与虚名，全都会灰飞烟灭。就连云海十三楼……

如果玉秀不是一先生，这天底下能驱使得动他的又是谁？是千金公主，还是另有其人？

脑海里闪过种种念头，崔不去的脑子越发昏沉。

耳边传来玉秀的冷笑：“我猜，奈何香根本就没有解药，又或者解药不在你们两人身上。所以你才费尽心思拖了这么久，想等凤霄来救你，是不是？”

崔不去闭了闭眼。以玉秀的聪明，自己能拖这么久已是不易，被发现是迟早的事。

脖子再度被掐住，对方的手一点点收紧，玉秀似乎笃定凤霄已经来不了，故意让崔不去一点点滑向死亡，不肯给他个痛快。

对玉秀而言，崔不去是个复杂的存在。他既欣赏对方与自己不相上下的聪明，又深恨对方屡屡破坏自己的计划。这次他假扮可汗，自问没有半分破绽，却还是被对方察觉。幸好自己早已布下一手，确保万无一失。

“我不舍得杀你，可惜，你不得不死。”玉秀说罢，忍着毒发的痛楚，运气于掌，准备将对方的脖子捏断。

就在这时，外面传来短兵相接与高声怒斥的动静。紧接着，玉秀闷哼一声，手陡然松开。

时间回到半个时辰之前。

凤霄、乔仙、金莲，己方只有三人。一名蓝衣人带着十二名黑衣人，俱是一流高手，其中蓝衣人的武功可能更为厉害。

这不是凤霄经历过最艰难棘手的一场战斗。眼前这些人，并非他遇见过的最厉害难缠的对手，但他们的阻挠恰恰说明对方也不希望他见到崔不去，战斗拖得越久，崔不去就多一分危险。

乔仙也知道这一点，所以她竭尽全力想要突出重围，奈何会盟上旧伤未愈，力有不逮。此时交手数十回合，她已是气喘吁吁，强弩之末。

那十数名黑衣人的相互配合却是出奇默契，往往能发挥成倍的威力。金莲与乔仙被困在这些人之中，轮番与之交手，累也累死了，更不要说有余力去给凤霄那边助拳。

袍袖一扬，凤霄以内力震开对方掠来的铁链，但转眼又有数道精光飞掠而来，从不同方位袭向他。凤霄索性侧身避过，原地不动，踩住其中一条，借力将身形猛地往上跃起！

对方早有防备，当即也跟着纵身跃起，紧紧咬住不放。两人在半空交手十数招，掌风澎湃，周身如海浪翻腾，二人衣袂被真气鼓起，伴随狂风旋至，掌影竟是越来越快，以至于旁观者无法用肉眼分辨。

早在此行之前，对方就已料到凤霄身手不凡，但他也有相当自信，自诩以自己身手，纵然相差分毫，也不至于差距太大。更何况玉秀说过，凤霄有伤在身，他更是十拿九稳，谁知一交上手，才发现自己还是轻看了凤霄——此人身手委实已到了神鬼莫测之境。

单是凤霄每一掌所蕴含的真气，他想悉数接下就已经有些勉强，加上交手前的印象反转，不免心虚气短，失了先机。再看凤霄一身玄衣，俊美风流，神色轻松，仿佛只是在切磋，而非关乎生死的交战，哪里像是旧伤未愈的模样？

两道细链从袖中飞出，犹如长夜流星，离弦利箭，分头击向凤霄左右两肋，无声无息，迅若飞雨，唯有落在敌人身上时，才会有所动静。他自踏入江湖，从北国到中原，这招从未失过手。细链柔弱纤细，死在它之下的尸体却用一双手也数不过来了。

这一次，他肯定也不会失手。蓝衣人如此笃信，他几乎将十成内力灌注在细链之上，武器势如破竹，若以一双肉掌抗衡，恐怕只会皮开肉绽，骨裂筋断。

凤霄只有两个选择，要么硬接，要么闪避。

蓝衣人早已预料到他会作第二选择，就提前将他退路全数封锁，凤霄除非飞天遁地，否则绝无可能逃脱，只能拼着手掌受伤，硬扛下这一招。只要他肯出手接招，手掌受伤的那一刻，也是蓝衣人下一波攻势到来之时。

“我想起来了。”凤霄忽然出声，然后身影从蓝衣人的视线之内凭空消失。

细链扑了个空，蓝衣人微微一愣，难以置信。

怎么可能？念头一起，方寸已乱，后颈却传来不容忽视的杀气。

不好！

凤霄不是妖魔鬼怪，当然不可能真的消失。他所用的也非幻术，而是东瀛忍术中最常用来迷惑人的一个招数，利用了人本身有限的视线范围，让人产生错觉罢了。

虽然说出来就不稀奇了，但蓝衣人的的确确在那一瞬间被误导，以至于全力出击的一招落空。

他反应极快，蓦地旋身，将长链抽去！

但高手过招，瞬息万变，眨眼工夫就会错失良机，他既已失去先手，就意味着将机会让给了对手。

凤霄一掌印在他的后肩，蓝衣人喷出一口血，借势往前飞掠，避开对方接下来的攻击。

“没了崔不去在旁边提醒，一开始还真想不起你来。”凤霄并未穷追猛打，他反而停了下来，如闲庭信步，负手朝蓝衣人走近。

他所走的每一步看似平平无奇，却又暗藏玄妙，瞬间便将身形移近了一大步，任凭蓝衣人如何往前跑，两人的距离始终不远不近，没有再拉开。

“你的武器虽然奇特，但武功招式分明跟秦妙语和苏醒如出一辙，只不过他们没有你用得如此高明，更没有你深厚的内力，还能与我打得不相上下，想必是扶余门门主亲至了？”

蓝衣人既没承认，也未否认。他深知眼下要再杀凤霄已是不易，但他今日来此，目的只有一个，没有拿下凤霄的性命就不算圆满。

他心下计议，身形在前面的树上生生一顿，借力折身反转，长链心随意动，朝凤霄手腕缠去，同时飞起一脚，踹向凤霄膝盖。

金莲余光一撇，看见蓝衣人靴子顶端露出的尖锐物体，不由大喊一声：“小心他的鞋子！”

然而慢了半步，那必定涂了剧毒的靴子已经沾上凤霄的衣袍，眼看就要插入血肉。金莲无须深想，就知道此毒一定见血封喉，回天乏术。

但此时那几名黑衣人结阵而来，气势汹汹，几把长剑飞快旋向她的面门，金莲不得不抽身闪避，再朝凤霄望去。

这一看之下，她的心跳骤停半拍！

只见凤霄的身体往后仰倒，看上去像是被毒刃放倒。

金莲暗暗哀号一声，不管身后还有黑衣人死死相逼，想也不想就朝凤霄掠去。因为她知道，凤霄一死，一切就完了，更不必说救崔不去了，他们这三人将全折在这里。

乔仙显然与她想法一致，两人不约而同奔向凤霄，却见本该彻底倒下的人忽然再度一跃而起，腰间软剑化作一道剑光，柔若波涛，韧如铁石，直直从蓝衣人胸口穿透而过！

一剑毙命！

扶余门门主高云绝对没有想到，他原以为志在必得、十拿九稳的一次任务，竟会成为自己的丧命之旅。

他睁着一双眼睛，面露不甘，死死盯住凤霄。剑光穿透了他的身体，又钉入不远处的树干之中。

乔仙眼明手快，飞身上前将软剑取出掷给凤霄，后者头也不回，反手接下，投身群龙无首而大乱的黑衣人阵中，顿如饿狼扑食，割韭菜般转眼就收割了好几个人头。

那些黑衣人都是死士，见势不妙也只能死战到底，但终究也有惜命者想要趁乱逃命，却被金莲和乔仙联手放倒。

“留几个活口，将他们下巴卸了！”凤霄在黑衣人阵中从容游走，如入无人之境。

他说得及时，乔仙出手也及时，当即就把擒住的两人卸了下巴，阻止他们咬破藏在牙齿中的毒药。

“这边有我们，你快去救尊使！”乔仙焦急道。

凤霄轻笑一声：“你不是生怕我欺负你们尊使吗？这种时候你应该舍生忘死抢着去救才是，我怎么能跟你抢？”

乔仙咬牙切齿，恨不能将凤霄的脑袋也一口咬下来。

“求凤二府主营救尊使，我愿做牛做马，报答此恩！”

“那倒不必了，我没兴趣看着一张晚娘脸天天在自己面前转悠。你想啊，你们家尊使现在肯定被折磨着呢，说不定小命都去了半条，这施恩就要在别人最需要的时候才能起到最大的效用，你说是不是？”

乔仙气得一佛出世二佛升天，心想，说到底这人就是拿腔作势，非要得到足够的好处才会动身，早就知道解剑府跟左月局不是一条心，又怎能指望凤霄？当初就该苦劝尊使带长孙菩提出来才是！

她心下气闷，不肯再作无谓言语，二话不说就提气掠向崔不去所在的营帐。可惜没走几步，只觉胸口一滞，内力运转不畅，整个人往前踉跄摔倒在地，嘴角溢血，一时竟走不动了。

凤霄见状长笑道：“到最后还不是得我出手，崔不去啊崔不去，你又欠我一个天大的救命之恩，这次又要拿什么来还？”

乔仙恨恨想道：还你的大头鬼！

凤霄一边谈笑风生，一边从黑衣人中纵身而起，虚空蹑步，直扑王帐，少顷几个起落，身形就化为黑点。

乔仙勉强挣扎起身，便见王帐方向两道人影破开营帐，直冲青空。

其中一道自然是凤霄，而另外一人……

“大汗？！”金莲惊叫出声。

光天化日，众目睽睽，所有人都亲眼看到，年老体迈的阿波可汗，轻功竟已到了飞升摘月的地步。

突厥人是马背上长大的民族，阿波可汗年轻时自然也是部落里的骑射好手，只不过年纪渐长，沉溺酒色，身手退化，才变成了满脸皱纹风霜的老可汗。但就算是他体力最好的时候，也不可能像现在这样纵身一跃就能跃起一丈来高，更与凤霄半空交手，片刻不分胜负，再看他敏捷如风、挺拔如松，哪里有半分衰老之态？

金莲像所有人一样呆呆看了好一会儿才反应过来，此人武功之高，平生罕见，所以他根本不可能是阿波可汗！

乔仙比她反应更快一些，当即就大喊出声：“正是此贼杀了可汗，还假冒可汗，意图扰乱突厥！”

底下喧嚣间，凤霄与玉秀却已过了十数招。

两人之前也曾照面交手，但那时候玉秀只为投石问路，无意与他们死磕纠缠，这次却不同，玉秀设计这一盘棋的目的就是搅乱天下。在他的算计下，佛耳死于凤霄之手，西突厥也与隋朝结仇，只差最后一步就能挑起西突厥与隋朝之间的战火，却被崔不去跟凤霄全盘破坏，他将二人挫骨扬灰的心都有了。

眼看身份败露，玉秀再不留手，招招狠厉，皆为杀机。

“原来是玉秀禅师！”两人交上手，凤霄立马察知了对方的身份。

“告诉你一个好消息，你的同伙高云已经死了！”尽管这个敌人比高云还要棘手数倍，但凤霄仍不忘刺激对方，就怕玉秀不肯动怒。

“我早料到了！”玉秀冷笑一声，“那是他技不如人，不过高云起码做对了一件事！”

高云乃高句丽第一高手，中原人才济济，高云虽然谈不上第一，武功也堪称顶尖，凤霄既然杀了他，肯定不可能毫发无伤。

玉秀并未大意，比起轻敌的高云，他更明白凤霄的实力。今日至此，他虽计划失败，大可从容离开，在场唯一有可能拦住他的人就是凤霄。玉秀宁可多花费一些工夫，也要将凤霄杀了再走。

他手里抓着一把刀，那是放在营帐里二王子平时随身携带的长刀，刀刃泛着乌光，自非凡品。玉秀虽从不用刀，但高手一通则百通，乌光刀在他手中如臂使指，刀光伴随真气化为汹涌气海，铺天盖地地朝凤霄卷去。

重重刀光之中，凤霄的剑光显得格外单薄孤孑，甚至大有被刀光淹没的趋势。

乔仙却顾不上其他，踉踉跄跄奔入营帐，便见倒在地上的崔不去。

崔不去面白如纸，气息微弱几近于无，乔仙按上对方脖颈脉搏时便神色一变。

“您醒醒！”她心急如焚，一面给崔不去灌输真气，一面连声道。

少顷，崔不去动了动，却是咳嗽两声，吐出一口血来。

“尊使！”乔仙方寸大乱。

“别给我真气了，”崔不去有气无力，声音没比蚊子唱歌大多少，“你没闻见奈何香吗……”

奈何香有限，此时营帐顶部被凤霄跟玉秀戳出一个大窟窿，气味已经消散许多，乔仙经他提醒才发现淡淡残余，更是大惊失色。

有真气在体内运转，奈何香只会发作得越快，这就是为何方才玉秀很快中招却心有忌惮的原因。

在他们被拖住脚步的时候，崔不去面对的却是奸诈狡猾不下于他的玉秀。玉秀虽明知对方同样狡猾多变，但崔不去不会武功，玉秀也难免放松戒心。崔不去正是利用了这一点，加上奈何香，反将了玉秀一军。

杀敌一千，自损八百，这样的手法也只有崔不去做得出。

乔仙却只觉得心疼。崔不去爱折腾，免不了会受伤，乔仙却见不得他受伤。

“那我先背您出去坐着。”乔仙颤声道。

崔不去："不，你要去找金莲，让她马上联络大王子，将局面定下来。玉秀假冒可汗，这段日子肯定没少拉拢人心，搞些挑拨离间的小动作……"

他咳嗽起来，一时没能再说下去。乔仙毕竟跟了他很久，马上就明白了崔不去的意思。

玉秀虽然暴露了，但他埋下的钉子肯定还会时不时刺人一下。现在二王子没了，大王子是名正言顺的继承人，但那些守旧勋贵也可能趁机夺权。突厥不是一个严格遵循父子继承制的地方，大王子对隋朝的立场还算友好，他当新可汗，肯定对结盟更加有利。

"那您……"她面露挣扎，又不敢轻易去碰崔不去，生怕他毒发难受。

"死不了，去！"崔不去道。

乔仙咬牙应声，起身离开。

崔不去听着她远去的脚步声，和外面凤、玉二人的打斗动静，缓缓闭上了眼睛。

玉秀喜欢博弈，尤其喜欢与棋力相当的对手博弈。对手之间若是实力悬殊，就像喝一碗淡而无味的白开水。相反，棋逢敌手，将遇良才，却如陈年佳酿，回味无穷。

从个人本心上来说，他并不讨厌凤霄与崔不去。这二人之中，玉秀又格外高看崔不去，惋惜他天生病弱，无法习武，又欣赏他算无遗策，绝地逢生。

若是换个地方、换个身份，两人说不定还能好好较量一番。但今日，刀光与剑影之间，却只能有一位胜者。

两人交手已近百招，一人中了奈何香，一人有伤在身，都无法发挥全部实力。

玉秀只觉真气凝滞，左右掣肘，心头对崔不去的恨意不由更深一层。

正如他不常用刀，其实凤霄也不常用剑，软剑之于他，只是没有琴可以抡人时的替代品。但他的剑法与步法结合，依旧堪称精妙绝伦，天下无双，玉秀应付得也有些艰难。

剑光如山峦起伏相叠，山重水复之后并非柳暗花明，而是无尽轮回。凤霄的内力仿佛取之不尽，足以驱使他的剑气将玉秀的去路团团封住，玉秀虽不落下风，但他意识到，此番可能无法杀死凤霄了。非但没能杀死凤霄，连崔不去都有可能苟活下来。

他心念一动，手中刀光即起，推向凤霄面门。凤霄自然而然后退避开，却见玉秀蓦地折身下坠，长刀脱手而出，化为一道虹光，目标竟是营帐内的崔不去！

玉秀掷出这一刀，人却飞向凤霄，后者若想救人，自然得露出空门，若不想救人，那崔不去就死定了，他怎么都不亏。想及此，玉秀嘴角露出冷笑，掌风挟着内力直取凤霄心口。

他的笑意忽然僵在嘴角。

剑光太快，化为满眼金光，占据了视线范围的每一个角落。玉秀觉得有点刺眼，下意识闭了闭眼。便是这一瞬，他感到剧痛由额前传来，继而延伸到左目！

玉秀闷哼一声，想也不想就抽身后掠，耳边同时响起“叮”的脆响。

软剑没有趁机取他性命，而是拦住长刀，将刀斩为两段。那刀尖堪堪抵住崔不去喉咙，刺破皮肤，在上面留下一点血痕，只要稍晚片刻，这世间就不会再有崔不去这个人了。

凤霄也因这一击而耗尽真气，只能任由玉秀的身影轻飘飘落在远处旗杆上，又提气掠走，几个起落，消失在视线之内。

此时所有人都已反应过来，玉秀的身份有异。金莲带着突厥侍卫追上去，但凤霄知道，那些人肯定追不上玉秀，就算追上了也拦不下人。

凤霄从旌旗上飘然落下，走向崔不去。

“快死了吗？”他戳戳崔不去的肩膀。

崔不去一动未动。

凤霄叹了口气：“还是来晚了半步吗？”

他又戳戳崔不去的脑门，触手有点冰凉。

凤霄：“尸体都凉了啊？那真是太好了，回京之后我就奏请天子，将左月局裁撤了。”

崔不去掀了掀眼皮，心说换你在地上躺半天，不凉才怪吧。但他实在没力气说话了，甚至刚才面临生死威胁，都无法挪动分毫。

乔仙赶了过来，还带着几名突厥婢女和一顶软轿，试图将崔不去扶上去。她生怕崔不去二次受伤，动作小心翼翼，反倒令崔不去频频皱眉。

凤霄惊奇道：“还会皱眉，敢情还没凉透？罢了，送佛送到西，本座委屈一回吧！”

说罢他直接从乔仙手里抢过人，将人背上，走向他们原先住的营帐。

凤霄：“崔道长，我跟你商量一件事。”

崔不去闭着眼睛，下巴歪在他的肩膀上，仿佛入睡。

凤霄：“你什么时候把自己的小命折腾掉，最好提前告诉我一声，不然就干脆死在我看不见的地方，这样也好省去一份奠仪。我们解剑府已经没什么余钱了，望你体谅。”

崔不去还是没声音，比入睡更严重的是昏迷。但凤霄刚才将他背上来的时候，分明看见他的眼珠在眼皮底下转了一下。

“别装了，我知道你醒着。我告诉你，能走路之后，立马去把余音琴给我拿来！”

崔不去：“余音是博陵崔氏的镇宅之宝，我如何想拿就拿？”

凤霄：“别忘了你之前答应过我什么，你若不信守承诺，我自有一百种法子毁约。”

崔不去：“我答应过的自然会办到，等离开此地便去汉平。”

汉平便是博陵崔氏所在地。

虽然得到承诺，凤霄却总觉得不对劲。余音琴是崔不去早就提过的，当时可没想到玉秀如此棘手，付出这么大代价只得到一具余音琴，想来想去总还是有些吃亏。

凤霄缓缓道：“既然你知道余音的下落，那么另外几具名琴，号钟和焦尾——”

话音未落，崔不去一口血吐在他的肩膀上。

“我可能命不久矣了。”崔不去平静道，然后直接装死了。

凤霄：“……”

# 第二十八章 大胜而归

崔不去怀疑，自己可能在昏睡的时候从塞外草原被搬到了烟雨江南，否则自己床边又如何会出现一个美人？

美人有很多种，艳丽张扬的，端庄娴雅的，小家碧玉的，崔不去见得不少，身边甚至天天跟了个绝色佳人，乔仙就属于不食人间烟火的高岭之梅。

但眼前的美人不一样，她就像草原上的一泓溪水，明澈动人，清丽潋滟。有别于乔仙的冰冷，却更有柔弱之感，如迎风摇曳的雪莲花，令人怜爱之意顿生。

她痴痴守在床榻前，看见崔不去醒来便眼睛一亮，柔声道："郎君渴吗？奴去倒水来。"

崔不去看着她拿起桌上水壶斟水，双手捧着杯子小心翼翼上前："郎君请喝。"

崔不去没有动。

在他的注视下，美人有点不安。

"郎君，奴并无非分之想，只因乔娘子眼下正在亲自为您煎药，一时走不开，奴便过来帮忙。您让奴做什么都可以，只求别赶奴走！"

"做什么……都可以？"崔不去喉咙干涸，自然声音低哑，但美人离得近，也能听见。

"自然是什么都可以！"她目光盈盈，又凑近一些，幽兰体香似有若无。

崔不去想了想："那你到桌上去跳一支舞。"

美人："郎君想看什么舞？"

崔不去："随意。"

比起跳舞，美人更想与他谈心，奈何崔不去不为所动，刚醒过来就非要看舞，美人只好放下茶杯，赤足踩上桌子。龟兹人善舞，美人折腰翘足，一手打节拍，伴随脚踝铃铛翩翩起舞。

裙摆扬起华丽弧度，露出下面一节洁白诱人的裸足，美中不足的是没有乐声相伴，终究像少了点什么。

崔不去看着看着就闭上了眼，但每次美人以为他睡着了想停下来歇息，他又睁开眼，美人只好继续硬着头皮跳下去。

如是几次，美人终于忍不住怯怯道："郎君，奴有些累了，可以不跳了吗？"

崔不去打了个呵欠："那就不跳了吧，做点别的。"

美人殷勤小意："郎君想吃什么吗？"

崔不去："你不用动，就站桌子上，再来个倒立吧。"

美人："……"

"郎君，奴穿着裙裳，倒立之后怕是不雅。"美人幽幽道。她可以理解崔不去身受重伤醒来之后有心无力只能干看过瘾，但从前老可汗就算经常心有余而力不足，却总是让她近身服侍，哪怕喂水吃东西也是一番情趣。怎么到了两个中原人身上就完全不管用了？

若不是那些中原来的客商看见她便双眼发直走不动路，她正要以为中原美人是三只眼睛两个鼻子的呢。

崔不去"哦"了一声："那你表演一个猴子偷桃。"

美人："……"

崔不去："金鸡独立？"

美人双目含泪。

还说做什么都可以，这不是除了跳舞都不会吗？崔不去神色恹恹，咳嗽道："你出去，叫乔仙来。"

房梁上传来一声轻笑。

美人大惊失色，看着玄衣人从自己眼前飘然落下。

"我看你还是从大王子身上下手要更容易些。"

美人咬唇盯着凤霄，目光幽怨得快要滴出水来。奈何对方压根没多看她一眼，施施然走到梳妆台一侧，对着水盆里的倒影左看右看，啧啧赞叹。

"世间倾城终寥寥，美人在骨不在皮，有珠玉在前，崔道长如何还会对你动心？崔道长，你说是不是？"

崔不去闭了闭眼：头晕，想吐，可惜腹中空空，吐不出来，难受得很。

在美人看来，这两人一个顾影自怜，谁都不放在眼里；一个美人主动投怀送抱，非但不心动，还变着法子折腾她，简直都有毛病。

美人等了好一会儿，见无人挽留她，心下难堪，只好告退黯然离去。

凤霄："此女被龟兹王送来服侍突厥可汗，能待在突厥贵人身边，已经能过上突厥上等人的生活，但比起繁华中原自然有所不如。如今可汗已死，西突厥乱作一团，她还不知何去何从，与其继续侍奉新可汗，倒不如跟着我们回中原。可惜她先是勾引我，如今又来亲近你，却都落了空，若是那傻子裴惊蛰在此，说不定她还能如愿。"

崔不去刚才也是以为她另有所图，在发现对方只是想要攀附富贵之后，就懒得再搭理了，此时听见凤霄的话，就知道自己猜得没错。

他张了张口，哑声道："我口渴。"

凤霄奇道："你口渴就口渴，与我何干？我救了你的命，你没下床跪谢我，还要我喂你喝水？"

崔不去倦意浓，睁着死鱼眼瞟了他一下，没吱声，心里默念：十、九、八……三、二、一。

凤霄拿起水壶："一个问题，一口水。"

这很公平，崔不去同意了。

凤霄倒水入杯，递给崔不去，后者一看，那水浅浅覆过杯底，还真是不多不少就一口。

"你跟玉秀在一起时，探出他多少底细了？"凤霄问道。

崔不去："不多。"

凤霄抽了抽嘴角："就你这样，还想喝第二口？"

崔不去："他应该也是云海十三楼的人，而且地位不低。"

凤霄："一先生？"

崔不去："水。"

凤霄懒懒道："这是第一个问题里的，休想耍赖。你再拖下去，我直接把你堵住嘴抱房顶上去喝西北风，看乔仙多久才能找到你。"

崔不去认真想了一下，觉得凤霄还真有可能干出这种事，只好道："他说他不是。在当时那种情况下，他应该不屑撒谎。"

凤霄对他的表现很满意，亲自喂了一口水，又问道："我想知道你的所有推测。"

崔不去："他为千金公主收养教导，心系公主之恩，公主深恨隋朝，他也一心想要颠覆隋朝，正好借着晋王幕僚的身份，更方便行事。"

凤霄摸着下巴思索道："他想要颠覆天下，十三楼也野心勃勃，二者正好不谋而合。但高云、冯小怜这些人绝不可能只为了把棋局打乱就拍拍屁股走人。”

玉秀可能只是为公主报仇，也可能在撒谎，这都无关紧要，但云海十三楼的人皆非泛泛之辈，其他人不可能陪着他发疯。对方一定有了更加周全完整的方案，并且一步步在实行了。也就是说，在他们看不见的地方，很可能有一个天大的阴谋正在水下酝酿，不知何时才会浮出水面。

所以上回他们在段栖鹄身上搜出的那首前言不搭后语、不知所云的诗句，就是格外关键的线索。

凤霄觉得崔不去肯定没少私下琢磨那些诗句，上回想不通的几处地方，如今怎么也该有答案了。

结果他还没张口发问，就见崔不去已经闭上眼躺好，连被子都拉到下巴上，一副安详入睡的模样，只差没在脸上写“我不知道”几个字。

玉秀这一跑，等于所有人都知道阿波可汗早已被害。先前那具据称是“大巫”的尸体又重新被人提起，大家甚至无法确认那究竟是黑月大巫的，还是玉秀杀了可汗之后将其伪作大巫的尸体。可惜尸身先遭火灾，后又被焚化成灰，除非可汗本人托梦还阳，否则没有人能得知答案。

阿波可汗虽然人老昏聩，但多年来他也维持了一个微妙的平衡。他的死让许多人蠢蠢欲动，心生异念，两位隋朝使者也随之从杀害二王子的嫌疑犯，摇身变为人人趋奉巴结的贵人。

龟兹美人过来讨好崔不去，说明她耳目聪敏。在她之后，西突厥大大小小前来拜访崔、凤二人的贵人络绎不绝，只差没将营帐挤破，礼物更是堆积如山，其中甚至还有羊羔、牛犊之类的活物。

凤霄过来之时，便看见乔仙指挥大王子派过来伺候的突厥奴仆收拾行李，崔不去则靠坐在一旁，手里捧着杯奶茶，没精打采，比昨日看见时还要憔悴一些。

“敢情昨日错过龟兹美人，竟让崔道长辗转反侧，连觉都睡不着？”他也不把自己当客人，没等主人邀请便径自在崔不去边上坐下，拿过他面前的茶壶，也给自己倒了一杯奶茶。

奶是牛乳，茶是中原客商带来的茶叶。中原人喝茶流行放盐和八角等物，此地喝法却别有不同，在里头放了蔗糖，喝起来奶香浓郁，茶韵清甜，既提神又饱腹，别有滋味。

崔不去的确睡得不好，两眼之下有淡淡青黑，眉宇间的倦意挥之不去，浓云一般萦绕。虽然他将送礼拜见的人通通拒之门外，但难免有些不识趣的在门头吵嚷喧哗。再加上他体内毒性未退，这两日每逢夜晚就格外难过，也没了与凤霄斗嘴的力气，只淡淡道："这两日此间事情一了，我们就启程回中原，你以为如何？"

凤霄无可无不可："你是正使，自然你说了算。我此行只是来分功劳的，不会越俎代庖。"

他"啪"的一下打开扇子，正要扇风，余光瞥见旁边狐裘紧紧裹着的人，动作一顿，转而伸手用扇子挑起对方的下巴，幸灾乐祸："你再瘦下去，没等回到京城，估计就要驾鹤西归了吧？"

崔不去挥开他的扇子："我让他们去骚扰你，看你睡不睡得着？不过是因为有我在你前面挡着，说什么风凉话！"

崔道长虽然脾气不好，平日里好歹还能装装云淡风轻的样子，眼下这般情绪外露，可见身体病痛发作，的确到了难以忍受的地步。

凤霄将扇子一收，捏住对方手腕，不由分说把脉片刻。饶是他早有准备，依旧忍不住惊讶："你这脉象又虚又乱，还能说话发脾气，简直是人间奇迹。"

"我过去二十多年天天是这样的脉象，不过有时好些，有时更差些罢了。"崔不去不耐抽回手，畏冷地将狐裘裹得更紧一些。但白天一日日热起来，非但凤霄换上薄衣，就连外面的突厥人也都脱去兽皮裘衣，营帐之内更是暖意融融，要不是凤霄有武功在身，他现在都该流汗不止了。"你先别急着走，今日大可敦母子必会上门拜访，请求结盟，你是副使，一起听听为好。"

若不是他这一说，凤霄都快忘了，他们此行过来的目的，不是智斗玉秀，揭穿假可汗的真面目，而是代表隋朝与西突厥结盟，共同对付占据了大半个突厥的另一股强盛势力沙钵略。

说曹操曹操到，很快，外面果然有人通报，说大王子与两位可敦过来拜见隋朝使者。这里是突厥人的地盘，他们本可直接进来，却学足了中原人的礼数，恭恭敬敬在外面等着，对方身份还是西突厥新可汗。这样的情势变化，不能不让乔仙感叹时移事易。

在得到崔不去的允许之后，大王子、大可敦、金莲三人才次第步入帐中。

大王子甚至还右拳抵心，朝崔不去与凤霄躬身行礼。

"如果不是两位，我们恐怕现在还被那个恶贼蒙在鼓里，突厥还不知会乱成什么样。我代表整个西突厥多谢你们的帮助，天大恩德无以为报，两位有什么要求，只要力所能及，我一定会办到。"

崔不去："大王子不必客气。"

凤霄哂道："当日我们初来乍到，主动提出结盟，个个推三阻四，要么闭门不见，要么冷眼旁观。若没及时认出玉秀，现在恐怕死的就是我们了。”

金莲将凤霄的话翻译过去，听得大王子一脸尴尬。他虽然不赞同可汗在沙钵略和隋朝之间两边讨好的意图，但凤霄他们出事时，他也的确没有施加援手，如今被凤霄点破，不由脸上火辣辣的，很有些挂不住。

大可敦温声道：“我听金莲说，中原人有句谚语，叫羊圈虽然破了，但如果及时补救，可以防止以后还有羊走失。我们之前的确做得不对，所以今日特地来向两位使者致歉，还请你们宽宏大量，原谅我们。我们愿以最大的诚意，交好隋朝，永不背叛。”

世上没有永远不变的事情，就算现在大王子一心一意向隋朝靠拢，以后可能也会出现变故。但这些都与崔不去无关，他只要保证大王子这次想要结盟是真心的，并且能够在接下来的战争里襄助隋朝，就已经足够。

佛耳已死，玉秀重伤逃遁，大王子想要坐稳可汗之位，就得有个强援。举目四顾，除了隋朝之外，目前的确别无选择了。

没等崔不去回答，大王子便让人将盟书与印信都拿上来，当着他们的面，将言辞恳切的亲笔信一字字念出，又将蜡滴在盟书上，解下自己随身携带的宝石牛角，印上独特纹路。

金莲从旁解说道：“这是可汗信物，唯有大事要事方可启用。此番大王子的确盛意拳拳，还请崔先生先看一眼文书，再作决定也不迟。”

崔不去接过来，还真就只看了一眼，就递给凤霄。

大王子只当崔不去还在生气，心头有些不悦，忍不住道：“自我之后的新可汗，皆愿接受隋朝册封，崔郎君难道觉得这样的条件还不行？”

这位大王子比他父亲聪明多了。他这两天没少向金莲打听隋朝的情况，知道接受册封只是名分上如此，隋朝根本不可能当真过来驻兵，大权依旧掌握在自己手里。这样做反倒还能表现诚意，促进与中原朝廷的通商往来。要知道突厥贵族们，如今一日不可无丝绸瓷器，与隋朝关系越好，就能从隋朝人手中得到越多的赏赐，给大王子用来收买人心。

不过古往今来那些附属国大多干这样的事情，大王子的行为也不算离奇贪婪。据崔不去对朝廷的了解，皇帝十有八九是会欣然应允的。

崔不去道：“我看了，你说要亲自与我一道去隋都觐见，以示诚意。天子若知此事，定然大悦，待我修书一封，先发回帝都，奏禀君王，也好让礼部官员提前准备，迎接新可汗。”

说罢他又将盟书从头到尾背出，果然一字不差。

大王子这才知道人家压根不是没认真看，而是有过目不忘的本事。他原本还有些疑虑，此时已完全烟消云散，又行了个大礼。

“那一切就拜托崔郎君了。”

武功比不过人家，放眼整个西突厥，也找不出一个崔不去这样的聪明人，还有什么好说的？自然只能心悦诚服了。

有大可敦与金莲的帮助，大王子很快就压下部落之中的不同声音，继承新可汗之位。

崔不去等人受邀亲至观礼，俨然已是新可汗的座上宾，人人奉如神仙，不敢有半点不敬，与来时的风波频频，可谓天壤之别。

即位大典之后，新可汗就带着金莲，与崔不去等人一同启程，前往中原。新可汗的母亲则留下来主持局面。

此行与崔不去他们来时不同，不仅多了一位突厥可汗，还带了浩浩荡荡一个车队，里面既有突厥侍卫，又有各式各样的礼物，可谓声势浩大，自然一路顺畅，也不可能再遇到什么危险。

为表结盟诚意，在崔不去的要求下，新可汗还放回了大部分原先因战争被掳去突厥的汉人百姓，这些人也都随行车队之中。不过他们肯定不可能跟去京城，崔不去准备在六工城就将他们留下安顿。

六工城的赵县令早已得了消息，亲自出城相迎，并带来天子的旨意。

上回崔不去与凤霄拿下且末城，传回京都，据说天子龙颜大悦，自然要论功行赏，崔凤二人受封乡侯。但当时他们来不及等到册封旨意，就又匆匆赶往西域，这次他们顺利交好西突厥，又把新可汗带回来，自然又是一桩大功。只不过现在消息还在路上，新的封赏没那么快下来，赵县令手里的旨意，依旧是上回册封乡侯、犒赏黄金的那一道。

“两位郎君一路辛劳，此行又立一大功，传回京城，天子必定又行赏赐。只可惜下官职责所在，无法跟随二位北上入京，只能备下酒菜，为几位接风洗尘，还请与我入城歇息！”

赵县令脸上的笑容比五月的牡丹花还要灿烂，他绞尽脑汁恨不能将自己十年读书所知道的溢美之词都往崔不去和凤霄身上扔，浑然忘了自己当时看着他们单枪匹马奔向且末城时，念叨“这俩傻子肯定有去无回”的话。

眼前这座边城，不及京城繁华十之一二，但到了这里，入了这座城门，才算真正进了隋朝管辖的地界。且末城现在固然也算大隋城池之一，但久无管辖，就算骤然被纳入疆域，仍少了几分中原色彩。

凤霄能感觉到，进了六工城，崔不去一下子便松懈下来。

一路上为了防止王秀卷土重来，崔不去一直提着几分精神防备着，进了六工城之后，再往前必然还有隋朝军队护送，已经不必他再操心，于是直接病来如山倒，当晚连赵县令的洗尘宴都没参加。

赵县令现在很后悔，悔得肠子都快青了。

凤霄与崔不去来六工城办案时，前者表明了身份，后者却顶着紫霞观观主的名头，不显山不露水。赵县令忙着讨好凤霄，自然就忽略了崔不去，后来方知人家来头不比解剑府小。

他虽然官不大，却很明白，这官场上两个官职差不多的上官同时出现在面前时，最忌捧一个踩一个，而他居然犯了大忌。

传说左月局与解剑府一样，都有先杀后奏的大权。

传说左月局乃独孤皇后力主创建，背后是皇后这座大靠山。

传说左月局正使神出鬼没，从未上朝，基本没什么人见过他，甚至还有传闻，说他其实是皇后身边的内侍。

传说……

赵县令原本没听说过左月局，但在看见京城好友寄来的信件里这些或真或假的传闻之后，不禁慌了。他好像无意中开罪了一个了不得的人物。

甭管传言是否夸张，哪怕九成假一成真，赵县令从解剑府二府主待崔不去的态度中窥见一丝真相——崔不去的地位肯定不低，否则不可能与凤霄平起平坐。所以崔不去不给面子没有在当晚赴宴，赵县令也不敢生气，反倒绞尽脑汁想要弥补。

他听说崔不去身体不好，又在突厥受了伤，马上搜罗一堆贵重的滋补药材往驿馆送，却通通被乔仙拒之门外。理由是崔不去现在虚不受补，除了汤药与清粥小菜，什么都不能吃。

赵县令原想帮忙延请名医，但他听说崔正使身边这位乔娘子精通医理之后，就打消了这个念头。贸然请名医上门，得罪的人恐怕就更多了。

思来想去，赵县令苦于讨好无门，愁得头发都快掉光了，连夜晚也辗转反侧失了眠，差点被妻子一脚踹下床。

眼看崔不去一行人在六工城待的时日无多，再过几日就要启程返京，赵县令只好去请教凤霄。

比起油盐不进的崔不去，解剑府府主明显就要好打交道许多。最起码，赵县令送去的礼物，对方一件不落，来者不拒，全都收下。因此赵县令去拜见凤霄时也分外有底气，总觉与对方关系更为亲近。

直到他看见自己送去的美婢拿着抹布在擦窗户。

赵县令差点以为自己眼瞎了，半天没回过神来。

美婢发现赵县令来了，一脸委屈又不敢作声，双目泪光盈盈，甭提多惹人怜了。始作俑者则坐在窗台边看书，仿佛书中有个比眼前美人还要漂亮的天仙。

只因这婢女貌美如花，别人送给他的时候，他甚至没舍得用，当然这其中也有自家娘子凶猛如虎的缘故。不过赵县令敢拿自己的项上人头担保，寻遍整个六工城，也找不出这样标致的女子了，纵然凤霄久居京师，眼光奇高，也不会不动心吧。

可对方竟然将这样的美人拿来干杂务，简直是暴殄天物啊！眼前此情此景，让赵县令不能不心生某种联想：难道凤霄喜欢的不是女人……

“赵县令这是舍不得将美人送我了？那你将她领回去吧。”凤霄头也没抬，将书翻过一页。

“不不，自然不是！”赵县令连声否认，先挥手让美人下去，然后趋前笑道，压低声音，“敢问郎君，是否这女子伺候得不好，让您不快了？”

凤霄：“没有啊，这不把窗棂擦得挺亮堂的？”

可他送个千挑万选的美人过来，又不是为了让她擦窗户的！赵县令哭笑不得：“可下官听说，昨夜您也没让她侍寝，就让她在外头站了一夜。”

亏得眼下天气回暖，春风徐徐，院子里也不冷，否则娇滴滴的美人还不得冻病了？

凤霄“哦”了一声：“原来你是让她来侍寝的？我还以为她是来干活的，准备让她把地板也顺便擦了。”

赵县令小声道：“琦娘的容貌已是上上之选，您若不喜欢，我再换别人来。还是，您更喜欢男子服侍？”

凤霄叹了口气，指自己的脸问他：“你看我长相如何？”

赵县令忙道：“自然是龙章凤姿，有别尘俗！”

凤霄：“你会看上比你丑的人吗？”

赵县令：……好有道理，竟无言反驳。

他苦着脸道：“可郎君，您是风流倜傥，那小娘子则是柔媚入骨，你们本就比不得。再说了，这世上容止风采比您出众的人，可少之又少了！”

凤霄哂道：“那就少干这种事，多把心思放在公务上！”

赵县令这才明白，自己舍不得送出去的美人，对方压根就没放在眼里，心道那我不如送一面镜子给您呗？

想归想，这种话却是不敢说出口的，他嘴上唯唯应是，露出笑容：“下官还想请教一事，您与崔郎君乃至交好友，想必知道他喜欢什么吧？”

“至交好友？”凤霄面露古怪之色，“你说我们？”

赵县令惴惴：“难道不是？”

凤霄忽而展露笑颜：“自然是。你也想给他送礼？依样画葫芦，也给他送个美人过去不就好了。”

赵县令苦笑：“您可说笑了，崔郎君如今卧病在床，恐怕有心无力。至于钱财补品，我也曾送过不少，只是都被他那侍女拒之门外。都怪我当日有眼不识泰山，怠慢了崔郎君，如今想要弥补一二，也不知从何处下手，只好过来厚颜求教，还请您指点迷津。”

凤霄笑眯眯道：“这件事你还真问对了人。崔不去平素对谁都端着一张不食烟火的脸，实际上，我曾见过他——”

他声音忽小，对赵县令耳语几句。

赵县令瞪大了眼睛：“不能吧？”

凤霄：“但凡有点能耐的人，都有些不为外人道的怪癖。”

赵县令想到刚才凤霄看不上美婢的事，不由点头附和：“那倒是！下官这就去搜罗，多谢凤郎君！”

他前脚刚走，凤霄就朝美人招手：“你过来。”

琦娘见他和颜悦色，只当他终于发现了自己的美好，心头一喜，袅袅步入屋中，行礼道：“郎君唤奴何事？”

凤霄：“你去看看崔不去醒了没有。”

琦娘：……就这样？

凤霄：“你还愣着作甚？”

琦娘心里陡然冒出一丝委屈，楚楚道：“奴有些腹痛。”

凤霄：“那你上完茅厕再去吧。”

琦娘：“……”

俊俏郎君根本看也不看自己一眼，她气得顿足，只能转身离开。

凤霄伸了个懒腰，决定出去逛逛。

虽然把凤霄在心里翻来覆去骂了几十回，暗咒他眼瞎，但琦娘不敢不照他说的去做。等凤霄回来，便听琦娘回报说，崔不去已经醒了，登门拜访的人络绎不绝，连赵县令也去过了。

上回凤霄办案霸道，行事独断，甚至公然跟背景深厚的琳琅阁过不去，给许多人留下了深刻的印象。当时就有不少人像今日巴结崔不去一样登门送礼，可惜凤霄油盐不进，挥挥手就将人赶了出去。有了上次教训，这次过来打扰的二愣子就没那么多。

至于崔不去，当日他主持的紫霞观，香火一时鼎盛，但又在一夜之间迅速衰败下去。观主悄然失踪，坊间还众说纷纭，有的说观主得道成仙，有的说观主其实是个江湖骗子，赚足钱就跑路了。现在却见他摇身一变成了朝廷使臣，还与凤霄一道出使突厥，凯旋封侯，一时震惊莫名，往崔不去那儿跑的人就更多了。不单全是巴结送礼的，还有过去瞧热闹的，还有昔日受过恩惠上门拜谢的病患。

只是那些人还没进驿馆就被乔仙拦了下来，除了赵县令，能真正见到崔不去的人恐怕寥寥无几。

凤霄摸摸下巴，决定去瞧瞧热闹。

他与崔不去同住在一间驿馆里，只是一人在东，一人在西，平日若非专程过去，可以从早到晚都不相见。

崔不去显然并没有多么想念自己同甘共苦的伙伴，见凤霄不请自来，非但没有露出惊喜欢迎的神情，甚至还撇撇嘴。

凤霄嘴角噙笑："看来崔道长不怎么欢迎我啊。"

崔不去拥被坐在床上，丝毫没有倒屣相迎的意思："我说不欢迎，你就不进来了吗？"

凤霄："那当然不能。"

他左顾右盼，问道："我听说，赵县令给你送了些新奇的礼物，能不能也给我看看？"

崔不去一指屋角箱子，不以为意："他说送了些字画过来，你自己去打开吧。"

凤霄打开箱子，还真看见里面整整齐齐码着十来卷画轴。他也挺好奇赵县令到底能不能意会自己的话意，便将其中一卷画轴打开。

崔不去端起乔仙刚才留下的汤药，犹豫要不要倒在床底下算了，想想乔仙那个不逊于凤霄狗鼻子的鼻子，叹了口气，还是捏着鼻子灌下去，眉头拧得都能夹死蚊子了。

良药的确苦口，但喝下去之后，嘴巴里那种苦涩却是什么糖糕也压不下去的。崔不去暗暗运气平息半天，才算是把那股难受劲勉强憋回去，结果一抬眼，就看见凤霄诡异的笑容。

"他送了什么？"崔不去狐疑道。

凤霄将画轴转了个方向，一幅色彩旖旎的春宫秘戏图当即呈现在崔不去面前。

图中分屋内屋外，男女群像，姿态各异，比时下流行的秘戏图还要更大胆奔放几分，简直能令最古板的男人也面红耳赤。

但崔不去仅仅是翻了个白眼，别说脸红，连鼻子都没红一下。

凤霄原想，对方久病，虽说平日位高权重，杀伐果断，但这样的人往往更加纯情，就算不害羞，总会意外窘迫、不知所措吧。谁知预想中的乐趣半点没有，崔道长一脸久经沙场凡人已经撼动不了的麻木表情，让凤霄大感无趣。

“你还是不是男人了？”

崔不去懒懒道：“你是，我就是。”

凤霄：“那我如果不是，你就不是？”

崔不去：“……”

他稍微一想，就知道赵县令送秘戏图的主意肯定是这家伙给出的。

崔不去蹙眉道：“堂堂解剑府府主、法镜宗宗主，就不能干点正经事？”

凤霄摇扇子的动作一顿。

法镜宗，江湖人称魔门三宗。昔日风头旺盛之际，据说许多人见了他们都得绕路走，不敢出言得罪半分，前任宗主广陵散是天下武功排名前十的绝顶高手。

江湖上以琴为武器的高手寥寥无几，加上左月局的能耐，崔不去能查出他的身份凤霄一点都不意外，他也从来没有隐瞒身份的意思。

不过这层身份，与他们平日合作查案并无相关，跟凤霄的官职也并不矛盾，崔不去就从未提及。直到现在，他对凤霄的无聊实在忍无可忍。

所谓绝顶高手，都是越绝顶越无聊？

凤霄不慌不忙：“既然你说到我的师门来历，我就得催一下我的新武器了。此去京城，你可别拖上十天半月，忘了余音琴之约了。”

“迎可汗入城，陛下自然要设宴，此去突厥一路行程见闻，与西突厥结盟应对之策，天子必会一一垂询，肯定得十天半个月。不过……”饶是崔不去似也觉得，对方三番两次救了自己的性命，这么敷衍有些说不过去，就道，“我刚得到一个消息，漕运九帮总舵主宁舍我在数日前秘密北上，现在已经到了淮州。”

漕运九帮里的金环帮垄断了南方大半漕运，帮主兼总舵主宁舍我也算是赫赫有名了。当初六工城内琳琅阁拍卖，宁舍我的义子冷都就曾在场拍下一件名器。

凤霄讶异道：“他不是明年就要金盆洗手了？这是提前与妻子去游山玩水？”

崔不去："怪就怪在这里。他此行隐姓埋名，只带了几名忠心亲近的手下，对外称病不出，别人还以为他依旧在江南。"

凤霄思忖片刻就明白了他的意思："你怀疑宁舍我跟云海十三楼有关？"

崔不去："从冯小怜、段栖鹄、玉秀这些人的身份，就能看出云海十三楼网罗人才不分南北。如今十三人里，除了虚悬的老十，从十一到十三身份已明，再往前，这些人的身份地位能耐只会更高，不会更低。"

凤霄："有道理，我完全赞同你的推测。也就是说，宁舍我很有可能是北上去参加七夕那场聚会的。"

崔不去："不错，段栖鹄身上的那封信，其他人应该也得了。到时候，我们先去博陵取余音琴，再去赴会，说不定可将云海十三楼一网打尽，彻底剿灭！"

凤霄鼓掌："好，好气魄！我支持！正好，我这里也有一个消息与此有关。"

崔不去等了一会儿，没等到下文，只好问："什么消息？"

凤霄："不告诉你。"

崔不去："……"

他定定看着凤霄，对方毫不心虚："你用你的消息来换取我对暂缓去博陵的谅解，那我这个消息，你没有东西交换，我也没必要告诉你，对不对？"

说罢，凤霄起身，在他肩膀上拍了拍，笑吟吟道："以左月局的能耐和崔道长的聪明，既然连我的来历都能查出，别的事情就更不是秘密了。你慢慢想，我先告辞。"

他也不等崔不去说话，哼着小曲就走了。

崔不去有个毛病，有个线头的衣服，他一定要将线头扯出来，哪怕会将衣服破坏。所以，他是一个好奇心很重的人。现在凤霄给他留了个悬念，他就非得将这个悬念破解。

把乔仙喊来，吩咐她再去查清楚，劳神苦思的崔正使终于愿意乖乖躺下，重新闭眼睡觉。

一颗凤霄脑袋，两颗凤霄脑袋，三颗……崔不去睁开眼，面无表情地看着头顶纱帐。

他，失眠了。

真想把凤霄的脑袋拧下来啊。

# 第二十九章 千灯之宴

五月初五，端午时节。

这是隋朝新都，年初刚刚落成，非但路是新的，连许多房屋都透着股砌成未久的气息。寻常百姓仿佛也随着迁入这座大兴城而焕发出崭新气象，宛如欣欣向荣、朝阳初升的新朝。

若有人从城中观音台或城楼处往下观望，便能发现这座由汉长安城扩建的大兴城，其规模风格已与前代旧朝截然不同。非但占地更大，宫城高墙更加宏伟，而且城中星罗棋布，街坊集市井然有序，正如后人诗云："百千家似围棋局，十二街如种菜畦。遥认微微入朝火，一条星宿五门西。"

黄昏已近，城中依旧热闹。路上行人匆匆，有下工赶着回家吃饭的人，亦有换上轻薄新衣，佩戴五色丝囊，手持艾草菖蒲的游船观渡之客。马车前后行于大道，风动香帘，露出里面锦衣玉袍的高髻玉簪，辚辚辘辘，不约而同都是去往东南。

东南方向，那里有与新城几乎同时落成的曲江。以曲水风荷为意，掘坑引水，隔于城外，栽上无数新莲，将园中的楼台水榭一并裹在莲香之中。据说当今天子认为曲江之"曲"字不祥，尚书左仆射高颎进言，将曲江改名为芙蓉园，皇帝欣然纳之，此处变成了新都一景。饶是未能获准进入园林的平民百姓，也能在附近略睹风采，踏青游玩。

这些乘坐马车的贵人们今日要去的却不是芙蓉园，而是离芙蓉园不远、紧靠曲江的清荔园。当今天子嫡长女乐平公主，她最心爱的女儿宇文县主，将在今日举生辰宴，会八方客。

关于乐平公主的来历，京城基本无人不知。她作为前朝皇后、皇太后，在父亲杨坚夺位之后变为公主，半生经历不可谓不传奇，相比之下，她与前朝皇帝宇文赟所生之女宇文娥英，身份处境就有些尴尬了。

论血缘，宇文娥英是杨坚的外孙女，但她父亲的周朝也是被杨坚所夺。杨坚一看见她，难免会想到亏欠宇文家的种种，对这个外孙女也就少了几分亲近。不过看在她母亲乐平公主的面上，帝后并未薄待宇文娥英，平日宫里的赏赐就没少过。宇文娥英虽无县主之名，却有县主之实，众人也都以宇文县主相称。

今日宇文娥英十四岁生辰，恰逢迁入新都，乐平公主决定为她大办，便选在曲江之畔的清荔园。一时间，上至宫中帝后，下至京城公卿子女、年轻贵人，赴宴祝贺的马车将清荔园围得水泄不通。

高莹携友颜韵下马车时，就看见清荔园门口车水马龙，里面更是人声鼎沸。二人随仆从走入园中，发现园中树枝、回廊、假山均挂上花灯，灯形仿若莲花，摇摇望去，如千万盏灯高悬飘荡。虽然天色还未完全暗下来，也已足够令人震撼。

两个小姑娘，一个是尚书左仆射高颎之女，另外一个的父亲也是朝中高官显贵，都不是没见过世面的人，但见状依旧有些看呆了，连脚步都慢下来。

颜韵咋舌道："这得用多少盏灯才能汇成这灯海盛景？"

前面引路的仆从闻言笑道："我家县主一共命人准备了九百八十九盏灯，挂满园中各处，说要办个千灯宴，好让贵客兴尽忘返，通宵达旦举宴同乐。"

高莹不由"咦"了一声："方才我入门时就听见琵琶乐声，现在已经走到园中，琵琶声依旧清晰，而且还是同一首曲子。可按理说，乐声应该无法传到这么远才是。"

仆从的语气带了一丝骄傲："您有所不知，这些乐伎是特意训练出来的。她们分布各处，会从宴会开始一直弹到散宴为止，每弹完一首曲子便会停下默数拍子，如此虽相隔甚远也能乐声同步，无论客人走到哪里都能听见。"

高莹闻言很惊讶："如此大费周章，得是多久才能练出来的？"

仆从自然答不上来，只是笑。

高莹与颜韵面面相觑，都觉得这等规模有些过于奢侈了。不过天子外孙、公主之女，也轮不到她们来置喙。

夜宴将开，席间近满，这等宴会歌舞弹唱，男女混坐，并无过分讲究，比起国宴和宫里办的正宴要随意许多。年轻男女们都爱来玩，这也是认识新朋友的好地方。

高莹和颜韵一眼就看见坐在席间的晋王。晋王虽是皇子，但比外甥女宇文娥英也大不了几岁，此时正盘膝而坐，兴致勃勃地与人交谈，浑无半点架子。

引起她们注意的是与晋王交谈之人。对方玄衣束髻，面容俊美，连一双桃花眼在黄昏明霞中都漾着似笑非笑的波光。

晋王原也算是年轻英俊一表人才，但在此人身旁，却黯然失色不少。

“这是……何人？”

颜韵怔怔看了好一会儿，袖子被高莹轻轻扯一下才回过神来。

高莹轻声道：“不知你是否听过解剑府之名，此人便是解剑府二府主，凤霄。”

颜韵倒抽了口气，也学高莹放轻声音：“原来是他啊！”

京城显贵不同于乡野凡夫，连带她们这些女郎也对解剑府和左月局都有所耳闻。只是这两个机构直接向皇帝皇后负责，职责在外人看来也显得神秘莫测，生人莫近。

凤霄不像崔不去那样深居简出，他也出席过公卿之宴，只不过颜韵一家刚从外地回调京城，从没见过凤霄本人而已。

高莹笑道：“凤郎君姿容出众，不怪你失态，我初见他时，没比你好多少，不过使君虽未有妇，却已有佳人垂青。听说兰陵公主对凤郎君青眼有加，想求天子赐婚。”

颜韵少女怀春，的确生出一丝绮念，但一听见兰陵公主的名头，她就立马歇了自己那份心思。

“此事当真？”

“我也是听说的……”

两名少女窃窃私语，晋王与凤霄那头谈论的却是截然不同的话题。

晋王的心胸毕竟不是闺中少女，不可能因为凤霄比他英俊就心生嫉妒，相反，他对这位天子心腹还颇为客气。

“此番你们不仅智取且末城，还一举交好西突厥，带回突厥可汗，功劳匪浅。陛下大悦，正准备将你们的爵位和食邑都再往上提一等，想必不日便会有旨意，在此我先向凤侯道贺了。”

“多谢晋王吉言。当日我们在六工城时，偶遇一僧，名为玉秀，后来方知……”

凤霄轻声慢语，将玉秀的身份来历，如何乔装改扮骗过众人，意图搅乱西突厥的事娓娓说来。

此时距离崔不去、凤霄他们从西域回到京都已过去半月有余。突厥可汗在被盛情款待之后，已由天子另外委派人选护送回去，无须凤霄出马。

玉秀的事情，在他跟崔不去陛见时也已经说得一清二楚，照理说，他根本没有必要再向晋王交代。但凤霄还是亲自说了几句，晋王听得也很认真，没有丝毫不耐，更未面露愤恨，迁怒凤霄。

待他说完，晋王还歉然道：“从前我只知玉秀乃名门大派出身，兼之精通佛理，聪明过人，便将他留在身边以便垂询，没想到他居然还跟云海十三楼那等地方有干系。哎！此事我已向父亲母亲自陈过错，多亏你与崔侯力挽狂澜，否则那玉秀还不知会酿成多大的祸端！”

他语气真挚，神情诚恳，以示自己绝对不会怀恨在心。

凤霄原想试探他是否早就知道玉秀的底细，见状就知道自己的试探落了空。不管晋王是真不知情还是知情不报，现在他已经撇得一干二净了。

凤霄摇着扇子，洒然道：“晋王心胸开阔，凤某钦服。”

晋王笑道：“凤侯谅解，我便放心了。其实你不该在这儿与我说话，还有一个人正心心念念等着你来呢。”

凤霄讶然：“兰陵公主？我与公主缘锵一面，从未说过话。”

晋王见他装糊涂，也就不再多说，手指点点他，失笑道：“陛下想撮合你们，五姐姐也愿意得很，偏偏你不愿意。罢了，这是你们自个儿的事，我不插手多嘴。”

凤霄嘴角扬起，正想说点什么，余光一瞥，却转了话锋，语气也带了几分轻快调笑。

“今日可真是群贤毕至，竟连平素难得一见的故人也来了！”

就在凤霄说出这句话时，坐在不远处的高莹与颜韵也看见了这位在仆从带路下走来的新客人。

初夏时节，人人都换上薄衣罗裙，唯独此人依旧高领披风，如置寒秋。

冠盖满京华，斯人独不同。

崔不去极少出席宴会，不管是王公贵族还是公卿名流，甚至是朝廷举办的国宴，他都极少现身。比起凤霄的高调，他更像是灯下树间的一个影子，在不需要的时候可以完全隐匿身形，令人感觉不到存在。所以别说颜韵，连高莹都从未见过他。

他没有凤霄那种令人眼前一亮的英俊，也非飘逸出尘的神仙人物，反倒面带病容，神色寡淡。但两个小姑娘的视线依旧被牢牢吸引住，非关容貌。

不止高莹与颜韵，还有许多目光都落在崔不去身上。

他视若无睹，径自朝席间走来。披风随步伐带起一阵风，淡淡药香飘入颜韵鼻子，她忍不住鼓起勇气出声：“这位郎君，此处还有空位……”

不待她说完，那头晋王却已先一步起身，将人请了过去。

对崔不去感兴趣的人很多，不知他身份的人更多。在看见素来骄傲受宠的晋王竟客客气气朝对方拱手，两人看似颇为熟络，好奇之心就燃烧得更旺了。

颜韵也忍不住问高莹："他是谁？"

高莹摇摇头，迟疑道："我也未见过，也许是某位宗室吧？"

"他是左月局正使，名为崔不去。"边上有人接了她的疑问。

二人回头一看，忙起身行礼。

"见过宇文县主！"

宇文娥英今年不过十三四岁，正是豆蔻年华。她的身世虽有些曲折，从小到大却在母亲的宠爱和保护下长大，国仇家恨似乎离她十分遥远，因此如同真正的宗室女子那样，得以无忧无虑成长，脸上藏不住半点城府心机。

然而也正是这样的少女，才不会对杨隋王朝造成什么威胁，皇帝也愿意顺从女儿的愿望，经常赏赐这个外孙女。

"免礼！"

宇文娥英跟高莹更熟一些，伸手扶了她，对两人笑道："方才我与芳娘她们说话，你们怎么没去？怪道她们说到处找不见你们，原来是在这里偷看俊俏郎君呢！"

高莹笑嘻嘻道："怎么能叫偷看？借着来为县主祝寿的时机，我们自然是要光明正大地看！"

宇文娥英眨眨眼："那你们看上谁了？可别说是凤霄，他已经被我五姨看中了，我帮不了你们。若是我二叔……他也已经有王妃了，以你们的门第，总不至于去做妾，除此之外，说不定我都能帮忙。"

她说话大胆，连高莹都有些消受不住，忙道："都不是，你别乱猜了。爱美之心人皆有之，我们只是随意看看，除了凤郎君，这里也有许多后起之秀，说不定能让我找到另一个掷果盈车的俊郎君呢！"

颜韵小声询问道："敢问县主，正与晋王说话的那位郎君是何来历？"

宇文娥英望去，"哦"了一声："那位是崔、崔侯。"

颜韵正等着她往下介绍，没想到宇文娥英刚才动辄说一堆话，到此处却卡壳了。

三人大眼瞪小眼。

高莹奇道："崔侯？是前阵子护送突厥可汗入朝的那位使臣吧？"

宇文娥英："正是，他因功封侯，如今掌领左月局，位同六部尚书。"

在她们说话时，颜韵忍不住又将视线移向不远处的崔不去。

对方侧身背光，上千盏莲花灯的光亮在他身上描绘出柔和的轮廓，但那挺直的脊梁却莫名有些清冷寂寥。年纪轻轻却身居高位，看上去身体似乎也不是很好。

颜韵在心头转念数回，默默记下了崔不去三个字。

崔不去并不在意有多少人在看自己，也不在意这些目光之中的善恶。晋王刚说两句，他就捂着嘴轻声咳嗽起来。

“这里风大，先生还是坐着说话吧！”晋王请人入座，举起酒杯朝两人一敬，“今日难得凤二府主也在，我正好借花献佛，借着我家大姐姐的酒，多谢二位帮我识破玉秀真面目，避免引狼入室，为祸深重。”

说罢，他还不忘道：“崔先生身体不适，不宜饮酒，这杯我干了，你随意就好。”

他将酒一饮而尽，崔不去果真只是举起酒杯略略沾唇就放下了。

“晋王言重了。”

晋王笑道：“我已向陛下借了芙蓉园，打算再过十日办个芙蓉宴，不知二位能否得空，赏光前往？”

今上五名皇子全是皇后所出，偏偏最受宠的不是老大，也不是老幺，而是排行第二的晋王。他从小到大顺风顺水，几乎从未有过逆境，上至父母，下至群臣，鲜少有拒绝他要求的。

当然，晋王也极少这样盛意拳拳，主动邀请人。

遇上别人，说不定忙不迭就应承下来了，崔不去却淡淡道：“多谢晋王美意，届时只怕没有闲暇。”

跟在晋王后面的仆从都为崔不去捏了把汗，晋王居然面不改色，闻言还点点头：“先生贵人事忙，我自然理解。多亏了你们这些中流砥柱，江山社稷才能稳如泰山。”

“二郎！”乐平公主与一众贵妇人过来，在不远处朝晋王招手。

晋王顺势起身：“两位先聊，我就不打扰了。”

他朝凤、崔二人拱手，转身便向乐平公主走去。半道上冒出一个人，向晋王行礼，晋王认出对方似乎是上朝时打过照面的小官，便点点头。

对方带了几分讨好笑道：“听闻殿下要办芙蓉宴，在下也算有几分诗才，不知能否得殿下一张请帖？”

晋王淡淡道：“再说吧。”便径直越上前，看也没看他一眼。

凤霄将这一幕尽收眼底，转头问崔不去：“你给晋王下了什么迷魂药，他对你的态度为何与他人格外不同？”

“有何不同？”崔不去不以为然，拿起一个橘子慢慢剥开。

凤霄拿扇子点点那个被晋王抛在身后一脸失落的小官："看见没，那才是正常的晋王。他对我虽也客气，却没有像对你这样——小心翼翼，唯恐你半分不快。"

崔不去："所以？"

凤霄："所以，晋王对你单相思，求而不得？"

崔不去哼笑："几日不见，凤二府主的脑子都被稻草填满了？"

凤霄"哈"的一声笑："你不说也就算了，既然说起来，我倒想质问一声，这几日你为何处处躲着我？"

崔不去不动声色："我何时躲过你？"

凤霄掰着一只手开始数："自从陛见归来，我每回遣人去左月局，不是说你卧病在床，就是说你出门在外。后来我亲自出马，登门拜访，你居然还是避而不见，怎么？你想过河拆桥不成？"

崔不去冷笑道："所以你就三不五时去左月局骚扰，大前天嫌茶太苦太咸，嫌点心太难吃，嫌婢女太丑；前天把左月局前厅的花盆给砸了，还放了几只野猫进来捣乱；昨天又跟长孙打了一架；等明天是不是又要弄一伙地痞在左月局门口碰瓷了？"

凤霄"啪"地合上扇子："好主意！就来一出'崔不去薄情寡义负心郎，女子身怀六甲上京寻夫'如何？"

凤霄无疑是一个良好的合作伙伴，但同时也是一个不省心的潜在对手。两人虽然历经生死，但那是在有共同目的、坐在同一条船的情况下，一荣俱荣，一损俱损。现在回到京城，威胁解除，两人的关系又恢复如初。

帝后虽然恩爱，彼此之间也没少较劲，解剑府与左月局利益相关，更不可能一直相亲相爱。正如凤霄对探究崔不去此人大有兴趣，崔不去经常也摸不透对方在想什么。

两人似敌似友，又非敌非友，时时越界试探，在发现对方的底线不止于此时，就更往前一步。尤其是凤霄，玩性甚大，乐此不疲。

而且，左月局位置隐秘，不欲人知，凤霄要真喊上一群人隔三岔五去门口碰瓷，还真会带来不小的麻烦。

凤霄摇扇含笑，见崔不去一脸头疼的样子，又凑近一些，低声道："你从来不参加这等宴会，连晋王请你你都不去，更勿论是宇文县主的生辰宴了。老实说吧，你所为何来？是不是又在酝酿什么坏主意？"

崔不去冷笑："我坏主意再多，在你比城墙还要厚的脸皮面前，也是枉然！"

凤霄伸手揽住他的肩膀，以绝对压制的力量无视对方挣扎，一副哥俩好的表情，亲热道："你看，咱在边塞风沙也吃过了，闹鬼的客栈也住过了，同生共死，九死一生，怎么说也是过命的交情了，你连这点小事都瞒着我，好意思么？"

崔不去只觉耳边有只苍蝇一直嗡嗡嗡叫个没完。他不禁蹙眉，定定看着凤霄，心道这人皮相俱佳，美中不足是会说话。若有朝一日能将他嘴巴缝上，只欣赏那张脸，便完美了。

"我来抓人。"他面色淡淡，终是透露一点风声。

崔不去的手肘撑在桌上，盘膝坐于桌前，身体微侧，半面在灯光辉映下，半面在树影斑驳中。黑夜既是遮掩，也将他勾勒得更加柔和，但这句话一出，柔和随即化为杀气。

非关容貌，唯因气韵。凤霄不知先前那两个小姑娘心中所想，此时竟是心有灵犀般，自动将这句话给补全了。

"抓谁？"凤霄问。

崔不去看了他一眼："左月局与解剑府各司其职，井水不犯河水，凤二府主问得太多了。"

凤霄啧啧道："有用的时候，迫不及待抱着人家卿卿我我；没用的时候就过河拆桥，翻脸不认人。如此负心薄幸，怕是世间女郎见了你就要掉头跑了！"

颜韵鼓起勇气拉着高莹过来打招呼，正好就听见凤霄的话，不由愣住。

高莹轻咳一声："两位郎君安好。"

崔不去颔首。

凤霄挑眉，不动声色。

投怀送抱的女人他见得多了，从前走到哪里都有许多女郎主动献殷勤，若非凤霄的轻功她们赶不上，掷果盈车的典故未必不能在本朝上演。哪怕赴宴交际，凤霄也时常能遇到前来问好的年轻娘子。一次两次还有些新鲜感，次数一多就麻木了。

他正等着这两人说出意料之中的话，对方却迟迟不开口，凤霄略有不耐，用扇子敲敲桌面。

"我与故友叙旧，二位有事吗？"

颜韵被高莹一推，上前两步，面露羞赧，对崔不去道："崔郎君，能否借一步说话？"

凤霄有点意外，似笑非笑："良辰美景，佳人相约，崔兄何不从之？"

任凭小姑娘闪闪发亮的眼睛看着，凤霄在旁边推波助澜，崔不去始终不动如山，只淡淡道："不方便。"

颜韵："……"言简意赅三个字，将一颗任君采撷的少女心碾成粉末。

站在他们后面的宇文县主见状，忍不住想上前为她说两句好话，却在崔不去抬眼时顿住脚步。四目相对，崔不去的眼神比入夜之后的风还要薄凉几分。

他忽地朝宇文娥英一笑，拿起手中剥好的橘子。

"县主，吃橘子吗？"

宇文县主不答，甚至还后退了一步。

凤霄嗅出一丝不寻常。

宇文娥英跟崔不去应该是不认识的，两人之间也没有表现出丝毫熟络和旧识。崔不去虽然手段狠辣，却没必要对这样一个小姑娘做什么，更何况宇文娥英的身份，也不至于跟对方有什么瓜葛。

但她这番表现实在耐人寻味，与方才晋王的刻意亲近，似乎有异曲同工之妙。

凤霄大感兴趣。他觉得崔不去就像一个巨大的谜团，层层剥开，却总发现下面还隐藏着秘密。

没等他深入探究下去，兰陵公主身边的侍女一路寻人而来，在看见凤霄时，终于眼前一亮，跑了过来。

"凤郎君，我家公主有请！"

凤霄笑了笑："抱歉，我与故友相谈甚欢，怕是无暇过去。"

堂堂兰陵公主，天之娇女，蕙质兰心，竟还请不动一个男人。这年头京城风气变了，不崇尚温雅公子，反倒流行郎心似铁了？

颜韵一时忘了失落惆怅，惊讶地看着凤霄当面拒绝公主相邀。

换了别人如此不识抬举，侍女早就勃然大怒，可对上凤霄这张脸，大怒就只剩下薄怒："凤郎君，我家公主身体不适，您去瞧瞧也不行吗？"

"那请你代我转告你家公主，让她——"凤霄沉吟道，"多喝热水，好好保重。"

侍女："……"她恨恨地瞪了凤霄一眼，转身跑了。

宇文县主忍不住道："凤二府主，五姨虽为天家女，却无半点骄矜之气，为人和善温柔，更有羞花之貌。以您如今的官职身份，若得公主下嫁，当是莫大荣耀！"

凤霄压根懒得与小姑娘争执，见崔不去剥好了一个橘子放在桌上，毫不客气便伸手拿来掰成两半，一半送入口中。

崔不去蹙眉，将他手里剩下的一半拿回来，递向宇文县主。

“县主，吃橘子吗？很甜。”

宇文县主看着崔不去手中的半个橘子，勉强笑道：“不必了。”说罢也转身走了。

高莹和颜韵面面相觑，只觉古怪尴尬，也都告辞离开。

凤霄：“喏，又是一个。晋王讨好你，可以解释为他想延揽人才，将左月局纳为己用。那宇文县主呢？她对你三分忌惮，三分不甘，还有四分畏惧，为何？”

崔不去：“你猜。”

凤霄笑道：“我猜，你是乐平公主的姘头？”

崔不去一脸“你是不是傻”的表情：“我要是乐平公主的姘头，当初干吗还去对付琳琅阁，直接一句话不就行了？”

凤霄合上扇子，一拍掌心：“也对，那么你是独孤皇后的姘头？”

崔不去没好气：“你怎么不干脆说我与皇帝有染？”

凤霄一本正经：“那倒是不可能，若天子爱男色，早就传言纷纷。”

崔不去将橘子一瓣瓣剥开，在桌上摆着玩，漫不经心附和凤霄的胡说八道：“说不定我是皇帝流落在外的私生子呢？”

凤霄“哈”了一声：“那以皇后的手段，没等长大，你早就重新投胎一回了！”

二人胡扯之际，宾客悉数来齐，济济一堂。乐平公主陪同太子、晋王、秦王、兰陵公主等兄弟姐妹款款而来，欣然落座。

侄女的一个生辰宴，帝后膝下几位舅舅阿姨居然都到了，这不能不说是天大的面子。

想必也是乐平公主这位长姐亲自上门相邀，为女儿做脸。她待女儿如珠如宝，纵然女儿身份尴尬，也竭力要为她挣来面子，可怜天下父母心。

不少公卿贵妇借此机会，为家中儿女相看适龄的对象。年轻男女也难得如此人齐，或比邻而坐，相谈甚欢，或志趣相投，觥筹交错。

琵琶乐声隐隐传来，舞姬却未有固定场地，身挟彩带，从这头跳到那头，随意自在，曼妙宛若天女，为这满堂热闹增添一抹亮色。

许多人心中暗道，乐平公主为女儿生辰可谓费尽心思。今日之后，珠玉在前，别家再想办宴，有了今夜千灯宴对比，就很难超越了。

这其中也有不少人想借机在太子等人面前出个风头，便提议互相出题猜谜。宇文县主也来凑趣，拔下自己头上玉簪，说是若有女子能拔得头筹，就以玉簪相赠；若是男子，就以家中珍藏的珠剑赠之。

太子笑道：“如此的话，就由我来出这第一道题吧。”

众人一听，自然玩兴大起，都摩拳擦掌，准备接招。

偏偏就在这个时候，有人不识趣地插话。

“敢问县主，您口中的珠剑是前朝皇宫之物吧？前朝宣皇帝以此为佩剑，但新朝建立时，陛下曾命人亲点宫中财物，不得有半分遗漏，当时我也在场，看了清单名录，上面并无这把名剑，可见当时已经遗失。前朝宫闱记录，也并无赐剑之举，现在却出现在宇文县主这里，不知公主作何解释？”

崔不去坐着没动，语气轻描淡写，却格外令人痛恨，尤其乐平公主和宇文县主母女俩更是脸色大变。

寂静，一片寂静。

崔不去几句话，就挑起乐平公主心头隐痛，直指她根本不愿提及的往事——从小就被教导忠君爱国，到头来却被迫当了乱臣贼子，篡位的人还是她的父亲，何等讽刺。

没有人敢接话。大家面面相觑，都觉得崔不去许是疯了，要么就跟乐平公主有深仇大恨，否则哪有趁着人家办宴上门砸场子的道理？

乐平公主怒道：“你这话什么意思，难道我还会盗剑私藏？此剑早年流落在外，后来被人发现相赠与我，有何问题？”

崔不去：“自然没有问题，不过赠剑之人是谁，能否请公主告知？”

乐平公主：“崔不去，别以为你领着左月局，在母亲面前有几分面子，我便憷了你！此剑来历，大不了我回头入宫向天子陈明。你坏我宴会，此事绝不能善了！来人，将他拖下去！”

上次崔不去在六工城琳琅阁闹事，早就传到乐平公主耳中，她深恨崔不去不给面子，又暂时奈何不了他，只得先记下这笔账。没想到崔不去竟然还敢在宴会上公然捣乱，简直是可忍孰不可忍！

太子也很生气：“崔侯，你出使归来，是国之功臣，可也不代表你能任意妄为。公主夜宴，人人欢喜，唯独你出言不逊，还不快住口！”

晋王轻咳一声：“大哥，兴许崔侯有何隐情呢？不妨听他说下去。”

谁知崔不去摇摇头道：“我没有隐情，就是好奇问问。扰了公主雅兴，抱歉。”

众人无语，心说你这果真是故意来捣乱的吧？

他坐着不动，下人们也不敢强拉。乐平公主看着他那死猪不怕开水烫的样子，差点没被气个半死。

晋王笑呵呵圆场：“既然都是误会，那就继续吧。来，喝酒，我这外甥女生得亭亭玉立，转眼也这么大了，不知将来谁有幸能娶到她！”

宇文县主有些不好意思，忙回敬舅舅。

有了他开头，氛围又重新热络起来。乐平公主有心问罪，却不想坏了女儿的宴会，只得暂且忍下这口气，准备等宴后再一并处置。

猜谜重新开始，却已有几个心慕县主的青年俊杰对崔不去暗生不爽，准备好好刁难他。

唯有凤霄坐在一旁，看见崔不去用橘子在桌子上摆了一个字。

杀。

果然不是来赴宴，是来砸场的。他就说，这姓崔的成日比大家闺秀还要羞涩，大门不出，二门不迈，哪来这么好兴致，突然想起要参加一个县主的生辰宴了。

凤霄摇着扇子准备看好戏，心情忽然好起来。总不能他自己被坑，这雨露得均沾不是?

# 第三十章 前朝余孽

小小风波暂且平息。

众人有意无意不去望崔不去，努力将氛围重新营造起来。原本想抬步走向凤霄那边的，也因他与崔不去离得太近而停住脚步。

凤霄没有抬头，他正专心致志地摆弄着什么。

在众人的促请下，太子笑着出了第一道谜题。

“二形一体，四支八头，四八一八，飞泉仰流。”

满堂才智之士济济，很快便有人猜出是个“井”字，年轻士子拔得头筹，喜形于色。

方才主人家说了，女子猜出则赠以玉簪，男子则赠以珠剑。但崔不去的话犹在耳边，乐平公主有些不自在，朝那士子和颜悦色道：“我家中另有一把藏剑，曾为三国名士司马徽所用。既是有人质疑珠剑来历，我也不好让你受连累，不如就以此剑代替，你以为如何？”

她这般解释，士子哪里有不肯的，只暗暗埋怨崔不去刚才多事，口中忙道：“多谢公主所赐！”

宇文县主命人从库房取出宝剑，亲自送给士子。

其他人羡慕不已，有些幸进之辈，反应没别人快，自忖没法依靠实力在接下来的谜题里出风头，就打起借人立威的主意。最好的对象，自然是刚才得罪了公主母女、出言不逊的某人。

有人朗声道：“听闻崔侯聪明过人，智计百出，我这里有一道难题，多年未解，能否请崔侯解惑？”

来了！众人心想，不约而同将视线投向崔不去，十有八九带着看热闹不嫌事大的心思。

崔不去坐着没动，懒懒道："我极少在人前露面，你从哪听说我的名声？"

找碴的并非寻常士子，而是京城高门子弟，姓杨名仁德，乃御史大夫杨素之侄，与宇文县主向来交好。

杨仁德笑了笑："崔侯出使西域，化干戈为玉帛，非但拿下且末城，还迎回突厥可汗，怎么不是智谋过人？"

他不欲让崔不去转移话题，没等对方再说话，紧接着从怀中拿出一个玉球。

千灯照耀之下，众人清楚地看见，这玉球上面有无数小孔，互相穿透，彼入此出，红绳从这个小孔穿入，又从另外一个小孔穿出，将整个玉球缠绕住。

杨仁德介绍道："红绳其实只有一根，有高人将它从头到尾完整缠绕在玉球上，令人看不出线头。我拿到此物之后，总想不破坏玉球和红绳就将两者分开，但找来找去都找不到线头，不知崔侯能否为我解开困扰？"

他将玉球交给仆从，让对方拿给崔不去。中间太子好奇，先把玉球拿过去看，众人过了一圈，的确是找不到线头，不由啧啧称奇。

凤霄对这种文人游戏没有半点好奇心，而且也嫌这玉球经过太多人之手，根本懒得拿来看，从头到尾头也不抬，摆弄橘子仿佛上瘾，边上还堆了一堆剥开了又不吃的橘子。

那千灯落在别人面上也就是照亮了容颜，在凤霄脸上却像镀上一层柔光，令不少年轻娘子心不在焉，偷眼怦然。

最后玉球终于传到崔不去手中。他拿着玉球在手里转了一圈，道："果然是匠心独具，巧夺天工。"

杨仁德得意一笑："这回就有劳崔侯了。"

崔不去摇摇头："我也找不到线头在哪里。"

杨仁德惊讶："您可是连突厥可汗被人假扮都能识破，可别是故意为了讨好太子与公主故意藏拙吧？"

乐平公主笑道："若是连崔侯这样的聪明人都解不了，那天下恐怕无人能解了。"

她明着称赞崔不去，实则将他高高架起，但就算崔不去当众被刁难取笑，也没法缓解公主心头的恼怒。她的玉指在扇柄上摩挲片刻，计上心头，叫来侍女，吩咐几句。侍女点点头，转身离去，迎面却遇上一位白衣女子，貌若仙子，就是神情冰冷，俨然阎罗。

侍女惊讶片刻，皱眉道："你是何人，还不快让开？"

乔仙冷冷道："今夜，谁也别想走。"

她抓向对方，伸手一劈，对方随即软软倒下，不省人事。

侍女本就离公主不远，她昏倒前短促的叫声引起公主回头，见状当即大惊：“你是何人？来人啊！”

众人纷纷循声望去，却见乔仙走来，朝崔不去点点头。

崔不去终于起身，抚平身上衣服，慢条斯理道：“将公主府里里外外都围起来，没有我的命令，不得放走一人。”

乔仙拱手应是。她一挥手，便有数人从黑暗中跃出，直接堵住所有人的退路。这些人身着黑袍，面容冷肃，腰悬左月局令牌，手持左月刀，正是左月局中人的装束。

一言既出，全场皆惊。大家瞠目结舌看着崔不去，一时不知作何反应。

太子拍案而起，勃然大怒：“崔不去，你这是要造反吗？来人啊！”

乐平公主气得脸色都发青了。她原想给崔不去一点教训，让他往后不要不知天高地厚，谁知对方失心疯了，竟直接做出这等惊世骇俗之举！

擅自带人围抄公主别院，将太子、晋王等皇亲贵胄都堵在这里，就算不是造反，也与造反无异了。

晋王也想问崔不去是不是疯了，但话到嘴边，他眼尖地发现黑暗中隐隐绰绰，除了左月卫，似乎也夹杂着羽林军禁卫的身影，不由闭上嘴巴，静观其变。

崔不去无视在场纷纷扰扰的声讨，冷冷道：“今日有贼人欲借千灯宴行不轨之事，所幸我提前获知消息，赶来阻止。对方在清荔园四周暗藏火油，将所有生路堵死。今日宴会，千灯齐备，容易走水，一旦星火点燃，立马可以借着火油燃遍整个园子。乔仙，把东西拿上来。”

乔仙让人捧来一盆石榴花，在众多震惊的目光下，她拿起花盆往地上一摔。原来石榴花早已齐根而断，花盆里大半装了膏油，然后以木板隔层，铺上一层薄薄的土，再将花枝插上。

这样做，花枝自然已经断了生机，但只撑一两日的话还是没什么问题的。为了准备这次生辰宴，公主府下人差点跑断腿，用这种伎俩先蒙混过关，哄哄公主、县主开心也是正常。反正宴会只有一夜，谁会关心之后这些花的去向。

但花盆装满膏油，这就说不过去了。

崔不去道：“这处观景台后面原本有一个小荷花池，但现在水被抽干，上面只有淤泥。真有大火烧起，你们连跳进池中的生路都没有。”

宇文县主喃喃道：“这事我知道，他们说我喜欢牡丹，想要将荷花改种成牡丹，只因来不及，便将那里先围起来了。”

但没有人听见她的话，大家都被崔不去的话惊呆了。

崔不去："此处地势高于园中其他地方，可以清楚望见下面灯火辉煌，不失美景。不过，也正因如此，这里去往其他地方的通道将会是火最先燃起来的地方。到时候，就算你们从此处跳下，摔个手脚折断也没法逃走，因为下面还有刺客等着你们。明日一早，京城所有人就会收到火烧清荔园、众多皇子公主死于其中的消息。"

他环视一圈，缓缓道："在场各位贵人，无一幸免。"

众人愣愣地看着崔不去，都还沉浸在震惊之中，一时没能消化他的话。

太子失声："谁？！谁会这样狠毒？！"

晋王沉声道："此事陛下也已知情？"

崔不去看了他一眼，点点头："为防万一，我向陛下借来两百羽林军，业已合力将所有刺客一并擒拿，连同主谋，一共二十人！"

晋王长舒了口气："崔侯料敌先机，化险为夷，救了我们所有人的性命。不过主谋究竟是何人？他能策划如此大的事情，没有内应配合，是断然不可能的吧？"

崔不去笑了一下，但他的笑容在其他人看来并不那么温暖，反而有些杀气腾腾。

"把人带上来。"

乔仙挥挥手，不久便有两人押着一名年轻男子前来，将他推至场中。

男子被五花大绑，动弹不得，乔仙上前摘下他口中棉布，那人立时大喊："公主救我，公主救我！"

乐平公主面色大变。

宇文县主小小"啊"了一声。

崔不去："此人，公主可认得？"

乐平公主铁青着脸，没作声。

崔不去又换了个人问："公主不认得，县主总该认得吧？"

"他不是公主府的掾属任跃吗？"宇文县主弱弱道。

崔不去："不错，任跃出身惊鸿剑任家，任氏惊鸿剑法江湖闻名。任跃饱读诗书，文武双全，年轻有为，自从去年得到乐平公主举荐，入府为掾属之后，就得到了公主的信任，与重用。"

最后几个字，他刻意停顿了一下，说得意味深长。乐平公主的脸色，随着他每次停顿也更难看了一点。

在场众人，人人都震撼莫名，唯有凤霄丝毫不受影响。他终于罢手，看着桌面，满意地拍拍手，把手指上黏着的橘子丝拍去。

桌上，橘子白丝拼拼凑凑，依稀摆出一只狐狸的模样。那狐狸将大尾巴压在身体下面，耷拉着耳朵，正一心一意装着鹌鹑。

崔不去顾着欣赏乐平公主骤变的脸色，根本无暇理会其他，直到凤霄扯了一下他的袖子，他才莫名其妙地低下头，然后就看见那只臊眉耷眼的狐狸。

崔不去："……"

在"此人脑子有疾病"跟"此人颇有童心"之间犹豫片刻，崔不去选择了前者。但被凤霄这一打岔，他差点忘了自己刚才要说什么，被反应过来的乐平公主截去话头。

"任跃谋反，连我也瞒了过去。此事你既然早已知晓，为何不提前知会，偏偏要在宴上闹这一出？！"乐平公主抓住机会，厉声质问，"今日太子、晋王等人皆在，若因此误伤了人命，你担当得起吗？！"

崔不去暗骂凤霄误事，将丢失的思绪强拉回来，冷冷道："公主何必恼羞成怒？一则，此事尚未败露，不宜打草惊蛇，总得等贼人的狐狸尾巴彻底露出再一网打尽！"

说到狐狸，他自然而然地低下头。那只橘子白丝摆成的狐狸还在那里趴着，眼睛半睁未睁，像在偷窥前方猎物，伺机下手。由此可以看出，凤霄在绘画上的造诣应该相当不错。由此更可看出，他方才实在是闲得无聊。

堂堂解剑府二府主果真只是前来赴宴，别无目的？传闻兰陵公主心仪凤霄，天子也想玉成好事，他总不可能是为了公主才专程过来的吧？

诸般念头在脑海里一闪而过，崔不去缓缓道："二则，任跃此人还有另外一个名字。"

他特意停顿，观察了一下乐平公主的脸色，但后者的脸色原本就已经很难看，此时倒看不出有异。

"他本来复姓宇文，单名一个怿字。"

今日能来赴宴的，要么是皇子公主、宗室贵胄，要么是公卿女眷。大家混迹隋朝上层，听见宇文二字，立马就能联想出许多。

晋王当先问道："前朝余孽？"

崔不去："不错，他的父亲乃是前朝越野王宇文盛。当年此人逃脱，为任家收留，改名任跃，对外只称是任家失散的子侄。他隐姓埋名，韬光养晦多年，又以任跃之名在江湖上闯出名堂，入了公主的法眼。这次生辰宴，此人主动请缨，公主就让他全权负责宴会事宜，他自然可以轻松方便安排一切，设下今日杀局。"

任跃大声喊冤："我不是什么宇文怿，你胡说八道！欲加之罪何患无辞，公主救我啊！”

乐平公主面色苍白，嘴唇嗫嚅，半句话也说不出来。她想斥责崔不去，但她知道，崔不去能说出这番话，必然已经搜集到不少证据，再反驳很容易自取其辱。

“此事我全不知情，这次我也在园中，就是死，也会与大家死在一起！”乐平公主倏地望向任跃，恨恨质问，“任跃，我待你不薄，你为何恩将仇报？！”

任跃面露惊恐，连声喊道：“公主明鉴，我真的不是反贼啊！花盆里那些膏油我也不知从何处而来。我是被冤枉的，公主，您难道连我都不信吗？您说过会爱我一辈子的！”

没等他说完，乐平公主直接用拔高的嗓音打断：“还不将人拖下去！”

在场众人神情各异，很多人若无其事，假装耳聋。公主蓄养面首并非什么奇怪的事情，乐平公主守寡这么多年，却还正当盛年，一时耐不住寂寞也是常事。不过毕竟只是私德，没有闹到明面上来，大家就睁一只眼闭一只眼，当公主还是三贞九烈的节妇。

唯独崔不去似笑非笑，一语道破：“这宇文怿的容貌酷似前朝宣帝，也难怪公主念念不忘，移情至此人身上了。”

乐平公主脚下一软，幸而被左右侍女扶住。

崔不去挥挥手，让人将任跃及一干从犯都带走。玄色披风在外，素色长袍在内，他独立风中，自带萧瑟肃杀之气场，经此变故，更无人敢接近。

方才拿出玉球刁难崔不去的杨仁德更是大气不敢出，生怕对方想起刚才一幕，来找自己的不痛快。

岂料崔不去根本没有忘记他，抬起手指住他：“将此人也带走。”

杨仁德心头一颤，忙大声道：“崔侯，方才我并非有意为难，您可不能假公济私、公报私仇啊！”

崔不去咳嗽两声：“杨公子，你太高看自己了。我抓你，是因为当初任跃来京，结交的头一个人便是你。也是你将他介绍给公主府令，他才能进入公主府当差的。我倒要问问，你为何会想到将他引荐给公主。莫非，你早就看出他与公主亡夫神似？”

杨仁德：“我没有，不是这样的！”

乔仙直接一点哑穴，人马上安静了。

“如何完好无损解开红绳，我是没法子了，不过杨公子进了大牢，正好有空静心思考，说不定能解了这千古谜题。”崔不去嘲讽道，话锋一转，“带走！”

凤霄差点笑出声：这人嘴巴动起来可真太损了。

一场宴会出现这么大的风波，谁还有心继续下去。不说客人，就是主人家也都失魂落魄、魂不守舍。

太子、晋王先行离开，在他们之后，众人纷纷告辞。

送客的管家手忙脚乱，加上左月局还在公主府内搜查其他罪证，园中乱作一团，连带本来璀璨夺目的千灯闪烁，霎时间也变成灯影幢幢的仓皇。

从奢靡辉煌到繁华散尽，不过一场歌舞的工夫。

崔不去转身，在左月卫的簇拥下离去，披风扬起一抹凌厉夜色。在他身后，几乎没有人发现，桌上那只橘子白丝拼成的狐狸，已经被他故意用披风扫得乱七八糟、面目模糊。

人人见他而色变，一路无人敢拦。只怕今夜之后，崔不去在京城的名声，就要从有功使臣变成阎罗煞星了。

出了清荔园，崔不去就让左月卫分为两拨，一拨继续留在园中搜查物证，一拨将任跃等人带去刑部大牢，他自己则在乔仙的陪同下乘车离开。

但在他即将踏上马车之际，一只手及时扯住了他的披风。速度之快，力道之猛，非但乔仙没反应过来，连崔不去也差点被扯得往后摔倒。

他狠狠回头，对上凤霄无辜的脸。

“崔道长好生无赖，与我临席一夜，竟只字不提当日的约定。”

崔不去沉默片刻：“三日之后，通化门外长乐驿，不见不散。”

凤霄笑道：“早这么痛快不就行了？总要我这债主催债，人家也挺不好意思的呢。”

崔不去：“……那你还不松手？”

乔仙朝凤霄出手，意图将他抓开，但凤霄仿佛未卜先知，用另一只手与人过招。二人手掌翻覆之间，乔仙不得不化攻为守，退开两步。

凤霄摇摇头：“你上次伤这么重啊，回来半月竟还未愈。刚才任跃要是知道，估计就没那么容易束手就擒了。”

乔仙冷不防被他点破，脸色一变：“你！”

“崔侯！”

崔不去听见这女声，心下便有几分不耐，要不是刚才凤霄拦了那么一下，现在自己早就走了。

但他仍是回过头：“县主还有何事？”

宇文县主在侍女的搀扶下来到门口。

“崔侯原可私下告知我母亲，让她早做准备，也不至于像现在这样大动干戈。今夜此事，必定令我母亲颜面扫地。做人留一线，日后好相见，崔侯如此不留余地，可曾想过以后？”

崔不去淡淡道：“此事我早已知会陛下，县主若有疑问，不妨去质问陛下。”

此时兰陵公主也走了出来。

宇文县主双目含泪，凄然道：“不知我母亲究竟哪里得罪了崔侯，要令您如此报复我们母女！若是如此，我代她向您磕头认错还不行么？”说罢，也不等崔不去反应，便朝他跪下磕头。

此时尚有许多客人未走，门口马车众多，人人都瞧见这一幕，心头不由生出兔死狐悲之感，隐隐觉得崔不去欺人太甚。乐平公主母女明明对朝廷毫无威胁，只因孤儿寡妇，就要受到如此欺凌。

兰陵公主忙将宇文县主扶起，向来温柔的她也忍不住对崔不去责备道：“得饶人处且饶人，崔侯何必如此？”

崔不去半句辩解之词也无，只道一声“臣先行告辞”，就转身上了马车，将其余三人抛诸身后。

在进了车厢盘膝坐下之后，他的表情便浮起一丝疑惑。车轮随即缓缓往前滚动，崔不去掀起车帘一角，兰陵公主正在劝慰低头抹泪的外甥女。

“奇怪。”崔不去放下车帘，呢喃一声。

“奇怪什么？”

当你独自一人坐在车内自言自语，还有人回答自己的时候，要么是活见鬼，要么就是有人潜入马车。

崔不去猛地回头，只见一颗大头从另一边车帘里探入，紧接着整个身体都滑了进来，快得让崔不去来不及阻止。

“我觉着，今夜你忙着破案，无暇与我闲聊，应该挺后悔的。所以我亲自过来，给你弥补的机会。”对方笑吟吟道。

在他出声之前，凤霄就已经趋来，直接将崔不去压在车内，按住两边手腕，上半身几乎贴在他身上，甚至连鼻尖也距离如此之近。

车内比外头还要温热些许，此时崔不去身上更是肉眼可见地冒汗。他之所以没有喊出声，不是因为凤霄点住他的穴道，也不是他为美色所惑，而是对方用手捂住他的嘴，一字一顿无声地道：车、下、有、人。

车内无灯，唯一的光源是外面尚算明亮的月光，时不时从震颤抖开的车帘流泻进来。

突如其来的动作让崔不去蒙住，但他随即想到一个更重要的问题：潜伏在车底的人必定武功极高，否则早就被发现了。

昏暗中，凤霄的嘴角隐隐扬起，看见崔不去被堵住嘴巴还不忘皱着眉头转动脑子的模样，他差点笑出声。难相信世上有人永远能料敌先机、未卜先知，但崔不去不能算在正常人之列。

当初在突厥，这家伙为了揭穿玉秀的真面目，不惜拿自己作饵，以身犯险。当时凤霄就想知道，如果自己没能及时赶到，或者最后一刻再出现，能不能看见崔不去变了脸色，狼狈不堪。可惜当时错过了大好机会，玉秀武功太高，须得凤霄全力以赴，热闹自然也就没看成。

之后，无论遇到什么情况，此人总是八风不动，稳坐钓鱼台。

凤霄是真想知道，什么时候才能看见对方意外震惊，若能哭泣求饶，那就再好不过了。

哭泣求饶估计有些难度，此刻能感觉到对方的挣扎，隐隐看见崔不去吃惊的表情，凤霄已觉得自己做对了。

可惜，光线过于黯淡，没能仔细看清，凤霄有些遗憾。

崔不去身上有淡淡药香，那是因为他常年吃药，靠得越近，药香就越清晰，凤霄感觉自己也快变成一根人参了。他突发奇想，崔道长吃了这么多珍贵药材，假如将对方切片吃掉，是不是也能长生不老了？

也不知是谁放了块石头在前方，车夫没仔细看，车轮轧过去，马车顷刻倾斜震动。凤霄似支撑不住重量，身体一歪，顺势将人拦腰抱住滚向一旁。崔不去顺势一拳揍向他的肚子，正想坐起，就见一道利刃从车下刺入车厢之内，寒意森森，剑光离他们两人方才的位置竟只有毫厘之差！

对方一击不中，非但没有撤手逃离，反倒将利刃往前狠狠划来，似乎隔着车厢也能感知两人的位置。

凤霄抓住崔不去的腰带飞向车顶，“轰”的一下，马车车顶被彻底拍飞，两人直接从车中跃出。刺客紧追不舍，白影也跟着飞跃而起。

凤霄在半空将崔不去扔给乔仙，随即与白影激烈交手，半空之中，二人掌影与剑光纷飞错落，几乎不辨快慢。

寻常刺客必然身着暗色衣裳，只求在黑夜中尽量隐藏身形，此人却一身白衣无比显眼，由此可见其自信骄傲。

对方之前有意隐藏气息，乔仙也至此才发现对方存在，不由大惊。能与凤霄打成平手，此等高手在江湖上绝不会无名。此时崔不去微微蹙眉，他竟看不出此人来历。

对方的武功路数十分古怪，有的招数像西南金川寨的刀法，只不过以剑为刀，以刀法化剑法，融会贯通，行云流水；有的招数则像玄都山一脉的道家剑法，只不过更为凌厉，也多了煞气，大有寒光至处，杀尽天下生灵的凶威。

每个门派都有自己的风格路数，一个人是不可能学尽天下武功的，如果他显得样样都会，要么是为了显摆，要么是为了掩饰自己真正的来历。

眼前此人，肯定是后者。他武功出众，面目却再寻常不过，看了第一眼绝不会让人想看第二眼，极容易被人遗忘。

乔仙也看出了一些问题："尊使，从他的武功外表来看，左月局的卷宗里似乎没有此人的记录，难道他是易容？"

"可能吧。"崔不去不置可否。

今晚除了这个突然冒出来的刺客，其他事情都进行得很顺利，包括任跃被擒获，谋反的证据也被找到。但崔不去总有一种奇怪的感觉，像是任跃并非真正的主谋。难道又跟云海十三楼有关？

他思忖之间，凤霄与那白衣人的交手却越来越快，别说目瞪口呆惊慌失措的车夫等人，就连乔仙也很难中途插手干预，施以援手，只能等着这两个绝顶高手分出胜负。

只是她越看就越是心惊。凤霄武功已是高绝，刺客能与他战成平手，自然同样厉害。谁又能驱策得动这样一个人来刺杀崔不去？刚才要是凤霄没在马车里，崔不去恐怕早就死于非命。如果这人以后隔三岔五冒出来，崔不去焉能有命在？

这般一想，乔仙越发忧心忡忡。她平时怎么看凤霄怎么不顺眼，此时却一心盼着凤霄把对方杀死。乔仙心道：就算凤霄以后常常蹦出来，自己也绝对不会再找解剑府麻烦了。

情况不容乐观，剑光萦绕四周，剑气几乎形成一道龙卷风，将凤霄困在内里。白衣人身形变幻，诡谲若鬼，忽而消失，忽而出现，竟又暗含了东瀛忍术。寻常东瀛忍术不过是利用人的视觉缺陷，他却与剑术糅合，将其发挥出更大威力。

一时间，凤霄被困在里头竟无计可施。而白衣人剑光大盛，宛若绚丽霞光，已是当头朝他绞了下去！

# 第三十一章 白衣刺客

对方为了崔不去而来，凭乔仙现在的武功自然不可能拦住他，所以崔不去原本十死无生，绝无逃脱之可能。

谁知中途冒出一个凤霄，非但拦住他杀人，还大有与他打到天亮的架势，这让心高气傲的白衣人无比恼怒。二人交手一刻，凤霄终于不慎露出空门，白衣人当即身影化虹，一飞冲天，至半空又倏然折返，倒头往下，旋起遮天剑幕，挟着森然杀意，卷向凤霄！

子时将近，云厚无月，四周悄无声息。寻常百姓就算被惊动，也不敢出来看热闹，恨不能挖去双眼只作不见。更夫与巡夜的侍卫也因离得太远，一时无人察觉。

乔仙放出烟火讯号通知左月局之人，不过就算人来了，恐怕也很难拦住白衣人。

除了凤霄与白衣人，空荡荡的街道上唯有一辆马车，远远躲在屋檐下瑟瑟发抖的车夫，以及从旁观战的崔不去、乔仙而已。

剑光即将绞断对手脑袋，洒起一蓬血光时，白衣人忽然生出一丝遗憾。凤霄此人自打掌权解剑府，行事高调张扬，早有许多人暗中怨恨，若能在大庭广众、众目睽睽之下杀了他，收到的效果必然更好。到时候解剑府就如折一翼，再无人能撑起门庭，只有解散一途了。

念头刚起，白衣人就发现剑光似遇到无形阻碍，竟再也无法往下分毫。万剑归一，绚丽剑光消失，剑只有一把，而它被凤霄握在手里！

对方竟是凭借深厚内力，硬生生接下这一剑？白衣人大惊，没来得及多想便欲抽剑，但剑却像插入泥沼之中。凤霄以千钧之重裹住剑身，非但令白衣人无法后撤，还身不由己地被拉住往下扯！

远处，左月卫的脚步由远及近，为首之人正是左月副使之一的长孙菩提。此人武功虽略逊凤霄，但两人联手，未必不能拿下白衣人。

白衣人知道今夜注定白跑一趟，为免赔了夫人又折兵，他当即舍剑抽身，身形飘起后退，瞬间就飞出几丈，落在远处的屋顶上，又是几个起落，随即隐没在夜色之中。

凤霄从屋顶落至崔不去身边。

他因徒手接剑，掌心汩汩流血，往下滴落。凤霄用另一只没有受伤的手举起剑看了一会儿，摇摇头，把沾血的剑往地上一扔。

“没有标识，看不出来历，应该只是一把普通的剑。”

“你的手如何了？”不管怎么说，凤霄今晚都救了自己一命，崔不去就算知道他可能得寸进尺索要功劳，也不好视若不见。

乌云逐渐散开，点点星光重新悬于头顶，凤霄低头，脸色忽地一变。

“不好，剑上有毒！”

崔不去心下一沉，下意识接住对方倾来的身躯。下一刻，他看到凤霄的唇角已经开始溢血。

“乔仙，你快帮他看看！”

乔仙赶紧过来把脉，眉头紧紧皱起：“他脉象虚弱，好像真中了毒，我一时也想不出解法。尊使，我们快将他送回解剑府去吧，免得解剑府的人误会了！”

长孙菩提堪堪赶到，崔不去让他留下来收拾善后并调查白衣人身份，就带着凤霄与乔仙火速赶往解剑府。

同在京城，此处离解剑府路程不远，半炷香工夫就能到，但凤霄躺在马车上，脸色越来越灰败。平日里耀眼夺目的夹竹桃精此刻蔫成一朵快要凋零的残花，他似乎毒发疼痛难忍，还紧紧抓着崔不去的手腕不放。

崔不去低声道：“乔仙，他有没有性命之碍？”

乔仙惭愧道：“属下仅是粗通药理，不敢妄下定论，听说解剑府中不乏医术高明之辈，也许他们有法子。不过凤二府主内力深厚，一时半会儿应该不会有事的。”

凤霄眉头紧锁，虚弱道：“你们，别说话了，我脑壳疼。”

两人果然闭嘴了。

凤霄又道：“我这样仰躺难受……”

他挣扎着勉力撑起手肘，将脑袋放在崔不去大腿上，崔不去差点就想抽身，好歹想起他前一刻的表现，勉强忍住了。

凤霄："崔不去……"

崔不去"嗯"了一声。

凤霄："你是不是，很讨厌我？"

崔不去："无。"

凤霄："那你为何，惜字如金？"

崔不去翻了个白眼："你刚不是说你脑壳疼，让我们不要说话吗？"

凤霄："我只是，听乔仙说话，脑壳疼。"

乔仙手痒蠢蠢欲动。

凤霄："不去，你能不能，告诉我……"

崔不去："不能。"

凤霄："……"他虚弱地看了崔不去一眼，捂着胸口开始咳嗽。崔不去淡漠的表情，终于有了那么一点点松动。

凤霄："我只问你，三个问题。"

崔不去："一个。"

凤霄："两个。"

崔不去抽了抽嘴角，心道这种时候还有力气讨价还价吗？

凤霄："你与独孤皇后，究竟是何关系？为何晋王……"

"为何宇文县主对我敬而远之，乐平公主对我三分忌惮，晋王又对我如此亲厚？"崔不去接下他的问题。

凤霄勾起嘴角："不错。"

崔不去："这个问题，我不想回答，换一个。"

凤霄："但我就想知道，你身上的一切，我都有兴趣。"

他说罢，面色转青，有些喘不上气，攥住崔不去手腕的力道越发大，但手却反而冰凉了许多。

崔不去心头微动，看着那张俊美绝伦的脸一点点失去生气，最先浮起的感觉竟不是高兴左月局可能失去一个劲敌，而是有点惋惜。

也只有惋惜而已，毕竟凤霄全身上下也只有那张脸还有点可取之处，他如是想道。

"因为，当年前朝宣帝喜怒无常，猜疑杨家。随国公却因女儿贵为皇后，下不了谋朝篡位的决心，他身边的人也都意见不一，令他左右摇摆。是我出面谏言，为天子与独孤皇后陈明利弊，最终令他们下定决心。"崔不去缓缓道。

凤霄很意外，他之前有过无数荒诞猜测，甚至猜过崔不去是皇帝的私生子，又或者与皇后有私，却没想到竟是这样。

原来早在皇帝还是随国公时，崔不去就已经是他们的谋士，甚至曾一言定江山，令北朝一朝换了颜色。

凤霄："那为何……"

崔不去："事后天子大封功臣，我原可居首功，但自来鲜花着锦，烈火烹油，并非好事。比起大出风头、冲锋陷阵的棋子，我更喜欢当那个默默无闻的棋手。"

凤霄恍然，于是一切就能解释通了。

崔不去有如此大功，却不居功，帝后自然越发看重与愧疚，甚至让他年纪轻轻就执掌左月局。而崔不去的建议对帝后也都有举足轻重的作用，特别是独孤皇后，更将崔不去视为首席谋士。所以晋王自然要讨好崔不去，而对于乐平公主母女来说，崔不去却是令她们失去周朝太后与公主身份的人，自然又敬又恨又忌惮，感情更加复杂。

以崔不去的为人，这层身份就是他的底牌，不会轻易亮出来。但今夜，他居然对凤霄袒露了。

凤霄朝他露出一笑，晕了过去。

马车终于来到解剑府门口。解剑府众人得了消息都候在此，看见崔不去与乔仙，更是面色不善，即使乔仙解释，也很难不心生误会。

"既然人已送到，我们就先告辞了。"崔不去转身欲走，却被裴惊蛰拦住。

"郎君明明是去赴宴，为何伤得如此严重？在他没醒来之前，崔先生还是先别走了。"

"让他……走。"被左右搀扶的凤霄不知何时微微睁眼，虚弱道。

"郎君！"裴惊蛰难以置信，这还是那个雁过拔毛、雁没过也要去找雁拔几根毛的凤二府主吗？

"让他们走。"凤霄闭上眼，不欲多言。

裴惊蛰只好挥挥手，示意众人让开，不甘心地目送马车远走。

因为凤霄重伤，整个解剑府都被惊动了。大夫被三府主明月大半夜拽起来，揉着眼睛提着药箱赶过来。

裴惊蛰刚才在门口看见凤霄那副半死不活的样子，吓得三魂七魄没了一半，回去的路上两条腿都跟棉花一样，脑海里不断回荡着"要是郎君发生不测可怎么办"的自问。

结果他手脚俱软地赶到凤霄厢房，就看见凤霄正盘膝坐在榻上，伸手让大夫包扎手上的伤口。除此之外，面色红润，目光明亮，哪里有半点濒死之象？

裴惊蛰：嗯？

裴惊蛰站在门口，一脸怀疑人生的表情。他明明记得自己刚才搀扶凤霄入内，还亲自给对方把过脉，脉象虚弱凌乱，的确是毒发入骨、内伤严重的征兆。

难道这是……回光返照？裴惊蛰鼻子一酸。

凤霄见他原地不动，表情白了又青，变幻无穷，莫名其妙道：“你被点穴了？”

话音方落，一名青衣中年人急匆匆跑来，上气不接下气地喊着凤霄的表字：“云天，这是我师门的九转丹，可于重伤濒危时吊住……”三府主明月的声音戛然而止，与裴惊蛰一道看着凤霄生龙活虎的样子齐齐愣住。

明月比裴惊蛰更快反应过来：“你装的？”

凤霄得意道：“龟息大法与封脉法双管齐下，可令人呈现濒死之象，这世上，恐怕我是头一个想出将两者结合的人了。”

一般来说，前者用来假死逃遁，后者用于遏制毒发蔓延，都是十万火急才不得为之的办法，谁会拿来玩儿？

明月嘴角抽搐：“也就是说，你全身上下只有手掌受伤。为了让左月局欠你个救命之恩，你至于这么拼吗？”

凤霄挑眉：“起码这次不单躲过一劫，还知道了一个不大不小的秘密，你说值不值得？”

明月没弄明白：“你是想让左月局欠下人情？”

凤霄笑吟吟道：“左月局算什么？没了崔不去的左月局，就像一个人没了心。”

明月越听越糊涂。

凤霄摆摆手：“此事你不必管，三日后，我出一趟远门，去博陵安平，与崔不去同行。老三，解剑府还是由你留守看顾。”

明月，一个何等诗情画意的名字。望名生义，许多人往往会在脑海中先勾勒出柔情似水的女子，但现实往往是残酷的，明月非但不是女子，还是一个貌不惊人的憨厚中年人。他起得比鸡早，睡得比狗晚，在大府主挂名、二府主成日往外跑的情况下，凭借着废寝忘食、兢兢业业的精神坚守到底，堪称解剑府的柱石之基。

是以明三府主听见凤霄吩咐，毫不意外地点点头：“没问题，你放心吧。”

裴惊蛰则精神一振：“郎君，可否携我同行？”

凤霄嫌弃道：“你上回被扣光了今年的俸禄，我怕你这次出去一犯错，连明年的俸禄都没了！”

裴惊蛰一脸委屈：“属下已经大有长进了！”

凤霄伸出两根手指："我给你两个选择。一是跟我走，如果犯错一次，就扣一个月的俸禄，上不封顶；二是你去一个地方，办我让你办的事，此事若成，非但原先被扣的俸禄悉数发还，而且再加双倍。"

裴惊蛰想也不想就道："我选第二个！"

凤霄满意点头，答应了。

一想到被扣光的俸禄能回来，裴惊蛰立马心情飞扬，高高兴兴地先行告退。

看着裴惊蛰插上翅膀就能飞起来的背影，明月了然一笑："你本来就想让他选第二个的吧？"

凤霄："他肯定不可能完成我让他做的事情，最多只能完成一半。到时候功过相抵，就把他扣去的俸禄还给他，也不需要给新的了。"

明月无语："二府主，我觉得你身世可能有异，你要不要让人查一下？"

凤霄莫名："查什么？"

明月："查查北朝有没有一户人家姓铁，二十多年前丢了个叫公鸡的儿子。"

铁公鸡，一毛不拔也。

奈何凤霄天生脸皮厚，不以为耻，反以为荣，还理由充分。

"裴惊蛰这家伙成日不把心思放在办差上，今儿跑去给邻家小娘子送花，明儿又去帮街尾姓宋的小娘子卖炊饼，还当我不知道呢？玉不琢不成器，年轻人要那么多俸禄作甚，够用就行了，免得他拿了钱又去花天酒地！"

要说解剑府中最英俊的人，自然非凤霄莫属，只怕放眼整个大隋，能与他齐头并论的人也寥寥无几。

但人若太过耀眼夺目，也会让别人生出疏离感，不敢过分亲近。譬如凤霄口中说的这些小娘子，当初虽也被凤霄的容貌一时迷惑，最后还是觉得裴惊蛰这等清俊嘴甜的小哥更适合居家过日子。随着裴惊蛰成日在这一带出现，他也成了附近大小娘子们眼中的香饽饽。

若是崔不去在此，肯定会说凤霄是在嫉妒裴惊蛰。不过明月是个老实人，听见凤霄的话也只是摸摸鼻子，哭笑不得。

"对了，我还要你查一件事。"凤霄道。

明月洗耳恭听。

凤霄："你去查一下，乐平公主本人或者她所入股分红的琳琅阁，是否与云海十三楼有联系。"

"不可能吧？难道你还怀疑乐平公主是今晚在背后布局的人？她可是姓杨的！"明月面露惊讶，千灯宴上发生这么大的事情，他虽未至，也已听说大概。

凤霄："你觉得当太后快活，还是当公主快活？"

明月一时语塞。

凤霄又问："你觉得皇帝是你儿子快活，还是皇帝是你老子快活？"

明月："但前朝末帝并非公主亲子，而当今天子却是公主亲父。亲爹跟养子，还是有区别的。"

凤霄点头道："按理说的确如此，但你别忘了，乐平公主是一个极为固执的人。当初新朝初立，她心怀怨愤，当众与帝后争吵，甚至以死相逼。最后虽然也日渐软化，但从她对崔不去的态度就可以看出，她对这段过往其实从未释怀。只不过她不敢怨恨帝后，就将怨恨转移到崔不去身上。"

明月："你说的这些也只是猜测，还有其他依据吗？"

凤霄："刚才埋伏车底与我交手之人，武功极高。单凭一个公主男宠任跃，我不相信他有这样的能耐，能找到此等高手为之卖力。"

明月："你的意思是，任跃背后还另有其人，而且此人可能与云海十三楼有关，也与乐平公主有关。"

凤霄思忖片刻，缓缓道："说不定乐平公主就是云海十三楼的幕后主谋之人。"

明月张口结舌，这个猜测实在过于大胆。但大胆归大胆，又不算天马行空，正因如此，更觉惊悚寒意。

"乐平公主实在是不像心机城府如此深沉的人。而且前朝已经没了，她就算把她亲爹亲弟都给灭了也不可能恢复宇文氏，难不成还自己当女皇吗？"

凤霄摸着下巴："大胆些猜测并非坏事，我不信崔不去没有想到这一点。反正明日起，你布置人手开始暗中着手调查，盯紧乐平公主。我相信，迟早能从她身上发现点什么。"

说罢，他有些得意道："这次解剑府一定要比左月局早一步破案，别让他们抢尽风头。我最喜欢看崔不去那张明明满心不爽又只能隐忍不发的脸了！"

明月无语："崔不去不知你重伤作伪吧？一个濒死之人，三天之后就能活蹦乱跳去博陵，你觉得崔不去有那么傻吗？"

凤霄的笑容瞬间凝滞。

他抹了把脸，表情变为肃然："你说得对，三天太短了。明日你就派人去告诉他，我伤情反复，让他多等我五日疗伤。"

明月出主意："要不要说你毒伤严重，可能不治，让他来看你？"

凤霄："不行。你不知道，这个姓崔的是只彻头彻尾的顺毛驴，只能顺着捋毛，又聪明多疑，越想让他作甚，他就越不作甚，而且说多了肯定被他察觉，点到为止即可。”

明月抽了抽嘴角：“随你吧随你吧，我先回去歇息了！”

凤霄躺下盖被，闭目道：“装也要装全套，即日起，我便是肩不能扛手不能提的重伤病患，帮我熄烛。”

明月：“……”

待得明月带上门，脚步声渐远，凤霄方才重新睁眼，望向窗外。

月光照在窗纸上的朦胧柔光，就像之前映照在马车车帘上的星辉。摇晃的马车，柔软的褥子，还有那张苍白的脸。

啧，那张脸平平无奇，不及本座十之一二，有何可取之处？原只是一半兴起，一半试探，但现在兴趣非但未减，试探似也有了某种答案。

“好像有点不妙啊。”他喃喃自语。

那如果以后有个坑崔不去的大好机会放在眼前，他是下手还是不下手呢？

八天过去，左月局除了派人上门送过一回药材之外，别无动静。若不是八日之后，凤霄在通化门外如期见到了崔不去，他差点以为对方连赴约都忘了。

彼时崔不去正坐在马车上看书，见到凤霄之后，一反平日爱答不理，态度温柔可亲，甚至主动朝凤霄拱手问好。

“八日不见，凤二府主安好？”

那一瞬间，凤霄几乎以为这个崔不去是他人易容改扮的。

两人大眼瞪小眼，崔不去莫名。

这表情就对了。凤霄方才放心上了马车。

“不怎么好。”他幽幽叹了口气，伸出手掌，“你看，疤痕还没消除，阴雨天总会隐隐作痛。”

“这八天里京城艳阳高照，并无阴霾。”崔不去提醒道。

凤霄想起对方过目不忘，当即面不改色道：“不错，虽无阴雨，但伤口结疤之后，每逢入夜，总是痛痒交加，辗转难眠。那一战，如今回想起来，对方武功之高实是出乎我意料，更未想到他居然在剑上淬毒。”

崔不去见他摊开的手心的确还有几道浅浅的痕迹，虽说假以时日肯定能消除，但以凤霄的自恋程度，又如何能容忍自己白璧微瑕？

“凤二府主救命之恩，崔某铭记于心，绝不会忘。”崔不去柔声道。

凤霄眨眨眼，他觉得今日的崔不去有点奇怪，但对方说完这句话之后就没了下文。

“然后呢？”

崔不去：“什么然后？”

凤霄不满：“这八日里，我从未见过你亲自上门道谢。”

崔不去无辜道：“因为我一直忙于追查伤了你的凶手下落。”

凤霄：“找到了吗？”

崔不去摇头：“对方自那夜之后，竟如从未出现过一般，彻底消失踪迹。不过幸好另一件事有了结果，我也算是对凤二府主的救命之恩有个交代。”

凤霄：“什么结果？”

崔不去笑道：“凤二府主身中剧毒，区区八日肯定无法将余毒清除干净。我找到一名神医，从他那里学了一套针法，保管凤二府主针到毒除，绝无后患。”

说罢，他从怀里摸出一个布囊，又从布囊里取出一根银针。

凤霄：“……”

的确是一根银针，只不过银针三寸来长，尾指粗细。这一针扎下去，恐怕就不是药到病除，而是药到命除了。

凤霄抽了抽嘴角：“我从没见过这么粗的针，这几日你为了让人赶制出来，也没少费工夫吧？”

崔不去温声道：“重病就要用猛药，凤二府主不要讳疾忌医，来，让我扎上两针就好了。”

凤霄沉默片刻：“你是怎么发现的？”

他自忖装得还不错，见面之后，声音带着大病未愈的虚弱，脸色也还有些苍白，若是崔不去来把脉，还能发现凤霄脉象虚浮。他做了万全的准备，根本不怕崔不去怀疑，谁知还是被他看穿了。

崔不去将针随手一扔，冷笑道：“凤二府主莫不是忘了，那夜与你交手的人舍剑离开，如果你身中剧毒，剑上又怎么会没淬毒？”

而长孙菩提赶到之后，剑也就落入他手中。虽然没法从剑上查出凶手来历，不过以崔不去的细心，肯定会问剑上的毒。

凤霄摸摸鼻子，心道百密一疏，那天晚上他顾着装死，让崔不去忘记追究马车上的事，却忘了那把剑的存在。

“可我为了你受伤，又救了你一命，这总没作假吧？”

崔不去冷笑：“若非如此，我还坐在这里好声好气与你说话？”

凤霄不太满意：“再怎么说我也救了你一回，你就不能对我温柔一点？”

崔不去当真温柔浅笑，轻声慢语：“若没有我，凤二府主当晚不也要在清荔园栽跟头？那么多王公贵胄，就算你只身逃脱，也难免被事后诘问，咱俩这应该算是扯平了才对。”

凤霄打了个寒噤：“罢了，还是恢复原状吧！”

崔不去微哂，果然懒得再装模作样：“我有一事，想请教凤二府主。”

这才是熟悉的崔不去，凤霄莫名心安，摇扇子道：“但讲无妨。”

既然已经被戳穿，凤霄索性也不装柔弱了，身体往马车内软枕上一歪，又是那个慵懒随意、无视规矩的凤二府主。

崔不去盯着他：“那夜在马车上，凤二府主为何对我无礼？”

凤霄装傻：“那刺客从车底往上刺了一剑，我若不抱着你滚开，你如何来得及躲避？”

崔不去眯起眼：“躲避之前呢？”

凤霄慢吞吞道：“躲避之前，我在听刺客的动静啊。”

崔不去忍不住道：“你分明还……”

凤霄故作惊讶：“啊对，我想起来了，那时也是为了迷惑麻痹刺客，不得已为之，崔道长应该能谅解的吧？”

他一脸大义凛然，语气正经无辜，说罢还朝崔不去露齿一笑，以示自己坦荡无私。

二人四目相对，崔不去冷哼一声，懒得再问下去，拿起书自顾看了起来。凤霄看着他微微一动的耳朵，却忽然笑了。

崔道长现在状若冷静，实则心里快要气死了，正想方设法琢磨着怎么算计凤霄呢。就算他现在看的是《道德经》，估计入眼也成了《三十六计》。

凤霄自觉发现了对方的小秘密，不由暗自一乐。崔不去不想理会他，眼皮抬也未抬。二人各踞马车一角，各得清静，暂告鸣金收兵。

# 第三十二章 博陵崔氏

乔仙因伤势未愈，崔不去没让她随行，这次带的是两名左月卫，凤霄则更干脆，什么人也没带，孤身一人过来会合。是以此行四人轻装上路，从大兴往东，马车昼行夜停，很快就到了博陵郡外的安平城郊。

此时虽南北分治，但经过前朝周武帝宇文邕的励精图治，加上本朝建立之后的大刀阔斧，隋朝实际管辖范围内的北方已经大抵安定。沿途行走官道，一路畅通无阻，贼匪基本绝迹。

此时天色已晚，城门关闭，再要入城只能等隔天。所幸城郊也有驿站，许多来不及赶回城的人便在此处歇脚，久而久之，附近开起茶寮集市，从几户人家增加到几十户，隐隐形成一个新的村庄，日暮时分倒也十分热闹。

行至驿站外面，伙计迎出来牵马，两名左月卫进去登记入住。崔不去与凤霄则坐在外面茶寮，一人面前一杯清茶，遥看日落远山，耳听市井杂闻，别有闲逸滋味。

茶寮不大，一人一席，彼此难免拥挤，凤霄轻易便能戳到崔不去的腰肋。

"你看那边。"

崔不去正喝茶，冷不防被他戳中痒处，差点一口茶喷出来。

凤霄"扑哧"一笑："原来你还怕痒啊！"

崔不去正考虑把手里的茶水往他脑袋上浇，便听见旁边传来一声询问："此处逼仄，位置不多，能否请郎君稍微往左挪一挪？"

声音清脆若黄鹂出谷，不必看脸都知道是青春少女。

崔不去"嗯"了一声，往凤霄那边微微挪了一下，方才抬头去看来人。这一看，却不由愣了一下。

来人十七八岁，正是青春年华，发辫垂腰，容貌秀丽，一身青衣若湖水荡漾，柳叶轻扬。不过，也仅此而已，谈不上美人，更勿论闭月羞花。

与她一起落座的还有三人，一名婢女，一名白须老者，以及一个背着药箱的小童。

“多谢这位郎君。”青衣少女大大方方道谢落座，目光在触及凤霄时，难以免俗地怔了好一会儿。

几乎每个妙龄少女看见凤霄都是这般反应，这么多年来他早已淡定自若。甭管多少这样的目光同时落在他身上，都不能令他倒茶的手颤抖半分。

青衣少女毕竟是大家出身，虽然好奇，却没有贸然张口唐突。

“这位公子，瞧你似乎面有不适，是否平日多病多咳？”与他同行的老者却主动问崔不去。

崔不去：“不错，我生来带疾，侥幸捡回一条性命，如今不过苟延度日。”

老者和声道：“若公子不介意，容老朽为你把一把脉。”

崔不去淡淡笑道：“多谢老丈好意，我身上连病带毒，早已深入腠理，非人力能挽回，老丈不必费心了。”

老者见他不愿给自己看，只叹息一声，也不勉强，从怀中摸出一个瓷瓶递给他。

“这是老朽自制的清心丸，用甘草、枸杞等寻常药材调制而成，可疏通肺经，清肝去火。公子可日服两颗，虽治不了什么大病，也可以调养身体，日久天长，自有效果。”

崔不去这次没有拒绝，他接过药瓶：“多谢老丈，敢问这药丸几钱？”

老者爽朗一笑：“我方才说了，这些都是寻常药材制成，不费什么钱。你吃完了，若觉得好，再到安平城内保宁堂买便可。”

崔不去：“那就却之不恭了。”

二人正说着话，旁边有一辆马车驶过，看模样也是想要入城却晚了一步。马车内的老人携幼童下车，对方眼神极好，遥遥便看见茶寮中的老者。

“孙大夫！”老人牵着孙儿的手过来下拜，惊喜道，“没想到能在这里遇见您，您这是要回城吗？”

白须老者摸着幼童的脑袋，语气慈蔼：“是，晚了一步，看来只能明日赶早入城了。你们这是去哪儿？”

老人：“我带着孙儿回一趟老家。大郎，快拜见孙爷爷！”

孙大夫笑呵呵道：“不必如此多礼，快起来！”

老人忙道：“要的要的，做人不能忘恩负义，得让他常记着孙大夫的恩德！”

茶寮内人来人往，有些外郡人见状好奇，便向旁人打听起来，崔不去和凤霄也顺带听了一耳朵。

老人姓丛，家里三代单传。当年儿媳妇难产血崩，险些没命，当时家境贫寒，连稳婆都请不起，一家人束手无策，只能眼睁睁看着产妇一点点没了声气。幸好路过的孙大夫听见屋内哭声，带着药童急奔而入，不避污秽，亲自给产妇接生，这才令母子平安。后来孙大夫又开了药方让产妇调理，度过危险，且因对方生计艰难，非但未收分文，反倒自己贴了药钱，让药童送了几趟药。

此后老人的儿子给商队当学徒，出远门做生意，因目光独到，家境一日日好转，到了这孙儿五岁时，已是小康人家。丛家并未忘恩负义，他们为孙儿起名念恩，逢年过节都往孙大夫那里送鸡鸭鱼肉。

青衣少女见凤霄与崔不去都在听，便补充道："从前，孙大夫自己开了医庐给人看病，但每次不忍穷困病患为药钱所苦，往往会免了他们的药钱。久而久之，自己反倒入不敷出，这才去了我们保宁堂当坐堂大夫。不过就算如此，他还是坚持每日前十个病患都免去药钱，所以有些当真付不起资费的病患，甚至会提前一晚在医堂外面排队。"

崔不去："不知娘子如何称呼？你是孙大夫的弟子吗？"

青衣少女笑道："我姓崔，家中行九，你们唤我崔九娘便可。我倒是想随孙大夫学医，可惜孙大夫不肯收我，就连我这跟前跟后的差事，还是苦苦哀求家中长辈与孙大夫才得来的。"

孙大夫与那对祖孙正在聊天，听见崔九娘的话，转头对她道："行医是一辈子的事，背医书，认药材。大医者，非拘泥一地之人，而要行遍天下，济世为怀。你家世清贵，衣食无忧，本该适龄出嫁，相夫教子，何苦自找麻烦？"

崔九娘认真道："孙大夫，这几日每日天不亮我就跟着您出城，走访村落，采药诊病，难道还不足以说明我拜师的诚心吗？"

孙大夫叹道："九娘，我看着你从小长大，又与令祖认识多年，他方肯答应你与我出门几日。可若知道你要随我学医，他是万万不会答应的。"

崔九娘倔强道："他若不答应，我就去求到他答应为止！"

凤霄安静听了半天，忽而插话道："恕我冒昧，敢问九娘是否出身博陵崔氏？"

崔九娘眨眨眼："是，我还不知二位郎君的大名。"

凤霄面不改色："哦，我姓裴，名惊蛰，游学四方，途经博陵，听说每年此月崔氏都会举办文会。在下虽才疏学浅，也想过来瞧瞧热闹，沾一沾高士之文气。"

他一指崔不去："这位是我在半道上遇见的朋友，我们一见如故，相伴同行，他叫……”

崔不去适时截过他的话头：“我叫凤霄。凤凰的凤，云霄的霄。”

凤霄：“……”

崔九娘脱口而出：“好名字！”

崔不去：“差强人意吧，有些过于艳俗了。小时候我体弱多病，为了好养活，母亲为我起名阿狗，我倒觉得凤阿狗更好听一些，崔娘子也可直接喊我凤阿狗。”

凤霄抽了抽嘴角，忍不住暗中伸手，往崔不去腰肋狠狠戳了一下！

崔不去猛地一颤，差点从座位上跳起。

崔九娘惊奇道：“凤公子怎么了？”

崔不去：“有只臭老鼠跟了我一路，贼心不死总想咬我，方才又趁机咬了我一口。”

崔九娘吓一跳，东张西望道：“哪里有老鼠？”

“放心，被我赶跑了。”凤霄道，“这文会具体是怎么回事，还请九娘给我们说说吧！”

崔九娘被他这一声九娘喊得顿时忘了耗子，就道：“文会起初是我四叔崔珮所办，后来因着慕名而来的人越来越多，祖父方才将日子定在每年五月，盛夏之时。今年文会，应该是以榴花为主题，听说新任郡守也会前来参与，的确是难得盛事。我祖父向来乐善好施，爱才惜才，二位既是读书人，不如随我一并去见祖父。若得他老人家喜欢，说不定还能留住崔家，不必自己去外头寻客栈住，可省下一笔钱。”

她虽与两人说话，但目光时不时在凤霄身上停留片刻，显然说话的对象有所侧重，更希望凤霄答应下来。

凤霄却注意到，在崔九娘提及她祖父时，崔不去嘴角浮现一抹冷笑，若有似无，很快消隐无痕。

“这样会不会过于叨扰了，毕竟我等素昧平生……”凤霄犹豫道。

崔九娘笑道：“放心吧，祖父与我四叔时常会请途经此地的才子名士留宿。不过四叔如今不在家，你们恐怕得先去拜见我祖父，若二位公子当真才学横溢，我祖父必定会奉为上宾的。”

她这样一说，“年轻气盛”的凤霄果然被激得一口答应下来。

“我们自然不是那等胸无点墨的沽名钓誉之辈！”

崔九娘甜甜一笑：“那太好了，明日一早，二位公子就与我一道入城吧！”

此时客栈房间已经悉数收拾出来，眼看天色暗下来，茶寮准备收摊，众人也都结束闲聊，陆续回到客栈歇下。

这种人来人往的城郊驿处，被褥不可能天天换，哪怕是一个月换一次都是奢侈。凤霄想让东家换一床新的，只怕对方都找不到，但他是绝对不肯委屈自己的。于是刚刚洗漱好的崔不去，崔不去就听见左月卫来报，说凤霄将马车上软枕褥子全都搬进了房间里。

崔不去不用想也知道对方想做什么，他挥挥手让其下去，便踱到隔壁屋子。

入门便闻到一股皂角的香气，沐浴之后的凤二府主，任由半干的长发披散，正侧躺在床上，一只手撑住脑袋，一只脚高高架在另一只脚上面，嘴里吃着果脯，边上还有个客栈伙计正翻着书，抑扬顿挫地念道——

“此日艳阳高照，却说那宋氏女子携婢带仆至城外玉佛寺上香，行到寺外石阶下，忽见天色骤变，风雨大作……”

崔不去认出那伙计正是方才在客栈里跑腿引路的，粗识文字，还会像唱歌似的给他们报菜名，结果凤霄立马让人家的长处有了用武之地。再一看，客栈本来的床褥早就被堆在桌子上了。

凤霄眯着眼，朝门口的崔不去招招手：“阿狗，进来啊，愣着作甚？”

崔不去沉默片刻，认真问道：“我想知道，天下武功前十的绝顶高手，私底下都是这副德行吗？”

凤霄听见他的话，“扑哧”一笑：“去去，你真会说笑，放眼天下高手，你见过似我这般玉树临风的吗？”

崔不去面无表情道：“他们是否玉树临风我不知晓，但放眼天下高手——”

他一指被凤霄压在身下的被褥：“论脸皮之厚，恐怕无人能与你比肩。”

凤霄啧啧道：“你用了我的姓名，我也没与你计较，大不了今晚让个位置给你好了。”

崔不去并不是一个像凤霄那样挑剔的人，但这间客栈里的被褥实在太久没有收拾晾晒了，上面散发着一股陈腐的味道。被子除了茶渍血渍，甚至还有鼻涕和不知名黄斑，连崔不去也很难若无其事躺在上面，说不定地板还要更干净一点。

在睡地板跟与凤霄同床之间犹豫了好一会儿，他终于还是选择了后者。毕竟谁也不会跟自己过不去，地上既硬又凉，躺上一夜，别人不一定会怎样，崔不去则一定会得风寒。

凤霄挥挥手，丢了几枚铜钱给伙计，对方美滋滋拿着钱离开，还不忘为他们带上房门。

崔不去身体不好，容易疲累，若夜晚睡得不好，白日里就更加困倦，是以没心思与凤霄抬杠，和衣躺下之后很快就没了动静。凤霄却神采奕奕，辗转反侧。

这客栈的床本来就不甚牢固，一翻身就吱呀作响，何况凤霄不止翻一次身，他是往左一会儿，往右一会儿，再平躺，再往左……

崔不去忍无可忍，坐起来："你到底睡不睡了？！"

"我心里头有个疑问，若得不到解答，恐怕睡不着。"凤霄无辜道。

崔不去冷冷道："我只答应带你过来找余音琴，明日崔九娘要带我们去见崔氏的当家人崔咏，这是你的机会。在那之后，如何拿到就是你的事了。"

他翻了个身，将被子拉高，不理会对方了。

凤霄笑吟吟道："去去啊，既然你说得如此无情，当初派一个人跟我来，或者干脆给我指明方向就好了，又何必千里迢迢亲自跟我过来？难道——"

二人本来距离就近，他微微往前，甚至就能闻到对方头发的皂角香气。崔不去的头发与他的臭脾气截然不同，既软又滑，就是受身体影响，比常人略少了一点。

"难道崔道长此来另有目的？"凤霄拉长了调子，把话说完。

崔不去背对着他侧躺，动也没动。

凤霄不以为意笑道："刚才见到崔九娘的时候，你脸色一变。我仔细看了她一眼，发现她的眼睛的确与你有几分相似，说明你与崔家果然关系匪浅，说不定还是崔九娘的兄长。但这么多年来，他们一直不知道你的存在，说明你根本就不想与他们有任何联系。所以这次，你应该是为别的事情而来，是云海十三楼吗？

"你上回说金环帮帮主宁舍我北上时，我给你说过，我也收到一条消息，你还记不记得？当时我并未诓你，那条消息的确对你有些用处，若你很想知道，我也不是不能说的。"

他滔滔不绝说了半天，发现崔不去还是不为所动。凤霄很难相信对方在这种情况下还能睡着，忍不住伸脖子探看，却发现崔不去耳朵里堵着——一团白白的棉花。

凤霄："……"

崔不去嘴角含笑，正梦见自己把凤霄推入一个深坑，看着对方在坑里蹦跶喊叫，自己则环胸站在坑边，志得意满。

打从耳朵里堵上棉花之后，他就耳根清净，美梦之后，更是一夜好眠，所有扰人的聒噪之声悉数被摒弃在外面，直到翌日清晨自然而然睁开眼睛。

待他转身时，发现身旁的凤霄已经不见踪影，门外隐约响起交谈之声。

崔九娘晨起洗漱，在院子里摆着古怪的姿势，看见凤霄出来，不由眉目带笑。

“裴公子！”

凤霄走过去：“九娘练的是五禽戏？”

崔九娘不好意思道：“是，这是孙大夫教的，我刚学未久，让你见笑了。”

凤霄道：“不必谦虚，我也曾练过五禽戏，你这一套已算得小有所成了。崔氏一族素有名望，几百年来名家辈出，九娘既是崔家一分子，必然天资聪颖，一点即通。”

崔九娘被夸得脸颊泛红：“裴公子过奖了，其实我们崔家要说聪明，当属我大堂兄崔斐。他生来早慧，十五岁时便已文采出众，闻名乡里，如今正与人一道编撰郡志，前任郡守还想将我大堂兄推举给朝廷呢。”

她言语之中不乏骄傲，凤霄含笑听着，适时插了句：“你的其他兄弟呢？想必也个个不凡吧？”

崔九娘摇摇头：“那倒没有，除了我大堂兄之外，其余几位兄弟有的早夭，有的已经成家，如今与我年纪相仿又还在家中读书的，就只有我的五兄了。”

崔九娘的祖父崔咏，膝下有四个儿子。长子年过五旬，温厚有余，才干不足，但如无意外，将来肯定会继承家业；二子在三十年前就已英年早逝；三子崔琳资质平庸，有一子一女，女儿便是崔九娘，儿子则是崔九娘口中的五兄，崔斌；四子崔珮素有诗才，性喜四处游历，广交朋友，是崔咏最钟爱的儿子。

在博陵郡，崔氏一门声名显赫，是当地望族，就连每任新郡守上任都要先来拜见。

如今世家高门地位尊崇，即便皇权高高在上，对待这些根深蒂固的世家也得多几分礼遇，就连大隋皇族杨氏，本身也是关中名阀。这些豪强大族同气连枝，休戚相关，对皇权的态度也并非像普通老百姓那样只能抬头仰望，遥不可及。

所以崔家的大体情况自然很容易打听，早在来到这里之前，凤霄就已知道得七七八八了。纵然其中还有什么隐秘内幕，那也不是崔九娘这等小姑娘能知晓的。

崔不去推门而出，便见凤霄与崔九娘在院中有说有笑，状若熟稔。

崔九娘看见崔不去出来，笑着打招呼：“凤公子，你醒了，前堂有早点，快去用些吧。吃过饭咱们就入城，随我去拜见祖父。”

崔不去沉吟道：“令祖贵人事忙，恐怕无暇接见我等，不如就算了吧。

待文会那日，我们还有机会拜见。”

崔九娘只当他怯场，忙道：“我家祖父平易近人，慈祥和蔼，再好亲近不过了。你放心吧，他最喜欢与年轻人说话，绝不会为难你们的。”

崔不去淡淡一笑：“没想到令祖在你眼里竟是一个完人。”

崔九娘没听出他的弦外之音，凤霄却听出来了，崔不去眼底露出一丝嘲讽之色，他哪里是在夸奖，分明是在说反话。

“九娘，我们先去用早饭，回头再找你。”

凤霄对崔九娘一笑，趁着对方被自己迷得七荤八素，他拽起崔不去的袖子便走，一直走到前厅方才缓下脚步，笑眯眯道：“你既是这样恨，却还肯为了我回来，阿去，我真感动。”

崔不去翻了个白眼：“凤二府主自作多情的本事真乃天下第一也！”

凤霄悠悠道：“九娘从小锦衣玉食，受尽宠爱，你却少小离家，吃尽世间苦头，磨掉半条性命，若换了是我，也会满腔恨意。不过，崔九娘并不傻，你再冷嘲热讽，她迟早能察觉异样。我想，你这次过来，并不是为了让她知道你是她亲兄长吧？”

崔不去脚步微顿。

凤霄呵呵一笑：“原本我还不敢肯定，见你这般反应，就知道我猜对了。”

崔不去：“凤二府主，你很闲吗？”

凤霄：“崔不去，你身上万般皆是谜，若能亲手一个个解开，不是很有乐趣吗？”

崔不去冷冷道：“你说错了两点。我不是离开崔家才吃尽苦头，而是因为我一身伤病，绝处无生，才会离开崔家。二则，恨因爱而生，我对崔家也无恨意，他们于我而言，不过是陌路之人。你就算知道我的身世，也没法以此为要挟，让我帮你拿到余音琴，还是死了这条心吧！”

说罢，他快步离开，不再理会凤霄，只留给对方一个孤绝背影，和数声压抑的低咳。

凤霄撇撇嘴，身形一跃，又很快落地，手上多了一只无辜路过却被莫名其妙捉住的麻雀。

“要我说几次才明白，我对那劳什子余音琴没兴趣。让你别扭，让你闭目塞听，让你聪明反被聪明误！”

麻雀毛茸茸的脑袋被连敲好几下，叽叽喳喳朝他叫嚷，还不忿往他手指狠啄了几下。他松开手，任由胖小鸟忙不迭逃离魔掌，扑棱棱飞向高空，生怕又被捉回去。

凤霄却忽然一笑。若是崔不去，自然不会像这麻雀一样急着逃离。他不是麻雀，更非病鹰，不是这世间庸庸碌碌的众生，不是生长大树庇荫之下依附门第而生的名贵花草。他是崔不去，世间独一无二的崔不去，行至悬崖尽处也能凿出一条天路的崔不去。

“行吧，谁让你是崔不去呢？”

凤霄拍拍手，拂去袖上微尘，来到前厅。时辰已不早，早饭所剩无几，该启程回城的人都走了。两名左月卫也已用完早饭，正在外面等候。

崔不去独坐一桌，正慢条斯理在吃一个馒头。他面前一个碗，旁边还有一个碗，两个碗里都有粥。虽然旁边那个碗里的粥，比崔不去自己那碗要稀得多，但总算是碗粥，而不是一个空碗。凤霄的心情莫名又好起来了。

崔不去把面前那碗粥用完一半时，对面来了个人，不问自取，将他旁边那碗端起来开始喝。

“那是我留给自己的。”崔不去道，没有伸手抢粥，那不是他的作风。

凤霄：“以你寻常食量，用一碗已是绰绰有余，怎么还会多出一碗？”

崔不去：“因为客栈里的粥就剩这么多了，我就让他们全部都盛上来。”

凤霄慢条斯理道：“那么以崔道长的为人，应该是宁可吃不完倒掉，也绝不会放在桌上让我看见。你放在这里，不就已经做好让我发现的准备了？”

崔不去淡淡道：“那碗粥我已经喝过一口了。”

凤霄的手果然停了一瞬，而后又若无其事地把粥喝完。崔不去不由多看了他两眼，很难相信向来好洁的凤二突然间变得不计较了。

凤霄一口气将稀粥喝光，方才笑道：“如果这碗粥被喝过，那碗沿肯定会留下痕迹。阿去啊，让你承认自己一时心软给同伴留下一碗粥，就这么难吗？”

这话说完，在对方发作之前，凤霄已经转移了话题：“上回你说宁舍我北上，其实解剑府也收到一个消息，雁荡山庄的少庄主林雍于近日离家，目前身在东海郡。”

崔不去果然顾不上与凤霄胡扯，他眯起眼：“果然是东海郡！”

凤霄会意：“宁舍我的行踪也有了进展？”

崔不去：“几天前，宁舍我已身在东楚州，东楚州与东海郡相去不远，一日可至。照此推测，两人很快就能碰面。”

林雍此人曾与凤霄有过数面之缘。琳琅阁拍卖，崔不去隐姓埋名被凤霄误作劫杀于阗使者的从犯扣留在身边，当时他便见过林雍对凤霄的仰慕，以及对自己隐隐露出的敌意。

至于东海郡，则是源自他们上回从段栖鹄尸身上搜出来的诗句。上面首尾不连，摘抄的诗也都牛头不对马嘴，崔不去与凤霄推敲半天，才勉强推出东海郡与碣石两个地方。只是具体何处，当时还未落实。

凤霄摇着扇子道："碣石山如今在肥如县，隶属北平郡。我派人去北平、东海两郡寻访，发现了一件有趣的事情。"

他故意卖关子，不肯说下去。

崔不去淡淡道："东海郯县，有一山一亭，山曰来归山，亭曰相思亭，亭在山下，山在亭边，正好合了那首密诗的最后一句：生当复来归，死当长相思。"

凤霄摊手："原来你也查到了，看来就不必我多事了。"

崔不去沉吟道："南金环，北雁荡。金环帮和雁荡山庄的当家人，武功并不算顶尖，但他们一个掌握了南方水运，一个在北方是豪富之家。云海十三楼若想干大事，必然需要源源不断的钱财，会拉拢这两家并不奇怪。"

他放下碗："我奇怪的是，玉秀想帮千金公主，但本质上他无父无母，无牵无挂，是个亡命之徒；段栖鹄早年悍匪出身，后来金盆洗手，坐拥半座且末城，也学会惜命保命，不想跟十三楼合作，这才惹来杀身之祸；宁舍我跟林雍似乎并没有加入十三楼的动机，云海十三楼到底是怎么拉拢他们的？"

"这不奇怪。世间每个人都有弱点，有人爱财，有人怕死，像玉秀这等不怕死、不爱财的，不也有一个千金公主来牵住他？金环帮虽然在南方势大，但他也是有了陈朝天子当靠山才能立足。上回，宁舍我的养子不是还在琳琅阁拍下珍宝去贿赂皇帝身边的内侍？可见金环帮看着风光，实际上也就那样。至于林家——"凤霄笑了一下，"你也许查过林雍，却不知道二十年前雁荡山庄出过一桩旧事。那时候林雍的祖父膝下有一对儿子，两人是双生兄弟，生得一模一样。林雍的父亲是弟弟，他还有一个哥哥，本来应该由哥哥继承山庄。二十多年前，他哥在回家路上失踪，他父亲派人出去寻了很久，最终在一条河边发现了他的尸体，形似溺水，但一个身负武功之人，又怎会溺水而亡？后来此事不了了之，继承山庄的也就成了林雍的父亲。"

他见崔不去若有所思，便道："你是不是在想，他弟弟为了继承山庄，害了他的哥哥？"

崔不去摇摇头，又点点头，神色露出一瞬的迷惑。

"我只是忽然想起另外一件事，与此事无关，暂且不提。听你这意思，他们兄弟感情很好，不可能为了一个雁荡山庄相残？"

凤霄颔首："他们兄弟同时喜欢上一个姑娘，兄长为了弟弟情愿忍痛割爱，而且还向父亲表明自己不想继承山庄。这种情况下，弟弟似乎没有理由去杀哥哥。"

崔不去缓缓道："那如果现在的弟弟其实就是当初的哥哥呢？哥哥杀了弟弟，山庄便无人争，旧爱也成了自己的。二人既然长得一样，外人自然察觉不出，若是言行举止都相似，说不定连亲人都能瞒过去。"

凤霄沉默片刻："我为何要大清早坐在这里听你讲鬼神志怪？"

崔不去心说就凭你喝了那碗粥。

"二位郎君神色为何如此严肃？"清亮的少女嗓音插进来，崔九娘款款走来，提醒他们该启程了。

她今日依旧是一身青衣，款式与昨日略有不同，腰身稍稍束紧了些，头上绑了绿色丝绦。女为悦己者容，崔九娘见凤霄多看了她两眼，心头便不由欢喜起来。

"我已派人先行回去告知祖父一声，我们午时之前便可到崔家。届时祖父必定盛宴以待，使二位郎君宾至如归。"崔九娘没话找话，有些小羞涩。说罢也不好意思多逗留，就跟着孙大夫先往前面去了。

凤霄点评道："她与你虽是同胞兄妹，却全然不同。"

崔不去没搭理他，径自上了马车。

凤霄紧随其后，打定主意要他开口："多年未归，是不是有点近乡情怯、忐忑不安？"

崔不去冷笑一声："崔家虽然不是什么武林世家，但崔咏绝不是你以为的那么好说话。此事别想我插手帮忙，想拿到余音琴，凤二府主就自力更生吧！"

凤霄很快就见到了崔不去口中"不好说话"、崔九娘眼里"和蔼可亲"的崔咏。

此人须发皆白，身量也不高，唯独一双眼睛锐利有神，令他区别于寻常老头。他在面对崔九娘与孙大夫时，语气和缓，神情温和，像个想念孙女与故友的普通人。但在看见凤、崔这两位来客时，眼神却转为打量探究。

"裴公子与河东裴氏，不知是三裴里的哪一支？"崔咏问道。

裴也是当世大姓，秦汉之后，历经变迁，又有了河东裴氏、燕京裴氏等分支，彼此族谱拿出来一对，随时都能找到共同的祖先，比起崔氏不遑多让。

凤霄笑道："哪一支都不是。祖上平庸无名，到了我祖父那一代，侥幸谋得一官半职，我又是三代单传，故而有些任性罢了。”

崔咏不经意地点头。其实他的注意力并不在凤霄身上，打从二人进来之后，他的目光就时不时扫过崔不去，神色讳莫如深。

“凤公子呢？”他问崔不去。

崔不去淡淡道：“与裴兄差不多。”

崔咏沉吟道：“不知凤公子祖籍是何处？”

不待崔不去回答，崔咏便笑道：“你别误会，我是看你的长相有几分神似故人，方才有此一问。”

崔不去嘴角微翘，眼中殊无笑意：“我无父无母，他们早就死了。”

崔咏一愣，不由追问：“家中再无亲戚？”

崔不去：“无。”

崔咏还要再问，孙大夫适时道：“东翁，我年事已高，不宜久站，两位小友也是初来乍到，你这样盘问，他们会惶恐的。不如先安置人住下，再慢慢叙话不迟。”

孙大夫虽在崔氏药铺坐堂，但他与崔咏认识数十年，时常给崔咏看病，说这样的话并不逾矩。

崔咏看了孙大夫一眼，拍拍额头笑道：“是我唐突了。两位小友来得正好，明日便是榴花文会，你们既然喜欢文墨，想必也会喜欢这样的热闹。”

凤霄敛去平日里那风流不羁的做派，多了几分小矜持与骄傲，倒真有几分初出茅庐自命不凡，但在崔咏面前还不敢太造次的文人模样。“我们正是为此而来，听说这次文会新任郡守元使君也会亲临？”

崔咏露出了然神色。年轻人想在新郡守面前出头，借此博得进身之阶，很正常。

他拈须笑道：“不错。不过今年文会来的人会比往年更多，群英荟萃，你们想要博得头彩，怕也不是那么容易。”

凤霄昂首：“人不多，如何能叫出众？有才无分年高，即便天下文宗在场，在下也敢一战！”

崔咏嘴角抽动了一下，心说真不怕风大闪了舌头，面上却还笑眯眯：“好，年轻人就该有志气！”再看旁边崔九娘频频望向凤霄的眼神，他哪里还不明白孙女在想什么，这分明是被美色所惑了。这裴惊蛰如此自大不懂谦逊，又非名门出身，怎么看都不是九娘良配。

崔咏在心中默默将凤霄的名字划去，准备吩咐下人给他们准备两间离崔九娘最远的客房。

就在此时，门外传来吵嚷的动静。一男一女的争执伴随着脚步声越来越近，没等崔咏沉下脸色拦阻他们，二人便已闯了进来。

“你放开我！”女人的手腕被男人攥在手里，正拼命挣扎。

男人却满脸怒容，气势汹汹，进来便道：“爹，我要休妻！”

“你敢！”女人闻言也不挣扎了，当即高声尖叫起来。

“我为何不敢？”男人冷笑。

“都住口！”崔咏怒喝，一拍身前桌案。二人总算有些忌惮，不敢再高声喧哗，脸上余忿未消。

“此间有外客在场，尔等实在不像话，都给我出去！你们的事，回头再说！”崔咏冷着脸道，似对两人之间的争执毫不陌生。

女人不管不顾跪了下来，哭诉道：“爹，这杀千刀的崔琳竟敢无视家规，在外头私养外室，还说要休了我。您可得帮我做主啊！”

崔琳冷笑：“那女子是良民，你当是家中奴婢任你打杀吗？我话便撂在这里了，你若动了她一根毫发，便得按律治罪，届时就是大罗神仙也救不了你！”

“都给我滚出去！”崔咏勃然大怒。

这寥寥几句对话，足以让凤霄推断出对方的身份。男人想必就是崔咏四个儿子里头最不成器的三子崔琳。

据说这崔琳生来俊逸，又是嫡出幼子，小时颇得父母喜爱，不小心宠溺过头，以至于他人到中年仍一事无成，连带家宅不宁，还得老父出面调解。

很难想象，这样一个平庸人物居然是崔不去的亲生父亲。再看崔九娘，泪水在眼眶里打转。父母当着客人的面争吵，其中一位客人还是她心有好感的，其尴尬难堪无以复加。

凤霄看热闹正看得起劲，就听见崔不去道：“崔公不必动气，我等先告辞了。”

崔咏勉强一笑：“九娘，你让人带着两位郎君去安置，再亲自送孙大夫回去。”

崔九娘忙不迭答应下来，低着头带孙大夫离开，不敢多看凤霄一眼。

“且慢。”崔不去正要走，却被崔琳叫住。

对方上前几步，神色有点奇怪：“你是谁？”

他伸手来抓崔不去，似乎想将对方拉到跟前，看得更清楚些。手至途中，却被一把扇子拦住。

凤霄微微一笑：“自重。”

崔琳没顾得上凤霄，依旧盯着崔不去："你好像，有点眼熟。"

崔不去似笑非笑："阁下对多少个人说过这句话了？"

崔琳有些讪讪："我真看你有几分……"

"三郎！"崔咏厉声打断。

崔琳这才闭口，不敢多言。

凤霄与崔不去并肩离开，身后隐约还能听见崔咏训斥儿子儿媳的声音。

"都道崔家名门望族，看来这高宅大院里也免不了琐碎寻常的家务事！"凤霄打开扇子摇晃，感叹道，"阿去，幸好你没在这里长大，否则活成崔琳这副样子，那还不如撞墙自杀算了！"

崔不去道："崔家也不是没有出息的人物。崔琳的弟弟，崔家四郎崔珮，虽为庶出，从小聪颖，更有诗名在外，他其余两个兄弟虽然平庸，也不像他这样混账。"

他的语气之平淡，简直不像在谈论自己的亲生父亲，凤霄不由怀疑自己的猜测有误。

以出身论英雄，是十分愚蠢的行为。古往今来成大器者，从来不为身世所拘。

凤霄从来就不认为自己知道对手的身世就能抓住他的把柄，但现在他对崔不去的好奇与日俱增，这份兴趣纯粹是出于对崔不去本人。此刻，他也许还没去深究这其中的差别。

崔宅旁边有个园子，是专门用来招待客人的，崔不去和凤霄被安置在园中靠假山的两个厢房，推门出去便是曲廊春池。崔家又派了两名美貌婢女过来近身服侍，果然周到妥帖，无一不舒服，这让原本享受惯了的凤二府主极为满意，连连夸赞。

崔不去忍不住嘲讽："崔咏是想用美貌婢女令你动心，让崔九娘看看她倾慕的人是个如此肤浅的男子。可崔咏绝不会想到你眼高于顶，恨不得娶镜中的自己为妻！"

凤霄哈哈一笑："去去，你有没有发现，你在不高兴的时候就会特别喜欢讥讽别人？"

崔不去面无表情："没有。"

凤霄拍拍他的肩膀："你这样挺可爱的，继续保持！"

崔不去以看傻子的眼神看了他一眼。

凤霄忽然趋近，崔不去微微蹙眉，下意识想要退开，却被对方眼明手快拦住，再拖到面前。凤霄亲亲热热，一副套话的样子。

"你与崔家有如此渊源，就算视同陌路，心里想起来总会不舒服，但你还特地陪我回来找余音琴，可不要说你完全是为了我？"

崔不去沉默片刻，缓缓道："左月局查到，崔咏的长子，也就是掌管崔家大半财库与铺子的崔家大郎，私下与南陈的临川学宫过从甚密，甚至暗中资助对方。一年到头，起码有价值上千银两的粮食通过金环帮流向南方。"

解剑府和左月局，一个调查别国朝廷与朝中动向，一个则更侧重于江湖恩怨，虽然时有重叠，但两者从成立之初司职就有区别。如今左月局从临川学宫着手，得到解剑府不知道的线索，凤霄并不奇怪。

凤霄以不出所料的口吻道："我还当你突然之间有了闲情雅兴，果然又是来办案的。"

"不只是来办案。"崔不去云淡风轻道，"我是不恨崔家，可我没说不恨崔咏和崔琳。"

他绽出一抹笑容："我这次来，正是为了看百年崔氏的嫡支如何在一夕之间土崩瓦解。"

# 第三十三章 崔家往事

崔琳跟妻子在父亲面前大吵一通，非但吵不出结果，反倒被老父骂得狗血淋头。他郁闷至极，越想越是晦气，连外室那里也不想去了，出了门随便乱逛，不知不觉竟走到崔家为外客所置的鼎食园。

对他来说，二十多年前的旧事实在太过遥远了，但崔不去的出现，竟鬼使神差地勾起他那久远的记忆。

虽说对方不姓崔，但那双眼睛委实太像了，以致崔琳心头惶惶不安。那是他一辈子犯下的最大错误，也是他绝对不想再去揭开的秘密。为了这个秘密，他至今被拘在父亲崔咏身边，不能踏出博陵郡半步。

在博陵郡，崔家的话比郡守还管用。崔咏不让他离开博陵，崔琳也没有勇气反抗，他年轻时所有的雄心壮志都随着这道禁令而灰飞烟灭，不纵情声色又能怎样呢？

崔琳愤愤不平，不期然又想起崔不去。不止眼睛像，连那冷冷淡淡的眼神都像，只是容貌没有那样美，没有那么惹人注目。

他心中像有一把火在烧，既焦灼，又好奇，越烧越旺，忍不住想要找个发泄的出口。崔琳思来想去，实在按捺不住，想再去看崔不去一眼，好让自己彻底放心。

当他来到崔不去的客房外头时，就看见服侍崔不去的婢女正端着水盆从里头走出来，小声嘀咕，满脸疑惑。

“白玉。”崔琳唤着婢女的名字，“那个凤公子可在屋里？”

婢女忙行礼道：“凤公子与裴公子出门去了。”

崔琳皱眉：“都这么晚了还出去？”

婢女欲言又止：“婢子被凤公子改了名，如今不叫白玉了。”

崔琳不悦："他一个暂住几日的过客，还敢改你的名字？"

婢女喏喏："是，凤公子还说，这个名字极好，崔家各位郎君一定会喜欢。就是婢子听着好生奇怪，叫、叫余茉。"

崔琳不耐烦："什么鱼墨？"

婢女："凤公子说，是多余的余，茉莉的茉。"

余茉，余茉……

崔琳下意识在脑海里过了两遍，蓦地睁大眼，露出见鬼似的表情。

余茉！这个名字像一本尘封多年的书，陡然从书架上落下，摊开在崔琳面前，猝不及防，毫无准备。

那些记忆是禁忌，更是耻辱，不仅是他的耻辱，也是整个崔家的耻辱。那是他年少轻狂时犯下的错误，是他这辈子都不愿再回想起来的阴影。

头顶轰隆巨响！他浑身一震，不由抬起头。

屋檐外的天空忽然亮如白昼，又急剧暗下。晴好的傍晚不知何时飘来乌云，将刚刚升至柳梢的月光彻底遮住。

天地晦暗，风雨欲来。

崔琳脑子里乱纷纷的，一时是余茉模糊的面容，一时又是崔不去那张脸，糨糊似的，混沌未明。

"三郎，三郎！"婢女在旁边不知喊了多少声，才终于看见崔琳睁着一双迷迷瞪瞪的眼睛望向自己。

白玉吓坏了，她不知为何自己仅仅是改个名字，就惹来崔琳如此反应。

风吹来，比往常还要冷些，直将崔琳推得往后退了两步。

"您的脸色好难看，可要请个大夫？或者婢子去请主母过来？"

白玉的话令崔琳猛地惊醒过来。

"对，要告诉父亲，得马上告诉他！"崔琳推开婢女，踉踉跄跄朝来处跑去。

淅淅沥沥，夜风带来一阵细雨，但崔琳完全不觉得冷。

脚步越来越快，黑夜中狂奔的他，满头大汗，神色惶恐。

崔不去也不觉得冷。

他脚下，是安平县城外一处小山坡。他面前，则是一座孤零零的坟茔。

在坟茔东面不远处有一个陵园，那里才是崔氏一族的安眠之地。

凤霄看着坟茔前面的墓碑。

余氏之墓。

没有前缀，没有落款。外乡人路过看见铭文，顶多只能猜出墓主是个女子，连她身前是否嫁人、有何事迹、立碑之人是谁都不知晓，更不会猜出她与崔氏有何关联。

“这一定是个很长的故事。”凤霄道。

他听过的故事不计其数。每个混迹江湖并能闯出名堂的人，一定都有自己沧桑的往事，或辉煌或曲折的过去，但凤霄是个例外，他从来都是一帆风顺，天之骄子。他不喜欢听别人的故事，因为别人的事情听再多，那也是别人的。同情也好，愤怒也罢，都是多余无用的。

然而现在，他很想听一听余氏的故事，因为这个故事与崔不去有关。

“也许是三十年前，也许还要更早一些，本县有一户姓余的耕读人家，膝下无子，唯有一女，人称茉娘。我记事时，她已死了，从旁人为她画的画像来看，应该是个美人。”

天逐渐变暗，唯一的光明，只有墓前那盏被凤霄放在地上的灯笼。

柔光描绘着两人站在墓前的轮廓，在细雨中黯淡。如这时光，慢慢回溯。

余茉不仅是个美人，还有着符合许多人心目中美人形象的品行，蕙质兰心，怀瑾握瑜。

余父是本地名士，虽未当官，但笔下诗集文集不少，许多人慕名而来，拜在他门下。能被余父收为入室弟子的，只有一个，他姓元名省，是余茉青梅竹马的师兄。

眼看女儿亭亭玉立，余父本有心撮合女儿与弟子的婚事，奈何元省想要出门游学，这一去就再也没回来。

一日余茉去外家探亲，回家途中，忽遇暴雨。河水上涨，水流湍急，余茉带着婢女，与家人失散，站在河边徒呼奈何，正好遇上同样在附近游玩的崔家子。对方眼看佳人无法渡河，就自告奋勇，来回两趟背着余茉和她的婢女过河。余茉很感激，事后询问对方姓名，想日后再请家中长辈出面感谢。对方自称崔珩，是博陵崔家嫡支，排行第二。

听至此处，凤霄问：“假的？”

崔不去缓缓点头：“假的，对方是崔三。因少年顽皮，逃学私自外出游玩，怕传回家中被长辈责备，就谎称了二哥的名头。”

后来，余家派人去崔家致谢，正好崔二到了婚龄，崔家在为崔二物色妻子。又正好余氏品貌俱佳，两家结亲，顺理成章。

没有背余氏过河那件事，这桩婚事充其量也就是郎才女貌、门第相当，有了那桩佳话锦上添花，就更是金玉良缘、天作之合。

凤霄沉默片刻："所以，这其实是一桩阴差阳错意难平的悲剧？"

崔不去笑了："不，虽有误会，却非悲剧。余氏过门之后，就知道那天背她过河的人其实是崔三郎，但那天匆匆一面之缘，实在谈不上什么一见倾心。余氏与崔二郎志趣相投，感情融洽，二人赏雪谈诗，看花论泉，足迹踏遍郊外山野，很快就成为一对人人称道的佳偶。"

这场雨看似没那么快停，崔琳连撑伞都顾不上，在雨中一路狂奔。闪电划过天际，照亮了他的脸，他的脸色比天空还要苍白。

崔宅花厅内，正洋溢着灯火通明的热闹。崔咏面上露出方才训斥崔琳夫妇时所没有的欢快，因为崔家最争气的儿子，四郎崔珮回来了。

"你还舍得回家，你还记得你在这里有个家吗？"虽是训人的口吻，但谁都能看出崔咏脸上并无不悦。

崔珮也笑呵呵地应和："儿原想南下探望旧友，路过博陵附近，听说崔家要办榴花文会，这不又回来了？"

崔咏吹胡子瞪眼："若没有文会，你当真就不回来了？"

"哪能呢！"崔珮哈哈一笑，"高堂双全，儿女俱在，我这不就回来了？"

面对爱子，崔咏高兴了一会儿，笑容却转淡："自从袁氏病故之后，你不愿再续弦，说要游遍五岳三川。我知道，你其实是不想回这个家。"

崔珮："阿爹……"

崔咏摆摆手："不必多言了，回来是好事，你就多待三个月吧，啊？"

崔四看着老父须发皆白的苍老面容，一时说不出拒绝的话。

门外脚步声骤然而至，崔琳的身影冒冒失失闯入二人眼帘。一身湿漉漉的他喘着气，发丝黏在脸上，说不出的狼狈。

没等崔咏沉下脸色，崔琳已惶惶然道："他没死！他回来了！"

"三郎！"崔咏喝道，"你又发什么疯！没见你四弟回来了吗？！"

崔琳恍若未闻，兀自道："他，就那个凤霄！您知道他刚刚给白玉改了个什么名字吗？叫余茉！余氏啊！您还记得她吗？"

在座两人陡然变色。

崔咏难得失态，按住桌案想站起来，却一时腿软，复又坐了下去。

"是不是你听错了？"他厉声质问崔琳。

崔琳拼命摇头："没有，我问了白玉好几次的。她说那个姓凤的还特地教她是哪两个字，多余的余，茉莉的茉！"

崔咏沉默半晌，忽然望向崔珮："当年是你回来说，他死了。"

崔珮苦笑："当初我去孙大夫那里，是想让孙大夫尽力救他的。可等我过去的时候，孙大夫说那孩子已经救不回来，断了气。那孩子临死前求他，说自己本来就不被崔家承认，死了也是随意下葬，不可能进祖坟，倒不如在外面随意埋了，落个无牵无挂。孙大夫心软，就答应了。我还亲眼见过那孩子的坟堆，连墓碑都是我后来给他立的。"

崔琳急得打断他："可除了他，谁会知道余茉？余家三代单传，到余氏那里就只有一女了，凤霄一定是假名！"

"你慌什么？"崔咏大怒，"就算他还活着，那也是你的亲生儿子，你怕他回来找你报仇吗？"

崔琳顿时脸色煞白，呆呆站着，再也说不出一句话。

崔咏喘过一口气，勉强定下心神。

"他姓凤，余家没有姓凤的亲戚，博陵也没有姓凤的人家。不过余氏当年有个师兄，会不会是他？"

他望向崔珮，似是想要个答案。

崔珮看着平日果决的父亲，第一次产生对方也老了的感觉，不由暗暗叹了口气，说出崔咏最不想听到的话。

"我没见过那个年轻人，如果他是当年那个孩子，长相一定跟三郎或余氏有些相似吧？"

崔咏抿着唇，半天没说话。崔琳的脸色更白了。

崔珮了然："这么说，他的确是……姓名可以假托，当不得真。不管他是否还活着，既然知道余茉，又故意泄露给三哥，必然是知道当年的事。父亲，将人请回来吧。"

他叹了口气："不管是道歉认错还是请罪，总要把话说明白。"

"爹……"崔琳弱弱道，"我不想见他，我真不想见他！"

胡须颤动了许久，崔咏终于开口："四郎，你马上将你大哥喊过来。还有，派人出去寻那两人，务必将他们带回来！"

绵绵细雨落在墓石上，将朴素简陋的墓碑晕染打湿，似墓主一生流不出的泪。

不知何时，灯笼被雨水打灭。无星无月的夜，虽已入夏，却有些寒意。他们出来时没有带伞，崔不去也没有回去的打算，任凭头发、肩膀沾上雨珠。

故事既然已经开了头，总得将它讲完。一个前半生甜蜜、后半生凄凉的故事。

崔不去："好景不长，崔二偶感风寒，一病不起，很快就撒手人寰，留下余氏，无子守寡。崔家并不要求她为崔二守节，余家也心疼女儿，想接余氏回去再嫁。但余氏自己不愿意，她跟崔二鹣鲽情深，宁可为他守一辈子，也不可能遇见再好的人。就在崔二夫妇相和、人人称羡时，却有个人窥视这一切，暗暗嫉妒不平。"

凤霄何等聪明，一下便能猜出："崔三郎，崔琳。"

崔不去："不错。"

崔琳自那一面，就被余氏的美貌才情吸引。他深恨自己当初报了二哥的名字，否则后来所有幸福，还有余氏这个人都会属于他。他后来也娶了妻，但夫妻性情并不投契，这让他积郁在心，看见二哥二嫂恩爱有加，更是难受异常。可那毕竟是过去的事了，就算再难受，余氏也不属于他。

谁知二哥英年早逝，撇下余氏一人。余氏自愿守寡，一年里多半待在从前夫妻二人经常居住的崔家别庄里，写诗画画，缅怀亡夫。

崔三心里那把不甘心的火越烧越旺，终于有一日，他趁着酒劲，悄悄去了别庄，让人借故引开余氏身边的人，将她给奸污了。

他想得很美好，余氏既不愿再嫁，安置在别庄里，以后也可常来常往。再说一开始认识余氏的原本就是他，反倒是崔二抢了本该属于他的女人。

凤霄挑眉："崔三既然如此喜欢余氏，为什么当年两家议亲的时候，他没有出面反对？"

崔不去翘起嘴角："因为当时崔家已经为他物色了一门更好的亲事，对方是范阳卢氏嫡支的长房次女，门第比余家更高，对崔三来说更加面上有光。一念之差，让他后悔终生。"

凤霄哂道："倒也是意料之中。"

余氏平素温柔，那一晚却死命挣扎，事后也不肯当崔三的禁脔，甚至刚烈决绝地直接在崔咏面前将此事道出。

崔咏大惊，当即便招来崔三对质，结果将人打得半死。若非妻子苦苦哀求，他差点就要把崔三逐出门庭。

这件事毕竟是天大的丑事，如果传扬出去，非但崔家百年名声不保，就连余氏也要被世人非议。到时候余氏就算再不愿意，也得离开崔家，可这样一来，她就不再是崔二的遗孀。

为了百年之后还能与崔二做一对黄泉夫妻，余氏对崔咏道，此事她愿意忍下来，只当没发生过，但是她这辈子再也不想见到崔三。

崔咏答应了，他同意余氏往后一直居住在别庄，又派强壮仆妇守卫左右，再不让歹人有接近的机会。而崔三也被拘在崔家宅子里，不准踏出半步，形同软禁。

但那一夜之后，余氏发现自己竟然珠胎暗结，怀了身孕。孩子是谁的，不言自明。

凤霄："那孩子就是你？"

崔不去"嗯"了一声："是我。"

他平静得几近淡然，就像在说别人的故事。雨落在他头顶、肩膀，冰凉冰凉，连心也是冷的。

天地之间，一切都变得模糊。唯有身边那声叹息无比清晰。但向来风流不羁、从不将任何闲事放在心上的凤二府主，又怎会发出这样的叹息？

崔不去笑了笑，定然是自己听错了。

"我还有许多疑问。"凤霄也不摇他的扇子了，在风雨中摇扇子无疑很蠢。

崔不去淡淡道："我知道，因为故事还远远未完。"

对余氏而言，她与崔二相爱甚笃，却年纪轻轻就阴阳相隔，后半生再长，于她而言也不过是怀念亡夫。可那天夜里的丑事竟是延续到现实的噩梦，还有了一个孽种。

晴天霹雳之后，她从此日夜难安。一时觉得对不住亡夫，想要喝药将孽种除了，一时又觉得孩子是无辜的，纵然有那样一个生父，可并非自己所能选择。

此时余家又传来噩耗。余父来别庄看女儿的途中摔了一跤，本想着不大严重，谁知夜里却起了变化，病情转重。

余氏一听，再也顾不得其他，赶忙带上人奔回娘家，守在老父病榻之前。她甚至不敢将这件事告知父亲，生怕余父要去找崔家算账，急怒交加之下身体反而更加不妙。

但掌上明珠的守护没能令余父病愈，他毕竟年事已高，那一跤摔了脑袋，撑不了多久便走了。余母强忍悲痛打理后事，很快也一病不起。

余家几代单传，到余茉这里，只有她一个女儿。余茉外家在外地，纵是有心，也帮不上多少忙，更不可能与崔家相抗衡。余茉不欲令母亲病上加病，就一直将此事瞒了下来。

“寻常女子遇到这等事情无非悲恸哭号，又或死心认命，任凭夫家摆布。余氏一个寻常弱质女子，从未在江湖上飘荡过，连遭几番打击，竟还有如此坚韧心性，实在难得。”

凤霄抬头看了看天，雨势已经转小，绵绵细雨减为飞针沾衣，但崔不去的肩膀后背已湿了一片。

自然，凤霄也没好到哪里去。换作平日，他恐怕早就皱着眉头回去沐浴更衣了，但今夜他竟还能耐下性子站在这里，连他自己也觉得不可思议。

他没有催促崔不去回去，因为他知道，崔不去今日来此，不单单是给他讲一段往事，更是对墓主人的一个交代。

而且，凤霄也很好奇接下去的故事。他既猜错了开头，说明后面必有他想不到的变故。

崔不去淡漠道：“她的确心性坚韧，不过世事未必如人所愿。”

余父的死，让余茉失去至亲，也让她下定决心，要留下这个孩子。这样一来，起码她在这世上还能多一个血脉相连的亲人。

余茉毕竟是崔家寡妇，不可能瞒着所有人将孩子生下来，于是她找到崔咏，一五一十陈明此事。

崔咏本以为拘了崔三，事情就算了结了，谁知还有这样一个后续，当即惊得说不出话来。

听到余氏表示想生下孩子，崔咏自然一力反对。因为如果余氏现在怀孕生子，别人都知道孩子不是崔二的，即使崔咏明白那是崔氏的血脉，可叔嫂乱伦，何等丑事，无论如何也不能暴露于人前。

但余氏有足够说服崔咏的理由。她说，如果她没有这个孩子，将来也得从崔氏过继一子，延续崔二这一房的香火，与此如此，倒不如她自己暗中生下这孩子，对外假称从崔氏远房过继，再记在崔二名下，这样就两全其美了。

余氏坚决不肯舍弃孩子，她说的话又的确还算可行，崔咏思虑良久，终于答应了她。余氏便在别庄长住下来，崔咏又派了可靠的人过去服侍。

然而，世上没有不透风的墙，余氏守寡怀孕的消息依旧悄悄流传出去，最终传入崔三的妻子卢氏耳中。

卢氏出身高门，如何能容忍丈夫给自己的这番侮辱，当即勃然大怒。她知道，往后关于孩子的身世，但凡有一丁点风声泄露，就是打在他们三房脸上的一记响亮耳光，她既为崔三之妻，必然也会跟着受辱。所以，卢氏暗中调换了给余茉的安胎药，余茉不察，差点小产。幸而余茉命大，发现得及时，但也因此身体受损，连带腹中胎儿也先天不足，以致余氏生产时分外艰难，生下孩子之后便缠绵病榻。

冷风吹来，崔不去咳嗽两声。

“我幼时身体便不好，不愿说话，反应迟缓，总爱独坐半天，谁都不理。一度被以为神智有碍，可能还是哑巴。”

凤霄沉吟道：“你的身世本就见不得光，身体若不好，很难活到成年，所谓给崔二延续香火就无多大用处。所以，崔咏肯定会后悔。”

崔不去笑道：“不错，他后悔了。”

崔不去的存在，需要动用崔家的力量去压制那些流言蜚语，需要为他费心捏造一个崔氏旁支的身份，还要安抚卢氏以免她去娘家告状，引起崔、卢两家不和。更何况这孩子天生病弱，费心劳力去做这些事情，到头来还不一定有结果。

可要是他死了，那一切就都迎刃而解了，崔氏的耻辱也就不复存在。

崔咏起了杀心。解决一个孩子很简单，甚至根本不需要他出手，他所需要面对的障碍只有余氏一人。

余氏虽在病中，却也能察觉孩子处境不妙。她将其带在身边，日夜不离，但凡给孩子吃的东西，她都要先尝一口。眼看自己身边的人被逐渐换掉，余氏心知自己可能保不住孩子，便拖着病体去找一个人。

她不找崔咏，也不找崔家大郎，找的是崔家庶出的四郎崔珮。余氏向崔珮托孤，言道自己时日无多，求他照料崔不去。崔珮心有不忍，便答应下来。

没过多久，余氏便随先夫而去。崔珮当时未婚，又怕自己经常出门游学，无法护住孩子周全，便抱着崔不去找上崔咏，以余氏临终所托，求父亲饶过这孩子一命，哪怕将他送得远远，隐姓埋名。

四个儿子之中，崔咏最喜欢的就是这庶出的幼子。虽也觉得他妇人之仁，但在其苦苦哀求之下，崔咏终于答应留下这孩子的性命，条件是将他记在崔氏家仆名下，以崔家下人的身份长大，绝不可告知其身份。

几年过去，当初的风波逐渐平息。崔家的小辈们慢慢长大，他们虽然不知道当年的恩怨，却知道崔家有个孩子养在崔家仆人家中。长辈闲谈间偶有提及，总是神色古怪，言辞闪烁，仿佛有许多未尽之言，有好奇者向长辈问起，还会招来一顿训斥。

久而久之，他们便知道，那个连名字都没有的孩子身上有很多秘密，崔家长辈并不喜欢他。

孩子们是懵懂的，却也是敏锐的。他们察觉长辈的心思，便可尽情在那幼童身上恶作剧，给他起各种各样的外号，阿草阿花阿猫阿狗，用以顽皮取乐。他们将各种稀奇古怪的虫子往他身上扔，在他饭里掺香灰泥土，甚至施以拳脚。

那孩子明明身体不好，却是挣扎着活下来，三天两头病倒，拖着残躯与崔家下人一道做事，偏偏就是死不了。他知道受了欺负告状也无用，唯一能保护他的崔珮时常出门，不可能每时每刻都护着他，他渐渐学会避让还击。但免不了，一个月下来总会被欺负上几次。

风寒发烧是常有的事，小命虽总被阎罗王丢回来，身体还是越发孱弱。

他连崔家的族学都上不了，只能借着扫地的时候躲在屋外墙角听个只言片语。谁也看不见他用茅草、芦苇写在地上的一笔一画，在沙地上用手指默写出来的《春秋》与《左传》。

崔珮偶尔回家时，便是他的好日子。崔珮会带他去孙大夫那里调理，会带他去别庄祭拜他早逝的生母，告诉他从前的事情。崔珮不是没想过带他一起出门，但崔咏绝不同意。崔珮没法为了出身隐秘的侄儿反抗父亲，而他的身体也经不起长途跋涉的折腾。

更多的崔家人不像小孩儿那般心性幼稚地欺负他，却会以或奇异或轻蔑的目光在他身上扫视，当着他的面说“这孩子命真硬，居然活到了九岁，一直都死不了。”

他的吃穿用度与崔家下人并无不同，崔咏没有刻意折磨他，却在刻意冷落他。他知道崔咏也很疑惑，疑惑为何他身体不好，又经历三番几次磋磨，居然平安活下来了。

因为他并不是世人眼中的愚钝痴儿，他也懂得保护自己，用计避祸，努力生存下来。只是他还太小，头顶这片天空限制了他。兜兜转转，摸索蹒跚，他只为寻找一条活路。

崔珮告诉他，其实他有名字，祖父为他起名崔阶，希望他如脚下阶石，一步一步，脚踏实地往前走。

他知道，崔阶二字的含义肯定不是如此。不管如何，这个名字，不要也罢。他宁可叫阿猫阿狗，也不叫崔阶。

九岁那年，他病得很重，比以前都重，孤零零地躺在床上无人管。幸好崔珮及时回来，背着他去找孙大夫。

那年还是周朝当政，崔珮因才学出众，得天子青眼，入京陛见，使将他暂托孙大夫那里照看。

他知道自己的机会终于来了，他求孙大夫放他走，对外就称他病死埋了，左右崔家早就盼着他死。只要他不在，压在崔家众人心上的巨石就没了，他们会为之长长松一口气。

他知道，崔三的妻子卢氏一直想要自己死，崔三明明知情，却选择袖手旁观。他避开了一次两次，未必避得开三次四次，祖父崔咏也许还有一丝心软，卢氏跟崔三却绝不会。

他必须走，哪怕死在外面，也是海阔天空。

孙大夫对他的身世略知一二，经不起他的哀求，终于答应为他瞒天过海，又为他赶制药丸以便随身携带，送他盘缠衣物，将他送上南下的商队马车。

崔不去淡淡地说，凤霄默默地听。平铺直叙的话语里没有任何夸张，却又藏着无数惊心动魄。

凤霄见过比崔不去更惨的人，可他们都没有活到成年。他也见过心志坚韧不逊于崔不去的人，可那些人，包括他自己，都没有崔不去所经历那些磨难的十之一二。

“天将降大任于斯人也，必先苦其心志，劳其筋骨，饿其体肤，行拂乱其所为，增益其所不能。”

圣贤之书人人会背，可又有多少人能坚持到最后？多少人行至半途，疲惫不堪，放弃自我？

“孙大夫既然怜悯你，为何不将你带在身边？”凤霄问道。

崔不去淡淡道：“孙大夫也有家眷亲朋在本地，怎么可能为了我与崔家作对？尽人事，听天命，已是他最大的善意。这份情，我领了。”

凤霄：“所以，你给自己改名崔不去，意思是此生不回崔家？”

崔不去摇摇头，握拳抵唇，低声咳嗽：“余氏生下我，本是将我当作崔二的血脉，我用崔姓，乃是圆了她所愿。至于不去，他们人人都想我死，都在等我何时去死——”

他唇角笑意愈深：“我偏偏不去死，我偏偏要活着，哪怕病得再痛，活得再苦，这一口气，也会在。”

他望着墓碑，凤霄却在后面望着他，似有一把火从心头燃起，无以名状，无从言语。

许久，凤霄移开视线：“那你当时南下，是要去哪里？”

崔不去：“寻一处安身立命之地。”

世道纷乱，他一个孩子，纵是再老到警醒也很容易遇上歹人。孙大夫考虑周全，让可靠的商队带着他，也多几分保障。但商队到了目的地，卸载货物、交易商品之后，总要踏上归程，他不可能永远都有人庇护。

商队行首看中他的机灵，想留他帮忙打下手。他左右权衡，觉得自己孤身一人，性命难保，便答应了。他从此跟着商队四处奔波，在行首身边学会清点算账，察言观色。认的字更多，打交道的人更多，身体却并未因此更强壮，早年隐疾随着年纪增长却越发严重。行首爱他之才，惜他之遇，膝下又无子女，便将他当养子培养，还为他延聘名医。

可惜这位行首不慎得罪了当时一个叫七星帮的小帮，被那帮主命人杀了。崔不去失去依靠，从此孤身一人，漂泊数载，直到遇上他后来的先生范耘。

他生来早慧，过目不忘，幼年许多事情都记得清晰。即便有些细节模糊不清，后来掌握了左月局，再派人暗中寻访调查，也都水落石出了。

凤霄道："那个七星帮的下场一定很惨。"

崔不去薄唇微翘："七星帮的帮主依附当时的江湖魔门合欢宗，自以为无人敢对付他们。我略施小计，挑起南朝第一大派临川学宫对七星帮的不满，将他们给灭了。"

谁说不会武功的人不能在江湖上游走，得罪崔不去的人，只怕到死都还不知道自己为何而死。

凤霄："所以这些年，你并非放纵崔家，而是在找一个机会。"

崔不去："像崔咏这样在意名声脸面的人，让他亲眼看着整个崔家一点点衰败下去，让他失去崔家的权柄，比杀了他还难受。还有崔三，这些年他一直被拘禁在博陵郡不得外出，妻子对他失望，二人日日争吵不休。他耐不住寂寞养了外室，又被妻子知晓，崔家鸡犬不宁。活在这样的日子里，让他慢慢饱受磋磨，比一刀杀了他更能让他体会痛苦。"

凤霄："所以你上回说，崔大暗中资助南朝临川学宫，到底是真是假？"

崔不去蹙眉咳嗽道："自然是真的。我本来已经想好别的手段对付崔家，但崔大的罪证送上来，不用白不用，我何必多费力气？"

凤霄笑吟吟道："好，痛快，我就爱听这样的故事。果然是我认识的崔不去，有仇必报，绝不手软！"

崔不去咳嗽声没停下来，声声连连，咳得腰都弯下了。

"行了，故事讲完，余氏也听到了。你这次回来，会帮她报仇的！"

凤霄实在看不过眼，拽了他一把："就你这半死不活的样子，我怕你再多站会儿就看不见明天的太阳了，我可不想好戏没看成就打道回府！"

他没怎么用力，崔不去却被拉得一个踉跄，差点摔倒。凤霄及时伸手，入手的外裳湿漉漉的，几乎能拧出水来。

"若我不在，你还能走回去？"凤霄撇撇嘴，一脸勉强将人背上。

"若你不在，在我身边的必是乔仙或长孙，再不济还有左月卫。"崔不去边咳嗽边道，语气神色都很淡定，"崔家肯定四处在找我们，现在回去正可赶上一场好戏。"

"你的乔仙和长孙能及我之万一？"凤霄冷笑，一边走一边嫌弃，"全是骨头，硌人得要命。亏得本座还纡尊降贵亲自背你，沾了一身雨水，这衣裳也作废了。"

有人背着，崔不去自不会矫情。他吃了许久的风和雨，脑袋的确有些昏昏沉沉，不由自主地将额头抵在对方后颈，体温传递过来，融化了冰冷。

崔不去舒服地喟叹一声："能背本座，也是你的福气。"

凤霄："信不信我现在把你丢下去？"

崔不去："那你待会儿可就看不成好戏了。"

二人渐行渐远，身影逐渐消没，独余墓碑，与墓碑前的灯笼，无言相对。

雨过天晴，月色重现，将灯笼与碑石都染上银白。绿叶从树梢掉在碑石顶上，积攒在叶心的雨珠随之滑落，顺着墓碑，浸染月霜，似女子带泪的笑。

# 第三十四章 枯株朽木

因为一个名字，崔家陷入惊涛骇浪之中。

最惶恐的莫过于崔三。这么多年来，他不是不知道自己做的事情亏心，见不得光，不容于世。但人对自己犯下的错误总会有种侥幸逃避的心理，仿佛不去理会就不会发生更坏的后果。

二十多年过去，他早已将余氏的名字抛诸脑后，却万万没想到有朝一日，这个名字又会强行掀开他不愿回首的过去，撕开血淋淋的难堪记忆。

他忍不住扭头去看父亲。崔咏的面色在最初的震惊之后，已经迅速平静下来，看不出任何端倪，依旧是那个沉稳威严的崔氏族长。

崔三的焦虑稍稍缓解。是了，余氏死去多年，余家早已无人，就算那孩子侥幸未死活到现在，他又做得了什么？余氏不是别人害死的，她是自己病死的。至于那孩子，崔家还留了他一条性命，他若长大成人对崔家怀恨在心，无论从道义还是实力上都站不住脚——博陵崔氏，百年望族，出过多少将相名士，家世比多少朝代的皇帝还要清贵，又怎是他能轻易扳倒的？

崔珮冷眼看着他三哥从惶恐不安到松一口气的神情变化，似乎猜到他在想什么，忍不住问："三哥，若凤公子真是那孩子，你打算如何面对？难道你还打算让父亲出面，为你收拾烂摊子吗？"

崔三吓一跳，愠怒道："当年的事我已受了惩罚，至今都被父亲拘在博陵，这还不够吗？打从他出生伊始，我便没怎么见过他，更没对他怎么样，什么叫如何面对？"

他咽了口唾沫，觉得这番话气势不足，心虚有余，便又道："是他后来私逃离家，否则崔家还好好养着他呢。他这些年既然活着，却没回来禀告一声，可见是不忠不孝不仁不义，我们没追究已是宽宏大量，该他向崔家请罪才是！"

崔珮怒极反笑："你真说得出口！当年若非你纵容三嫂，趁我离家之时屡次对那孩子下手，他又如何会受不住折磨，一走了之！当年他才九岁啊，就算有孙大夫帮忙，他一个人天涯飘零，还能好到哪里去？这一切不都是你造成的吗？！"

若崔不去没出现，崔珮这腔怨气可能会一直深藏心底。表面上他跟崔三依旧是兄友弟恭的手足，崔家一团和气，家族兴盛，这一辈有崔珮，下一辈又有崔斐，代代相承，星火辉映。也许清明时节崔珮会想起托孤于他的二嫂和那个可怜的孩子，到余氏坟前上香祭拜，喟叹愧疚，仅此而已。

一笔写不出两个崔字，他上有积威甚重的父亲，下要为儿女考虑。崔珮承认自己胆怯懦弱，一辈子不可能脱离崔氏的荣耀与禁锢，所以他没法为了一个可怜的二嫂和早逝的孩子去跟崔三闹翻，把丑事闹出来，让崔氏陷入难堪境地。

但现在，一个未曾谋面的凤公子将往事又揭开来，顺带也揭起崔珮那份内疚惭愧之情。

"都给我住口！"崔咏大怒，"如今那姓凤的是何来历还不明了，你们就先闹起来了，不觉可笑吗？"

崔大正好得知消息匆匆赶来，在门口就听见怒喝，忙入内拱手道："父亲息怒，有话好好说。四郎好不容易回来一趟，您别坏了心情才是。"

他在路上已经听管家将此事略说一二，该惊讶的在半道也已惊讶过了，此时便冷静道："父亲，那人既说得出余氏闺名，就算不是当年那孩子，可能也与余氏有故。他自报家门的凤霄二字，我听着耳熟，思来想去，仿佛曾听人提过，当今天子设解剑府，那二府主便姓凤。"

崔咏皱眉："解剑府？"

崔珮道："不错，此事我也有所耳闻。听说解剑府权同六部，专替天子掌管别国阴私，暗查突厥细作。"他看着父亲说话，便没留意到崔大的脸色变化。

崔咏沉吟道："天子不问家事，就算那凤霄真是你说的解剑府二府主，又与余氏有故，也管不到崔家头上来。汉末群雄并起，两晋朝代更迭，北方战火硝烟，崔氏能屹立至今，靠的不是奉承哪一朝的皇帝。"

他的话里自有一股傲气，其余人都觉有理，不由点头。崔三那一丁点心虚，早已飞到九霄云外去了。

而崔大一开始便没将此事当成多大事，他对崔咏道："父亲，儿子以为，待会儿对方若不提及余氏，我们只作不知便好，没有必要先挑起来。"

崔咏也觉得自己有点孟浪了，单凭一个名字就急急忙忙去找人，不是摆明了承认自己有问题？

崔珮暗暗叹息一声。他抬头望向厅外，庭院深深，一棵栽在前庭的古木，年纪比他和崔三加起来还要大。可就算是这棵古木，也比崔家的族谱要年轻得多。

世家高门自有的底气，让崔咏提起天子也不必诚惶诚恐，更不将区区一个凤霄当回事。但凤霄若真是解剑府府主，又特意泄露余氏姓名引起他们的注意，又岂是好对付的？

崔咏囿于过去的荣耀，一直不肯往前看。崔珮走南闯北，见多识广，但崔家不是由他说了算。他只能暗叹一声：父亲老了。

不多时，外头便有仆人来报，说是二位客人都回来了，外头下雨，他们没带伞，淋了一身，先去沐浴更衣，再过来拜见主人家。

崔咏点头，索性也不干坐着，吩咐厨下上菜。几兄弟难得齐聚一堂，围坐小饮，待用得差不多时，正好凤、崔二人联袂而至。

崔不去跨入内厅时，几道目光同时落在他身上。他视若无睹，毫无拘谨之态，反是洒然一笑：“崔翁连夜召我等前来，不知有何要事？”

崔珮仔细打量，怎么也无法把当年那个瘦弱寡言的孩子跟眼前的青年联系起来。

崔咏此时已恢复了平日的冷静，拈须笑道：“无它，你们不是本地人，如今天晚路滑，怕你们找不到回来的路，便派人去寻你们。若还未用晚饭，等会儿我就命人送过去。”

崔不去面露感慨：“实不相瞒，我的确多年未归，差点就不认得故乡，青山绿水，依稀还是当年模样。此番除了参加文会，还为祭扫先母而来。”

一片死寂。

在场几人呆了一瞬，谁也没想到崔不去会如此直白，开门见山。

崔珮失态起身，面上甚至有几分激动。崔三和崔咏能看出崔不去眼熟面善，他自然也能看出来。那眉眼、那下巴，正与当年的二嫂像了个七八成。

“你、你母亲是谁？”他按捺下激动，轻声问道。

“你们不是早就猜到了吗？”崔不去笑了一下。

凤霄发现，崔不去的笑与平日不同，或者说与面对他的绝大多数时候不同。

崔不去不常笑，平日大多是冷笑、讽笑，坑人成功会露出狐狸偷腥之后的笑。他很克制，经常会将得意藏在眼睛里，偶尔斗赢凤霄占了上风时，翘起的嘴角会连带眼睛微微眯起，软和了眉梢霜雪。但绝不是眼前这种，似笑而非笑，将杀意藏在笑意之后，令人摸不清喜怒深浅。

发现这一点的凤霄如同捉住狐狸尾巴的猎人，心情愉悦，忍不住又摸出袖中折扇。

没有人去关注他为什么会在雨夜的凉爽天气摇扇子，所有人的注意力都放在崔不去身上。

崔咏沉声道："你们路过此地，偶遇九娘，我见你们年少英才，又爱舞文弄墨，这才起了爱才之心，留你们夜宿。若有招待不周之处，但说无妨，何必如此阴阳怪气？"

崔不去微微一笑："这么多年过去，崔翁还是这样，一点都没变。顾左右而言他，看似公正严明，却从来都是偏袒偏心。你儿子坏人名节，生下我这个孽种，又纵妻谋害嫂嫂性命，你为了崔家的名声，一力将此事瞒下。若我没活着，又如何为余氏讨回公道，一雪前耻？"

"讨回公道"四个字说得崔咏心头一跳，他拍案而起："你果然就是崔阶！当年你年纪小，根本不知发生了何事。崔家养你长大，你非但一声不吭就逃了出去，多年未有音信，如今竟回来痛骂亲人长辈，恩将仇报！"

崔大也道："是啊阿阶，这些年你不在，我们都很想你，孙大夫说你死了，父亲还难过得哭了一场，如今你还活着，我们高兴还来不及。你娘的事，当年另有隐情，你先坐下来，我们从长计议，别让外人看了笑话。"

凤霄差点笑出声。他们这些恩威并施的话，骗骗寻常人还可以。如果余氏的儿子不是那么有出息，凭他一己之力不可能对上整个崔家，听见这番话，也许心中会有不甘，但最后也只能认输。

但崔不去是何人？连兴风作浪搅乱天下的云海十三楼都接二连三受挫，连备受宠爱、不可一世的晋王也得为了笼络他而作出亲近之态。故此崔咏的话在崔不去面前，悉数化为可笑作态。

凤霄敢用裴惊蛰的脑袋打赌，崔不去现在一定是好整以暇看着崔家人演戏，不着急发作，像猫逗耗子，等他们露出更多的急切。

果不其然，崔不去又笑了："当年我年纪虽小，也不常说话，但许多事情都记得清楚。譬如，受命抚养我的崔家下人，是在卢氏的怂恿下在我的饭菜里下毒，想要毒死我。可惜我命硬又机警，硬扛着三天不吃饭，等郡守过来拜见崔翁时当着众人的面饿晕，让崔翁不能不过问。现在想来，以我的身世，崔家没要了我的命，的确是天大的恩赐啊！"

崔家众人的脸色红一阵白一阵，老辣如崔咏都觉得有些挂不住老脸。崔不去就像他心头的一根刺，活着一日，他便难受一日。可他又不愿背负杀害亲孙的罪名，只能任由他在崔家自生自灭。对方被欺凌得很惨，崔咏不是没有耳闻，但他却放任自流，遇上了便管一下，遇不上便故作不知。

可谁又能想到，那个命不久矣的幼童竟没死在外头，时隔多年还会回来当面对质？

在场之中，唯有崔珮激动上前，待要去抓崔不去的肩膀，却被横生的一把扇子拦住，他只好停住脚步。

“阿阶，真的是你！这些年来我一直后悔，愧对你娘的临终托孤，害你流落异乡命途多舛，幸而上天庇佑，让你平安无事。你回来吧，记在我名下，四叔必将你视若已出，再不让你受欺负了！”

崔咏皱了皱眉，想说什么，却忍住了。

崔不去：“我不叫崔阶，我叫崔不去。”

崔珮一愣：“哪个不去？”

凤霄凉凉道：“不去死的不去啊。多好听、多别致的名字，旁人一听，肯定要追问名字的来历，崔家这些龌龊肮脏不就天下皆知了？”

崔珮脸色微白，苦笑道：“是我之过，是我之过！”

崔大沉声道：“阿阶，我们都知道你心中怨气不小，但时过境迁，斯人已逝，旧日有什么恩怨就该由它过去了。既然你已回来，就别走了……”

凤霄笑道：“再被你们多毒死几次吗？还是你们不以他为耻了？他可以进族谱，可以光明正大被当作崔家人来介绍，死后也能进崔氏陵园？”

崔大被他抢白，生生噎住，瞪着眼睛，再也说不下去。

崔咏看着崔不去，缓缓道：“若你愿意回来，我可以做主将你过继给四郎。如此一来，你自然是名正言顺的崔家子，没有人再敢说三道四。”

不光是凤霄想笑，崔不去也很想笑。二人相视一眼，崔不去从凤霄眼中看出怜悯。不是怜悯崔不去，而是怜悯崔咏。怜悯他年纪大了，崔氏族长的位置坐久了，竟蒙蔽了双眼。

崔不去要真稀罕崔家子的身份，何必这么多年才回来？他还好意思用施恩的口吻说出来，是指望崔不去感激涕零、领旨谢恩吗？

凤霄：崔道长，幸好你像母亲。

崔不去从对方的无声口型中看出这句话，他咳嗽两声，懒得理会凤霄，对等着他回答的崔家人道：“我已经说过了，这次过来，一是祭扫先母，二是参加榴花文会，至于崔家——”

他的目光扫过崔大、崔三，并未在后者身上多停留片刻，最后落在崔咏那里。

“从一开始，我就没被算入崔氏之中，既然以前不是，以后也不会是。你们也许把崔氏看得比天还重，但我姓崔，只为圆生母之愿，与博陵崔氏没有半点关系。”

唇角冷锋毕现，旋即又抹平消失，他字字句句，清晰地传入每一个崔家人耳中：“这个姓氏我从来就不稀罕，别说你们让我入族谱，就算要把崔家拱手相送，我也没半点兴趣。如果崔翁没有其他事，我们就先回去歇息了，免得明日起晚了赶不上文会，失陪。”

崔不去在崔家这个池塘里丢下一道惊雷，将池子惊得鱼虾哗然，水影乱摇，他自己则施施然告辞而去，袍袖迎风飒飒，潇洒至极。

二人扬长而去，余下崔家几人坐在厅中，久久沉寂。

崔三做贼心虚，此事说到底与他有关，他从头到尾一言不发，恨不能旁人彻底忘记自己的存在。

崔咏也的确顾不上崔三，他发现刚才被崔不去话赶话，却忘了询问他的身份来历，至今也未问清他冒用凤霄其名，到底是真与解剑府有关，还是狐假虎威而已。

崔大也意识到这个问题，他问父亲：“此人来意不善，恐怕会在明日榴花文会上闹事，要不要现在先将他们赶出去，明日也不许他们出现？”

崔珮忍气道：“父亲、大哥，不管怎么说，他都是我们崔家的血脉，现在夜已深了，再将他们赶走，他们又能上哪去？冤家宜解不宜结，此事还须妥善处理才是。”

崔大皱眉：“四郎，这么多年了，你怎的还如此天真？他若真想好生解决，怎会选择这个时候上门？分明是打算当着四方士人、本地乡绅，以及新任郡守的面，当众给我们难堪！”

崔珮提高了声音：“本来就是我们亏欠了他，难不成还要人家高高兴兴回来感谢生养之恩吗？”

崔大也怒了：“难道我们对他没恩？要换了别的人家，像他这样出身的孽种，早就被闷死了事，哪里会留他长大成人？”

崔珮直觉热血上涌，多年来诸般歉疚在看见崔不去时达到顶峰。他指着崔三，手在愤怒之下微微颤抖：“恕我说句你们不爱听的，要闷死的不是他，损毁崔家名声的也不是他，应该是三哥才对！”

崔三骤然跳了起来：“四郎，你为何如此维护那母子，莫非你也对她早怀窥伺之心，难道那孽子其实是你的……”

不待崔珮挥拳上去打人，崔大已经先一步上前，一巴掌将崔三抽倒在地。

平日行事稳重的他，此时竟是一反常态，当机立断喊来下人："三郎魔怔了，将他堵了嘴拖下去！"

眼看崔三胡乱挣扎最终被拖走，崔咏不置一词，默认了长子的处置。

崔珮粗喘口气，勉强定下神，才开口："父亲，眼下不能将人赶出去，否则他们一怒之下找上郡守，再将此事宣扬出去，便大大不妙。若他真与解剑府有关，再捅到天子面前……"

崔大打断他："天子日理万机，如何有空理会这等微末小事？再说了，皇帝自己也出身关陇豪门，天下门阀同气连枝，谁家没出过几件糟心事？依我看，直接将人连夜赶出博陵吧，以免夜长梦多！"

"父亲！"崔珮怒极，"当年他生母死后，崔家欺她娘家无人，名节有亏，不让她与二郎合葬，本就理亏在先。那孩子要的不过是一个公道，我们将人请来，好生说明，再允二嫂入葬崔氏陵园，平了他多年来的怨气，这样不好吗？待事情闹大了，让人重新记起来，难道就对崔家有好处？！"

眼看两个儿子各执一词，吵得不可开交，崔咏终于抬手往下压了压，让他们都安静下来。

"你能保证说服他吗？"崔咏望向崔珮。

崔珮沉默片刻，反问道："崔家这一辈，他本该序齿行五，但他出生时您便将他记在崔家仆役名下养大，从未将他排入族谱，如今他已归来，父亲是否改变主意？"

崔大闻言又生不满："允他生母入崔氏陵园已是网开一面，如果让他正式入崔家，我们又要怎么对外解释他的身世来历？小辈们知道了又会怎么想？本来就是丑事，难道还要描出一朵花来吗？"

崔珮不语，只看崔咏。

"你这样打草惊蛇，他们怕是待会儿就要过来赶人了。"

崔不去与凤霄拂袖大摇大摆回到隔壁园子，崔家下人或多或少都听见风声，但没主人的吩咐，他们也不敢拦着崔、凤二人不让他们入住。不过一路行来，收到异样的注目礼是难免的。

"不会，"崔不去很淡定，"他们现在肯定争论不休。崔咏很怕我们恼羞成怒将事情闹大，所以在文会结束前，估计会选择息事宁人，先把我们稳住，等明日郡守和士人都散尽了，再与我秋后算账。"

凤霄："你那四叔崔珮，受了余氏临终托孤，护你却不尽力。若他肯拼命维护你，你幼时应该会好过一些。"

崔不去淡漠道："他良心未泯，能力有限，又是庶子出身，不可能为了我一个人跟整个崔家作对。若当时不是放眼崔家无人可托，余氏也不会将我托给他。人，终究是要靠自己，我并不怨他。"

凤霄笑吟吟道："我倒该谢谢他，如果他坚持将你带在身边，我今日就会少一个可敬的对手。"

那日子可就比现在无聊多了，这句是未竟之意，他没说出口。

崔不去却听出来了，他善解人意地点头："我明白，凤二府主这种人我也见过不少，譬如晋王，譬如云海十三楼的那些人，天之骄子，应有尽有，才智又在中上……"

凤霄从鼻腔里"嗯"了一声，调子提高，隐含威胁："本座才智只在中上？"

崔不去不受影响，继续说完："可因为日子太无聊，总得没事找点事做，找些人来对付。此等行为简称无聊，又叫折腾。"

凤霄反唇相讥："不知道是谁，原是奉密令与突厥使者接洽，却在听说于阗使者被害之后就千方百计找机会抢功劳，最终中了奈何香，小命都差点丢掉，杀敌一千自损八百，这就不叫折腾了？"

崔不去撇撇嘴："我这不是觉得凤二府主日子过得太无聊，才主动送上门的吗？"

凤霄哈哈一笑："这话我爱听！崔家人估计觉得现在只要允许你入族谱，让你名正言顺成为崔氏一员，你就会感恩不尽，前嫌尽弃。可怜他们愚蠢至极，根本不知道崔不去是何人，竟会以为你为了这点东西才回来。"

崔不去叹了口气，却毫无可怜感慨，表情只有讥讽嘲弄："他们不是愚蠢，只是高高在上久了，就会将别人看轻。"

不过左月使的尊贵风范没能维持太久，他刚说完，就一连打了好几个喷嚏。

凤霄幸灾乐祸道："你这身体，还学别人淋雨，别明日没让崔家人吃瘪，自己先躺下了。"

崔不去打喷嚏打得鼻子发痒，连带声音也闷闷的："睡一觉便好了。不过等会儿崔珮极可能来找我，为了你明日能看好戏，还请凤二府主帮我挡一挡。"

凤霄挑眉："你的左月卫呢？"

崔不去："被我分头派去做事了，明日才会过来。"

"不对。"凤霄忽然停住脚步。

崔不去捂着鼻子，企图将那股麻痒的感觉倒逼回去，可这样只会使得气息涌上眼睛，化为湿气。

“乔仙不在身边，眼下这光景，有个好歹不好请大夫，崔家人巴不得我直接病死。我得赶紧回去吃药躺下，些许烦琐小事就拜托二郎了。”

凤霄被对方罕见的温软语气震住，他对上崔不去的朦胧泪眼，欲出口的调侃与反驳竟一时没能说出来。再有那声二郎入耳，他简直怀疑七月半还未到，崔不去就被鬼附了身。

望着对方背影，他突然想起自己刚才差点忘掉的事情：“站住。”

崔不去一反刚才踉跄虚浮的脚步，瞬间就消失在他的视线之内。

凤霄：……果然是三分真七分装吧？所以自己到底是来看戏的，还是来当崔不去的左月卫的？

他摸着下巴，认真地思考这个问题。

五月榴花燃。实际上榴花几乎开遍了整个夏季，所谓榴花文会，不过是借了榴花的名头。去年崔家举办的文会，用的便是王右军之兰亭典故，年年不同，岁岁相似。

在博陵郡乃至北方，崔氏文会颇有名望，每年都会有不少人过来参加，以期一举成名，其中不乏本来就有文名的士子。往任郡守惜才之名在外，每年也是此地座上宾，在文会上表现出众之人，还能得他推荐入朝为官。现如今虽然改朝换代，又有新郡守上任，但为表亲民，新郡守已回复崔家，说自己会亲至盛会。

文会在崔氏的一个园中举行，此地毗邻郊野青溪，又有未谢梨花，无瑕映水，探入院墙。木门敞开，从园中至园外，来去自如。几株榴花栽种其间，相得益彰。往来侍女，捧果抱酒，衣香鬓影，士人广袖宽袍，玉笄绸带，令人目不暇接。

崔珮站在崔咏身边，向他介绍前来拜会的嘉宾贵客。其中不乏比他名望更高的文坛前辈，亦有往日诗词唱和的故友，以他的文采，今日纵不能在文会上摘得魁首，也会大出风头。

不知何故，崔珮心中却隐隐不安，连带眉间眼皮也跳个不停。

在别处招呼客人的崔大寻了个机会过来，将崔珮拉至一旁，悄声问：“昨夜你去找他，他怎么说？”

崔珮苦笑：“他淋雨生了病，去歇着了。他那朋友拦着，我没见到人。”

崔大皱眉：“不识抬举！必是想等我们让步更多，得更多的好处。”

崔珮：“大哥，我瞧他不是这样的人，否则这些年他早该回来了，终归是崔家对不住他。”

崔大不以为然："他必是跟解剑府攀上了什么关系，以为能以此要挟我们，才气势汹汹想衣锦还乡吧。不过今日他想闹事必是不成了，因为我已经派人盯紧他们，一旦他们说了什么不该说的，做了什么不该做的，就立马上前把人拖走。"

说话间，郡守与本地县令来到，他们身边簇拥本郡大小官员，场面一时更加热闹。

崔大顾不得和他细说，赶紧搀扶父亲上前行礼。

崔珮在人群中左右四顾，好不容易在一群乌泱泱的脑袋中找见崔不去。他正与凤霄一道站在梨树下，不远不近，脸上挂着看热闹的笑容，和其他与会士子无异，看上去像是随时会下场参与文会。

梨花清雅，更映得凤霄风采无双，连注意力完全在崔不去身上的崔珮，也忍不住分了些心神给凤霄。

他忽然想起一件事：崔不去既然一开始用了凤霄的假名，那么他身旁那位朋友是不是也用了假名？那样玉璧一样完美无瑕的人，会仅仅是籍籍无名的身份吗？

另外一头，崔咏却兴致颇高。

在与郡守等人交谈一番之后，他起身向在场众人拱手，浅谈文会初衷，表明欢迎之意，末了道："今年文会来的人，尤比往年更多，高朋满座，佳客盈席，老朽断言，今日必能出千古佳篇。为表心意，愿以珍藏古琴余音一具，赠与今日诗赋之最者！"

听见崔咏说出余音琴时，凤霄不禁打了个喷嚏。

"不对，很不对。"他揉揉鼻子。

崔不去心情却不错："你从昨夜就在说不对，到底哪里不对？"

凤霄哼哼："哪里都不对。"

崔不去的也不多问："我没想到崔咏会主动将余音琴拿出来作彩头，你是打算明抢，还是暗偷？"

凤霄遥遥看着那把琴，以他的目力，不必近距离端详，也能将琴看得一清二楚。

崔咏用手指稍稍拨弄一下，琴音潋滟而出，动人心弦。果然是把好琴。

一把上好的琴，在精通乐理的人手中，能奏出天籁之音，在内力深厚之人手中，更能发挥意想不到的效果。

虽说余音并非天下第一琴，对凤霄而言也不是非得到不可，但既然碰上了，又近在咫尺，不拿到手那就太可惜了。

他琢磨着怎么把琴弄到手，闻言挑眉道："怎么？我就不能靠诗才脱颖而出，让崔咏不得不将琴给我？"

崔不去有些惊讶："没想到凤二府主竟还有凌驾在场众人的才学，能否让我先闻为快？"

凤霄哼笑："我一首诗值一把余音琴，若先给你听了，你能给我什么？"

崔不去沉默片刻："崔某两袖清风，您还是留着待会儿技惊四座吧。"

此时，崔咏一席话已激起千层浪。

虽然在场十有八九的人不会武功，可并不妨碍大家都听过余音琴的名头，就算没听过，能让崔咏拿出来当彩头的琴，必然是名琴。这下子，就连原本看热闹的人也开始在心里默默酝酿惊艳诗篇。

崔咏拈须而笑，一边与郡守交谈，视线有意无意扫过崔不去他们这个方向。

崔不去注意到了，凤霄更是早就看见了。

"你看他被你吓得如同惊弓之鸟了。你打算什么时候给他个痛快？"凤霄调侃道。

"稍等。"崔不去的目光却落在另外一人身上，他抬步向崔咏的方向走去，手腕却被凤霄攥住，只得无奈回头，老实交代，"这位新任郡守，也是当年故人之一。"

当年故人，余家已经没剩什么人了，崔家的人该见的也都见过了。

电光石火，凤霄忆起崔不去讲的那个故事，想到一个人物。

"……余氏的师兄？"

崔不去颔首："元省年少失怙，余氏父亲怜他际遇天分，便将其收为弟子，悉心教导，但某日元省留书出走，从此不知所踪。实际上他周游南北，后来被举荐为官，易名元三思，以字为名，从霍县县令做起，迁至如今的博陵郡守，可谓衣锦还乡。"

也许，元省只是凑巧被调到此地，也许，他当年悄然回来探亲，听说余氏的事情之后才愤而走入仕途，希望能帮余氏出气。这些都不重要了，有崔不去在，他总会善始善终。不过既然当年唯一缺席的故人也出现了，那么他想过去见见，询问一点与生母有关的事情也很正常。

凤霄松开手，像打发小猫小狗似的挥挥手："去吧去吧，本座也要去一展诗才了。"

崔不去对他这句话很是怀疑，看了他好一会儿才转身离去。

凤霄摇着扇子，笑吟吟走向人群聚集处。

"五月榴花艳色燃……"一名白衣黑带的年轻士子正在高声吟咏，旁边有人奋笔疾书，将众人诗词歌赋记下。

被推举出来点评的是几位本地名士，其中一位老者更曾官拜前朝御伯中大夫，乃北方文坛领袖之一。

虽以榴花为名，诗词歌赋却不限于榴花，才俊荟萃，佳肴美味，无一不可为题。若有人非要别出心裁，写点哀怨凄婉的绝句律诗也未尝不可，只要足够出众，就不愁没法一举成名。

众人使出浑身解数，绞尽脑汁冥思苦想。有一早就将大作写好熟诵于心的，只为今日能得名士青眼；而那些已有诗名在外的，自然更要表现出色，才不负厚望。

那年轻士子念完自己的诗，略带期待地等着前辈点评，几名老者也不落人面子，只笑道："清丽可人，堪称中上之选。"

士子一听就知道这是含蓄地说自己诗作平庸无奇，别说角逐前三，能否进前十都悬。他心里有些颓丧，却不敢造次，忙客客气气拱手坐下，将场子让给后来者。

作诗写赋这种事，真要看几分天赋。若是华丽辞藻的堆砌，人人多背几本书，纵是学不到神也能写出点形，而能写出令人拍案叫绝的作品的，则可遇不可求，魏晋以来也不过出了三曹与谢灵运等寥寥几人。

便是在这样的盛会中，有人越众而出，声音传入每一个与会者耳中。

"某不才，对余音琴一见倾心，也有诗作奉上。若是符合崔翁提出的条件，还请崔翁不要吝啬才是。"

说话之人正是凤霄，许多人只觉眼前一亮，对方那一张脸如凤凰清鸣跃入画面，登时春光明媚，满园灿烂。

崔咏微微皱眉。他刚才看见崔不去过去与新郡守说话，又不能硬拦，只能让崔大过去看着。若对方说了什么不该说的，死拖活拽也要把人堵了嘴拖下去，大不了事后再向郡守告罪。却没想到刚防了崔不去那边，凤霄又冒了出来。

单凭他们二人，什么也做不了，哪怕当着众人的面将往事揭出来，崔咏也自有法子对付，反倒是这样循规蹈矩，崔咏才觉得难以控制。

人人都对美人格外宽容，曾任御伯中大夫的白发老者也未能免俗，便玩笑道："这位小友若真有惊艳之作，便是崔翁吝啬，我也会将琴抢过来赠与你的。"

凤霄笑吟吟道："那便多谢了，我作的是一首五绝。"

老者颔首："洗耳恭听。"

旁人也都竖起耳朵，想听听这位俊美青年能作出什么惊天地泣鬼神的巨作。

于是凤霄薄唇微启，缓缓吟道：“五月榴花燃，博陵盛事开。众贤奔名利，吾为余音来。”

寂静。尴尬的寂静。连春莺都忘记啼鸣的寂静。

所有人都维持片刻之前听诗的表情，笑容也呆滞在脸上来不及收回。

天可怜见，自打崔氏召开文会以来，他们从未听过如此糟糕的五绝！这已经不能叫五绝了，顶多只能叫作打油诗，还是水平相当平庸的那种。

惊是惊了，艳则半点没有。这是哪来的傻帽？居然拿这样有辱清听的东西来文会上丢丑？

连方才那位对凤霄印象极好的白发老者也秉着绝佳涵养，勉强挂着笑容道：“小友这首诗，嗯，差强人意，有待进步，平日还得多加练习才是。”

崔咏差点笑掉大牙，心说崔不去找来的帮手，就是这种徒有其表的银样镴枪头？

凤霄却半点也没有赧然难堪，一脸无辜道：“崔翁方才不是说，本场之最便可得余音相赠，怎么我如今作出来了，你反倒食言了？”

崔咏淡淡道：“单凭你这首连诗都算不上的文作，若今日老朽将余音给了你，怕是旁人就要以为你是我未曾谋面的孙儿了。”

众人一阵哄笑，都道崔翁风趣。

凤霄不以为意：“文无第一，武无第二。所谓好诗，见仁见智，谁也服不了谁，但烂诗却人人都能看得出来。你方才说全场之最，又没说是最好还是最差，我也不算违反规则。”

崔咏抽了抽嘴角：“这位公子，莫要胡搅蛮缠，你走吧。”

所有人看凤霄的眼神有些奇怪，不是觉得他脑子有问题，就是认为他故意哗众取宠，剑走偏锋博得注意。

唯独凤霄完全没放在心上，依旧笑意盈盈，崔咏让他走，他就真的摇着扇子走了。自有那些不在意他诗才如何的仕女将他团团簇拥，问东问西，引得不少男人心生嫉妒。

# 第三十五章 大厦将倾

新任郡守元三思看着眼前面带病容的年轻人，挥挥手，屏退左右侍从。

“你有话和我说？”

原本，一介布衣是没法与郡守如此轻易地面对面交谈的。但今日是文会，与会者大多是文人，郡守既来与民同乐，自然不能摆着架子。

还有最重要的，他见崔不去莫名面善，依稀能想起昔日故人。

崔不去颔首：“再过片刻会有一场热闹，郡守不必插手，只管旁观即可。事后我另外有事与你相商，还请少安毋躁，不要急着离开。”

元三思很疑惑，没顾得上计较他的无礼：“什么热闹？”

崔不去看了走来的崔大一眼，嘴角噙笑：“崔家私通南朝的热闹。”

在崔大看来，崔不去站在郡守面前，神情态度行止都有说不出的违和感。对方无官无职，更无家世倚靠，跟郡守说话却不亢不卑，甚至有些上峰对下级的意思，真是不知天高地厚。

可他刚刚走近，便听见那句“崔家私通南朝”，脸色“唰”地就白了。

“你胡说八道些什么！”崔大下意识喝道。

元三思也很惊讶，目光在两人之间游移。他很聪明，在没有摸清事情原委之前，不贸然开口。

关心则乱，崔大就没有元三思的淡定了。

崔不去微微一笑：“是不是胡说八道，就要问你自己了。这件事是你一人所为，还是崔咏命你所为，崔家其他人也有参与？坦白从宽，你现在还有机会，但再过一会儿就说不定了。”

崔大勉强定下神，语重心长道：“阿阶，我知道，你因幼年之事对崔家怀恨在心，但崔家这么做，不仅仅是为了你母亲的名誉，也是为了保护你。

如果你的身世公之于众，你能承受那些流言蜚语、指指点点吗？”

元三思忍不住插口：“你说什么？什么名誉、身世？”

崔不去翘起嘴角，以罕有的和气道：“你们还不知这位新郡守的旧名吧？他原本叫元省，是我外祖父收的弟子，也是余氏那位少小离家、杳无音信的师兄。”

他说罢，毫不意外看见两人露出震惊莫名的神色。

元三思是为他口中的余氏，而崔大自然是因为元三思的身份。

原以为旧事旧人皆被掩埋黄土之下，此生不再得见天日，谁能料到有朝一日故人重聚，死了的人竟还活着，已经失踪的人也改头换面回来了。

半晌无言，崔大面色木然，实则心中早已掀起惊涛骇浪。

崔不去却没给他喘息思索的机会，又笑道：“既然你错过最后的坦白机会，就莫要怪我辣手无情了。”

未等崔大克化完这句话，就听见崔不去提高声量：“都出来吧！”

谁出来？从哪里出来？

崔大慢了片刻才循声望去，却见园子四处忽然蹿出一群玄衣侍卫，无声无息就到了崔不去眼前，单膝跪下。

崔不去冷冷道：“事情办得如何？”

“尊使，都办妥了。”为首之人垂首道。这两日他奉崔不去密令，前往最近的邺城调来大批左月卫，为的便是今日此刻将崔家一网打尽。

崔不去带了两名左月卫过来，一个去调集人手，另外一个却是于昨夜暗中潜入崔家寻找证据。正因崔不去表明身份，崔家上下人心惶惶，无暇旁顾，才令左月卫更容易得手，顺利完成任务。

“将园子围起来，把崔大拿下，再让他们带你们去崔大的书房寝室搜查。”崔不去满意道。

崔大直到左右双臂被往后扭痛，才惊觉这不是一场梦。

“放开我！放开我！崔阶，你个大逆不道的孽子！”

左月卫的动静和崔大的叫嚷终于引起所有人的注意，崔咏得了消息匆匆赶来，大惊失色：“快放了他，你们想作甚？！”

崔不去漫不经心摸出一块令牌，在指间转了几圈，扔给左月卫，又由对方在元三思与崔咏等人面前亮出。

“尊使乃陛下亲封左月正使，奉命调查崔家与南朝私通一案。经查明，自四年前起，崔家大郎崔珝便暗中资助南朝临川学宫；三年前，临川学宫弟子岳孤刺杀当今天子未果，逃亡之际路过博陵，得崔珝收留匿藏数日；一年前，北方大旱，灾民无数，朝廷开仓放粮，委任官员赈灾，崔珝却与岳孤暗中合谋，借机散布朝廷无意救灾、放任灾民自生自灭的谣言，又有岳孤伙同绿林中人劫粮南下，致使灾民无粮可吃揭竿而起。”

他每说一句，崔大的脸色就更白一分，崔咏更是难以置信地望向长子。

崔家数代经营，就算改朝换代也动摇不了他们的根基。因为无论哪朝哪代的天子坐了江山都需要人才，而崔氏人才辈出，这也正是世家门阀的底蕴所在。

南北分立，风云动荡，自有不少英雄之辈纷纷涌现，想以一己之力搅动天下，许多世家也有自己的立场。到了崔咏这一代，他眼见隋帝雄才大略，也隐隐倾向北朝，但膝下几个儿子之中，只得崔珮一人有望出仕，他便转而重点栽培长孙崔斐，谁知长子竟不声不响干出了这等事情！

崔珝的神情反应，都说明崔不去没有冤枉他。

众人惊诧莫名，慑于左月卫之威，一时不敢言语。

而被左月卫簇拥其中的一脸病容的年轻人，周身笼罩权势光环，忽然便令人觉出不敢直视的威仪。

崔珮原是看见大哥走向崔不去，生怕他为难后者，想过去帮忙解围，却冷不防目睹长兄被抓的场面，一时呆住了。

原先站在凤霄旁边说话的崔九娘，此时迷惑地转向凤霄。

“他是左月使，那你又是什么人？”

崔咏自然不知崔九娘问了凤霄什么，凤霄又如何回答，此时此刻，他的全副心神都放在眼前的变故上。

原以为崔不去至多就是当众将旧事揭出来，或者寻个机会拜见郡守，请郡守出面主持公道。无论对方想做什么，崔家都有对付他的法子，单凭崔不去一人，最终只能以卵击石，无功而返。若他知情识趣，崔咏还能网开一面，要么让他跟着崔珮读书，要么让他去崔家名下的铺子打理经营，打一棒再给一个甜枣，足以让崔不去屈服。

人生在世，父母家族是最大的倚仗，顶多再加个妻族。可崔不去样样皆无，身体不济，妻族只怕也很难指望。他能活这么多年已是不易，崔家退让半步肯让他留下，仁至义尽再无亏欠。

崔咏也相信，崔不去回来闹上这么一场，也就是想得到好处罢了。身世曝光对他本人而言，弊大于利，但凡崔不去还有点脑子，必不会愚蠢至此。

可崔咏怎么也没想到，对方剑走偏锋，竟挑了崔大下手。

再看那些左月卫，玄衣长刀，来势汹汹，却只对崔不去俯首帖耳，便是崔咏再自欺欺人，也意识到一个不容改变的事实。

眼前的崔不去已经不是昔日的崔不去，再不是能任崔家揉圆搓扁随意处置的人了。

人生头一回，崔咏体会到心乱如麻的滋味。他不能当众问长子，那样可能会让崔大说出更多不该说的事情。

“崔珝即便犯事，那也应该由郡守县令出面来捉拿讯问，不该是你……”崔咏咬着腮帮子，勉力压下心头愤怒，快步走到长子与崔不去中间，虽然这样做根本无济于事。

崔不去冷冷道：“案情重大，特事特办，自然不必遵循常例，将人带走！”

“且慢！”崔大面色如灰，崔咏却仍想做垂死挣扎，“你如此办案，说拿人就拿人，说证据确凿却未曾见到证据，实在令人难以信服。我崔家自汉末至今数百载，凭的不是哪一朝天子的恩宠，而是世家风骨、门阀底蕴。今日你将我崔氏长子拘走，天下世家都会因此心寒，我们必要告到天子面前，求个公道！”

在场多有世家著姓子弟，唇亡齿寒，兔死狐悲，听了崔咏这番话，不免心有戚戚然。

不少人出言求情，连县令也道：“今日文会盛典，名贤毕至，即便有案情，不能等宴散之后再办吗？”

众人闻言，纷纷点头称是。还有人请元郡守出面，但新官上任，原本应该顺从民意的元郡守，却一反刚才的亲切，不发一言，作壁上观。

崔不去望向崔咏，看见对方眼中隐含威胁之意。

门阀势大，他今日见识到了。若他现在拘走崔大，过几日就会有数不清弹劾他的奏疏飞向天子案牍。世家之间同气连枝并非说笑，博陵崔氏的确有这个能耐。

可惜，崔咏遇上的是崔不去。

崔不去抬手，动了动手指，连眼睛都未眨。左月卫只看他的手势，根本不听旁人说什么，就将崔珝强行押走。

“崔珝里通外国，证据确凿，现押回京城交由刑部、大理寺、御史台、左月局四部会审，诸位若有异议，大可前往京城告状申诉。但若让我查到还有谁是同谋，恐怕你们申告不成，反会去跟崔珝做伴，那才称得上同生共死、义薄云天。”

他的语气甚至称得上轻柔，可目光所及，被扫过的人都不由自主移开视线，无一敢与之对视。

崔咏见状，心头一阵绝望，心知今日除了崔氏，怕是无人敢出头与崔不去杠上了。

“父亲救我！父亲救我！”崔大呼喊，声音却终是渐渐远去。

血脉相连，心头抽痛，崔咏终是忍不住，拖着老迈之躯快步上前，差点踉跄跌倒。幸而崔珮眼明手快，将老父搀住。

“你、你这是公报私仇！”崔咏眼冒血丝，盯住崔不去，一字一顿道。

崔不去挑眉：“笑话，我能与崔家有什么私仇？”

崔咏脱口而出：“你分明是记恨你母亲的死，还有你从小——”

“父亲！”

崔珮的声音唤回崔咏的神志，他的未竟之语也随之戛然而止。

崔咏嘴唇微颤。是啊，他能说什么？说余氏的身份，还是崔不去的身世？无论哪一件，都只会令崔氏蒙羞。

崔不去似笑非笑地看着他，好像笃定崔咏不敢说、不敢问。

崔咏被这笑容一激，只觉胸口滞闷，连气都喘不上来。

左月局，左月使。谁能料到崔阶在外面漂泊多年，非但活得好端端的，还拥有了凌驾于一般人的权力与身份。

就算他当了官，若是寻常县令郡守，崔家也无须畏惧。可对方竟然一步登天，如此年纪便已是左月局之首。比他年长几岁的崔氏长孙崔斐，眼下还只是小有名声的士子而已。

崔咏不由后悔，后悔昨夜若是自己态度再软些，答应崔珮让崔阶入族谱，是否今日就不会发生这样的事？

然而世事没有如果，正如当年孙大夫谎称崔阶已死，没有人想到疑点，没有人去寻找真相。因为那时，他们都没把崔阶当回事。

相较崔咏，崔珮的心情则更为复杂。他于心有愧，说不出指责的话，却又不能眼睁睁看着长兄被提走，只能委婉求情：“崔……尊使，再过半月便是家父寿辰，能否请您高抬贵手，待过完这半个月再来抓人？”

崔不去挑眉：“你怎么不说，等过完明年、后年的寿辰？”

这话便是明确拒绝的意思了，崔珮满心苦涩。

福无双至，祸不单行，上天似乎要让崔家在这一日饱经风雨。

崔大才刚刚被带走，便又有本县县丞带着一干捕役寻上门来，说是崔家的保宁堂出了事，孙大夫开错药方谋害人命，如今已经被抓捕起来。保宁堂是崔家名下的药铺，出人命的那天所有相关人等都要被带回去讯问，这其中就包括了崔三和药铺伙计。伙计已经被带走，崔三却在崔家，县丞这才带着人上门。

县丞知道博陵崔氏家大势大，今日又是文会，恐怕不好说话，原想等文会之后再找县令悄悄想法子，没想到崔不去率先发难，抓了崔大。县丞灵机一动，觉得大好机会不能错过，便赶紧召集人手上门。

屋漏偏逢连夜雨，崔咏差点当场白发。

他看也不看一脸为难的县令，手指崔不去，颤声道："好，好，算你狠！"

崔不去懒得解释这件事与自己无关，转头看县令："既然案发，该拿人便拿人，不过我想跟着去旁听此案，不知可否？"

方才一直未曾开口的元郡守也道："我也去瞧瞧。"

两尊大神都开口了，县令哪里还敢拒绝，忙道："两位这边请！"

二人一走，余下众位来客面面相觑，谁还有心思继续吟诗作对，便都纷纷起身告辞。

崔咏也无心思作陪，他由下人搀扶至书房独坐，让崔珮和管家去送客。

崔家女眷听闻消息，都想过来求崔咏去救人。可崔咏心里清楚，崔三的事情也就罢了，崔大这次恐怕在劫难逃，谁也救不了。唯一能救他的人巴不得看崔家笑话，又怎么会伸出援手？

送客归来的崔珮推门而入，看见瞬间好似老了几岁的崔咏，不由心头一酸。

老父意气沉沉，抬首问他："你说，我现在亲自去求他，跪下来，他会手下留情吗？"

他是谁，无须多说，崔珮明白。

"只怕，不能。"沉默片刻，崔珮实话实说。

崔咏闭了闭眼："都怪我，要么不做，要么做绝。我当年既未做绝，反倒是留下后患。"

"父亲！"崔珮大惊。听这意思，仿佛崔咏后悔的不是当初对崔不去不好，而是没有及时斩草除根。

崔咏淡淡道："其实我最看重的是你，你的聪明才智远胜其他兄弟，可惜唯一的短处便是太过心慈手软。"

崔珮沉默片刻："大哥果真私通南朝？"

崔咏苦笑："大郎自小勤奋有余而资质不足，为父一直不敢彻底放手，便是怕他无法接掌这份重担。谁知他为了表现自己的能耐，竟铤而走险……"

崔珮急道："方才崔……他也说了，大哥的事要经过四部会审，还有转圜的余地。但保宁堂出了人命却是迫在眉睫，孙大夫救人无数，怎么会开错药方误杀人命？这其中恐怕另有蹊跷，父亲快想想办法救人才是！”

崔咏冷冷道：“不必你操心。当年若非孙济民帮忙，他如何能装死逃走？若那孽种还有点良心，必然会想方设法帮孙济民脱罪的！”

崔珮怔住，只觉眼前的父亲竟多了几分陌生。

“祖父！我有要事相见！”

拍门声打断了父子二人的沉默，崔九娘的声音自门外传来。

崔珮深吸口气，压下心头纷乱，转身开门，低声道：“九娘，你先回去歇息，这里……”

崔九娘打断他，急切道：“四叔，你听我说，与左月使同行的那人才是真正的解剑府二府主凤霄。我听说解剑府与左月局各行其是，不相归属，且彼此有监督之权，若是请凤公子出面，说不定能帮忙说情，救大伯和爹爹他们！”

崔珮一愣：“你说的可是真的？”

崔九娘连连点头：“我先前与他们一道入城，凤公子的确不似崔公子的属下，一路上两人还经常斗嘴，要说朋友，也不太像。”

崔珮回望崔咏，崔咏自然也听见了二人对话。

“他如今走了没有？”

崔九娘忙道：“我再三恳求，他才愿留下多逗留片刻。”

崔咏沉吟片刻：“九娘去，不，四郎你与九娘一道去，亲自将他请过来吧。”

凤霄果然还在。他未随崔不去离去，反倒游遍园子，赏尽花色，其悠然自得与崔家人的焦灼形成鲜明对比。

崔九娘去而复返，与崔珮一道过来相请，他也并不意外，反笑道：“我以为会是崔翁亲自过来呢。”

崔珮郑重行礼：“家父方才连遭重创，心口不适，连迈步亦有些困难，只能请凤公子屈尊前去，万望赎罪。”

“心口不适？”凤霄玩味一笑，“崔不去身负心疾与喘鸣之疾，可是打从一出生就心口不适了。”

崔珮苦笑：“您这是为崔……公子抱不平吗？看来家父求情无望了。”

“还未开口，你怎知无望？说不定令尊能开出让我满意的条件呢。”凤霄扇子一抬，细微动作便可看出长年身处发号施令的高位，“带路吧。”

崔珮心中百味杂陈，走至半途，忍不住低声询问：“崔阶……这些年过得好吗？”

凤霄：“崔阶是谁？”

崔珮黯然："是我失言，这个名字的确不要也罢。"

凤霄哂笑："他那些手下，随便拎一个出来都视他如珠如宝，生怕他磕碰半点，恨不能以身相代。你说，他过得好不好？"

崔珮涩声："自然是极好的。"

凤霄："你若脱离崔家，起码少了一半引以为傲的本钱，而他不用崔姓，却依然是崔不去。"

崔九娘不知其中曲折，听得一知半解，满脸迷糊。

崔珮却不再说话，不再自取其辱。

他想，父亲终究是大错特错了。不是错在当初没有杀人灭口，而是错在任由那孩子生下来，却没有珍视善待。否则，今日何愁后继无人？

崔咏终于等来凤霄。于他而言，这短短的一盏茶工夫，犹如过了半生。

屏退崔珮和崔九娘，他颤巍巍起身，朝凤霄跪下："求凤公子，救崔玥一命。"

凤霄嘴角勾起兴味："我凭什么要救他？"

他没让崔咏起身，崔咏只得忍着膝盖疼痛，俯身行了个大礼。

"解剑府乃天子亲设，职权之大，地位之高，不下于左月局。放眼博陵，如今唯有您能救大郎一命。老朽明白，公子志趣高雅，俗物不入仙眼，愿以余音琴和汉代内廷武帝珍爱之羊脂玉瓶相赠。"

凤霄笑道："崔翁之前不是说我作的诗不堪入目，你若把余音琴给了我，别人会以为我是你孙子吗？"

崔咏叩首："老朽有眼不识泰山，口出狂言，还请凤公子恕罪。"

凤霄："这么说，崔翁觉得我的诗作还是可以的？"

他一生何曾如此低声下气求过人，但为了长子的性命，崔咏只得委曲求全，捏着鼻子说违心的话。

"公子诗作，清新脱俗，大家气度，承魏晋遗风，启一代新宗，看似大俗，实则大雅。老朽方才人老眼花，未曾细看就脱口而出，以致污蔑误会了公子良苦用心，他日定会撰文，为公子正名。"

崔咏木着脸，夸得天花乱坠，直犯恶心。

凤霄却似听得很是舒心，连声音都变得愉悦起来："看来崔翁是不肯收我这个孙子了？"

崔咏苦笑："老朽何德何能，公子大人大量，万勿计较。"

凤霄摇摇头："崔氏嫡长子才值一张琴和一个玉瓶，未免太廉价了吧？"

这是要坐地起价。

崔咏咬牙切齿，却无可奈何："老朽膝下有孙女四人，其中以九娘姿容上乘，知书识礼。若公子不弃，可聘九娘。”

凤霄：“为妻？那我不真成你的孙女婿了？”

崔咏闭了闭眼，心中有种被逼上绝路的无望，可话已说至此处，根本不由得他后悔。

“为妻，为妾，随公子心意。”

崔不去又打了好几个喷嚏。

自打今日起床，他的咳嗽就没停过，帕子几乎没离过手。脑袋有些昏沉，约莫是昨夜淋雨的缘故，不过他一年里大半时间都会如此，已经习惯了。

走在他旁边的安平县令却有些心惊胆战，因为离得近才发现崔不去病容沉重。五月底本已入夏，披风下面伸出来的手玉骨冰雪，嶙峋瘦长，令人不由担心轻轻一碰便会折断。

他忍不住想出声询问，元郡守却先他一步开口。

“不如先叫个大夫来帮你瞧瞧，再过去审问案情也不迟。”这语气不像官场上虚应故事，倒像长辈对晚辈的关怀。

县令不由多看了元郡守一眼。

“无妨。”崔不去刚说完就打了个喷嚏，心道八成又是凤二那厮在背后说坏话了。

他摸出一个袖珍瓷瓶，倒出药丸送入口中，咽下，面色如常，自然得好像每天都在干同样的事。

如果乔仙在此，看见他将调理身体的补药当成治风寒的药来吃，可能会气得吐血。但现在只有元郡守和安平县令二人，两人不懂药理，见他吃了药之后不再咳嗽，也就没再劝。

三人回到县衙时，县丞已将一干人等都带回来，暂押大牢，等着县令提审。

有崔不去和元郡守在，县令自然不敢拖延，立刻让县丞将苦主先召上来。

苦主是死者的丈夫，苦主一家是本城人，家境殷实。死者身怀六甲，近来一直心神不宁，原是去找孙大夫开安胎药，谁知药煎服两碗喝下去，到了晚上却腹痛难忍，下身见红。最终提前发动，导致血崩而亡，一尸两命。

孕妇先前好好的，喝药之后却死了，死因很容易让人联想到药方有问题。苦主上衙门鸣冤告状，县丞便带着人去拘拿孙大夫和药铺伙计。

妻儿惨死，原本准备迎接孩子降生的喜事变成丧事。苦主满面凄然，看见孙大夫被带上来，当即就扑上前去，揪住他的前襟：“孙大夫，我们一家如此信任你，你缘何要害我们？！”

孙大夫须发皆乱，形容狼狈，闻言只是摇头："不可能，我行医数十年，从未开错过药方！"

苦主悲愤："药罐里的药材我还留着，也找人看过了，里面分明多了一味蟾酥！那蟾酥是毒物，如何能给孕妇服用！"

孙大夫大惊："这绝无可能，我从来不会给孕妇开蟾酥！枳壳四钱、厚朴三钱、香附子三钱、砂仁二钱、苍术二钱、橘红二钱……"

他将药方一一背出，末了道："此方分作三帖，孕至五月皆可服用。我记得清楚，是这张药方，并无蟾酥。"

县丞禀告道："三帖药，苦主家用了一帖，药罐里煮剩下的药材和另外两帖原封未动，明府可要勘察？"

县令闻言道："呈上来。"

不多时，有人将药罐与药材拿来。崔不去久病成良医，纵是还不能给自己治病，但认几味药材却不在话下，很快从药罐和还未煮的药包里找到了蟾酥。

崔不去逐一挑出其中药材："除了蟾酥，还有天仙子，这是生怕患者死得不够快吧？"

孙大夫连连摇头："不可能！不可能！这绝不是我开的方子！"

崔不去问县丞："方子呢？"

病人看完病之后，提了药回家煎煮，药方则留在药铺存证，这是老规矩。

县丞办事妥帖，早已命人将所有方子封存，便道："都在！"

他将方子拿来，崔不去没看，让人先拿给孙大夫看。

县丞对孙大夫道："我还拿了你从前开的方子来对照，这上面所用纸笺，的确是保宁堂的，而笔迹也与你的相同，你还有什么话说？"

孙大夫拿过方子，只一眼便露出难以置信的表情："这方子……"

县丞紧盯他的表情变化，逼问道："你想说不是你开的？"

"不对，让我想想……"孙大夫喃喃道，忽而灵光一闪，"这方子不对！这方子原是我开给卢娘子的，但其他药都能对上，唯独多了一味蟾酥！"

县丞又让人将药铺伙计带上来，对方十七八岁的年纪，样貌透着股机灵劲儿，只是现在有些紧张，眼睛不住地四处瞟。

"将你方才知道的，一五一十再说一遍吧。"县丞道。

"是，是！"伙计先行了个礼，局促道，"昨日清晨，东家娘子胃疾又犯，便让人过来带话，请孙大夫照旧例开个方子给她调理，让小的配好药之后送去宅子，自有东家娘子的婢女在小门候着取药。"

他口中的东家娘子，正是崔三之妻卢氏。

崔三是崔咏四个儿子中最不成器的，游手好闲，一事无成。但他这些年被拘在博陵，一举一动都有父兄盯着，要说大错也犯不了，可读书练武，他的确不是那块料。为免他彻底荒废，崔咏便将崔家名下的药铺保宁堂拨给他掌管。自负盈亏，不必分给崔家公中，算是送给崔三的，也是为了让他有点事情做。

实际上，药铺有孙大夫这等名医坐堂，又有掌柜和伙计在忙活，他这个东家根本不必如何打理，可谓甩手掌柜，清闲度日。

孙大夫听至此处，便接道："不错，天仙子虽有毒，但它内服微量，与其他药材中和可缓胃疾，调理胃经。但蟾酥却不对症，我根本没有将蟾酥写进去！"

伙计惊讶道："孙大夫，您写那方子的时候，我就站在旁边看着您一样样药材添的，您怎么自己倒是不记得了？"

孙大夫断然否决："我不可能记错，定是你弄错了！而且那方子原本是给卢娘子治病的，怎么会到了陈娘子那里？"

县丞抬了抬下巴，示意伙计："你继续说。"

伙计便道："正好那会儿陈家娘子也来看病，同样是孙大夫给开的方子，药很快就配齐了。我提着药出门时，与陈家的下人撞了一下，两包药材都是三帖，纸包也都一样。想来那时是小人没有细看，将本来应该给东家娘子的药给拿错了！"

如此说来，事情就清楚了。

孙大夫给两个人看病，开了不同的方子，伙计误打误撞拿错了药，本来应该被毒死的卢氏逃过一劫，却连累了无辜的陈氏母子。

县令问："孙济民，你还有什么可说？"

孙大夫看着眼前的方子，苦笑道："我行医一辈子，从未开错过一张方子，用错过一味药，这蟾酥的的确确不是我开的。"

县令叹道："你如今年过七旬，老眼昏花，开错药方多写了一味药也不无可能。即便你不承认，如今证据确凿，一个误杀的罪名却是跑不掉的。隋律有言，误杀乃六杀之一，比谋杀轻一等。看在你这些年救人无数、悬壶济世的分上，我会为你上疏求情，陈明因果，最后会由刑部核定。你可认罪？"

他没有说的是，以孙大夫这等高龄，就算不判斩刑改为鞭笞流放，也足以丧命。

孙大夫依旧摇头："我没有开错药方，我不认罪。"

就在这时，捕役从外头匆匆奔入。

“明府，崔三郎之妻卢氏在外求见，说有重大案情相禀。”

县令看了崔不去和元郡守一眼，见二人没有异议，就道：“让她进来。”

不一会儿，一名红裳妇人步入其间，款款行礼：“见过诸位使君。”

县令：“免礼。你有何案情禀告，速速道来。”

卢氏道：“还请明府传唤我家夫君，此事应与他当面对质。”

崔不去淡淡道：“那就传崔三。”

他一发话，卢氏的目光不免落在他身上。

崔不去的身世虽让崔咏等人如同惊雷劈下，但他严禁此事外传，就连崔九娘也不知就里。崔家众人只知崔不去是威风八面、捉走崔大的左月使，却不知对方便是当年被崔家视为耻辱的余氏之子。

余氏被崔三所污，虽非自愿，始终名节有亏，所以死后崔咏没有让她入葬祖坟。崔家小辈们许多人在幼时还曾欺负过崔阶，可他们并不清楚崔阶的身世，等年龄逐渐长大，此等小事便渐渐淡忘在记忆里。许多人甚至以为崔二英年早逝，从未娶妻。

但对卢氏而言，她绝不可能忘记余氏母子带给自己的耻辱。那天夜里，崔三从崔咏那里回来，神情明显不对。在她的再三逼问之下，崔三终于透露出些许内情，卢氏方知崔阶竟然没有死，还换了身份重新回来。

县令见她一直盯着崔不去看，奇道范阳卢氏出身的大家闺秀缘何这般失礼，他咳嗽两声：“卢氏，此乃公堂，这两位是上官，非询问不得直视。”

卢氏：“明府恕罪，崔郎君有些面善，我便多看了两眼。”

崔不去低头把玩腰间佩玉丝绦，仿佛没听见她的话。

卢氏心头有些异样，说不清是庆幸还是失落。

说话间，崔三被带了过来。他见卢氏在场，先是一愣，再看崔不去也在，脸色又是一变。

县令催促卢氏：“你现在可以说了吧。”

卢氏敛衽道：“几位郎君明鉴，诚如孙大夫所说，他行医数十年，又怎会开错药，杀人性命？只因他并非错看误杀，而是有意为之！孙大夫原本想杀的也不是旁人，而是我，只因伙计相撞错换了药，才让我阴差阳错死里逃生！”

一语惊人。

县令下意识望向元郡守和崔不去，却见两人根本没与自己对视，只好讪讪收回视线，对卢氏道：“你莫要危言耸听，须知诬告是要吃牢饭的！”

卢氏：“并非诬告，我有证据！”

县令："说。"

卢氏："我家夫君在外偷偷养了外室，此事我一直都知，只为家和万事兴，方才睁一只眼闭一只眼。那外室乃是良家子，且得了我夫君的承诺，说我若是不在，就扶她为继室，光明正大嫁入崔家。"

崔三闻言跳了起来："你胡说，根本没这回事！"

卢氏冷笑："你与她说这番话时，正好在屋外葡萄架下卿卿我我，光天化日之下，你们也不嫌有伤风化，却不知这番话被边上丫鬟听了去，又传入我耳中吧？"

崔三大惊："玉松是你的眼线？！"

卢氏冷哼一声，不理会他，继续道："三日前，他那外室派心腹去找孙大夫，不知说了些什么。我只知道，那外室的心腹去时带了一袋银两，回来时却两手空空。如今想来，必是孙大夫受了人家的贿赂，想要开药杀人！"

"一派胡言！"孙大夫白须微颤，激动反驳，"我这一辈子，仰无愧天，俯无愧地，怎么可能干出这种事？"

卢氏："明府若不信，可以派人去搜孙大夫家，兴许还能找出那袋银两。"

她说话时，只觉一道视线落在自己身上，锐利如刀，似刀刀戳入皮肉，窥见内里。

卢氏不禁抬头，正好对上崔不去的目光。不知怎的，被那冰冰凉凉的眼睛一看，她就先虚了三分。记忆之中仿佛也有这样一双眼睛，喜怒不辨，波澜不惊。

被这双目光激起莫名怒气，卢氏脱口而出："您可将那外室招来一问就知晓了。她的模样还有几分像故人，崔郎君也许能想起来呢！"

后面的话，其他人也许听了莫名其妙，崔不去和元郡守却不会。

元郡守终于沉下脸色："该问的都问完了，先将卢氏带下去吧，聒噪妇人着实令人心烦！"

崔不去却道："不必，让她留下，也可亲眼瞧瞧杀人凶手的下场。"

卢氏原是嘴角抿直，胸有成竹，此时听见这话，没来由地冒出一丝不祥的预感。

但幸好，上天还是站在她这一边，被崔不去派出去搜查的其中一拨差人很快回来。与他们一起被带回来的，还有崔三的外室。

对方容貌不若卢氏那般明艳，但也是扶风弱柳的清秀佳人，眉间一股娇怯之意，怎么看都有些眼熟。

元郡守忽然想起来了，这眉目嘴巴不正依稀与当年的余茉相似吗？

他倏地看向崔三，怒气勃发。

卢氏无声冷笑，更将背脊挺直。

崔三养了一个长得有点像崔不去生母的外室，这是在侮辱谁？自然是崔不去。崔不去看见那样一张脸，第一感觉当然不是缅怀，而是跟元郡守一样勃然大怒。所以，崔三养的那贱人死定了。

但下一刻，卢氏顾不上得意了。因为崔不去脸上没有怒色，非但不发怒，仅是淡淡扫过那外室，就又落在卢氏身上。

卢氏有点慌了，难道这招借刀杀人并不管用？

那外室自幼家贫，被崔三看中养在外边，刚过上几天好日子，哪里见过这等场面，被带过来时，早已双腿发软。

众人等了小半个时辰，县丞方才带着捕役们查抄归来，果然带回一小袋银两。

卢氏一见就道："旁人都说孙大夫两袖清风，家徒四壁，又哪来这么多余财？"

县令拿在手里掂了掂，约有三十两，比他一年俸禄还多。若单只是看病资费，的确用不了那么多钱。

那女子流泪喊冤："前几日奴家身体不适，的确派人请过孙大夫去看病，却都是按药堂资费给的，这一袋银两我从未见过！"

县丞不为所动："从你住的宅子前往保宁堂，需要绕大半个安平城，其中也有两间崔家的药铺，你却非要大老远去请孙大夫看病，这又是为何？"

女子支支吾吾，欲言又止，怯怯抬头望向崔三。

元配的咄咄逼人让崔三生出一股火气，忍不住大声道："因为她怀孕了，孙大夫擅长安胎保胎，是我让孙大夫过去给她看的！"

卢氏闻言冷笑："那事情不就很清楚了。她怀了孕，打着宠妾灭妻的主意请孙大夫前去商议，利诱威逼，让他来害我！"

崔三怒道："你胡说八道！"

女子泣道："我没有！我怎敢！"

"你不敢？你不还怂恿过三郎将你带回崔家吗？"卢氏昂起头，"明府，使君，我在得知此女与孙大夫暗中往来之后，便派人去暗查，果然查到孙大夫从前与这贱人的父亲是故旧。这层关系加上银两，难道还不足以证明吗？"

县令望向老者："可有此事？"

孙大夫叹了一声："她父亲从前来找我看过病，后来我们又成了棋友，常来常往，仅此而已。"

卢氏冷笑："常来常往，还叫仅此而已？"

县令温声道："孙大夫，我自掌本县便听过你的名声，若说你老眼昏花多写了一味药还有可能，但卢氏说你谋财害命，这可不比误杀。若罪名落实，便会以谋杀论处，当判斩刑，你可有什么话说？"

孙大夫苦笑："事已至此，有何可说？我只是没想到，自己治病医人，到头来治得好病，却医不了人心！"

县令皱起眉头，这句话没头没尾，云里雾里。公堂上讲证据，孙大夫这句话带着泄愤之意，没法为自己辩解。换句话说，他眼看证据确凿，辩无可辩，索性放弃了。

"这么说，你是认罪了？"

孙大夫闭上眼，一言不发。

县令请示崔不去与元郡守："二位使君可有什么要补充的？若是没有，下官这就让人将他们收押了。"

崔三急道："周氏身怀六甲，能否假释？"

县令不悦："你这外室涉嫌合谋杀人，还想假释？"

崔三还想说什么，匆匆赶来的崔珮却带着人直接将他拉开，不让他再添乱。

"请恕在下来迟！"崔珮喘着气道。

自从听说这桩案子由误杀变成蓄意谋杀，他便在外头四处奔走，寻找为孙大夫脱罪的法子。

"这是在下从保宁堂和孙大夫家中寻到的药方，拢共上千张，都是这些年他给病人们开的方子，还未一一收齐，但这些药方无一错漏。还有，方才听说孙大夫涉案，我写了求情书，上面是本县五十位百姓的手印，他们都是曾经受过孙大夫救治的患者。事态紧急，只来得及收集这么多，还请明府多给我些时日，这安平半城百姓应该都愿意按上自己的手印。"

小半个时辰的工夫，五十个手印已是极限，崔珮一刻都没歇过，此刻已是汗湿重衣。

县令叹道："崔四公子，谋杀大罪不由本府处置，须经三司上禀天子，最终核定。"

崔珮道："在下知晓，但有了这些药方和求情书，总可以为孙大夫谋些便利，定罪时也许能宽宥些许吧！"

那一沓沓药方和鲜红的指印落入孙大夫眼帘，老人红了眼眶，半晌无言。

卢氏怒道："四叔，孙济民与周氏合谋害我，你竟还为他奔波求情！"

崔珮："三嫂，我相信孙大夫为人，他绝不会做出这种事！"

卢氏被他一脸正气气了个倒仰，连连冷笑："好！好！你们崔家一个个都合起伙来与我作对！"

崔三压低声音喝道："你闹够了没有，闹够了就回去！"

他试图抓住卢氏的手，却被对方一把甩开。

"我若是在闹，你又在作甚！"卢氏从牙缝里一字字迸出。

崔三被她布满红丝的双眼震住，一时无法言语。

县令斟酌道："此案内情复杂，待本府整理线索，择日再审……"

就个人而言，他同情孙大夫，但同情是不能帮人脱罪的，他能在职权范围内做的，就是将案子多拖几日罢了。

"不必择日了。"崔不去忽然打断。

他望向卢氏，似笑非笑："我有一事不明，想问问你。"

卢氏抿唇挺背，交叉在小腹前的双手暗暗绞紧帕子。

崔不去："崔三此人，志大才疏，诸多怨言，严于律人，宽于待己。这么多年来，他先是干下丑事，令你蒙羞，如今又养起外室，珠胎暗结，甚至想要你的性命，为何你还能帮他说话、为他圆谎？"

卢氏脸色一白。

崔不去指向崔三："如此渣滓，值得你颠倒黑白、舍命相护？"

崔三气急败坏："你竟然如此说我，你这不孝……"

崔珮未等他将下文说完，便伸出一脚将他踹倒。

县令怒道："公堂之上，岂容喧哗打闹，都押起来！"

元郡守冷冷道："崔三无视法纪，咆哮公堂，论律该如何处置？"

县令从善如流："笞三十！"

左右上前，二话不说，直接将人剥了裤子按下便打。

惨叫声骤然响起，县令挥挥手，捕役便用布巾直接将崔三的嘴巴堵住，任他只能冷汗直流呜呜叫唤。

崔珮垂目敛眉，只作不闻不见。

三十下打完，别说咆哮吵嚷，崔三连说话的力气都没有了，只能哼哼。但没有人发话让他去医治，崔三只能拖着血肉模糊的屁股趴在公堂上，半死不活。

卢氏双目微湿，撇过头不看他。

崔不去拿起那张出了人命的方子，又从另外一沓方子中随意抽出一张。

"孙济民行医数十年，从未出过错，否则，安平县百姓的唾沫星子怕是早已将他淹没。是这样吧，何县令？"

何县令听见崔不去问自己，点点头道：“不错。”

崔不去笑了一下：“这上面的字迹与纸张的确与孙济民以往开的方子一样，瞧不出什么差别，但百密一疏，终有一处露了破绽。”

何县令忙问：“何处？”

手指点点药方，崔不去吐出一个字：“墨。”

元郡守拿过两张方子，分别嗅了下，疑惑道：“味道上的确有所不同。”

“孙济民以往那些药方用的都是身烟墨，也就是下品墨。这种墨虽与上品、中品一样，都是在窑内烧制而成，但身烟墨料为近火烟炱，与其他两种不同。药铺开方子用不着什么好墨，所以除了这些平常的药方，保宁堂其他方子应该也都是用身烟墨所写。”

“而这张方子，”崔不去将杀人方轻轻一抖，“用的却是上品墨。字迹虽然相差无几，但墨色饱满，笔画润滑，松香淡淡。难不成他要杀人，还得专门买一方上品墨来研磨写字，方显得隆重？”

何县令想到了其中关节：“不错，你们即刻命人去孙家，将孙济民平日所用笔墨悉数取来！”

崔不去慢条斯理道：“拿了之后不必急着回来，再去一趟崔家，将崔三书房里常用的磨都拿过来。”

崔三倏地抬首！

那原本被打得奄奄一息、垂死鸭子般软下去的脖颈瞬间僵住，长长伸直，两只眼珠布满惊惧恐慌。尤其在他看见崔不去朝他露出意味深长的笑容时，那表情犹如眼睁睁看着恶鬼扑上来，死期将临，却动弹不得。

崔珮难以置信地望向崔三，后者不善伪饰，表情变化已经说明了一切。莫说元郡守与何县令，便是崔珮也从崔三的反应里窥见一丝答案。

崔不去微微一笑：“据我所知，崔三内宅不宁，夫妇难谐，争吵更是家常便饭。昨日我在崔家做客时，还亲眼看见两人推搡入内，互相埋怨。崔三养了外室的消息，应该很难瞒得过卢氏，双方难免又起争执。而这张杀人的方子，并非孙济民所写，而是出自崔三之手，他想要毒杀的人，也不是那无辜的陈娘子，而是自己的妻子卢氏！”

饶是崔珮已经有了心理准备，仍被这句话砸得瞠目结舌，呆若木鸡。

崔三呜呜乱叫，大抵是在喊“你胡说”之类的话，可惜嘴被堵住，言语不得。

“根据孙济民刚才的供词，他说他的确写过这样一张方子，但上面没有蟾酥这味药。也就是说，是有人受命，私自在药材里添加蟾酥，没想到门口那一撞，药材掉了包，死的人变成了陈娘子。崔三得知情况，后怕不已，连忙让人将原来的方子销毁，又模仿孙济民的笔迹重新写了一张，想把这一切推到孙济民头上。”崔不去目视崔三，笑问道，“我说得可对？”

崔三说不了话，只能疯狂摇头。

崔不去转向瑟瑟发抖不敢作声的药铺伙计：“你看见了吧？若崔三不认罪，你就会被崔家推出来当替死鬼，你觉得你的脑袋可以砍下来再安回去吗？”

伙计“扑通”跪下，大声道：“是东家！是三郎让我在药包里加了蟾酥，我什么都不知道啊！”

何县令追问：“他为何这么做？”

伙计语无伦次：“小人不知，小人……他要杀东家娘子！”

何县令步步紧逼：“事后这张药方也是你仿的字迹吗？”

“不不！不是！这张方子是他写好了交给我的，他还嘱咐过我，绝对不能将此事说漏嘴！”伙计朝孙大夫拼命磕头，“孙大夫，我不是人，可我不是自愿的！我若没了药铺里的活计，一家老小就没着落了！”

孙大夫叹了口气，闭上眼，不看不言。

前去搜崔三书房的县丞带着人回来了，他身后还跟着崔家长孙崔斐。想必是崔家连遭变故，又有县丞上门一趟，崔咏心知孙大夫的案子恐怕不是那么简单，忙让崔斐过来听审，但崔斐在外面就被拦下，只能在外头干等。

县丞办事得力，非但带回崔三书房里的笔墨纸砚，连同他书案上所有纸张卷宗书籍，连同用过的废纸也都一并拿来了。

他将东西一一摆放分类出来，众人便能清楚看到，在崔三还未来得及扔掉的废纸里有大半是临摹的药方，细看还是孙大夫的药方，而平日那些习作则大多是临摹各朝各代名家书法。

在崔三被拘于博陵寸步不得出的这些年里，他游手好闲，整日玩乐，唯一拿得出手的爱好，就是这一手惟妙惟肖的书画模仿。

看至此处，元郡守摇摇头：“可惜你行事鲁莽，白费了卢氏借刀杀人的一番苦心。若你再谨慎些，说不定还能多抵赖片刻。”

崔三面如死灰，终于放弃了挣扎，何县令见他老实下来，就让人将他口中布巾除去。

何县令沉声道：“卢氏，事到如今，你还想撒谎不成！你如何知道他想杀你？”

卢氏忽地笑出声，悲凉道：“枕边人对自己起了杀意，试问哪个做丈夫或妻子的会没有察觉？更何况我方才已说过，周氏身边的婢女玉松是我安排过去的眼线。那日阴差阳错，他没能杀成我，又听说药掉了包，被换成了普通的药，就知道那药一定会在别人身上出问题。他很害怕，找来伙计在书房密议，却不料被我听见。”

何县令怒道：“你明知牵连无辜，非但不来报官揭发，反倒助纣为虐，帮他隐瞒！”

“一日夫妻百日恩。我总想着再给他一次机会，让他看清我的好，他就一定会回头。”两行清泪顺着脸颊缓缓流下，昔日清丽早已遍布沧桑，卢氏无声悲泣，“这次的事情若暴露，崔家三房就完了，孩子们从此会抬不起头。我就想，我只是帮他一把，帮他将这个谎圆了……”

“我不需要你帮我！你这毒妇，你只不过是想趁机杀了周氏！”崔三梗着脖子冲她咆哮，“别惺惺作态了，我不稀罕！”

“好！”崔不去击掌三下，毫无感同身受之意，反而笑道，“卢氏，你有这份深情，等崔三上了刑场，你再为他殉情。黄泉碧落，你们大可生死相随，就不必在这里恶心我们了。”

说罢，他转向何县令：“崔三杀人，卢氏帮凶，陈氏一尸两命，隋律皆有法可依。该如何判、如何往上陈奏，你应该心中有数了。”

何县令拱手道：“尊使放心，下官一定秉公处理。”

崔不去颔首，与元郡守一并起身离去。

“崔公子，能否借一步说话？”崔珮喊他。

“不能。”崔不去头也不回，脚步未停。

# 第三十六章 元魏秘藏

县衙之外，早有左月卫和马车相候。

元郡守请崔不去留步："余家对我恩同再造，我虽多年未归，却一日不敢忘。小师妹的事情我也是后来才知晓，但那时候我一介白衣，断然斗不过崔家，无法为师妹报仇。"

说至此，他苦笑道："即便是现在的身份，我也许能为难一下崔家，却无法像你这样做得彻底。后生可畏，你将我想做而没做成的事都做完了，多谢你。"

元三思朝崔不去郑重行礼。

崔不去淡淡道："自作孽，不可活。我也没想到崔三会杀妻不成嫁祸他人，牵引出这样一桩案子。"

元三思笑道："崔三不过是依附大树的蚍蜉罢了，崔大才是崔家未来的家主。崔大的罪名一定，整个崔家都不会好到哪里去，师妹九泉之下可以瞑目了。我为今之愿，便是到师妹墓前祭扫，但崔家不让她入祖坟，我来了之后还未找到师妹的坟茔，能否请崔公子带一带路？"

崔不去点点头："请。"

对方如此爽快，元三思有些意外，他本以为以崔不去行事狠辣的手段，会记恨自己当年没能及时回来帮余家报仇。

余氏之墓离此地不远，二人乘坐马车很快就到了。

元三思看见眼前这座朴素得近乎简陋的坟墓，忍不住道："你有没有迁坟的打算？我可以帮忙寻一处风水上佳之地，或者余氏祖坟，师妹想必也愿意回去陪伴父母。"

崔不去淡道："人死如灯灭，所谓在天之灵不过是欺骗或安慰自己的话，活着的时候过得不好，在她毫无知觉时做这些又有何用？当年你若遵循婚约，没有不告而别，她嫁给你总比嫁给崔二要好得多。”

元三思蹲在火盆旁边，一张慢慢焚烧自己在半路上买来的纸钱。火光半掩了他的面容，也吞没了他所有的话语。

火燃得很旺。有那么一瞬，他也曾假想余茉的魂魄会在火光中给他一些提示或安慰，可最终元三思不得不承认，崔不去的话是对的。余茉已经死了，所有一切都是自欺欺人，毫无意义。

她不需要什么弥补。她需要的，自己永远无法做到了。

“我这些年，一直未曾婚娶。”元三思涩声道，似说给余氏听，又似说给崔不去。

“因为你元魏皇族后裔的身份，还是因为你身怀宝藏，肩负复国重任？”

元三思大惊失色，猛地抬头！

“你！你……”声音骤高，却又忽然压低。他难以压抑震惊的心情，竟连语调都有些变了。

崔不去负手而立，静静看他，没有回答，好像刚才那句话不是出自他口。

“是了，你掌管左月局，有什么事会是你不知道的？你知道了，想必天子也知道了，你这次来博陵，是奉命来捉拿我的吗？”元三思慢慢想通，露出一个比哭还难看的笑容，“若我说，我从来就没有谋朝篡位之心，你信吗？”

崔不去：“若我说，我还未将此事禀告皇帝，你信吗？”

两人四目相对，元三思一屁股瘫坐在地上，抹一把冷汗：“你这是要吓死我！”

崔不去：“没想到元郡守竟如此胆小。”

元三思无奈：“任谁身负那么一个秘密，数十年如一日，都会变成惊弓之鸟的好吗？”

汉末三国，三国之后便是魏晋。

晋代的大一统并未维持多久，西晋东迁变为东晋。但东晋也只在中原神州占了其中南方一块，另外很大一部分分裂为十六个割据政权，史称东晋十六国。

久分必合，各个政权在攻伐中迎来南北分立，其中元氏所建立的魏朝，就是如今隋朝的前身之一。

那一段混乱的历史，很少有人愿意去回忆。魏朝在灭亡过程中，也像每一个不甘没落的朝代那样，经历过权臣篡位、天子迁都。而元三思，便是正宗元氏嫡支，魏孝武帝元修的后裔。

“到我这一代时，元氏已经没落，纵还有人在朝为官，也都是八竿子打不着的关系。在我去余家之前，病重的先父就将我叫到病榻前，告诉我，元氏留下一份宝藏，内藏金银甲胄，乃为日后起兵之用，就算我这一代用不上，下一代用不上，也要代代将这个秘密传递下去。这是元氏祖训，不得违背。”

元三思叹道：“我骤然得了这样天大一个秘密，不由寝食难安，日夜惶恐。就算到了余家，有先生的细心教导、师母和师妹的关怀，我也依然心事重重，更不敢将此事告知任何人。终于有一日，先生透露出想要将师妹许配给我，我思来想去，终于决定留书出走。我怕连累他们，我怕有朝一日别人得知这个秘密找上门来，到时候别说我自己，师妹一家谁也跑不了。若师妹与我成婚，诞下子嗣，这个秘密带来的负担，难道还要多一个人来承受吗？”

崔不去：“自古为君者多疑善变，你怕你把这个秘密说出来，皇帝会半信半疑，觉得你留有一手，届时更加性命难保。”

元三思：“不错，你在皇帝身边，果然了解他的心思。天底下上位者都是如此，若不说，起码还有一线生机。但我没想到，你竟然会知道这个秘密。”

崔不去道：“有人出卖了你，那人曾在你落魄时救你一命，你们二人金兰结拜，情同手足。有一回你喝醉时，无意中对他说出元氏秘藏，他便记在心里。后来，他因在江湖上得罪了人，去琉璃宫寻求庇护，遇到我师父，便将此事告知了他。”

元三思苦笑：“我也猜到是他了。从那以后，我便滴酒不沾。”

崔不去：“原本我也只是知道此事，是这次你来到博陵，我在调查你身份的时候，才将元氏秘藏和你联系起来。”

元三思沉默片刻：“那秘藏之处，我从未去过，也不知真假。我可以将地点与图纸都给你，还请你看在师妹的面上，向陛下禀告的时候不要提及我，可以吗？”

崔不去颔首：“可以。”

元三思松了一口气：“多谢。”

他将最后一张纸钱烧完，起身拍拍酸麻的双腿。

“你放心，如今我在博陵任官，一定时常来看师妹，派人祭扫保护，不会让崔三做出什么浑事。”元三思自嘲一笑，“这也是我能为她做的唯一一件事了。”

崔不去道：“回头我去找你，我想在这里多留片刻。”

元三思轻叹，拍拍他的肩膀，先行离去。

元三思一走，此地只余下车夫和两名左月卫远远站着，没有上前打扰。

崔不去半蹲下身，拿出帕子，一点一点将墓碑擦拭干净。他面无表情，却有绝佳耐心，不因天色黯淡下来而急躁。

这世上有许多“蠢人”，如余氏，如孙济民，他们善良，经常帮助别人，却没有足够保护自己的能力。

但他崔不去不同，他铁石心肠，诡计多端，他可以帮这些人斩尽豺狼虎豹，抹去暗夜荆棘。

崔不去冷冷一笑。

“你走吧，好好投胎，下辈子——”他顿了顿，轻声道，“下辈子，就不要再与我做母子了。”

话音方落，眼前便垂下一道丝绦，浅蓝色的，莫名眼熟。

崔不去抬眼。树杈间，黄昏余光犹在，一张俊美的脸倒挂下来。

凤霄笑吟吟道：“哟，这位兄台，真巧啊，这都能偶遇！”

崔不去：“……”

钩住树枝的脚松开，人却没掉下来，凤霄灵巧翻了个身，一跃而下，又是那个潇洒风流的凤二府主，仿佛刚才所见只是崔不去的错觉。

“我从来不知凤二府主竟有听壁脚的习惯。想来以后若是解剑府待不下去，去当个飞檐走壁的小贼也能大富大贵的。”崔不去冷冷道。

凤霄惊讶：“我这是光明正大地听，是你们俩没发现我罢了，怎么能叫偷听？没想到你如此关心我，竟连我以后的生计都安排好了。不如这样，那秘藏找到之后，你分我一半，我就当什么事情也没发生过。”

崔不去咳嗽起来：“秘藏确认之后，我会上报朝廷，将其收归国库。你去找陛下要吧。”

凤霄用扇子击打手心，恍然道：“我现在才明白，你之前主动向我陈述身世，说起元三思身份，就是想让我放下戒心，不对你和元三思相认这件事产生怀疑，从而隐瞒秘藏的事情吧？”

崔不去面无表情：“是。”

“口是心非！”凤霄笑呵呵地揽过他的肩膀，无视对方的抗拒冷脸，“你分明也想找人说说话吧。人在高处，不胜其寒。在你眼里，我才是那个有资格听你说这些的人。好了，你不必多言，我都懂！”

崔不去无语望天，心道是他的声音不够大让对方听岔了，还是凤二耳朵有毛病，只能听见自己想听的话？

方才与元三思说了一堆话，脑袋又开始发疼，崔不去懒得多言，准备上马车好好躺一会儿。谁知他刚想上车，一道身影比他更快，眨眼工夫就已经端坐车内。

崔不去的脸色又难看了一点。

凤霄捶着腿唉声叹气："你们俩一说就是大半天，我在树上等得腿疼。你愣着作甚，快上来，别让车夫久等了！人家在那里站了半天也挺辛苦的，崔道长多体谅体谅他吧！"

看着车夫诚惶诚恐的表情，崔不去抽了抽嘴角，慢腾腾地上车。

凤霄笑眯眯伸手来拉他，被他反手狠狠一记拍在手背，还夸张地"哎哟"一声："好心当作驴肝肺，我这不是怕你摔倒么？"

他不说话还好，这一说仿佛乌鸦嘴开了光。昨夜下过雨，泥地湿滑，上车之际，崔不去不防脚下踉跄，幸而及时抓住旁边车辕，免于摔个倒栽葱。

凤霄毫不客气地笑出声来。

崔不去越发不想说话了。

但他不说不代表凤霄不说，只要嘴巴没被缝上，凤霄就能一直发出讨厌的声音。

"你看，你说要来博陵，我见乔仙重伤，你身边没个靠谱的人跟着，便跟过来护你周全……"

崔不去冷不防插口："余音琴到手了吧？"

凤霄神采飞扬："何止，你祖父还要将孙女给我做妾呢！"

崔不去阴恻恻道："那真是恭喜凤二府主了，双喜临门啊！"

凤霄凑近一些："我觉着，以崔咏当时那恨不能随手抓住一根救命稻草的样儿，别说把孙女给我做妾，就算我说要娶他老婆当妾室，他八成也会答应。"

崔不去没绷住，嘴角扭曲了一下，立马被眼尖的凤霄捕捉到。他还贱兮兮道："想笑就笑，没人拦着你，何必憋坏了自己？"

"崔大私通南朝，犯了谋逆大罪，便是陛下看在博陵崔氏的分上没有株连，崔氏嫡支的家主之位必定也保不住了，须得壮士断腕才能自救。崔九娘虽是三房所出，却也是嫡支，更何况崔三毒害无辜性命，跑不了一个谋杀之罪。这一家子从上到下都倒霉透了，崔咏到底是出于何等考虑，才会觉得这个条件能说动你来插手案子？"崔不去哂道。

"一个人若是久在上位，守着那一亩三分地，周围也没有人忤逆他，久而久之，自然眼界有限。崔大倒是心比天高，想为崔家嫡支挣出另一条通天大道，再续个几百年荣华富贵，可惜一开始就想岔了。"

凤霄笑吟吟道，又话锋一转："我料想，崔道长的格局也没那么低，千里迢迢来崔家就为报个仇。原来是明着查崔大的案子，暗则联络元三思，说动他交出秘藏。你还故意用余音琴引开我，这心思一套一套的，若我一不小心，还真会傻乎乎顺着你给的路走。”

崔道长皮笑肉不笑：“您这不就另辟蹊径了吗？都辟到树上去了！”

以凤霄之脸皮，丝毫不会因为这句话脸红，反而道：“可见我了解你之深啊，要不咱俩凑合凑合得了。”

崔不去蹙眉：“凑合什么？”

凤霄：“凑合着再合作一下啊。那秘藏之处必然机关多多，就算你才智天下第一也很难只身闯过，但若是加上我就不同了。”

崔不去“嗯”了一声：“我原本可能死在机关陷阱里，如果带上你，估计就是被你推到机关里的。”

凤霄哈哈笑道：“我怎么舍得？没你的日子我该多寂寞！”

崔不去冷笑：“在认识我之前，你那些下属是怎么忍受你的？”

凤霄摊手：“你说裴惊蛰吗？经常跟我出门的是他，这孩子脑子笨，被我调侃十回，有八回都反应不过来，一点都不好玩。”

所以缠上他的原因是他更加好玩？

崔不去感觉脑袋更疼了，他捏了捏鼻梁：“崔家不能再住了，我让人找了间客栈。这两日办好崔家的案子，等京城来人交接，我便去寻那秘藏。”

凤霄讶异：“崔大有谋逆之嫌，崔三杀了人，崔二早就死了，崔咏四个儿子已经倒了三个。老四崔珮当年虽受余氏临终托孤，却不敢违抗父命，也是间接害你接二连三被毒害的帮凶之一，你就这么放过他吗？”

崔不去扶着脑袋：“冤有头债有主，他只是不尽心，并未刻意陷害。于我而言，若连这点善意都得不到，二十多年前已经死过几回。此次放他一马，我们恩怨两清。这车颠得我难受，我躺一会儿，到了再喊我。”

说罢他躺下背对凤霄，头顶玉笄却冷不防被人抽掉，乌发散落肩头。

崔不去想要回头怒视，一只手已经按住他头顶穴位开始揉按。轻重有度，内力化为热流自头皮涌向经脉，他瞬间眯起眼，一时忘了兴师问罪。

这个活儿以往都是乔仙干的，乔仙不在，崔不去平时头疼发作也只能抱着脑袋默默忍过去。

与此同时，凤霄嫌弃的声音自背后传来：“这头发昨日有没有洗的？对了，马车这套被褥先前被我拿在城外驿站里用过，待会儿回城后你记得让他们换一套新的。我可不想出城的时候还用这套，最好再多买一套备用……”

算了，看在脑袋被揉得很舒服的分上，聒噪就聒噪一点吧。崔不去默念几句福生无量天尊，把凤霄的声音当成车外鸟叫，心情愉快不少。

不多时，凤霄就能感觉崔不去的肩膀肉眼可见地松懈下来，呼吸也变缓变长，显然已经进入睡眠。

他收回手，望着对方微微弓起却毫无防备的背脊曲线，想道：此人浑身上下的确都是冷的，连骨头都冷硬硌人，唯独忘了自己还有一颗柔软热乎的心吧。

崔不去感觉自己许久都没像现在这样好好睡过一觉了，醒来时头疼全消，似连这些天的不适都好了一些，颇有点不知今夕何夕的错乱。直到拥被坐起，看见四周陈设，他才蓦地想起——

“什么时辰了？这里是客栈？”

“不然呢？睡得跟头猪似的，还是我背你进来的。”

凤霄正坐在他房间里的桌边大快朵颐，桌上摆满热菜，香气飘满整间屋子。崔不去确信自己是被饭香熏醒的。

“你为什么不去自己房间里吃？”崔不去瞪眼。

凤霄头也不抬：“味道会熏到被子枕头，要是掉了点残渣，晚上还会引来耗子。在你这里吃就无所谓了。”

崔不去：“……”

“愣着作甚，过来用饭啊。你不饿的话，那我可就全解决了。”凤霄见他发呆，抬头催促道。

崔不去叹了口气，弯腰穿鞋，在凤霄对面坐下。

“崔珮来找过你。”凤霄道，略带讽意，“崔家人到现在还抱着不切实际的幻想。”

崔不去：“为崔大求情？”

凤霄：“不，他们倒是聪明了点，知道崔大所犯之罪罪无可赦，不敢为崔大求情，但想请你高抬贵手放过崔斐。”

崔不去挑眉：“哦？那个崔咏口中最出息的长孙？”

凤霄笑道：“长孙的确是，不过你要是肯认祖归宗，最出息的就是你了。”

崔不去似笑非笑：“原来他们还打了这个主意。”

凤霄：“现在别说你要让余氏跟崔二合葬，就算你想当崔氏族长他们都会答应。”

崔不去冷笑一声，没有作答。

单只听这一声笑，凤霄便知，崔不去对博陵崔氏没有半点兴趣——非但没有，估计还又生出什么整人的主意了。

“你这笑，听得我瘆得慌。”凤霄转了转眼珠，笑眯眯给他夹了一筷子香菇，“我听了左月使的身世，是不是也要将自己的身世告知，才不会被你记仇？”

“我没兴趣。”崔不去埋头吃饭。

凤霄：“别这样，我真的很想说。只是我少时，的确没有什么受人欺侮然后报仇雪恨的故事。也就是出身大富大贵之家，衣食不愁，又因玉雪可爱，引得人人喜欢，便是走在路上，也引得无数大小娘子回头注目。有一回啊……”

崔不去：“闭嘴，我不想听。”

凤霄只作不闻：“有一回啊，那些专门拐小孩的拍花子盯上了我，趁着元宵灯会人潮涌动之际想将我迷晕拐走。当时我只是装晕，还想深入贼窟去看看，结果旁人见了都纷纷上来，那些小娘子的粉拳居然生生将拍花子给打死了。哎，你说这人要是俊到了惊天地泣鬼神的地步，那真是百邪不侵了。还有一回啊……”

崔不去食不下咽，心生绝望。

好想天降神雷，把这夹竹桃精劈死了事！

也不知是否耳朵饱受摧残，以至于之后崔不去整整做了一夜有关凤霄的梦。梦里无它，全是此人神采飞扬地娓娓道来。

“有一回啊……还有一回啊……”

简直天昏地暗，日月无光。崔不去醒来时，那一遍又一遍的“有一回”依旧萦绕耳边，徘徊不去，顽固得像三月柳絮，粘上衣服就很难除尽，闹心得很。

他迷迷糊糊起床更衣，下榻换鞋。门外敲门声响起时，崔不去还认真考虑过要不要跳窗而走算了，幸而下一刻，对方的声音挽救了他，让他免于从二楼摔断腿的悲惨。

“崔公子，叨扰了，未知你是否方便一叙？若不方便，我晚些再来。”是崔珮。

崔不去松了口气：“去隔壁茶肆寻个单间，我稍后过去。”

崔珮应好，接着脚步声远去。

没有凤二的清晨如此美好，如果忽略桌上昨夜还未收拾的残羹冷炙。

此人好洁的程度，已经到了让崔不去甘拜下风的地步。试想一下，有谁练琴功的初衷仅仅是为了无须近身接触对手，以内力音波就可以退敌？

没有，只有凤二。

如此说来，他昨日愿意把自己背下车回客栈，那已是破天荒的待遇了。

空气中残留着一丝并不怎么好闻的残羹味道，崔不去实在不愿多停留片刻，便加快脚步离开。

崔珮有点忐忑。

若换作几天前，有人告诉他当年的崔阶还活着，而且能够主宰崔家生死时，他一定会觉得荒谬。因为在他久远的印象中，那个孩子永远都是沉默寡言的，便是在受了欺负之后生病，也从来不会向他告状诉苦。

后来崔珮有了自己的孩子，体会到为人父母的心情，每每想起那个孩子，就越发愧疚。

短短两日，崔家就发生天翻地覆的变故。博陵崔氏仿佛一艘飓风中颠簸的船只，随时会被海浪掀翻。崔家人人自危，女眷们成日以泪洗面，更有甚者对崔不去破口大骂，诅咒他不得好死。

但崔珮知道，崔不去不会将这些咒骂放在心上。打从对方离开崔家的那一刻起，就割断了与崔氏的最后一点联系。

朝廷的诏令还未下达，崔咏已经联络范阳卢氏上书辩解求情。崔珮不知道这些举动的用处有多少，但他作为现在唯一一个没有被波及的崔家人，又曾受余氏临终托孤，理所当然被崔咏派来，希望能求得崔不去高抬贵手。

临出门前，崔咏再三叮嘱，让他小心说话，务必不要惹恼崔不去，对方若是提出什么条件，只管先答应下来便是，回去再慢慢想法子。

想及此，崔珮不由苦笑，他不怕对方提条件，只怕崔不去什么条件都不提。博陵崔氏，人人趋之若鹜的名门望族，多少人姓个崔也要想方设法与博陵崔氏沾点边，但这些诱惑对崔不去全然无效。

“我带你来，是因为你在城外先遇见崔公子他们，又结了个善缘。待会儿若需要跪下来求他，你也别犹豫，只是没有我的吩咐，绝不能乱说话。”崔珮叮嘱身旁的少女。

“明白了。”崔九娘面露不安之色。

一夕之间，父亲杀人、母亲包庇，双双下狱。崔九娘与其他兄弟姐妹从云间被打落凡尘，受到迎头重击，镇日惶惶，不知所措。

她本该恨崔不去的，可当看见那个瘦高身影从外面步入，又半点恨意都生不出来，只余下万般杂绪，无从诉说。

一如初见，崔不去面色淡淡，并未因为看见他们而露出喜怒。

“我希望你们不是来求情的。”崔不去开门见山道。

“事到如今，我们怎敢？今日过来，我只是想来看看你。”崔珮苦笑。

崔不去微微颔首，大有等他继续下文的意思。

崔珮顿时不知该如何说下去。他一个年过五旬，也曾周游各地、陛见过天子的人，此刻却有点窘迫。

“当年，是我对不住二嫂的托付。”他斟酌言辞，不想惹恼对方，“我知道你心里有怨言，此事的确是崔家对不起你，父亲他也后悔莫及了。”

崔不去忽然笑了一下：“若我当初死在外头，崔咏现在也会后悔吗？”

自然是不会的。崔珮无言以对，他想起父亲直到大哥被抓走之前，还在后悔当年没有斩草除根，而不是对崔不去更好一些。思及此处，他有些心灰意冷，登时什么辩解好话都不想说了。

崔珮叹道：“你还有什么需要我做的吗？若是二嫂坟茔想迁回崔氏陵园……”

崔不去淡道：“从未葬入，何来迁出？”

这简直聊不下去了，换作旁人只怕是要掀桌而起，崔珮却逆来顺受，不管崔不去说什么，他都揽在自己身上。

“都是我的过错，当初要是我坚持……”

“你想当崔家族长吗？”崔不去突然问。

崔珮蓦地抬眼看他。

崔不去意味深长一笑：“之前你前面有三位兄长，还都是嫡出，怎么都轮不到你。但现在不同了，就算崔家不受崔大连累，最终都能保住性命，其中哪一个执掌崔家，崔氏族人都不会答应。但你还有希望。”

崔珮涩声道：“我从未有过这种念想。”

崔不去：“想要保护自己和自己想保护的人，是需要力量的。如今崔家嫡支树倒猢狲散，你若再不挺身而出，只会被人顺势踩上两脚。”

崔珮没作声，但崔不去知道，他已经听进去了。

崔珮能力不差，只是长年累月有父兄在上面，他无法出头。便连在外头当个小有名声的文士，旁人说起来也总要加一句，他出身博陵崔氏。

崔不去走出去了，他却没有，注定一辈子都要被博陵崔氏四个字束住。

荣耀，有时也是桎梏。

外面有人入内，是郡守府的仆役。

对方言道：“崔郎君，使君想请您得空时，过府一叙。”

“我现在便过去。”崔不去颔首。

崔珮知道对方无意谈下去，忙道：“二嫂的坟茔，我会常去祭扫的。你出门在外，自己多加保重！”

他从袖中摸出一张方子，递给崔不去。

“你也知道，我们这些老而不死的世家，总有些药方食谱私藏。我见你身体不大好，这是我从崔家找出的方子，也给孙大夫看过了，可以给你调养身体。”崔珮局促道，“我知你如今身份什么都不缺，不过若有需要，只管写信回来，我定会尽力准备的。”

崔不去微微一顿，将方子接过来。

崔珮明显松了口气，与这侄儿说话，真令他倍感压力，简直比面见皇帝的时候还要紧张。

“我说的话，你好生想想。若你来当崔氏的家，也许我还会考虑在圣上面前帮崔家求情，免于牵连无辜妇孺。”崔不去睇了边上的九娘一眼，“也省得崔咏还想将崔九娘嫁给凤霄为妾。”

崔九娘一脸震惊，难以置信：“祖父他真的这样说过？”

她望向崔珮，后者移开视线，不肯与她直视。

“崔公子！”

崔九娘喊住往外走的崔不去，终于将憋了半天的话问出口：“你果真像他们说的，是我亲兄长吗？”

崔不去脚步未停，口中淡道：“崔家就算没完，也会元气大伤，你想随孙济民学医，这正是大好时机。别光说不做，与那些束手束脚的女子一般，让我瞧不起你。”

崔九娘面色变幻半晌，正当崔珮担心她会冲上去质问对方时，却见她忽然朝崔不去跪倒叩首。

“对不起。”

崔不去身形一顿。

崔九娘低声道：“对不起，我从旁人口中听说了你的事情。我知道我没有资格代爹娘说什么，但我生来便是他们的女儿，他们从前对你做的事，我也有无论如何推脱不了的罪责。他们现在如此，我更无资格代他们求情，只能说一声对不住。请你以后好好的，一生顺遂，无灾无难。”

她张了张口，似喊了一声兄长，却最终消逸在嘴边。

待崔不去走远，崔珮上前将她扶起，见她泪流满面，不由叹一声。

“你这又是何苦？”

“其实我应该恨他的。”崔九娘把眼睛都揉红了，眼泪却怎么都止不住，“可我只要一想到，我小时候锦衣玉食备受宠爱时，他却不知在哪里飘零受苦，就怎么也恨不起来。”

崔珮黯然：“这也不是你的错。”

崔九娘：“可他并没有做错什么。虽说他一回来便抓了大伯与父亲，但事出有因，并非仗势欺人，崔家的人背地里却还骂得很难听。我……不知怎的，这心里就是堵得慌。”

崔珮摸摸她的头顶，没说话。

他想，也许正是因为九娘让崔不去看见崔家还有一丝温情在，才最终没有下死手；又或许是看在死去的余氏和崔二面上。无论如何，这应该已经算是最好的结局了。

崔不去被引到郡守府后花园时，便看见凤霄与元三思相谈甚欢，言笑晏晏，大有下一刻就斩鸡头烧黄纸义结金兰的架势。

他不由暗叹口气，心道之前也没见凤二对这位元郡守如何热情，可一知道他身上有秘藏下落之后，立马就像只闻到了腥味就不肯松手的黄鼠狼，非要在这件事里掺上一脚。

元三思瞧见他，面上露出笑意，起身拱手招呼，亲昵又不失礼数。

“不去，凤二府主说你已经与他说了此事，你们准备合作去寻那秘藏。”

崔不去看了凤霄一眼，那意思是：你还真是打蛇随棍上啊。

凤霄回以无辜的表情，似乎看不懂他的脸色。

元三思见崔不去并未反对，便对他们道：“你们随我来。”

他带着二人来到书房，从书柜上抽出一本书，再从里面拿出一枚竹制书签。书签有些年岁了，但细看竟是两片竹片并在一起，若以小刀拆开，中间还夹着一片薄布。

元三思小心翼翼地将那薄布拈起，仔细展开成一片半个巴掌大小的布料。

上面用特殊的墨汁描绘了一处景物。山巅有雪，半山有洞，松石相间，流水潺潺。

崔、凤二人看了半晌也没看出这画的是哪个地方。天下山川，大抵都是这个模样。

如果魏朝当真留下过这样一笔秘藏以作他日之用，不可能只给后代子孙留下这么一条似是而非的模糊线索。这根本不是让人猜谜，而是捉弄人了。

元三思道：“我也是头一回拆开书签，看见这上头的模样。”

崔不去：“可还有指引？”

元三思肯定道：“有，恒州，天南山！”

# 第三十七章 北斗双璇

恒州为前魏旧都平城，在孝文帝迁都之前，魏朝都城就在此处。

虽是旧都，但毕竟曾有几代天子住过，皇城旧址龙气残存。虽比不上附近的洛阳繁华，但也算得上大城。

若往北走，离城之后，官道外青木成林，盛夏时节，秀气萦叶，参差披拂。官道旁的山脚下有一处茶寮，几根竹竿支起茅草铺就的屋顶，摆上几个蒲草团，连桌案都没有，仅供路过的樵夫猎人进山时歇脚。

茶寮平日大半天也难得见到几个人，此时却坐了四人，将仅有的几个蒲草团全占了。路过的樵夫不知所措，原想绕道而走，没想到被叫住。

“这位老丈，还请留步！”左月卫上前递来一碗热茶。

热茶和碗都是在城中现买带出来的。崔不去坚决反对铺张浪费，不肯花钱买新碗，这笔钱自然是凤霄出的。

樵夫接过茶，疑惑道：“几位贵人是要进山？”

他瞧几人衣着比一般人要好一些，更似大户人家出门游玩，便顺口劝道：“这天色不好，眼看要刮风下雨，几位还是晚些再进山比较好。”

左月卫笑道：“多谢老丈告知。我们想问问，这附近可有一座天南山？”

樵夫本是摇首，至中途忽然“欸”了一声：“倒是有座山，我们本地人叫如意山，听说还有另外一个名字，叫天什么。上回在县里听读书人说了，我也没记住，不知是否你们说的那处。”

左月卫：“那座山在何处？”

樵夫指着前面：“喏，那里便是！”

众人望去，果然在正前方山峰的斜后方矗立着一座山峰，比前面的还要高不少，似一方斜斜立着的如意，高处云雾缭绕，隐有仙迹。

凤霄看向崔不去，后者微微摇头，意思是他也无法确定。

樵夫说罢，便见几人起身向他辞别，朝那座山走去，又劝了句："刮风下雨山上路滑，可不是闹着玩儿的。"

凤霄笑道："所以我们要赶在下雨前上山，多谢了。"

他摇着扇子走在最前面，两名左月卫一前一后护住崔不去。此地无法行驶马车，崔不去抓了根竹杖在手，跟着凤霄一步步上山路，只是步子明显要慢上许多。

樵夫瞧着他们的背影，竟是毫不听劝，不由摇摇头叹一句"年轻人啊"，便背着篓子和斧头往另一座山去了。

他并不知另外一头凤霄也在问崔不去："乌云盖顶，你确定今日无雨？"

崔不去掀了掀眼皮，头都懒得抬："雨不在此处。"

刚说完没多久，狂风一阵刮来，崔不去正好站在山腰拐角处，脚下立足不稳，险些被刮下去。

在左月卫伸手之前，凤霄已经抓住崔不去的肩膀，将他拽回原位，毫不客气地奚落道："依我看，你还是下山去等算了，完全是累赘！"

崔不去没搭理他，只眯着眼抬头看了半天，然后指向某处："上去那里瞧瞧。"

乌云果然很快被吹到隔壁山峰，东边日出西边雨，他们头顶依旧艳阳一片。

凤霄不知道崔不去到底是如何修出这种，遥遥看见就能确认个八九不离十的辨识能力，但当他们千辛万苦上去之后——主要是崔不去千辛万苦，他此时面白如纸，每走几步都要歇一下，凤霄甚至有种对方下一步就要随风而散的错觉——众人发现，在苍郁树木的掩映下，山体露出一截洞口，幽深黑暗，外面阳光高照，竟照不进里头半分。

元三思给的线索距离现在已过去许多年，周围树木比图中所绘更加茂密，乍看还真难辨认出此处是否就是元三思所说的前朝秘藏。

凤霄奇怪："你怎么认出来的？"

"山体轮廓大致无二。"崔不去点了点小图中的山形，又指着脚下，"还有，你发现没有，此山明明陡峭，但我们这一路上来却堪称平缓，几乎没遇上什么危险。"

凤霄补充道："除了你差点掉下去。"

崔不去听而不闻，继续道："我方才一路上山，发现石路上隐约还有当年留下的车辙，说明这里曾经修出过一条路，为了方便士兵工匠搬运材料，修筑工事。"

他让左月卫搬开旁边的石头，斩断洞口一些草木，又伸脚将地上砂石抹去，果然露出一些划痕。而这些划痕，绝不是风吹雨打造成的。

凤霄蹲下身，用手指抹了一下：“划得深且整齐，应该是什么东西在地上拖动时留下的。”

崔不去举目四顾：“他们应该是寻了很久才找到这样一个地方。地处半山，四周平坦，一应工具从山下送来，在里面修筑完成。外头草木茂盛，不易被发现，就算樵者猎户经过，也不会为了好奇特意进去，就算进去——”

他顿了顿：“十有八九也是出不来的。”

凤霄挑眉：“你确定这么个小地方里面会有前朝秘藏？就算是真的，这么小一个洞口，那些甲胄又要如何带出来？难道魏帝当年就没考虑过这些？也许元三思在诓你？”

崔不去摇首：“元三思的身世我派人调查了很久，的确无误。下面一定有什么东西，先下去看看再说。”

左月卫开路，他也撸袖子要下场，手腕却忽然被凤霄捉住。

对方目光一闪，意味不明：“你在外面等着便行了，病秧子下去，是还要我费心去救你吗？”

崔不去叹了口气：“你当我愿意下去添乱？里头肯定会有机关，我虽谈不上精通，好歹也略懂一二。若没有我在，只怕你武功再高也很难全身而退。”

凤霄很快又恢复了吊儿郎当的笑容，凑近他道：“崔道长，你这是关心我吗？”

崔不去淡淡道：“不错，毕竟凤二府主是否活着，关系着我回去一路的安危。”

左月卫的身影已经消失在洞口，他便不再多话，也跟着闪身入内。

甫一入内，森森阴气便从四面八方围裹过来。崔不去只觉眼前陡然黑暗，伸手不见五指，脚下陡峭湿滑，稍有不慎就会往下滑去。

“不要碰两边石壁！”他蓦地警告。

“尽量走中间，不要碰到石壁。”崔不去又说了一遍。

“那是什么？”长满苔藓的石壁上点点银光闪烁，美丽之中又带了几分诡异，凤霄就着左月卫手中的火折子细看片刻，“还怪漂亮的。”

崔不去道：“银粉蝶虫留下的。这类蝴蝶生长在暗处，银粉会令它们身上发光，它们本身无毒，但银粉有剧毒。”

凤霄：“潮湿洞穴里都会有吗？”

崔不去明白他的意思，原是摇摇头，发现自己走在后面，摇头了对方也瞧不见，便还是低声道：“这种银粉蝶一般只在西南生长，北方罕见。不过它们寿命极短，而且喜欢聚群而居，走过这一段应该就没有了。”

这才只是第一个下马威，他们明白，比起后面可能会有的危险，剧毒的银粉并不算什么。

潮湿发霉的气息扑面而来，他忍不住低咳两声，声音从甬道远远传来，回音阵阵。脚下地势渐趋平缓，也不再那么湿滑。崔不去的竹杖落在地上，发出沉闷声响，宛若僧人敲着老旧木鱼，一下一下，敲在所有人心上。

离开甬道，眼前开阔不少。藤蔓从上面垂下，与众人头顶咫尺之遥，不知从何处吹来的微风，带着洞穴特有的湿冷滑腻，轻轻拂过脸颊。

崔不去嗅到一丝危险。

他低下头，借着火光看向石板，没有苔藓覆盖，除了少许沙尘之外还能清晰看见石板上的花样——雍容华贵的牡丹花和线条繁复的缠枝莲。

他目光忽然一凝，随后断喝——“止步后退！”

凤霄反应最快，疾退的同时顺势拽住崔不去的胳膊将他一道往后拉！

两名左月卫一时反应不及，晚了半步。其中一人只觉头上冷风飕飕而下，鼻尖顿时刺痛，竟是利刃由上往下将鼻尖一块生生削掉，顿时血流如注！

凤霄飞快点了他身上几处穴道止血，火折子凑近一看：“无毒。”

血淋淋的伤口实在狰狞，几人都随身带了金疮药，另一名左月卫飞快给同伴包扎上。但哪怕日后痊愈了，鼻子上依旧会留下残缺。

崔不去道：“你先下山吧，在外头等我们。”

那受伤的左月卫不愿意：“尊使，这点外伤不影响属下的行动！”

凤霄没掺和他们的对话，他半蹲下，看着半寸插入石板的利刃啧啧称奇。

“这刀刃应是以古法铸就，回头出来时你提醒我一声，我要带回去让他们重新打造一把新刀，保管比佛耳那把还好用。不过你怎知此处有陷阱？”

“这些砖石看似差不多，但实际上凹凸程度有差异，而且这种差异可以找到规律。”崔不去也走过来，伸手按在一块缠枝莲砖石上，然后慢慢往下向右划圈。“看，从这块开始顺着过来，慢慢变低，到这里又恢复同样的高度。你摸摸。”

凤霄：“我不摸，地上脏，你说就行了。”

崔不去：“……”

他默默抚平自己额头上冒出来的一根青筋，平心静气地下了结论：“我曾见过这种机关秘术，之所以有规律，是为了提醒自己人避开，但若是外来擅闯者，就会中招。”

凤霄摇扇子道："这砖石上的图案排布杂乱无章，想来也是为了误导擅闯者？"

"不错！"崔不去不耐道，"这里头很冷，你能不能别摇那扇子了？"

凤霄见他面白如雪，摇头哂道："你现在出去还来得及。"虽说着这话，还是合扇收于手中。

滴答一声，头顶淅淅沥沥，落下细雨水雾，轻盈缥缈。

那些水雾在靠近凤霄时，都被一层无形罡气荡开，他的衣裳没有蒙上半点湿气。

"洞里会下雨？"他用扇子沾了点水雾，"没毒吧？"

崔不去摇首："方才进来时我看过，山外云雾氤氲，上面应该还有一层，而且有通向外面的出口，所以引云气入内化为水汽。若我没猜错，这层是机关层，上面那层应该就是秘藏之处了，入口应该在前方。"

受伤的左月卫的伤口止了血，他坚持留下，崔不去也没再赶人，一行人继续前行。

崔不去改为在最前面带路，他走得极慢，走一步观察一步。

如以轻功直接飞掠过去自然更快，可谁也不知道，自己落地的那一刻会不会踩上别的陷阱，如崔不去这般，虽然慢了许多，却安全无虞。

受伤的左月卫走在最后，他的同伴在前面。

头上藤蔓越来越长，有些挡住了眼前的视线，走在前面的左月卫不得不伸手将其拨开。除了藤蔓，四周还有石柱，由下而上，粗细不一，看样子应该是天然形成的洞窟。

这样空旷的洞窟，内藏无限可能。别说安置几个人，便是来上一支皇家禁卫军也能容纳得下，难怪魏帝会将其作为退路之一。

叶子摩擦的细微动静在这样寂静的洞内令人平添焦虑，伴随着崔不去的咳嗽声反倒令人平静不少。

走在前面的左月卫不是头一天加入左月局，先前也出过不少外差，称得上经验丰富，所以他并未将这种焦虑表现出来，跟在崔、凤二人后面，绕过面前的石柱。前面是一个拐角，隐约有光线传来。

难道是出口？他不由心头一喜。

这时身后传来一声呻吟，低低的，又短促。他猛地回头，发现身后竟然空荡荡的！

"尊使，蒋松不见了！"

没有回应。因为前面的崔不去和凤霄二人竟也不见了。

他大吃一惊。拐角后面半个人影都没有，他方才看见的光好似错觉，眼前分明还是深邃不见底、不知通向何方的甬道，唯一的光源是他手上的火折子。

走了这么久，火折子早已燃得差不多。火光颤颤巍巍，如残年老朽，勉力想要多喘口气，却最终无能为力地融化在黑暗之中。

眼前骤然一黑！他伸手入怀想要拿出另外一个火折子，可没等手碰到前襟，便觉一阵天旋地转，双脚如踩入泥沙，整个人急剧往下坠落！

崔不去还站在原地没动。他没有坠落，也未走远。

实际上，他在绕过第一根石柱的时候就察觉出不对劲了，但这种不对劲并非出自实际的威胁，而是若有似无的感觉。这种感觉说不清道不明，所以他希望找到更多的线索，只能继续往前走。

洞内石柱林立，火折子无法照见全景，就目力所及，应该有好几根。

会不会是石柱的问题？他微微蹙眉，难得流露出一丝疑惑，可惜走在后面的凤霄没看见。

“我觉得，石柱可能也有问题。”他说道。

此时他已走到第四根石柱旁边，这句话自然是对身后的凤霄说的。但凤霄没有回应，他回过头，发现其余三人都不见了。

崔不去叹了口气，不祥的预感果然成真。

他手扶石柱站了片刻，回想他们进来时一路走至此处的情景。

“我错了。”崔不去喃喃道。

他起初以为此处的机关是一处一处各自分离的，进来之后毫不相干的银粉蝶和石板陷阱似乎也验证了猜测，但事实上，打从进入这里的那一刻，他们就已经踏入了一个巨大的阵法陷阱里。

北斗双璇阵。顾名思义，该阵法参考北斗七星的排布，在外围布下七道机关陷阱，当他们触动其中某一个，就会进入内围另一个北斗小阵。身处阵内，纵然相距不远，也如天涯海角，若天枢摇光，遥不可及。

方才，当他专注避开石板陷阱时，其实就已经踏入了以这几根石柱构成的小北斗阵。而这个小北斗阵，正是参照象棋中七星齐聚的残局所布。常人就算能看出这阵法的不同凡响，如果不知道它的原理，也只能束手无策，坐困愁城。

阵中之人，生生死死，红颜枯骨，都无法离开。

崔不去没法救其他人，只能先自救。他闭上眼，心中默默回想起这盘残局的解法。

遥远模糊的记忆，依稀能揭开一角。可若将那一角掀起，等待他的又会是什么？

崔不去抛去火折子，握紧手中竹杖，扶着石柱，一步一步往前摸索，走了几步又后退，绕过旁边石柱重新走。

若有旁观者，必会以为他在瞎转悠，但崔不去在黑暗中兜兜转转，竟真的慢慢走出了此处。

待他睁开眼，前面已有一线光明，烛光摇摇，融了洞窟内的冰冷。

崔不去回过头，身后依旧黑暗，凤霄和左月卫还在阵内。是继续往前，还是回去找人？

崔不去转身欲返回阵内，身后却传来一个人的声音。

“既然已经出来，又何必折返？我认识的崔不去，并非如此心慈手软之人。”

崔不去猛地回头！

对方站在烛光入口处，身影模糊不清，更不必说露出面容。但崔不去绝不可能不认识这个声音，因为就在不久前，他们还见过面。

“元三思，竟然是你。”崔不去轻声道。

元三思慢慢走来：“意外吗？”

崔不去实话实说：“方才看见你时，的确很意外，现在转念一想，却也在情理之中。”

元三思似有点讶异：“怎么说？”

崔不去：“因为你出现的时机太过巧合，在我回到博陵的时候，你正好调任博陵郡守。我回到崔家，必然要处理崔氏的陈年旧案，你以新任郡守和余氏师兄的双重身份接近，必然能令我放下戒心，相信自己之前调查的结果。你的身世并不难查，你也知道左月局一定能查出来，从而问你要秘藏的地点。若是你主动送上门，这一切就不那么突兀了，我也不会轻易生疑。”

元三思：“我听说崔尊使素来郎心似铁，可你面对已逝生母的亲朋故旧，终究还是心软了。”

崔不去淡道：“不必谦虚，非我心软，是你高明。”

元三思见他竟还拱手回礼，不由哈哈一笑：“崔尊使果然是个妙人！”

人为刀俎，我为鱼肉，崔不去身无武功，又在别人的地盘上，毫无反抗之力。元三思似对他还存了几分香火情，未曾动手，语气也还不错。

只是崔不去身后，阵法之内沉沉阴森，凤霄与两名左月卫依旧不见踪影。

崔不去问：“这么说，你的身世也是假的？”

元三思摇首：“真的。我的确是你母亲的师兄，也的确受过余家之恩。当年我离开余家，正因身世所困，百感交集，不愿循着你外祖父所定下的路，耕读娶妻，就这么过一辈子。虽然对余氏有愧，但我仍旧要走。”

回忆往事，他有些慨叹：“我周游四海，又有了些奇遇，从此便走向截然不同的路。若还留在余家，只怕此生碌碌无为，永无出头之日了。”

崔不去冷冷道：“云海十三楼就让你大有用武之地了？”

元三思笑道：“贤侄，你错了，当年还没有云海十三楼。而且十三楼也没什么不好，他能给你所有想要的东西。”

崔不去：“我想你死，你能去死吗？”

元三思摆摆手：“你是难得的人才，不会跟其他凡夫俗子一样，将工夫浪费在这等无谓的口舌之争上。我知道你如今心中还有许多疑问，也许得到解答之后，你会改变主意也说不定。”

崔不去：“那我就等着你的舌灿莲花了。”

元三思对他语气之中的嘲讽付之一笑，站在烛火光明之中的他看着置身黑暗的崔不去，就像在看一个不懂事的孩子。这个孩子手无寸铁，纵然一张嘴比天下最快的剑还要锋利，可毕竟只是嘴。

于元三思而言，在手握屠刀之人面前，崔不去犹如稚童，纵有千般智计也无法施展。

“其实，”元三思道，“云海十三楼的能耐远远超乎你的想象，别的不说，你能料到我们在京城时就已见过一面吗？”

崔不去神色一动，他望向背逆着模糊光线的元三思。对方抬起手腕，虚虚挽了个剑花。

以崔不去的记忆，就算刚才认不出，眼下看到这个动作也都想起来了。

“端午千灯宴，乐平公主的清荔园，那场私埋火药刺杀未遂的谋逆。”他一字一顿道。

元三思一笑：“不错，当夜潜伏于马车下，后与凤霄交手的白衣人，正是我。你没发现，当时我有意对你手下留情吗？否则，以我的武功又怎会失手？”

照这么说，元三思离开余家之后，果然有了常人难以望其项背的奇遇。因为那夜的交手表明，此人武功之高，不在凤霄之下，更胜佛耳一筹。

如此一来，许多事情也就说得通了。

元三思虽有武功在身，但明面上依旧循规蹈矩，一步步走上朝廷官员之路。元氏一族是北方大姓，前魏覆灭后，这些人在新朝为官的本来就不少，元三思只是其中之一。

按照规矩，官员调任时，天子可召其回京述职。他在迁博陵郡守之前，正好有了这么一个机会，明着因公赴京，实际上则与逆党联络。以他的身份，拿到一张清荔园的请帖不是难事，而谁也不会注意到，宴会中途有位客人无故离席，又潜伏在马车之下。

那夜元三思口中的留情，其实也是一个下马威。他在此时此刻揭穿，不仅是告诉崔不去自己完全有能力杀他，更在暗示云海十三楼能量之大。本以为被左月局肃清的乱党，既然可以随意出入清荔园，对满园子的人下手，自然也能做出更多的事情。

崔不去缓缓道："距离魏朝彻底覆灭已经过去许久，当今皇帝并非当年灭魏之人，你报复他又有何用？"

"我不是为了报复。"元三思摇头，"贤侄，你也将我看得太低了。云海十三楼以天下为棋盘、众生为棋子，你若加入，自然能知道更多。"

崔不去嘴角微翘："不就是谋朝篡位吗，何必说得如此高尚？你这样的游说能力，实在无法说服人。依我看，你们楼主的嘴起码要比你厉害多了，不如让他出来，或许我还会考虑一二。"

元三思笑道："何必大先生出马？有位贵客你们许久不见了，他也很想念你，我便将他请出来，让你们叙叙旧，请。"

他伸手往内室烛光方向一引，示意崔不去过去。

崔不去："我的三位朋友还在阵中，你若想诱之以利，是否该把他们先放出来？"

元三思却道："不必着急，他们都平安无事，你等会儿就能见到了。"言下之意，竟是暗示凤霄也被控制了。

崔不去微微蹙眉，他头一回泛起难以掌控的感觉。甚至他还有一种预感，在前面那个斗室内，他也许会见到一个并不想见的人。

崔不去起身，抛开手中竹杖。他走得很稳，既已有了微光，就不再需要依靠竹杖。

一步，一步。他很快来到元三思面前，也望见了斗室之内的情景。明亮洁净，镶嵌壁间的夜明珠微微发光，并非方才以为的烛火。一人盘膝坐在蒲草团上，背对着他。

那身影果然无比熟悉，熟悉到崔不去维持不住冷硬的表情，连眼睛都流露出一丝震惊。

元三思微微一笑，似早已料到他的反应。

对方适时回过头，头发霜雪之色，一身衣袍洗得有些发白，面容依稀能看出从前的英俊。

他笑得那样亲切、熟悉，朝崔不去招手："你怎么又将自己折腾成这样，脸色变差了不少。”正如家中长辈对离家已久的子弟，语气饱含关怀，又略带责备。

崔不去只觉浑身血液在那一瞬悉数冻为冰霜。他站立不动，半晌无言。对方也没有催促，反倒很有耐心地等待他的反应。

过了片刻，崔不去寻了对方面前那块蒲团坐下，开门见山：“我没想到是你，先生。”

范耘温厚地笑：“若你能一早想到，我又如何堪配你称呼一声先生呢？”

崔不去：“我记得你对我说过，你生性不爱拘束，闲云野鹤，来去自由，连琉璃宫招揽，你也只肯任客卿之位。”

范耘：“不错，我是这么说过。”

崔不去：“你还说过，你是名相范雎之后，毕生之愿是践行范氏祖训，为天下寻一明君，觅盛世太平。”

范耘笑道：“不错，我也这么说过，而且的确是这么做的。”

崔不去直接冷笑：“我看不出一个躲藏暗处蝇营狗苟的云海十三楼，能比杨坚更加盛名！”

“多年不见，你这性子还是这样尖锐。但刀过于锋利，有时会伤人也伤已。”范耘摇摇头。

崔不去在最初的震惊之后，面色很快便波澜不惊，纵是范耘一时也看不透他在想什么。

“难怪我自打进入这秘藏之处，就觉得手笔处处熟悉，那北斗双璇阵更是你亲自传授的阵法。当初你还与我说过，天下会布这阵法的人寥寥无几，而能够安然离开的更加少之又少。所以这一切，全都是局？”

范耘：“不，秘藏是真的，这里面原本确是魏帝为后人准备的退路，只是东西早就被我们搬空了。”

崔不去瞥了元三思一眼，似笑非笑：“为了造反大业捐出全副身家，还潜伏敌营甘当走狗，元世伯果然是干大事的人。”

元三思脸皮有相当厚度，文质彬彬道：“多谢贤侄夸奖。”

不知道的，还当三人相对而坐在谈诗论文，其乐融融。

# 第三十八章 倒戈相向

范耘还记得那个阴天，天上下着蒙蒙细雨，他独坐在茅草盖成的凉亭内起卦。粗布衣裳的青年走过来，将手中破伞收好，在他对面坐下。

范耘正专心致志地沉迷眼前自己用小木棍排出的阵法，根本不曾理会。

对方看了半晌，忽然道："在巽位加一道防线。"

范耘手里正拿着一根木棍，准备往巽位放，见此人与自己不谋而合，终于抬起头正视对方。

"你学过奇门遁甲？"

青年摇头："只是读过黄石老人所撰之《秘藏通玄六阴真经》，但许多看不懂。"

只是读过半本，似懂非懂，就已经到了这个程度，可见天资聪颖之人的确是存在的。范耘起了爱才之心。

只是他看着对方面带病容，眉间隐有死气，却摇摇头。

"你命中通达显贵，却大小劫数不断，危机重重，凶险交加。尤其会对身边亲朋不利，离你越近的人就越容易遭殃。"

青年很平静："确如你所说，但我不信命。"

范耘："年轻气盛，你以为人定胜天，殊不知命数难改。"

青年淡道："我从未想过去改命，我只是不信命。上天想怎么对我是它的事，我想走什么样的路是我的事，我们互不相干。"

范耘还是头一回看见这样的人。

这世上芸芸众生，要么对命数深信不疑，趋吉避凶，处处小心，要么坚决不认命。可对方并非不认，他只是不肯妥协。这样的人，最终会是什么命运？

范耘忽然起了兴趣。

“你叫什么名字？从事何种营生？”

“崔不去，我跟着养父行商，但他已经去世。”

“不如你随我学艺，天文地理、文章术数，我都可以教你。”

“我不拜师。”

“无妨。”

忆及往事，范耘面露怀念之色。

“你我虽无师徒之名，却有师徒之实。你是我见过最有天分的人之一，若非你因身体缘故无法习武，你现在的武功恐怕能与元三思一战了。”

被拿来比较的元三思哈哈笑道：“正所谓人无完人，贤侄年纪轻轻就能当上左月使，被独孤伽罗视为心腹宰弼，已经是人中豪杰了，若再文武双全，岂不招来天妒？”

他们态度越是和善，崔不去心中就越是警钟大响。

范耘随意找个时机现身，再说上这番招降的话，自然也可以。但那样一来就显得手段平凡，完全比不上现在这样，挖个坑等崔不去自己跳下来，先挫其锐气，再动之以情，诱之以利。但范耘和元三思的出现，应该只是开始，云海十三楼应该不止这点手段。

心底隐隐有什么东西急于浮出水面，他伸手将其按下。

“你们想要招降我，是不是该把跟我一起进来的三名同伴也都喊进来？”崔不去不露声色道。

元三思笑得意味深长，足足看了他好一会儿方才道：“不着急。”

崔不去忍不住微微蹙眉，几不可见，一晃即逝。看在元三思眼里，这却是一个很明显的信号。

向来智珠在握的左月使，终于也有无法确定的时候。这一切，打从他踏入博陵伊始，就已经注定了结局。

元三思微微一笑，他很期待，崔不去在看到真相的那一刻，到底会是什么表情。

范耘还在说话：“不去，你是天生的宰辅之才，张良再世，若只是委身于区区一个左月局，岂不可惜？杨坚虽然看重你的才干，却并非将你当作名相良将那样的国之柱石，否则以你的能耐，早该入尚书省了。你的身体先天不足，后天又遭过罪，若无机缘转折，又如此耗费心力筹谋奔波，必然是个早逝的命。”

崔不去低眉敛目，从范耘的角度，只能看见对方的睫毛几乎盖住眼睛，看不清眼睛下面是何神色。

蝼蚁尚且贪生，只要是人，就没有愿意去死的，更何况是崔不去这样手掌大权之人。如果连命都没了，滔天的权势又有何用？

“云海十三楼的目的到底是什么？你们想要拥戴某个人做皇帝，那也得让我见见此人，知道他有多大能耐吧？”崔不去道。

范耘：“你加入之后自然就会知晓。先前你不是在且末城与段栖鹄交过手吗，此人纵横西北数十年，一枭雄也，即便是他，也不过在十三楼内位居十二的位置。”

崔不去：“那么先生呢？你与元三思又在什么位置？”

范耘居然没有卖关子：“元三思是四先生，我是三先生，之前死在解剑府凤二府主手下的扶余门门主高云是六先生。”

崔不去嘲弄道：“以二位大才，居然才位居第三与第四，那我若是入了十三楼，怕不是只能顶替段栖鹄的位置了？”

范耘笑了笑：“我与元三思亲自来招降，可见楼主对你的重视。你进来之后，地位只会比我们两个老家伙高，不会更低。十三楼中人才济济，是你所想象不到的庞大，先前你自己必然也有所体会。大费周折铲除了一个段栖鹄，隋朝便以此为大功，可他只不过是云海十三楼一枚可有可无的棋子罢了。”

崔不去似笑非笑：“我可不仅灭了段栖鹄，还铲除了晋王身边的玉秀，玉秀的替身玉衡，以及扶余门门主高云，还有清荔园那场谋反。你们这么多人都曾折在我手里，你们毫无芥蒂地接纳我，我还怕进去之后被报复呢！”

范耘：“这你就不必担心了。方才我便说过，段栖鹄可有可无，高云仗着扶余门在手，向来不怎么听话，又是个高句丽人，非我族类，其心必异。你帮我们除掉他，正好让我们信得过的人去接管扶余门的势力，反倒立了一功。”

对上他笑眯眯的表情，崔不去心下微微一沉。

范耘循循善诱：“不去，你很聪明，明人不说暗话，我在楼主面前竭力推荐你，楼主也很欣赏你。比起杨坚那个两面三刀的伪君子，楼主才是我最看好的帝王。他胸襟开阔，手段非凡，非但不会记恨你先前的作为，反而会欣赏你敌我分明。之前各为其主，你尽忠职守，又何过之有？从前之事，自然既往不咎，一笔勾销。”

崔不去：“我果然没有猜错。”

范耘一怔：“什么？”

崔不去：“你与杨坚有仇。”

范耘顿了顿，冷笑道："杨坚的仇人何止千万，多我一个不多，少我一个不少。但你是我的弟子，我不会害你。"

崔不去："今日我已身在此处，愿意与否，恐怕也由不得我做主吧。"

范耘："你还记得，我们师徒头一回见面，我为你看相的事情吗？杨坚虽有帝王气象，生来便大富大贵，但他龙角骨末端无疾而终，天庭虽然饱满，却呈孤僧之象。隋朝就算盛极一时，也必然会如杨坚命相呈现的那样，中途夭折，二代而终。杨坚注定晚景凄凉，而他膝下数子，同样无一善终。你当年随我学遍百家，唯独不肯学命相，可你平日耳濡目染，定也听了点皮毛，当知我所言非虚。"

崔不去："这么说，先生效忠的新主必是龙章凤姿、天生帝王之命了？"

范耘颔首："不错，楼主非但文武双全，而且将来定是飞龙在天，富贵难言。"

崔不去听得有些倦了，听罢沉默片刻，轻轻叹了一口气。

"事到如今，先生就直说吧。我若想入云海十三楼，需要交什么投名状？若是让我去刺杀杨坚，我是办不到的。"

范耘早在等他问这一局，闻言便笑道："杨坚自然有人对付，无须你亲自动手。杨坚之妻独孤氏，生性刚强，不逊男子，杨坚若除，独留下她也是祸患。但独孤很相信你，由你来下手，比旁人有更多机会，所以，我需要你在其中牵线搭桥，助我们一臂之力。事成之后，我自会向楼主力荐你当副楼主，一人之下，万万人之上。将来新主登基，你便是异姓王，岂不比现在逍遥自在？崔家那些曾经薄待过你的人，只怕更会捶胸顿足，后悔不迭。"

崔不去冷静道："你说的这些都是海市蜃楼，虚无缥缈，你该知道不足以打动我。"

范耘笑道："那么，能够调理你身体的稀世珍宝天池玉胆呢？"

崔不去蹙眉。

范耘望向元三思，后者起身走至石壁面前，伸手在夜明珠旁边摸索片刻。地面隆隆作响，元三思脚边凹下去一块，他弯腰往里面探了探，提出一个箱子。箱子打开，厚厚的绸缎簇拥着中间一物，冰晶剔透，光华流转。

"你是亲眼见过天池玉胆的人，应该知道面前此物的真伪。有了天池玉胆，虽无法彻底治愈你的病，起码也能让你延寿几十年。"范耘道，"这就是我能为你争取到的最大的诚意。"

天池玉胆早就被凤霄上交朝廷了，又怎会出现在这里？

如果当时运送过程中出现变故，又或后来从宫廷失窃，崔不去不可能不知道。然而这块玉胆的的确确又是真的。这块石头的纹理、大小、轮廓，他记得都清清楚楚，世上不可能找出第二块毫无差别的仿品了。

那么，就只剩下一个解释了。

崔不去轻声道：“凤霄。”

凤霄，也是叛徒。从来到博陵，甚至更早之前，他就已经是了。

崔不去看着天池玉胆，范耘则看着他。

“不去，似你这般资质，若寿命只剩短短几年，英年早逝何其可惜？你的抱负、你的志向，远不止如此。在世人眼里，左月使已是难得的高位，但我知道对你而言，根本不值一提。你与我一样，都是以苍生为棋，与世道人心博弈之人。浮名利禄你可以不在意，然而没了性命，又能做到什么？”范耘娓娓道来，一如他当初教导崔不去。

许多事情他只说过一遍，崔不去就能举一反三，是以这次，他相信对方能够做出最明智的抉择。

崔不去沉默不语，范耘也极有耐心，静静等待。

抛弃原有阵营加入敌营，谋乱造反，这种大事不可能拍脑袋就决定，寻常人怕是乍听之下就吓个半死了。虽然崔不去不是寻常人，可他要是痛痛快快答应下来，范耘和元三思反而会起疑。

半晌之后，范耘听见崔不去道：“我要见凤霄。”

范耘对这个要求并不意外，只是笑道：“你不是已经猜到了吗？是太相信凤霄的忠心，还是连自己的判断都不敢相信了？”

崔不去面色淡淡：“口说无凭，我更相信自己的眼睛。”

范耘笑叹：“事到如今你还不明白吗？或者说，你只是不到黄河心不死，我从未见过你如此在意一个人的立场动向。他是否背叛杨坚，加入云海十三楼，对你来说很重要吗？”

崔不去：“很重要。”

范耘点点头：“那好。”

他对元三思道：“劳烦元兄，请副楼主出来吧。”

元三思转身离去。

崔不去：“副楼主？”

范耘：“我知道左月局针对云海十三楼调查了许多，不过你恐怕不知道，十三楼的楼主，也就是大先生，他的身边是可以有两位副楼主的。副楼主权限之大，可以调动第一楼以外的十二楼，人脉财力遍布大江南北，一声号令，莫敢不从。”

“人脉财力，大江南北。”崔不去咀嚼这八个字，露出意味深长的表情，

“这么说我果然没有猜错，雁荡山庄的林雍，还有金环帮帮主宁舍我，果然都是十三楼的人！”

范耘笑而不语，默认了。

崔不去：“从段栖鹄的死，你们就布下一个局，他尸体上那封信不是什么十三楼中人秘密聚会的线索，而是你们故意留下来的诱饵。我看了信必然会去解读，得到答案之后，就算自己不去，也会派乔仙他们去查。左月局需要有人坐镇京城，又派出一部分人手前往调查此事，我再找上元三思时就一定会找凤霄合作，但凤霄已经是你们的人了，所以这次请君入瓮，十拿九稳，我就算再长一双翅膀也逃不出十三楼的算计。高明啊，先生，果然姜还是老的辣！”

范耘矜持笑道：“我知你生性多疑，无论是那封信、元三思，还是凤霄，三者单独出现，你都可能起疑心。但当你同时遇到了好几件事，就自然而然会被分散心神，被混淆了判断，更何况你在博陵还要面对崔家的糟心事。不去，哪怕你智多近妖，毕竟不是神明，不可能当真算无遗漏。”

二人说话间，外面脚步声渐近。

走路之人都是武功高强者，但他们无意放轻动静，崔不去自然能听见。

两名美貌侍女捧着木盘进来，木盘之上，美酒在白玉酒盏中微微荡漾。侍女一身白衣轻纱，雪肌乌发，莲步轻移，弯腰将杯盏放下时，还能看见松松垮垮衣襟掩映下的高耸玉峰，伴随着幽香沁入心脾。

崔不去并不是四大皆空的高僧，他走入这间内室之后，便发现这里虽只是山洞一隅，却处处奢华舒适。不提石壁上镶嵌的几颗夜明珠，便连他座下蒲团也绣以金银丝线，裹以绸缎，内里填充棉花蒲草，柔软远胜一般蒲团。云海十三楼之财力雄厚，可见一斑。

而这内室之中，起码隐藏了好几个通向别处的出入口，隐秘通达，可见这里才是真正的聚会之地。

侍女含情脉脉地睇了他一眼，却发现崔不去无动于衷，只好放下酒盏，默默退出。

范耘将这一切尽收眼底，笑呵呵没说话，只拈起酒盏小啜一口。

古来成大事者，都需要有过人的自制力。便是这些美貌女子全脱光了在他们面前翩翩起舞，别说崔不去了，范耘、元三思也不会动容分毫。若崔不去轻易就被诱惑，他反倒会看轻了这名弟子。

侍女离去之后不久，又有二人入内。其中一人缓步而来，一直走到崔不去面前才止步。

他的靴子是黑靴，款式与寻常人差不多，但质地有别常人。以凤霄的挑剔，必是连鞋子也要与众不同，所以崔不去一眼就认了出来。

崔不去抬起头，凤霄的视线正好落下。二人对视片刻，谁都没有先开口。

反是元三思笑道："你们不过才分开一会儿，怎么倒像是半辈子没见似的？"

崔不去望着凤霄："我希望由凤二府主，而非旁人，来告诉我这个答案。"

凤霄的表情很淡——无笑，无嘲讽，亦无幸灾乐祸。他的眼神没了之前时不时喜欢捉弄调侃崔不去的轻佻，也没了常常沉迷揽镜自照的意气风发，浮现出一种近乎平静的淡漠，宛如崔不去仅仅是与他擦身而过的陌路人，丝毫不值得他多看上一眼。

他终于开口，却只说了一个字："是。"

崔不去："来到博陵之前就已经是？"

凤霄："是。"

崔不去："清荔园谋反那夜，你非要上我马车，又凑巧与元三思交手，救我一命，也是？"

凤霄："是。"

崔不去："投名状是我，那么你得到的好处呢？能够让凤二府主甘愿加入云海十三楼，一定不是一般的好处吧？"

凤霄的表情终于有了一丝波动，崔不去看出来了，那仿佛是怜悯，对失败者和被欺骗者的怜悯。

这让崔不去的喉咙有些发痒，他忍不住咳嗽起来，声音压得很低，却依旧在内室回响。

"如今的魔门三宗，合欢宗、浣月宗，以及我任宗主的法镜宗，在多年以前其实同属一门。当时的魔门宗师崔由妄，乃魔门第一人，也是天下第一人。"凤霄道。

崔不去此时的表情竟很平静，甚至微微点头："略有耳闻。"

他身遭背叛，四面楚歌，却依旧没有乱了分寸，至少表面看起来还没有。

范耘看在眼里，暗暗叹息。若是可以选择，他自然不想用这种方法来收服崔不去。但对方心智极高，又不是轻易认输之人，若非出其不意，让他遭逢巨变反应不及，再趁势收服的话，几乎不可能拉拢崔不去入云海十三楼。

当然，杀了崔不去反倒更容易些。但人才难得，得崔不去将如虎添翼，范耘希望能尽力为自己效忠的人笼络更多人才，而非以杀开道。

凤霄："崔由妄生前曾留下一门武功，可移魂换血，重铸经脉，名为炼玉，只是后来这门武功随着崔由妄死去而式微，并未留下任何记载。昔日我师座下有徒三人，除了广陵散与我，还有一位小师妹。几年前，小师妹因故受了重伤，世间药石罔医，唯有炼玉功可救小师妹。我入解剑府的初衷，也正是为此。”

元三思从旁补充：“正好楼主昔日收罗天下武功典籍，其中就有流失已久的炼玉功。此功分为上下两部，凤二府主得了上部之后，在他小师妹身上试用，果然有用。”

听至此处，崔不去自然已经完全明白了，他颔首道：“所以为了得到下部，你就以出卖我为投名状，加入云海十三楼。若我不是这故事中的可怜虫，我定会为凤二府主的深情所感动。”

凤霄：“没有我，这个局你也脱身不了。只是他们怕我不是真心加入，所以拿你来做考验，如果连你都能被我卖了，那他们自然就放心了。”

崔不去露出嘲弄的神色：“没想到我在凤二府主心中的分量还挺重要。”

凤霄蹲下身，与他平视：“你错了，不是你重要，是你所代表的左月使这个身份重要。说实话，这次出奇顺利，我也很意外。你本来应该带更多的人出来，最起码再加上一个乔仙或长孙，也许我没那么容易能得手，但你只带了两个跑腿的左月卫就放心地与我出来了。这是不是说明，你对我的信任已经到了足够以命相托的地步？”

崔不去没有说话，只是咳嗽，支撑在蒲团上的手越发冷白，背脊挺直，几乎一折就断。

他咳嗽是常有的事，但咳得多了，连带肺腑也如火烧一般，阵阵灼痛。身体越冷，体内却越烧得炙热，顺着心口蔓延到经脉各处，如燃烧枯草的熊熊烈火，将嫩绿化为飞灰，焚尽天地万物，世间热血心肠。

他无须回答，凤霄已经明白了。他笑起来，捏住崔不去的下巴，强迫他对上自己的视线。

“范先生说你外冷内热，外是冰雪相，内有热血心，我原还不信，如今信了。”

说罢，凤霄面露讥诮：“可惜，尊使这难得的信任，错付了人。”

范耘袖手旁观，并未上前制止。他很清楚，崔不去与凤霄，哪一个都不是甘为人下的人。如今用好处将他们笼络住，为楼主所用，他们彼此之间却不必太过要好，如此，楼主才能从容御下，平衡左右。

凤崔二人反目成仇，他自然是乐见其成。眼看火候差不多了，范耘终于站出来。

“好了，以后我们就是一家人了。不去与我师徒情分多年，虽说他性子有些桀骜……”

“谁与他是一家人？”凤霄哂笑，起身时松开捏住崔不去下巴的手，顺势在对方衣裳上擦了一下，仿佛方才碰到崔不去的肌肤是天大耻辱，“范先生，你招揽我的时候可没说要连崔不去一块儿招揽了。楼主也好，元三思也罢，都是武功不下于我的绝顶高手，你们又先于我入门，资历高些也就罢了，可此人——”

他瞥了崔不去一眼，轻蔑嘲笑之意毕露无遗。

“此人有何资格，入门便是副楼主，与我平起平坐？”

范耘笑道：“公子说笑了。不去身在左月局，不早就与解剑府平起平坐了？”

凤霄淡淡道：“不过是仗着独孤皇后，借势上位罢了。说句老实话，我至今连楼主是何方神圣都还不知，若说对十三楼忠心耿耿，这种鬼话想必范先生你也不信。”

范耘适时表态：“公子言重，我自然信你。”

“入十三楼，一为炼玉功，二为你曾答应过我，让我得到在隋朝也得不到的高位，三则是为了不必再日日与崔不去这家伙斗智斗勇。可你现在却与我说，往后不仅得时时见到他，还得与他继续同朝为官？我既将他出卖，便是完全不给自己留半条后路，他必然怀恨在心。你们这样做，岂不是给我身后留了刀子？”

范耘不动声色：“那依凤公子的意思是？”

“有我，没他；有他，没我。”凤霄眯着眼，下巴微抬，傲慢悉数倾泻，周身锋芒灼眼。

这才是崔不去认识的凤霄，也是许多人印象中的凤二府主。风流不羁和嬉笑调侃不过是他闲来无事的消遣，隐藏在皮下的依旧是那个骄傲不容任何挑衅的天之骄子。

范耘虽然乐见两人有矛盾，但若两人关系坏到影响十三楼布局的地步，自然是不行。

凤霄这般表态，他不能不重视。

范耘沉吟片刻：“这样吧，我会请示楼主，待不去将这次任务完成之后，就让他假死南遁，南下重新开始。”

凤霄俊脸冷淡，没有反对。

范耘这才想起问崔不去一句：“不去，你觉得如何？”

崔不去低低笑了起来，边笑边咳嗽，越咳嗽越笑，最后哈哈大笑。

“看来你们将一切都安排好了，我答不答应是不是都无足轻重？”

范耘面色和蔼，看着他荒谬大笑，如同看不懂事的小辈胡闹：“事已至此，我不认为你会拒绝。”

崔不去足足笑了近一刻钟，笑声才慢慢停歇。

“先生，你老了。”他道。

范耘挑眉：“哦？”

崔不去：“自晋太元十一年以来，北朝历三魏、北齐、北周五朝，至今两百余年。其间经历胡人铁蹄南下、战火纷乱、门阀并立、土地兼并、佛道相争等种种乱象，至周朝武帝年间，梳乱理弊，万象更新，中途虽有末帝碌碌无为，但天下大势分久必合，此乃不变之理。杨坚此人虽比不上三皇五帝，却是继宇文邕之后难得的明主。”

范耘微笑：“没想到你对杨坚的评价竟如此之高。”

崔不去咳嗽两声，续道：“在他之前的皇帝，包括南朝宋齐梁陈诸帝，无人敢向世家开刀，唯独他力排众议，以‘志行修谨’‘清平干济’二科，下诏举贤进士，向寒门子弟敞开晋升之路。固然眼下这条路还只是小径，但往后几年必然会逐渐开凿，甚至取代以出身定高下的世态，成为通行天下之大道。单此一策，试问除他之外，还有谁愿冒天下高门世家之非议，定此等大计？就连先生力捧的新主，恐怕也无此魄力吧？”

范耘不以为然：“广纳天下良才美玉自然是好事，但杨坚操之过急，只会引来无数非议，就算他是天子，也不可能无视所有人的反对。我早已说过，他的确有帝王气象，可惜白虹贯日，固然灼目，也只有短短一瞬。须得明白刚柔并济细水长流之道，才能长久。”

“我猜，先生扶持的新主，必不是南陈皇帝吧。如今情势，想要得天下，要么走杨坚的路子，以外戚掌权，可杨坚也花了数十年的工夫，对你的新主而言太长了，他等不起。那就只有兵行险计，剑走偏锋，布下惊天阴谋。可你们想过没有，江山分裂久矣，人心背向，早已分明。就算你那新主真谋了帝位，没有杨坚那种大开大合的手段，终究也是白费。”

崔不去看着范耘越来越难看的脸色，依旧不改凌厉，柔声慢语，却字字如刀：“我是不是说得不够明白，就凭你们也想收服我，真是太看得起自己了。蝇营狗苟之辈，就该躲在阴沟里，别出来丢人现眼，好吗？”

这番话听得元三思微微变了脸色，他的手微微一动，最终却没出手，只望向范耘。

凤霄低垂眉目，没有看崔不去，也没有看其他人，仿佛割裂了自己与此处的联系，不知在想什么。

随着崔不去毫不客气地将他们的野心和念头一点点剖开，把鲜血淋漓的内里展现出来，范耘终于彻底敛了笑容。

他笑时和蔼可亲，嘴角抿直绷紧时却显出几分阴冷："不去，我教你那么多东西，不是为了让你今日在此与我争个高下的。"

"所以我说，先生老了。人老了就容易骄傲自大，以为自己的阅历足以胜过任何挑战，可惜，先生也没能例外。"崔不去身在敌营，面前是随便伸出一根手指就能碾死他的三大高手，嘴却还是那样毒，不给对方留半点余地。

范耘慢慢道："这么说，你是坚决不肯加入了？就算天池玉胆能救你的命？"

"抱歉。"崔不去撇撇薄唇，"我生平从来不与蠢材共谋，连凤二也能当上副楼主，我看离你们沉船已是不远。若是你愿意向朝廷投诚，交出你们那位新主，我倒是可以在天子面前为你请功。"

游说不成反被游说，范耘简直要气笑了："你我相识多年，虽为师徒却情同父子，今日我便最后提醒你一句，你知道你现在拒绝会有什么后果么？"

崔不去讶异道："情同父子？所以你家的传统是老子专门坑儿子，还是儿子喜欢送老子上贼船？先生，你家的家风还真特别！"

范耘看他的眼神，如同看一个死人。

就在此时，内室其中一面石墙滑开，一人步入。他面容姣好，有种雌雄莫辨的少年清秀感——如果不去看对方被眼罩盖住的一目。

残缺令他脸上多了一丝阴鸷，他的目光先是落在凤霄身上。

"我本来还以为，你们二人会是崔不去投诚，而你誓死不从。如此，我便能报当日那一目之仇了。"

凤霄摊手："当日各为其主，刀剑无眼，若我不全力反抗，只怕现在连性命都没了。"

范耘适时打圆场："二先生，凤公子当初也非有意，如今既然大家共事一主，不如放下前嫌，握手言和。楼主也已经答应，会好好补偿你的。"

玉秀阴恻恻一笑："所以我这一腔恨意自然不能对着自己人发作。崔不去，山水有相逢，你放心，看在你三番四次与我过不去的分上，今日我不会让你轻易死掉的。"

话音方落，他已飞起一脚，踢向对方胸肋！以他的力道，这一脚下去，崔不去的肋骨必然折断，甚至会倒插入肺。

元三思离得最近，伸手便可拦住，而他自然没有阻止的意思。

范耘也可令玉秀罢手，他的排行虽比玉秀靠后，但他的话玉秀却隐隐有些忌惮，可见范耘在楼主那里的分量应该更重一些。然而范耘也没有出声，他冷眼旁观，似乎打定主意让崔不去吃些苦头。

崔不去无论如何都躲不过这一击，他索性闭上眼，等着预料之中的剧痛落下。

但一道身影比所有人想象的更快，他掠至玉秀身前，将那一击化解。二人在内室之中交手数招，旋即分开。

玉秀大怒："凤霄，你说投诚，原来是假的么？！"

范耘与元三思都目光灼灼地望住凤霄。

纵然凤霄武功再高，以一敌三，尤其是对上三个势均力敌的顶尖高手，恐怕也力有不逮。

但他讥诮一笑，看傻子似的看着玉秀："我早就看崔不去不顺眼了，但若让你抢了先，以他这身体，还有我出手的份吗？"

玉秀眯起眼："你能做什么？可别像娘们儿似的轻扇几记耳光出气吧？"

凤霄冷笑两声，朝范耘伸手："借范先生的刀一用。"

范耘解下腰间匕首，递过去。他似乎也想以此试探，凤霄是否真心投诚。

凤霄低头，手中匕首锋利无比，寒芒闪烁，是把难得的宝刃。这样一把利刃，就算轻轻在肌肤上划一道，也会瞬间血流如注。

他握着利器，一步步走向崔不去。而那人安宁如斯，平静端坐。

他们近在咫尺，又隔着云雾茫茫，山海重重。

# 第三十九章 洞内周旋

装得太像，反倒不像了。崔不去想道。

若时光能够倒流，他也许会在入天南山之前告诉凤霄，凡事过犹不及，宜适可而止。玉秀与元三思可能看不出来，却不要低估了范耘。

但世事没有如果，他也料不到凤霄会这么做，一声不响把他给卖了，只为博取云海十三楼的信任。

不过这的确很像凤霄的行事作风，任性妄为，兵行险招，甚至背水一战。若非身在此地，被坑的是自己，崔不去简直要为凤霄此计叫一声好。

眼下是个死局。若凤霄不下狠手，就无法取信玉秀他们；若凤霄下狠手，牺牲的也只是一个与自己亦敌亦友的对手，何乐不为？

崔不去望着对方步步走近，然后半跪下来，四目相对。

凤霄俊美面容之上全无表情，眼神深处幽光明灭，淡漠冷然，倒映不出对方身影。

生死之际，崔不去却有点走神。他想，若换作自己，会怎么做？

不入虎穴焉得虎子，如果有同样的机会，也许自己会做出与凤霄相同的选择。

片刻，崔不去暗自失笑。会想这个问题，说明他的心已经乱了。因为崔不去素来狠辣决绝，连自己都能算计，绝不存在这种假设。

"你有没有想过自己的结局？"他忽然听见凤霄如是问道。

崔不去微微歪头，认真想了想："从前我以为会死在崔家，但没有。几次险象环生，我以为自己会死，也没有。后来在突厥，我以为我会死在玉秀手里，最后，却是你赶了过来。"

凤霄的笑意未达眼底："那你的运气还不错。"

崔不去点头：“我也觉得——”

话音未落，凤霄的手已往前递出。

崔不去只觉胸口有异物插入，剧痛随之冒出，传遍四肢百骸。他低下头，看见胸前那把已经全数没入的匕首，看见血从伤口处泉涌而出，很快将前襟染红。

疼，太疼了。他蹙起眉头，似要回忆上次有这种感觉是在什么时候。好像是离开崔家那年，喘鸣与心疾同时发作，途遇大雨，他蜷缩在屋檐下，却遮挡不住被风瓢泼而来的雨水。劈头盖脸，衣裳淋淋，那时还发着烧，脑袋昏沉，他几乎以为自己性命将绝。

还有上次，在西突厥营帐，他用奈何香算计了玉秀，让自己也中了奈何香，引发旧疾，脖颈被玉秀扼住，眼前天光乱摇，连喘息都格外艰难。

可那时，也没有现在这样疼。

难道匕首上有毒?

他下意识想要深吸口气，却越发牵动伤口，疼得浑身震颤，面色比方才那两名美貌婢女身上穿的雪白纱衣还要白上几分。粗细不均的喘息混着血沫从嘴角溢出，唯独没有呻吟。

凤霄以为自己能听见对方的冷笑嘲讽、恶毒咒骂，可什么都没有。他只看见崔不去沾了血的薄唇轻轻颤动，近乎无声地吐出一句话：“上回你救我一命，这次就算还你了吧。”

凤霄的手不由自主地微微一抖。

短短片刻之间的变故，令所有人都呆了一瞬。元三思露出不可思议的惊讶表情，连玉秀也以为凤霄疯了。

崔不去即便不投诚，现在也杀不得。他不过是想折磨对方出气，凤霄却更狠，直接一出手就要对方的命。

“住手！”范耘大喝一声，出手推向凤霄。后者竟不闪不避，任由范耘推得退了两步。

范耘上前察看崔不去的伤势，出手如风，点了对方几处大穴，再让人立刻送来纱布和金疮药。

凤霄这一手实在狠绝，整把匕首完全没入崔不去的身体，不留半点余地，便是玉秀也说不出半分他作假的话。

“凤公子太鲁莽了！”范耘沉声道，“就算他现在不肯投诚，留着也还有用处。”

他小心翼翼抽出崔不去胸口的匕首，刀尖拔出时，又是一股鲜血涌出。

崔不去背靠石头，一动不动，任凭施为，人已陷入半昏迷。

凤霄冷冷道："我说过了，有他，没我。有解剑府在，我看不出留着左月使还有什么用处，等他通风报信，向朝廷告发我吗？"

范耘怒道："他若死了，会坏了我们许多布置！"

凤霄似笑非笑："没想到范先生竟如此重视他，不愧是昔日得意弟子，终究有几分情分在。只是你都将人引到这里来了，再表现得如此紧张，不觉得虚伪吗？"

范耘沉声道："如今左月局众人还不知他已身陷此处，我们正好用他来引出左月局，趁势一网打尽。还有，楼主对崔不去惺惺相惜，之前发过话要亲自见他一面，如他有所闪失，我又该如何向楼主交代？"

凤霄掸掸衣尘，满不在乎："这就是范先生自己的事儿了。"

说罢他不再看任何人一眼，转身洒然离去。

元三思见他隐没于黑暗之中，方才低声道："此人狠辣无情，对昔日同僚说杀便杀，只怕养虎为患。"

玉秀哼笑："他倒是帮我出了口气，若非范先生不让，我早就想杀了崔不去！"

范耘为崔不去把脉，片刻之后叹道："我先送他回去，以他如今的伤势，只怕一时半会儿起不来了，肯定没法去见楼主。只能等我飞书一封，请楼主决断了。若有事，我们回头再议。"

说罢，他将崔不去打横抱起，匆匆离去。

崔不去流了许多血，脉象若有似无，真正命悬一线。

范耘为了救他，不得不耗费功力为他护住心脉续命还阳。整整两个时辰，比武学宗师交手还要累，总算才让崔不去心口回温，有所起色。但范耘也累得面色发白，双腿虚浮，不得不交代侍女好生照料，自己则先回屋打坐，恢复元气。

这洞窟之内原先虽安放前朝秘藏，但在秘藏被找到之后，元三思就将此处加以改造，变成十三楼在北方的其中一处据点。此地宽敞隐秘，机关暗道重重，内室首尾相连，与外面的豪门大户相比丝毫不落下风，而内里之奢华享受更要胜出一筹。

不过对于凤霄这种成日在富贵堆里厮混，又极为挑剔的人来说，再骄奢华丽的陈设布置，他也能面不改色，享用如常。

离开那间飘荡着血腥味的内室之后，他就回到自己房间。熟悉的暖香迎面而来，将充斥鼻息间的残余血气覆盖，尤其床上还多了一个半裸美人时，这间屋子更添几分旖旎风情。

薄被堪堪遮住美人的胸口，露出浑圆高耸的半峰，一双长腿从被下裸露出来，冰肌玉骨，滑腻如脂膏暖玉。当美人在夜明珠的暖光下星眸半闭，对凤霄露出笑容时，怕是连天外星光也要黯然失色。

“你回来啦。”美人慵懒道。短短四个字，偏是说得酥麻入骨，像只小爪子在听者耳朵上轻轻挠着。

这种情况下还能无动于衷的，简直不能称为男人了。

“你为何在我床上？”凤霄偏偏环臂未动，波澜不兴的眼睛上下打量，似在看一尊石像。

见他如此，冯小怜简直要气笑了：“我怀疑云海十三楼的男人都不是男人，算上你在内，能够任我玉体横陈而毫无反应的人，已经是第四个了！”

凤霄挑眉：“另外三个好汉是谁，还请介绍给我认识。”

冯小怜娇哼，裹着被子在床上一滚，将薄被裹在身上充作衣裳，人也跟着坐起，开始掰手指数：“你、楼主、范先生、玉秀。范先生心志甚坚，自不必提；玉秀心上有人，看我如死人，我不愿去招惹他；你呢，你又是为什么会不动心？这不应该。”

她款款下榻，拖着被子迤逦而来，在凤霄周身绕了一圈，忽而伸手欲从背后搂住他，却不意扑了个空，脚下踩到被子，整个人直接扑倒在地上。

冯小怜：“……”

“凤、霄！”她快气死了。

“元三思呢？难道他也对你没意思？”凤霄哂笑，弯腰将她打横抱起，再往床榻上随意一丢。

冯小怜横他一眼，娇媚天真糅合无间。

“难道我是来者不拒吗？元三思那种人，我可不要！”

“果真是个尤物！”凤霄随之覆上她，慢慢低下头，“你见过楼主？”

冯小怜自恃风华绝代，阅尽千帆，但在凤霄的气息逼近时，竟也微微乱了分寸。

“自然见过。啊嗯，你轻点儿——”她忽然声音转高，拖长了音调喘息。

门外站着的人不由暗骂一声“贱人”，终于转身离去。

床上，冯小怜眨眨眼：“你为何捏我的腰？”

凤霄：“你又为何配合？”

冯小怜笑道：“与副楼主春宵一度不是很有面子的一件事吗？我敢打赌，

方才在门外窃听的人一定是元三思。”

凤霄轻佻道：“他吃我的醋？”

冯小怜咯咯一笑：“错，他不信你。”

凤霄：“你能听出他的脚步声，这份功力也可以了，位置不该在段栖鹄和玉衡他们之后吧？”

冯小怜伸了个懒腰：“我虽然得了十三先生之名，也不过是倚仗艳名与些许双修秘门，你们这些高手宗师又何曾真正瞧得上我？凤郎，你虽看似与我调情，心却不在这里，该不会——”

凤霄藏在背后的手慢慢收紧。

冯小怜：“该不会和玉秀一样，也心上有人了吧？”

凤霄似真似假道：“你猜？”

冯小怜揽上他的脖颈：“我猜，世间碌碌凡人应该皆不入你眼，你喜欢的只有自己。”

凤霄笑道：“我现在真有些喜欢你了。楼主是个什么样的人？”

冯小怜奇道：“你怎么对楼主这么感兴趣？”

凤霄：“他以一己之力建立如此庞大的组织，网罗这么多高手势力，难道不值得我好奇吗？作为新任的副楼主，却从未见过楼主，未免有些说不过去吧。”

冯小怜笑道：“不必心急，明日便是七夕，我听说楼主也会来。届时，十三楼内济济一堂，才算是人齐了。”

凤霄目光一闪：“林雍与宁舍我他们也会来？”

冯小怜：“自然，你该不会以为他们真去了东海郡吧。这里，才是真正的聚会之处。”

凤霄：“如此说来，云海十三楼还差九先生与十先生，他们又是谁？”

冯小怜“扑哧”一笑：“你这样心急，很容易让我误会你是假意投诚，来刺探情报的。”

凤霄笑道：“若我说我是为你而来的，你信吗？”

冯小怜眨眨眼，望着对方亲下来的脸，正要说话，忽而脸色一变，身形轻若飞燕，从凤霄身下掠出。玄色被单在空中化为碎片，她却不管不顾，扑向门口的方向。

“救——”

然而凤霄的速度比她想象的更快，还未等她喊出声，她的喉咙已经多了一道血痕。

冯小怜睁大了漂亮的双眼，瞪住凤霄，似没想到自己最后竟是以如此滑稽随意的方式死去。

“你很聪明，我本来只想弄晕你的，可惜被你发现了。”凤霄遗憾道，抽回手时，手上多了一根染血的琴弦。

若崔咏知道自己心爱的余音琴被凤霄拆了琴弦杀人，估计用不着崔不去动作，他直接双腿一蹬就能气死了。

“麻烦有点大了。”凤霄喃喃自语，手里还抓着绝世美人的一条胳膊。

崔不去在天昏地暗中徘徊许久，身体一直往下沉，直到有人将他拽住，从深渊中一点点拉起。那人的力气很大，不容反抗，他无法自主地被强行拽回地面，于是剧痛袭来，伴随着潮水般的回忆。

想咳嗽，却疼得咳不出来。崔不去浑浑噩噩，甚至在某个瞬间，他以为自己回到了九岁那年走投无路的光景。

不能死。

他不能死。

他要活下去。

一定要活下去。

嘴巴被掰开，一股清凉滑入，灼痛的喉咙略略好受一些，可胸口却更痛了。仿佛听见有人耳语，那人握住他无力的手指，轻得像捧着一根羽毛，温柔视如珍宝，生怕将其弄碎。

他崔不去半生飘零坎坷，注定命中克尽六亲，冷心绝情，何曾受过如此对待？

果然是梦吧。他无声叹息，再度陷入昏迷。

寒风猎猎，冰冷刺骨。崔不去身穿单衣，立于悬崖，背对深渊。怀里的天池玉胆无须凭借星月也能幽幽发光，忽而幽蓝，忽而浅绿，如一汪流动的泉。

崔不去面露疑惑，似奇怪为何天池玉胆会无端端到自己手里。他的手捧着玉胆，却没有感觉到任何温热或冰凉。

这是在梦里？

思绪混沌，如沉浸在海水中相互缠绕打成死结的线团，怎么也解不开，只能随波逐流慢慢下沉。

明知是梦，却无法醒来，浑浑噩噩之中，似忘了什么重要的事情还未做。

前面走来一人，身形由远及近，逐渐清晰。

是凤霄。他手持长剑，满身血污杀气，仿佛刚刚经历过一场殊死搏斗，斩落无数敌首。剑上的血顺着剑身往下滴落，在他来时路上蜿蜒出一行血迹。

凤霄来到崔不去面前："把玉胆给我。"

崔不去："你果然是假意投诚？"

凤霄点头："若不这样，怎能深入虎穴，将敌人一网打尽？"

崔不去："云海十三楼的楼主是谁？"

凤霄："我还未问出来，不过范耘他们全都被我杀了。幕后主使迟早会按捺不住自己跳出来的。"

他的脸上沾了血污，发髻凌乱，几缕散在鬓边。但凤霄浑不在意，目光凛冽锐利，嘴角冷漠，毫无往日谈笑风生的轻松随意。

"把玉胆给我。"凤霄再次说道，朝对方伸出手。

崔不去冷冷道："我被你刺了一刀，身受重伤，需要玉胆来续命，凭什么给你？"

即使在梦中，他们依旧针锋相对，互不相让。

崔不去没有朋友，他也不需要朋友。左月局永远有解决不完的案子，足够填满他所有空闲工夫。但不知从何时起，凤霄这个名字就与他经办的案子分不开，他频频出现在自己身边，甚至取代了乔仙与长孙的位置。明面上两人依旧斗智斗勇，不放过任何一个能坑对方的机会，但实际上——

崔不去忽然想起在博陵郡时，元三思以余氏师兄的身份特意接近，一步步水到渠成引人上钩。他并非没有过疑心，只是当时另一重因素若有似无麻痹了他的判断。

凤霄故意在树上偷听他与元三思的谈话，又光明正大提出分功劳，无意中就给人一种暗示：元三思所言全是真的。然而更想深一层，既然连凤霄也相信了，那么事情自然是八九不离十的。

这何尝不是另一种间接的信任？时至此刻，他身在梦境，才忽然意识到这一点。

可笑他崔不去英明一世，竟也栽了。

寒风刮在脸上，是记忆里的冰冷，玉胆依旧没有任何手感，轻飘飘若一团浮云。明明已经意识到是梦，却无论如何挣扎也醒不过来，反而只能沉沦在似真似假的深渊边缘。

梦里这位凤霄听见他的反唇相讥却笑了："你要玉胆，也得看自己有没有这个本事拿着。"

说罢他提刀朝崔不去刺来，手法快若闪电，崔不去甚至还未察觉，胸口便已被刀刺入。

剧痛铺天盖地地汹涌而来，崔不去低头，鲜血争先恐后染红衣裳。明明已经经历过一次的痛楚再度鲜明浮现，崔不去不得不弯下腰，企图减缓这种痛苦。怀中染血的玉胆被拿走，凤霄露出讥讽的嘲笑，顺势将他推下悬崖！

坠落永无尽头，深渊已张开血盆大口将他吞噬，头顶那道站在悬崖边上凝视着他的身影也越来越小。

疼痛感越发清晰，崔不去忍不住想呐喊，最终却只能呻吟出声。

身下多了一张冷硬的床榻。他大口大口喘息着，额头上爬满密密麻麻的冷汗，微微睁眼，旋即又闭上。

夜明珠柔和朦胧的光芒，对于刚刚苏醒的人而言有些刺眼了。但这刺眼，却让人有了些许真实感。

崔不去没有抬手去遮，他感觉床边有人。

“是我。”凤霄的声音很低，似刻意压抑，但在这斗室之内足以听清。

这又是梦？崔不去启唇，似叹了口气。

他不知道自己睡了多久，重重叠叠无数个梦境，甚至还有梦中之梦，几乎耗尽他所有精神，身心俱疲，无能为力。

“你没有伤到心肺，当时我特地避开所有要害，看起来流的血多而已。只要能及时止血，等伤势痊愈，就没有大碍。”

凤霄将他扶起，喂他喝水。但凤二府主显然极少甚至从来没有做过这种伺候人的活计，一不小心喂水的动作稍快了，直接将剩下的水泼了崔不去半脸。

崔不去：“……”

他怀疑自己还在梦里，只不过这次是一个滑稽荒诞的梦。

“失手失手。”凤霄打了个哈哈，抬袖帮他把脸上的水渍擦干，见他面色平静，不由疑惑，“你就没有话要问？”

“你如何，”喉咙的疼痛让崔不去蹙起眉头，仍是哑声将话说完，“在那么短的工夫里，避开我的要害，连经脉都没伤着？”

“你猜。”凤霄卖关子。

爱说不说，不说拉倒，谁有空在梦里猜哑谜？崔不去连翻白眼的力气都没有，直接闭上眼，等对方一言不合又是一刀刺来，他便可重新入梦。

但这次没有刀。

“喂，别睡。”凤霄伸手过来，捏住他的眼皮往上掀。

崔不去被迫睁眼，一张大脸随即凑过来。

“你心疾又犯了？刚不是才给你喂了药？”

“你还是给我一刀痛快吧。”崔不去有气无力道，心说这梦真是太烦人了。

凤霄：“告诉你便是，好不容易醒了，装这副死样子作甚？你在六工城中了奈何香时，高烧不起，奄奄一息。裴惊蛰那家伙吓坏了，要给你找大夫，就让我给制止了。找什么大夫，瞎浪费钱，好歹练武之人也懂点医术，本座便亲自为你把脉。”

崔不去：“……”

凤霄：“我发现你经脉紊乱，气息虚弱，就连这心脏也比常人长偏了半寸。所以我那一刀不仅避开了所有要害，而且连经脉都没伤着。”

他将手放在崔不去的伤口上，力道轻得崔不去几乎没有感觉。

凤霄贴着他的耳朵说话，让他觉得这个梦不仅真实，还有那么一点温度。

崔不去微微张口，正要说自己欠他一个人情时，凤霄又下了结论。

“你看，省钱的初衷却最终救了你一命。”

崔不去顿时什么也不想说了，凤霄捏住他的手腕，将内力一点点输送过去。冰冷的四肢逐渐暖和起来，胸口升起一团暖融融的火焰，就连疼痛感似乎也减轻许多。

这越来越不像是梦了。

昏暗柔光中，凤霄看见对方的眼睛幽光明灭，虚弱不定，宛若两盏漂浮水面的河灯，离得远时觉得近，走近时又漂远。

凤霄直接伸手盖在这双眼睛上，似将河灯也攥在手心，顿时有了种安定感。

崔不去的眼皮轻轻颤动，睫毛刷过掌心，带来微痒。

“别闹。”凤霄定定杵在床边看着他，心想这病鬼还真是多灾多难。

此人面目寻常，平日里也就眼睛和嘴巴勉强能看了，如今又挨了一刀，雪上加霜，满面病容不说，连带嘴唇也干涸起皮，浑无半点血色。

被遮住双眼的崔不去根本不知道发生了什么，眼上的手已经离开。

他疑惑了一瞬，决定先不去管这些。

“你是何时与范耘联络上的？”

凤霄没搭理他，兀自沉浸在自己的思绪中。

崔不去沉默片刻：“你头发乱了。”

“嗯？”凤霄随即回过神，从袖中摸出一面巴掌大小的铜镜，对着夜明珠，以绝顶高手的目力端详片刻，理了理，松一口气：“还好，没乱啊。”

崔不去：……真是够了。

他心想，生死关头，危机重重，还能关心这种事情，果然才是凤霄真本色。

唯一的好事是，这肯定不是梦了。

“如果你没法在这里逗留太久，就尽快将事情说明白，好让我也有所准备。”崔不去气力不济，一句话说得七零八落。

事到如今，隐瞒再无意义，凤霄轻咳一声：“不是范耘。最初来找我的是林雍，就在我们从且末城回京时，此人找上门来，给我送了一桩功劳，告诉我沙钵略可汗派人在京城埋下的几处钉子。”

崔不去点点头：“我记得，他对你甚是倾慕。”

凤霄抽了抽嘴角，没接这话，继续说道：“他与我互相试探。我故意将自己武功遇到瓶颈的困难透露给他，又假意醉酒，告诉他皇帝对解剑府并不信任，所以设立了左月局来互相牵制，让他自以为时机成熟，终于向我袒露身份。林雍在十三楼内地位不高，仅排第七，这还是楼主看在他熟悉北方有大用的分上，才让他位居宁舍我前面。”

崔不去：“他见过楼主吗？”

凤霄：“没有，引荐他入十三楼的是玉秀。之前都是楼主身边的使者传递命令，不过他说宁舍我应该见过。”

受伤不妨碍崔不去的反应，他很快道：“看来楼主常驻南方。”

凤霄：“不错，我也是这样想的。当时林雍给我许了三个条件，一是事成之后的异姓王爵封赏，二是炼玉功，三是动用朝廷力量，助我一统魔门。他甚至奉楼主之命给我送来一份贵重的见面礼，昔年魔门宗师崔由妄的舍利。”

这下就连崔不去也面露动容，他叹道：“果然贵重无比！”

舍利，通常被认为是得道高僧坐化后焚烧尸体留下的大智慧物，但武功练到一定境界的宗师级高手在火葬之后，同样也可能有舍利。这样的舍利蕴含宗师生前功力，若被江湖中人得到，在增进功力方面会有意想不到的效果。但这种宗师舍利可遇不可求，更不要说崔由妄的舍利了，这对同样修炼魔门武功的凤霄而言，自然具有极大的诱惑。

崔不去：“可我不明白，崔由妄的舍利远比炼玉功珍贵，他为何不将此作为条件，岂非比炼玉功更好？”

他一口气说了太长的话，以至于后半句气息短促，咳嗽不已，但一咳嗽不由得气血翻涌，伤口疼痛。

凤霄捏住他的手腕，继续灌以内力。他的武功飘逸不失霸气，这次的内力却柔和绵绵，控制得当，没让崔不去感到一点不适。

“因为他不是魔门中人，那一颗舍利他也无法验证真伪，索性当作顺水人情赠与我，还能给人留下一个出手阔绰、值得追随的名声。”

崔不去：“看来，舍利是真的。”

凤霄笑了："是真的。虽然只有一颗，对我的内功确大有裨益，我想，那位楼主在知道白白便宜了我之后，现在肯定后悔得吐血。他通过林雍告诉我，他手上还有两颗舍利，若我加入十三楼，待大功告成之日，就会将余下两颗舍利一并奉上。"

崔不去自嘲："大功告成，必是指谋朝篡位。看来诱我入彀，才只值一套炼玉功啊。"

凤霄："我没有事先告诉你，是因为从当时林雍传递的只言片语中，我发现十三楼里有非常了解你的人，甚至知道你过去的许多事情，很有可能就是乔仙或长孙。"

崔不去蹙眉："所以你看着我把长孙调去东海郡，却什么也没提醒。"

凤霄："不错，我不知道潜伏在你身边的人是谁、有什么地位、知道多少，自然是什么也不说最为妥当。我料到他们必定会招降你，可没想到你平日里狡诈多变，这种时候居然坚贞不屈起来，若非我出手，你真打算被玉秀折磨不成？"

崔不去歪了歪头："你当时与我对视，不是在暗示我不要答应吗？"

"……我是在劝你跟他们虚与委蛇。"凤霄看出对方的企图，"你别想把责任推到我身上再索要什么补偿，我告诉你，这次纯粹是你自找苦吃，完全活该。"

崔不去缓缓眨了两下眼睛，艰难道："当时已经有你投诚，若我那么快妥协，如果你是十三楼的人，不会觉得反常即有妖吗？范耘肯定会连你一起怀疑，我的牺牲完全是为了保全你——"

凤霄的反应是直接出手捏住他的嘴巴，让他再也说不了话。

"闭嘴吧你，再有下次，我绝不刺偏。"凤霄压低声音，恶狠狠道，"保证一刀让你了结！"

崔不去没反抗没挣扎，没有呜呜出声，仅是安安静静瞅着他。安分的崔不去显得格外乖巧听话，殊为难得，所以更加可贵。

凤霄满意了，正想说两句奚落的话，外面忽然传来一声响动。

他猛地回头！

石门缓缓打开，范耘走了进来。崔不去躺在床上，均匀呼吸，似已熟睡，他却径自发问："好些了吗？"

范耘这样问，便是知道崔不去醒了。一个人装睡装得再像，清醒时的气息也截然不同，绝对瞒不过高手。

他无视崔不去一脸送客的表情，在床边坐下。

“我知道你心中对我有怨，此事的确是范某亏欠于你，不过为了达到目的，即使牺牲性命也在所不惜。你我各为其主，你既然不肯归顺，我也只能用这种法子将你请到这里来。”

崔不去冷冷看他一眼，又闭上眼睛：“两晋以来，无数枭雄起事汹汹，却下场惨淡，他们兵强马壮，天时地利人和比你那位楼主不知强了多少倍。以先生之才，就当真相信他能成事？”

范耘不以为意：“世间多少事，知其不可而为之，谋事在人，成事在天。不去，你既然说天时地利，就该知道那些枭雄有的成在天时，有的败在地利。譬如杨坚，以外戚之便谋朝篡权，说白了也就是凭女人幸进的，哪怕他将来名留青史，这个污名也抹不去。更何况，你不要小看楼主，他的确有你想象不到的能耐。”

崔不去讥诮道：“能够网罗这么多高手，有凤霄、元三思这些安插在朝廷中的棋子，更有范先生你这样的谋士，他的能耐的确很大。”

范耘意味深长道：“你以为仅止于此吗？”

崔不去眯起眼。

对方却不再说下去，从怀中摸出一个瓷瓶，“这是补血养气的药，没毒，对养身体有好处，吃不吃由你。”

范耘拍拍他的肩膀，说了句“好生歇息”，便起身走了。

石门重新关上，凤霄从石室顶部的角落跃下，拍去身上的尘土和蛛丝。

“他发现我了。”

高手之间的气机牵引最为微妙，即使凤霄自忖从头到尾都没有露出破绽，即使范耘也没有朝他藏身之处望上一眼，但凤霄仍旧可以肯定，范耘已经发现了自己的存在。

这并不奇怪，斗室之内本来就很难藏人，凤霄之前甚至已经做好与范耘动手的准备。但对方明明发现了他，却没揭穿，这就说不过去了。

凤霄拿起范耘留下的那瓶药，打开瓶口嗅了一下，顺手放入怀中。

“不管这老匹夫打什么主意，不吃为妙。”

崔不去没有拦阻，兀自沉吟道：“他方才说，知其不可而为之，这是路人对孔子的评语，意喻对方乃大智大勇之辈。范耘以此自比，是为了说明自己有苦衷。而且，他似乎在暗示我们，那位楼主的手下不止我们所知道的这些人，可能还留有意想不到的后手。”

凤霄嘲弄：“难道你想说范耘是卧薪尝胆的内奸？他能眼睁睁看着你被我捅一刀，这内奸当得甚是卖力啊！”

崔不去叹了口气："还有一个可能。"

凤霄皱眉："他既不是十三楼的人，也不是帮我们的。"

"不错。他与我相处数年，应该知道我是个怎样的人，以他的才智，早该料到我就算表面答应，内心肯定不甘于被摆布，非要闹出点儿事来。"崔不去认真说道。

冷不防凤霄一乐："我从未见过有人将自己比作搅屎棍的！"

崔不去停住话语，面无表情地看他。

凤霄伸手弹了下他的额头："身心舒畅，自然百病皆消，我这是在助你尽快痊愈，你应该谢我才对。"

忍一时风平浪静，崔不去闭了闭眼，继续道："既然范耘没有发作，那也暂时不会在玉秀他们面前揭发你。这次你深入虎穴，是否做了什么准备？"

凤霄疑惑："什么准备？"

"你该不会就想着单枪匹马直捣黄龙吧？"崔不去略略提高声音，话未过半却咳嗽起来。

凤霄惊讶："像我如此智勇无双、以一敌百的人物，难道还需要呼朋引伴吗？"

忍一时风平浪静……去他的风平浪静！崔不去勉强撑起身体，随手抄起边上的空碗就砸向凤霄。

对方轻松接住，反手放在桌上，以一种给猫儿顺毛的语气笑吟吟哄道："你看你，身受重伤竟还如此暴躁，不想好了是不是？我出京时留了一手，让老三亲自带人暗中尾随我们，在安平隔壁的饶阳等候。"

见他说及正事，崔不去立时安静下来，只是方才动了气，依旧咳嗽不断。

凤霄暗自好笑，又倒了半碗温水喂他。

"天南山此处我事先也不知情，直到元三思道出，我才传讯给老三。想必我们动身之时他们也已经上路，但无人引路，他须得费上一番功夫才能找进这里，更不必说入洞之后还有个北斗双璇阵，除了你跟范耘二人，这世上恐怕没人能破得了吧？"

"不错。"崔不去道，"除非我们弄出什么动静，将他们引过来。"

凤霄："此事我来想法子，你安生养病吧。还有，崔道长，就你这破身体，不知能多活几日，还是把脾气收一收吧，免得哪天云海十三楼没倒，你就先一命归西了。"

崔不去冷冷道："你不气我，自然万事皆无。"

凤霄眨眨眼，忽然出手，迅雷不及掩耳般点了崔不去的睡穴，接住他顷刻软下的上半身，将人安置在床榻上。被强制入眠的崔不去眉间犹有折痕，仿佛千头万绪尚未解决，梦里也不安稳。

凤霄在折痕处的穴位揉了片刻，生生将那折痕抚平。只有在这个时候，崔不去才会显得人畜无害，良善可欺。

可也仅仅是看起来罢了。此人不仅嘴巴毒，心肠硬，对人对己皆是辣手无情，为达目的不择手段。脾气任性不好伺候，病体残躯如风中烛，不知何时就会熄灭。就连崔不去三个字也透着一股生人勿近的冷硬气息，仿佛饱经风雨霜雪的山石，无须旁人接近了解，更无须任何人亲近。

反观他凤霄，英俊潇洒，风度翩翩，一开口便有美人主动送上门，即使倾国倾城的绝代尤物冯小怜也想与他春宵一度，那些想要求他青眼的男男女女更是俯拾皆是。

上天不仅赋予他出色外表，更让他才智非凡，从小到大，他想学什么、想得到什么，几乎不必花费什么力气，轻而易举，唾手可得。便连这法镜宗宗主之位，魔门里多少人眼红嫉妒，争得头破血流，到了他这里，却是前任宗主为了让他上任，像扔烫手山芋似的将位子扔给了他。

凤霄并非那等傲气内敛的虚伪之辈，他是真觉得天地广阔，能与自己并驾齐驱的人却寥寥无几。崔由妄、晏无师等魔门宗师也许在武学上能与他一战，但凤霄自忖论才智论容貌，自己都要胜过这些人不止一筹半筹。

凤霄左看右看，又从石壁上抠了一颗夜明珠下来，对着崔不去的脸照来照去，就是没看出这张脸上有何特别。鼻子平平，眉毛平平，眼睛嘴巴好些，可也只是略好些罢了，怎比得上他十之一二?

凤霄忽然想起很久以前，他们俩虎落平阳，在茫茫边城戈壁之间逃命。两人当时还各怀鬼胎，却不得不放下成见暂时合作，缩在悬崖下面方寸大的山洞里度过风雪一夜。

那时候他被崔不去逼着叫了三声爹，心里想道等他脱困，一定要让这病鬼跪在地上抱着他的大腿喊爹。

结果呢?自己现在看着这病鬼的脸，竟有种油然而生的欣赏。

这样不行。念头闪过，凤霄伸手覆上崔不去的脖颈，掌心与对方的肌肤相贴，除了温暖之外，还有微弱跳动的生机。

凤霄慢慢收紧了手。崔不去的表情没有痛苦，伤势加上被点了穴，他已陷入深眠之中，面上自然而然流露出恬静安宁。他挣扎半生，尝过世间颠沛流离、人情冷暖，这样死去对他而言，未尝不是一种解脱。

眼前这山洞之中，高手云集，十面埋伏，险象环生，凤霄想要全身而退也得找机会。再多一个崔不去，纵使对方智计百出，可在这等情形下，主意再多也免不了成为累赘。

这病鬼很瘦，脖子也修长细瘦，一只手稍微用力就能捏断，然后对方便再也没了呼吸，更不可能对凤霄冷笑，言语如刀，一肚子坏水，逮到机会就给解剑府使绊子。

从此他凤霄山高水阔，天大地大，再也没了弱点。

好处千般，百利无害。可，就是下不了手。说到底，无非三个字——舍不得。

舍不得他动辄冷嘲热讽的言语，舍不得他眉毛一挑的冷笑，甚至还舍不得他带着七分讥诮三分算计的那一句“凤二府主”，所以说，这病鬼到底有哪里好了？！

凤霄松开手，叹了口气。

早知如此，当初在戈壁上就该直接一剑把他给捅死，否则哪来今日自找的这么多麻烦？

# 第四十章 孤注一掷

凤霄离开石室之后，便循着范耘之前所指，走向位于中央的主厅。

此处七弯八绕，明路暗道交叉颇多，他至今也没有全部摸透。再者他加入十三楼未久，范耘等人对他尚有戒备，不可能倾囊相告。

沿路不时遇见婢女侍卫，这些人知道他的身份，都停下来行礼，但话不多，训练有素。凤霄若停下来问他们的身份来历，他们也绝不敢多言，从口音上来听，南北交杂。他们在这里应该不止待了三五日，因为肤色都偏苍白，正是长期不见天日的表现，很可能他们发现此地并将其改造为据点之后，这些婢女侍卫就已经来到这里守着了。

凤霄觉得这些人像极了在墓中活得久了的行尸，浑身透着一股阴寒之气，不似能够收买贿赂的。他观察了许久，暂时没找出什么弱点。

既然没有弱点，那就只能从别处下手了。

照他进来时的感知，再通过与崔不去的讨论，凤霄判断，这个天然洞穴应该是个类圆形，各种弯道围绕中间的厅堂打通，若要出去，就得经过他们进来时的北斗双璇阵。

崔不去大致教过他应该如何从阵中穿过，但据崔不去说，此针以北斗为中心，结合二十八星宿能有无穷变化，只要布阵之人稍稍改变，就能让人头晕目眩困于其中。

现在想来，范耘会让凤霄引崔不去过来的目的也很值得推敲。对方明明知道自己这个学生精通北斗双璇阵，是否一早就存了想借崔、凤二人的势力来对付云海十三楼的心思？若是如此，范耘背后又是哪一方的人？南朝？高句丽？

凤霄将思绪拉回来，暂且不去管范耘。

没出去就看不见日升月落，不知白天黑夜。自己屋里有沙漏，但他懒得折返了，出入一趟山洞也很麻烦，凤霄在心里估摸着此时应该是七月初七早晨。也就是说，那位楼主将会在今日抵达此处，与众人会面。

他们至今没见过云海十三楼的楼主，以玉秀和元三思的武功性情，就算有共同利益将他们拉拢到一起，楼主本身必须也有相当的能耐，起码武功过人或是一方豪强。

凤霄将自己所知道的高手名单倒腾了一圈。

许多宗师级别的顶尖高手，兴趣已经超越对世俗政权的追求，而向往更高境界的武功探索。譬如当年的崔由妄，若他不是强行提升，最后导致走火入魔，此时肯定还好端端活在人间。除去这些人，剩下的人选也就不多了。

凤霄甚至怀疑此事与南陈皇帝有关，可如今这位南陈天子穷极淫侈，寄情歌舞，怎么看都不像能干出这种大事的人。

一路走一路胡思乱想，等回过神来，眼前豁然一亮，人已经到了会客厅。

正说着话的几人回过头，其中一人面露惊喜，快步迎过来。

“云天，我这一路上可是想你想了许久！”

凤霄微微一抽嘴角，露出笑容道：“好久不见，林少庄主。”

来人正是云海十三楼内排行第七的雁荡山庄少庄主林雍。

当年因缘际会，凤霄与林雍结识，初时便觉此人浪荡子弟的外表下似乎有些不寻常，就暗中让人调查他，果然发现林雍背地里的性情完全不是如此开朗活泼。他时常凌虐下人仆从，稍有不如意就以铁丝绞鞭伺候，每个月往别庄外运出的尸体不止一具两具。

林家原本是做绫罗瓷器买卖的，但在林雍掌权之后，雁荡山庄就开始接手镖行铁铺等生意，可见此人完全不像表面上所表现出来的那样简单。

京城再会，林雍见凤霄“失意”，几番试探之下终于表明身份，趁机邀请他入十三楼。凤霄半推半就，将计就计。林雍原就对凤霄有些意思，此时只觉与他关系比旁人更为亲近几分，不知不觉从言语里表现出来。

“多日不见，云天风采依旧。”林雍笑道，隐隐带着幽怨，“既然已经是自己人了，你怎么还少庄主少庄主地称呼呢，直接喊我表字华雅便可。”

“叫习惯了，一时改不了口！”凤霄哈哈一笑，视线移至他身后的人，“这位想必就是宁帮主了吧？”

宁舍我缓步上前，拱手行礼：“凤公子人如其名，果然丰神如玉。”

他年过五旬，身材有些发福，不过一双手掌的肤色远比身上其他地方黝黑，一看便知练了某种掌上功夫，不容小觑。

林雍见凤霄与宁舍我打招呼，根本不理自己，不由面露不快。

玉秀忽然道："别人不爱与你套近乎，你又何必自作多情？"

林雍沉下脸色，盯着玉秀，忽然一笑："你若是那只眼睛没瞎之前，我也愿意对你好言好语，只可惜你现在已经人不如其名了，你的晋王殿下是否也因如此才选择丢弃你这枚棋子的？"

玉秀冷笑："你自己是个断袖，便当天下人都与你一样？若非看在楼主的面上，我早就将你杀了。"

放眼在场众人，有的掌管南方水运，有的聚拢北朝财富，范耘学富五车，玉秀连突厥可汗都敢假冒，随随便便就能制造出一场动乱。虽说玉秀被崔不去坏了好事，变成亡命之徒，但怎么说也曾为晋王幕僚，宫闱内幕、朝廷机密总是知道不少的。

单论阵容，他们这几个人足以掀起惊涛骇浪了。这些人原就是各据一方的豪雄，虽然因为同一个目标而聚拢在一起，但彼此谁也不肯服谁。

玉秀在晋王身边时，文质彬彬，秀丽安静，如今身份大变，也不再压抑脾气。他非但看林雍不顺眼，甚至几次与凤霄视线交会时，凤霄都清楚瞧见对方狭长眼睛里掩盖不住的杀气。

一目之仇，玉秀从未忘记，但凤霄不是易与之辈，现在更是加入云海十三楼，不是他想杀就能杀的人，所以之前他只能将满腔怒火都发泄在崔不去身上。

"好了！"在林雍反唇相讥之前，范耘已经出言打圆场，"二位都是十三楼的主事，纵有些许龃龉，大局当前，也该放下成见才是。今日楼主召我们至此，其实是为了即将举事做准备。"

众人皆是精神一振。

范耘正欲再说，举目四顾，忽然问道："四先生呢？"他问的是元三思。

玉秀道："昨夜之后便不见人了。"

凤霄笑道："我倒是见过他。"见其他人都望向自己，他顺势把后半句说出来，"在冯小怜的门口。"

众人顿时露出了然之色，唯独范耘看了他一眼，又是那种意味深长的表情。

说曹操，曹操到。

"凤霄你这狗贼！"下一刻，元三思的身影出现在会客厅内。他显然听见凤霄的话，一现身即出手朝对方抓去。

凤霄不慌不忙，以手中折扇格开，但元三思招招杀招，不留余地，两人随即在会客厅内交起手。无人上前干预，反倒纷纷自动起身让出位置，观战的同时不乏考究，想看二人之间谁更胜一筹。

凤霄明显没有倾尽全力与对方一战的意思，他故意把战场往范耘那里引，自己则借机朝范耘身后躲，不知不觉变成挡箭牌的范耘不得不出手阻止。

“有话好好说！”

“冯小怜死了！”元三思怒道。

所有人俱是震惊。那样一个大美人香消玉殒，便是不近女色的林雍，闻言也生出一股既愤怒又遗憾的情绪。

“何时的事？！”

冯小怜排行十三楼最末，武功虽然最差，可也不是能随意任人宰割的。更何况这样的绝色美人，又有谁舍得杀她？

元三思盯住凤霄：“昨夜我分明听见冯小怜与你在房中私会，今日过去人就死了，你作何解释？”

凤霄一脸无辜：“我需要作何解释？如果我跟冯小怜有什么苟且，此时应该两眼发黑才是，哪里会这样精神奕奕？且不说我与冯小怜并无恩怨，元兄你的房间与我的并不相连，又怎么知道冯小怜跟我私会？冤枉人也不是这个冤枉法吧？”

他又转向范耘：“我是副楼主，元三思是四先生，这以下犯上该怎么说？”

元三思冷笑：“你这副楼主还未得到楼主亲口承认呢！昨夜我与范先生彻夜长谈，并没有回自己房间，刚才回去一看，人就死在我屋子里，脖子上的血痕正是琴弦造成的。别以为我不知道，你在博陵郡得了余音琴，将那琴弦拆下来当武器，不是你又是谁？”

凤霄奇道：“你彻夜都在范先生那里？你们聊了什么竟能聊一整夜？范先生，元三思所言属实？”

范耘沉吟道：“其实也谈不上彻夜，后半夜时元兄就已告辞离去。”

元三思又惊又怒：“我分明将近天亮时才走，范耘，你竟也被这小子收买了不成？！”

范耘皱眉：“元兄，你冷静些。冯小怜的死必有蹊跷，现在还不能确定凶手是谁，等楼主来了再作定论也不迟。我们先过去瞧瞧她。”

其他人都没什么表示，范耘横在中间，元三思也没法再动手，他狠狠剜了凤霄一眼，当先举步往外走去。

走没两步，元三思顿住，面色一凝：“什么味儿？”

林雍失声道：“走水了！”

没等其他人反应过来，外面已经传来侍卫四处奔走、呼喊救火的动静。

凤霄心头一动，想到被自己点了睡穴的崔不去。

“出去再说！”范耘沉声道。几乎是在他话音方落，地面竟是一阵剧烈晃动，连带头顶山石也跟着簌簌落下。

所有人面色剧变。凤霄不再犹豫，抢出一步，奔向外面。玉秀目光一闪，紧随其后。

火起初烧得并不快，但范耘等人所处的位置是洞穴中央，他们能够闻到味道，说明火势已经蔓延开来。

隆隆闷响传来，头顶一阵颤动，又有一些山石滑落下来。外面风雷交加，偏又没雨，天雷击中外面的山石，立时引发附近山体的震颤。

这里有几个通风口，但小到连孩童都无法出入。此时风从上方的通风口刮入，呜呜作响，莫名让人心慌，再有人一喊失火，立时便引发小小的骚乱。

火借风势，很快就蔓延开来。

蝼蚁尚且偷生，这里的婢女侍卫被训练得再镇定麻木，毕竟还是人。他们深知此处隐秘，出入困难，也不知能不能逃出去，就越发慌乱起来。

灶房是唯一有柴禾火源的地方，起火也只能是先从灶房开始。众人夺路而出，有的人奔向灶房灭火，有的人则直接逃向洞口。但去灶房的人很快就会发现那里已经无法挽救，不知哪个缺德冒烟杀千刀的还在沿路浇上火油，令火势一发不可收拾。

混乱之中，凤霄朝另一个方向奔去。

崔不去被点了睡穴，若没有人解，只怕不会很快醒来，连起火都不能察觉。等火烧到门口，再想跑就来不及了。堂堂左月使被火烧死，这种死法怎么都不太符合他足智多谋的形象，只怕做了鬼也要来找凤霄同归于尽。

石壁上的夜明珠不知被何人抠走，没了光源，昏天暗地，烟熏火燎，饶是凤霄也有点受不住。好不容易一路摸索至此，推开石门之后，却发现屋内床上空无一人。

凤霄心下一沉，正要转身，便听身后传来冷笑。

“你们果然投诚是假，里通外合是真！”

说话之间，凌厉掌风挟着刺鼻的烟火气息，直指凤霄后背命门！

凤霄反应极快，早在玉秀出声时他便已头也不回往前飘出数步，身形骤然拔高，又趁着玉秀逼近之时，借力石壁回身拍出一掌，正对上玉秀的掌风。

“砰”的一声，斗室之内承受不住两人的真气涤荡，竟微微震颤落下碎石。两道虚影在黑暗中纵横交错，全凭对敌人气息的感应来判断自己下一步的动向，而这种判断实则不过短短一瞬，便如在黄泉人间来回一趟。

若非遇上崔不去和凤霄这两人，玉秀如今还好端端待在晋王身边当他的心腹幕僚。晋王年少慕艾，虽不至于对玉秀下手，可两人之间走得过近，总有些说不清道不明的暧昧，玉秀也乐于利用这层亲近的关系去做一些事情。

云海十三楼布局甚广，朝廷内外皆有他们的人手，在晋王身边的玉秀正是其中一环。玉秀不介意臣服于楼主，因为他自始至终在意的只有千金公主一人，在帮楼主达成目标的同时，公主也能获得自由，与他双宿双栖。玉秀很乐意帮助楼主完成大业，经过几年的布置，万事俱备，只差一个合适的时机。

但这盘几乎完美的棋，被崔不去和凤霄几乎毁了个干净。

若是从前的解剑府和左月局，二者本来互相牵制，但不知从何时起，这两人居然勾结到一块去。崔不去阴险狡诈，凤霄武功高强，单拎出一人不足为惧，但若他们精诚合作——造成的后果，玉秀已经见识过了。崔不去若死，左月局群龙无首，没了这个善于算计精于观察的人，凤霄便是武功天下第一，又能做得了多少？

玉秀恨极这两人屡屡坏了大事，更恨凤霄毁了自己一目。此时既然知道他投诚是假，自然再不留情，出手招招杀机，直欲将对方置于死地！

凤霄却无意恋战。既然崔不去的睡穴不可能那么快被解开，他又不知所踪，那只有一个可能，他被人带走了。不管被这里的哪一个人带走，崔不去的下场都不会太美好。

玉秀感受到了凤霄急于脱身的些微焦灼，他却不知对方为何会有这种焦灼。

玉秀对崔、凤二人的关系认知还停留在出京前，在他看来，解剑府和左月局各有利益算计，短期合作也就罢了，根本不可能真有什么交情。现在凤霄急着找崔不去，玉秀只能理解为可能是对方身上有什么重要的东西。

电光石火的念头闪过，玉秀夺门追出，二人一前一后在暗道中飞掠，速度极快。凤霄每次想要提气甩开对方，又总被追上，通道狭窄根本施展不开。

他被追得有些烦了，方向一转，索性奔向出口。

此时山洞之内已是混乱一片。有的人急于寻找出路，有的人忙着找个安全之处暂时栖身，谁也顾不上凤霄他们，范耘、元三思等人更是不知去向。凤霄甚至怀疑这一出混乱与崔不去那病鬼脱不开关系，但对方伤重如斯，走路都走不稳，又如何给敌人制造这么大的麻烦？

玉秀当日从凤霄手下逃脱之后，得到云海十三楼楼主的亲自疗伤，还被传授了一道厉害阴毒的暗器，名曰潋滟水波。此物无色有形，轻若鸿毛，但内力激发之下，若能破除对方真气刺入穴道之中，就会彻底搅乱经脉，令敌人痛苦不堪。

方才他几度出手，凤霄却十分狡猾，屡屡避开。直到此刻，近在咫尺的身影被前面落下的山石略略一阻，稍慢片刻，玉秀立时举刀劈了过去，趁凤霄一拂衣袖荡开刀气之际，他左手手指微弹，一道疾风正正射入对方肩膀。敌人的身体似乎微微一晃，意识到不妥。玉秀丝毫不给对方以喘息之机，随即屈指成爪暗合内力抓向对方天灵盖，但凤霄这一晃之后身体居然平地消失，让玉秀直接扑了个空！

对方必是用了障眼法绕到前方石头后面去了，他想也不想就提气赶去。石头后面同样什么也没有，前后左右，四周迷雾茫茫，仅有的几处夜明珠却若远若近，飘忽扭曲，仿佛他一步跨入了截然不同的另一方天地！

玉秀暗道不好，心知中计了，自己竟不知不觉被凤霄引入了北斗双璇阵！

他听范耘讲过这个阵法，也知道通常情况下要怎么走出去，但眼前石头林立，波浪翻涌之声轰然袭来，头顶仿佛落下倾盆大雨，根本就不是他之前通过的阵法。

冰寒阴森的气息四处涌动，如冰水凝结而成的利箭嗖嗖划过玉秀衣裳，若非他闪得快，身上已经多出好几道伤痕了。地上甚至暗藏流沙陷阱，一步之差便会如恶鬼之手，将人扯落深渊，困在流沙之中。

范耘曾说此阵变化无穷，玉秀原还不大相信，此时方才领教到范耘的能耐，也才知道楼主为何如此看重范耘。这等阵法用得好了，别说困住一两个高手，就是百来个训练有素的禁军进来，也保管有来无回。

耳边响起刀剑相击的铮鸣动静，玉秀甚至分辨不出是真的有人在不远处交手，还是阵法在运转的缘故。

他后背贴着石头，立定不动，俊秀的脸色彻底阴沉下来，须臾，又浮现出一丝冷笑。凤霄已中了水波潋滟，很快就会发作，自己必能在他离阵之前找到他，届时便是这位解剑府二府主的死期了。

崔不去醒来时，并不知道自己被点过睡穴，也不知有人来过此处，给他解了睡穴。他伸手一摸，发现自己床边多了一样物品——一罐火油，这玩意儿能够令火势瞬间猛涨蔓延。

他清楚记得，屋子里原先并没有这种物什，云海十三楼的人想折磨他都来不及，更不可能送火油过来。显然这东西也不是凤霄留下来的，那就应该是范耘。

他与范耘分别数年，两人天各一方，有各自的事情要做，甚至从未书信往来，但在崔不去的印象中，这位范先生不像是会轻易被人拉拢参与造反大业的人。云海十三楼固然能吸引到玉秀和元三思这种人，却未必能让范耘动心。之前范耘三番两次的言语暗示，似乎也验证了这一点。

崔不去慢慢坐起，摸索了一阵，又发现了有趣的东西。

一把匕首，之前曾被凤霄插入他心口，还有原来在身上的火折子居然也在，还有一套婢女的衣裳。

就算凤霄想要留这些东西给他自保，以范耘的细心不可能没发现。从种种迹象来看，云海十三楼的楼主并不是一个能够被轻易糊弄的人。范耘加入十三楼必然花费了不少心力，甚至帮忙做了不少事情，才能得到楼主的信任，成为楼主幕僚，在此主持局面。可对方现在又暗暗帮助自己，推波助澜，甚至还给他留下火油，像是生怕他不闹事。

不管范耘是什么立场，既然有了这些东西，崔不去自然要善加利用。此处多以夜明珠照明，唯有一处用火，那便是灶房，所以他已经知道范耘要他做什么了。

知道归知道，能在此地制造混乱，也正中崔不去的下怀，他不介意自己被利用。唯有如此，他们才能火中取栗，找到逃离的机会。

崔不去咳嗽两声，喉咙涌上腥膻。这具残躯病体怎么看都不宜搞事，但要是能得耐住寂寞，不兴风作浪，他就不叫崔不去了。

他将匕首和火油带在身上，视线落在那身婢女衣裳上，嘴角抽搐了一下。这里的侍卫多有带刀，平日里他装装样子还成，但现在脚步虚浮，手足发软，的确是扮婢女更像一些。

梁风是云海十三楼中一名再寻常不过的侍卫。

他原本是乐陵一个小门派的弟子，某日掌门为元三思所杀，门派中反抗的师兄们俱被杀死，他和余下的人投降了元三思，顺势也加入云海十三楼，成为外围弟子。

云海十三楼财大气粗，待他们不薄，但为了防止他们串联，梁风和其他同门被拆散。梁风归入元三思掌管的第四楼之中，从乐陵到了天南山之后，就一直奉命守在这个山洞之内。

他们不能下山，更不能离开山洞，虽说俸禄和衣食都很丰厚，但常年隐居深山，不见天日，再多的钱财又有何用？更何况他们身上都被下了毒，没有解药根本跑不远，而解药只能按月领取服用，否则只能暂缓毒发。曾有两人不信邪，非要趁夜出逃，还怂恿梁风一道，梁风胆小，最后也没答应。结果这两人逃跑没几日就被抓回来，浑身乌黑，惨不忍睹，梁风后怕之余彻底相信，他们的确中了毒。

山洞虽大，除了值守之外枯燥难言。时日一久，梁风浑浑噩噩，已经忘了外面今夕何夕，只能在主事的安排下，日复一日，麻木地在此值守。

今日对他而言同样是平平无奇的，虽说接二连三来了许多大人物，其中不乏江湖名宿、绝顶高手，但这些跟梁风都没关系，更不必说左月局和解剑府了。他甚至不知道那是什么地方，只是依照命令在灶房外面看守。

这会儿还不是烧饭的时候，四下无人，梁风打了个呵欠，强撑着精神贴靠石壁站立，然后就看见不远处走来一人。起初他还以为是烧饭的婢女，但很快发现不是。对方身量高挑，微垂着头，走路很慢，看着像身体不大好，靠近时还能闻见淡淡药味。

“站住。”梁风出声，却没什么警惕，刀依旧挎在腰间没拔出来，“你是何人？”

“这位郎君，我是冯娘子身边的婢女，她身子不适，想让我烧点水提过去。”对方的声音有些低哑，但长发半挽垂在肩膀，遮住两边耳朵。在昏光之中，梁风看不清对方的模样，只能感觉到对方低眉敛目的顺从。

“灶房没到时候是不能开火的。”梁风一板一眼道。

“但这是冯娘子要的，若我不将热水提过去，她定会责罚我的。”婢女哀求道，从头上拔下一根银簪塞给梁风，“求郎君行行好！”

梁风知道冯娘子，他有幸见过一眼，那女子当真是他毕生从未见过的貌美，简直无法用任何言语来形容。至于对方脾气好坏，他一概不知，但身在此处，钱财根本没有用处，他没接银簪，依旧不肯放行。

“上头有令，你去跟上头说吧！”若非对方是个女人，他又很久没跟人说过话，此时早就不耐烦了。

“郎君可是乐陵人？”婢女忽然道。

“你怎么知道？”梁风知道自己的官话的确有些口音。

“我也是乐陵人，跟着冯娘子过来的。”婢女立时用梁风老家的话说了一句。

梁风不知道自己已经多久没听见家乡的方言了，骤然从一个陌生人口中听到，他一愣之后，忽然就有种想哭的冲动。

几句话之后，两人的关系自然而然亲近起来。他得知这个婢女是惹恼冯娘子，被抽了几鞭之后过来提水的，顿时就很同情了。

“这样吧，你进去烧水，我在这里帮你看着。反正一时半会儿也不会有人来，但你别鼓捣太久！”梁风松口道。

婢女连声道谢，扶着墙入内。过了一炷香工夫，她艰难地提出一桶水，摇摇晃晃，走没两步就不支跌倒在梁风身旁，差点连自己辛苦烧的水都洒了。

梁风将她扶起，便听她泣道：“能否劳烦郎君好人做到底，帮我将水提去冯娘子处，我一定在冯娘子面前为你多说些好话，让她离开的时候也带上你一道。”

后面的话让梁风心动了。他知道冯娘子和其他几位大人物都是过来碰头会面的，过几日就要离开。如果冯娘子问管事要人，自己只是一个无名小卒而已，管事肯定不会不答应，到时候自己就能离开这个暗无天日的地方了。

婢女又道：“郎君帮我将水提过去时，可要记得顺道在冯娘子面前多为自己说几句话，让冯娘子记得你，我才好为你美言。”

如果说梁风一开始只是心软同情，现在就是真的想要帮忙了。他接过婢女手中的水桶，对她道：“你先在此地歇息片刻，等我回来。”

他自然不知道，身后的婢女抬头看着他的背影，嘴角微微扬起。他也不知道这婢女非但会说乐陵话，只要他能想得出的方言，该婢女基本都能说上两句。更不知道他一时好心，最终成为自己逃出生天的关键。

崔不去的虚弱不是装出来的，但范耘和凤霄给他疗伤灌输的那些内力起了一些作用，否则他现在别说扶墙行走，怕是连下榻都难。

眼看着梁风走远，崔不去喘息片刻，慢慢起身，又走入灶房，泼下火油，将火把丢入柴禾堆。

“轰”的一下，火苗立时蹿得老高！

崔不去飞快退出灶房，沿途洒下火油，火势很快猛烈起来。如他所料，灶房外面，火势迅速蔓延，一旦燃烧成了规模，在附近没有水潭的情况下，根本不可能轻易扑灭。

附近的侍卫发现失火，而又一时难以遏制，众人开始下意识地往安全之处奔走。崔不去混在混乱的人群之中毫不起眼，夜明珠的光芒原本就弱，如今烟火缭绕，无人意识到他的可疑，也没人去仔细观察他是否奇怪。大家四处逃散，就像他所预料的那样。

崔不去记得凤霄与他说过，那位楼主今日应该会亲临此地，与他们共商大事。眼下起了混乱，如果楼主得知，肯定会尽快赶来主持局面。自己正可趁乱离开，去寻解剑府的人，再回头将这里一网打尽。

他走得有些急，胸口再度泛起疼痛，疼得他不得不弯下腰，发髻散开。

洞内阴冷，崔不去一口气做了这么多事情，加上伤病发作，很快连脖子后背都满是汗水。汗水将头发打湿，一绺绺黏在脖子上，狼狈无比。

他的眼前一点点模糊，痛楚令他的身体恨不能昏过去，但仅存的神志却强迫他不能这样做。崔不去不得不将手指深深掐入石壁，用指尖的疼痛来换取些微清明。

凤霄……

崔不去迷迷糊糊靠在石壁上，他无法再迈开脚步，只能等待这一波痛楚过去，却不期然想起这个名字。

疼到极点时，思绪瞬间中断，脑子一片空白，竟有片刻工夫什么也想不起来。先有一张肆意张扬的俊脸从脑海里跃出，然后才慢慢想起对方的名字。

是了，凤霄估计也在场，不过那人素来滑头，见势不妙肯定会随机应变，不必他操心。倒是他自己，现在须得尽快离开，免得落入敌手。

想及此，崔不去勉强起身，他这才发现自己浑身是汗，竟连掌心也湿淋淋的，摸上石壁一片湿滑黏腻。

过多出汗造成虚弱无力，崔不去只觉头晕目眩，似双脚踩在云团上。他闭了闭眼，等着这股难受的感觉过去，自然也没发现身后出现一人。

即使他转身，也根本躲不开。因为对方速度极快，眨眼就从几尺之外掠到了崔不去身后，伸手往他肩膀上轻轻一抓，崔不去就不由自主转过身去。

“果然是你。”元三思的声音听上去有些阴冷，“看来火也是你放的？”

崔不去不必脱下衣服去看，也知道自己肩膀上现在必是多了几道指痕，可能筋骨也伤着了。但比起胸口被火燎烧似的剧痛，元三思给予的这点伤根本算不了什么，反倒稍稍拉回崔不去迷离的神志。

“元三思，青梅竹马的余氏，还有对你有过恩情的余家，甚至是博陵郡守的官职，这些对你来说都不算什么。”崔不去咳嗽几声，低低道，“只有云海十三楼才是你真正在意的，是不是？”

元三思：“是，我以为像你这种人才最能了解我。儿女情长只会令人沉溺其中，不思进取。至于博陵郡守，那不过是我暂作掩护的其中一个身份。你放心，我暂时不会杀你，看在你母亲昔日与我的情分上，我会带你去见楼主，让他来决定如何处置你。”

话虽这样说，但他揪住崔不去的衣襟就往前拽，力道粗暴毫不留情，就如对待一件物品。

崔不去被他这一拖，整个人往前踉跄扑倒，甚至觉得伤口似乎重新裂开，剧痛难忍，以至于连他这样从来不肯求饶喊痛的人都忍不住呻吟出声。

元三思冷笑，忽而伸出另一只手，捏住他的下巴用力往上一抬，细细端详了几眼。

“楼主洁身自好，不近女色，也从来不见他对哪个敌人另眼相看，唯独对你评价甚高。还有凤霄，他竟肯冒着风险救你，细看你这眉眼，的确有你母亲当年的几分……”

崔不去此时的脑子远不如之前清醒，对方的话听入耳中也混混沌沌。过了片刻，那句“凤霄竟肯冒着风险救你”的话，才传入他耳中。他面露迷茫，似乎在努力理解这句话。

元三思的手忽地一松，崔不去骤失支撑，整个人歪倒在地。

“你干什么？！”耳边传来元三思的怒喝，他甚至与对方交起手，双方掌影纷飞，昏光中身形交错，真气涤荡，甚至波及旁边的崔不去。

崔不去从怀中摸出药瓶，那是范耘留给他的，之前被凤霄顺走，却不知为何又出现在身上。他倒出几颗，也没细看就吞了下去。现在他几乎可以肯定，是范耘特意调走了门口看守他的侍卫，又故意将通往灶房沿路的人调开不少，给他制造放火的机会。

“范耘，你想背叛楼主吗？”元三思原本以为范耘只是对弟子念旧情，想救崔不去，却没想到对方招招杀机，竟是欲置他于死地，不由惊怒交加。

崔不去听见范耘对自己喝道：“凤霄和玉秀都去找你了，他们极有可能误入北斗双璇阵！”

阵法之中陷阱重重，武功能够发挥的余地被大大削减，若玉秀对阵法的熟悉超过凤霄，那么后者就有危险了。

不知是不是药起了作用，崔不去感觉胸口似乎没那么疼了。他听见范耘的话，又喘着气勉力起身，跌跌撞撞地朝洞口方向而去。

# 第四十一章 死里逃生

崔不去见过凤霄最狼狈的时候，便是对方为了救裴惊蛰硬着头皮冒险前往城外，而他自己身中奈何香，只能被凤霄裹挟，与他一道去赴那个十有八九是陷阱的约会。果不其然二人阴沟里翻船，不得不暂时栖身洞穴之中，等候援兵。但在他看来，其实那一次凤霄并非全无把握，任人宰割。假若佛耳调转回来，双方拼力一战，输赢尚未可知。

此人爱惜己极深，简直到了顾影弄姿的地步，从来不会跟自己过不去。虽然常以激怒他为乐，又时不时表现亲近，但崔不去一直将二人的关系定位在对手与合作者之间，每次合作都直奔目标而去。所以无论凤霄如何撩拨耍赖，甚至挖坑让他跳下去，他都如数奉还毫不客气，该合作的时候也别无二话。

被凤霄当众出卖的时候，崔不去可以冷静计算得失；在凤霄拦住玉秀亲自对他出手时，崔不去也没有丝毫怒火，因为他知道那是唯一的办法；甚至是凤霄后来对他解释出手的不得已，他也能心平气和，赞同对方的做法。

直到刚才，崔不去放了火之后就想先一走了之，因为他知道凤霄绝不会有危险，对方也绝不可能将自己置于险地。

但这一次，他失算了。凤霄非但没走，居然还回去找他。

为什么要回去找他？凤霄完全没有必要这么做。

更让崔不去失算的是自己。他本可以对范耘的话置若罔闻，直接离开便是。离开此地虽然要通过北斗双璇阵，但那个阵法是范耘所创，崔不去知道其中精髓，他有把握安全通过又不必与凤霄、玉秀打照面。

只要自己先脱困，再让外面来援的解剑府众人守住洞口，虽然未必能抓住玉秀和元三思这种高手，但擒拿管事和侍卫是不在话下的。说不定还能捉住林雍或宁舍我，到时候距离突破云海十三楼又近了一大步。

但他现在特意去找凤霄，如果先被玉秀发现，那就很危险了。

这一路上他走走停停，脑海里走马灯似的闪过许多念头，无非都是自己理智冷酷的声音，让他不必去管那姓凤的，自己先走了再说。以他的病体，在阵内兜兜转转找人，别说杀敌一千自损八百，只怕连玉秀的手指头都未碰到，凤霄还没找到，他就已经先倒下了。

姓凤的这次到底是抽了什么风，为何会专门折返回去找自己？

崔不去叹了口气，他几乎能感觉到自己吐出的灼热气息，抬手摸了摸额头，连掌心都能感觉到异乎寻常的温度。他把凤霄这家伙在心里翻来覆去骂了几句，现在已经没有骂的力气了。

双腿沉重得如同绑了千斤巨石，森寒阴风扑面而来，顿时散尽崔不去吐出的灼热，还令他打了个寒噤。他很清楚，这里便是阵法边缘了，往前一步便是入阵寻人，如果只顾自己逃脱，他应该绕到另外一个方向穿越阵法。

崔不去的脚步仅仅停留了一瞬，就往前跨出……

凤霄发现自己低估了范耘。

他以为自己听崔不去说过阵法大概，就能将玉秀牵制在里面，但现在形势变化远远超过预料，非但玉秀被困住，连他自己也被困住。

阵法里原本不该有光，但偶尔却有冲天火光或有幽幽萤火星光浮现，若贸然前往，很容易中计。凤霄就着了几回道，一次差点被混淆神志，另外一次则被玉秀发现。两人在阵法之中一边寻找对方的身影，一边寻找出路，却又要避免被对方所趁。走走停停，仿佛又回到原地，饶是凤霄也觉筋疲力尽。

玉秀种下的暗器在体内游走，被内力强行压制，却又屡屡蠢蠢欲动。凤霄的内力再深厚，也非无穷无尽源源不绝，他既要运功抵抗阵内的寒气，又要时时防备玉秀，还要留意自己身体里的那枚银针，再这样被困下去，只有一个后果。

当然，凤霄知道玉秀现在的处境肯定也不比他好到哪里去。在之前的交手中，对方也受了伤，除非能彻底逃离出阵，否则玉秀同样会被这个阵法活活耗死。但凤霄绝对没有跟玉秀同归于尽的打算。

前面又出现两条路，由三块巨石隔开。这个场景依稀在不久前出现过，凤霄笃定自己来过这里，现在很明显又绕了回来。

他有点无奈。上次选了左边的路，于是这次凤霄选了右边。

越往前走，森寒之气愈发浓郁，迷雾之后隐隐有光。有光不意味着出口，更有可能是陷阱，凤霄心中殊无喜意，反倒放慢了步子。

穿过厚重冰寒的迷雾，他看见一行人匆匆走来。为首是解剑府三府主明月，对方也瞧见了凤霄，他那张憨厚朴实的脸上顿时大喜过望。

“二郎！”明月带着人大步流星奔过来，“我可算找着你了，你留下的那些口信语焉不详，若不是见到崔不去，我还找不到这里的入口呢！”

凤霄眨了眨眼，缓缓道：“崔不去出去了？”

明月：“对啊，他说你还在里头，让我过来增援！找到你就好了，走，你先与我出去再说！”说罢便伸手来拽他。

凤霄的手冷不防往后一缩，明月抓了个空，不明所以回头看他。

凤霄：“你知道怎么出去吗？”

明月眼神闪烁：“知道啊，崔不去教过我了！”

凤霄撇撇嘴，二话不说就拍向明月。

“你作甚？”明月大惊，但这蕴含了深厚内力的一掌让他无法避开，只能硬接下来。

“轰”的一下，掌风倏地吹散四周迷雾，顺带也将明月等人的身影拍为齑粉。

凤霄冷哼一声，解剑府里一向都是他做主，以明月的性格为人不可能越俎代庖，在他还没下定论的时候就擅作决定。再者这阵法复杂至极，凤霄怎么也不相信，明月单凭崔不去三言两语就知道怎么破阵。所以，又是幻象。

这种幻象几乎每隔一阵就会出现，它甚至模糊了时与地的界限，让凤霄分不清自己被困在其中到底有多久。他从未遇到过这样难缠的困境，敌人看不见摸不着，偏生这阵法还是自己一脚踩进来的。

凤霄简直没脾气了，他宁可现在就看见玉秀和元三思同时出现在面前，哪怕一对二，也好过现在虚无缥缈不知前路的状态。

后面似乎有人走来，离得还有些远，甚至隔着巨石，但凤霄立马就察觉了。

这样沉重而明显的脚步声，肯定不是玉秀。那么又是幻象？

他站着没动，静静等着对方走近，垂下来的手掌却已在袖中微微屈起，那是随时可以杀人的动作。

一个身影出现在巨石之后，从茫茫雾气中走来。他手里握着一团绿光，应该是夜明珠，但他的身形打扮却是完全的违和。

凤霄眯起眼，看着对方扶着石头艰难前行，又在他不远处停下，仿佛等着凤霄过去。

冷笑一声，凤霄索性如了他所愿，脚下一动，人便已到了对方面前，手掌随即拍出。这一掌试探居多，其实没用多少内力。如果是幻象，这一掌下去，雾气凝聚而成的幻象就会散掉。

但这次，他的手掌拍在一具温暖的躯体上，对方微微震动，身体往后踉跄，撞上身后巨石，吐出一口鲜血。

温热的血液溅上手背，凤霄终于露出疑惑之色。

“是你？”

他为了验证自己的猜测，又上前一步，将这具并没有消散变成粉末的身体抓在怀里，捏着那张脸凑近端详。

“是你？”

这次的声音中多了三分惊喜。

在温暖躯体入怀的那一刻，凤霄才有了“果真是崔不去”的真实感。但他随即想起自己拍在对方身上的那一掌。

这人平时没事也常三灾五病，之前胸口被捅了一刀，虽说没有命中要害伤及筋骨，却也失血过多元气大伤。再这样下去，估计等不到寿终正寝，就会先魂归西天了。

就算凤霄再不情愿也不能不承认，这病鬼几次受伤大都和他脱不开关系。

“你没事吧？”这句话问出来，凤霄就觉得太蠢。

但他忍不住又问了一句蠢话：“你怎么来了？”

即使知道答案心中窃喜，依旧忍不住想从对方口中听见实话。凤霄感觉自己前所未有的愚蠢，仿佛魂魄一分为二，一部分正“冷眼旁观”自己的犯蠢，另一部分却仍禁不住脱口而出。

被他捏住手腕灌入一道内力之后，崔不去动了动，以沙哑得几乎发不出声的气音说道：“别说蠢话了。”

他人都已经在这里了，再问什么有事没事浪费工夫，不是蠢话是什么？

换作往日，不肯吃亏的凤二府主必然开始调侃反击，崔不去甚至做好了对方会问他为何不自量力入阵救人的准备了，谁知凤霄什么都没问，只低低“嗯”了一声。非但如此，箍住他的手臂还更紧了点，内力像不要钱似的源源不断送入他体内。崔不去有些心惊，暗道凤二可别是被阵法绕得脑子都坏了吧，就算他内力再深厚，也经不起这么消耗。

内力入体，冰冷的身体逐渐回温，发疼的肩胛也缓解许多。崔不去甚至生出懒洋洋不想动弹的心思，但他还是勉力挣扎，抓住凤二的手腕。

“够了，先破阵。”

凤霄没理会，直到他认为差不多了方才撤手。

“你老师布下的这个阵，好像比你之前说的要复杂许多。”

“废话，那就是他想出来的，这些年肯定又有所改进。”崔不去咳嗽两声，感觉嗓子比先前舒服一点，估计是刚才凤霄那一掌，误打误撞将他心头淤血给清出来了，“玉秀呢？”

“也在阵中，我猜他同样被阵法绕晕了。你若还能支撑，我想顺势先将他解决后再出去。”凤霄道。

以崔不去的状况，在阵中多待一刻，这些阴冷气息对他就多一分伤害。旁人肯定是找到人就先出去，但崔不去听见凤霄的话却点点头，什么也没多说。

他不习惯也不喜欢这种被人搂在怀里的柔弱之姿，借着凤霄的手站定，便推开对方。

冷不防手腕被攥住：“你是特意进来找我的吧？”凤霄的语气有点奇特，没有玩笑，更非讥讽。

崔不去蹙眉，一时无法分辨对方的情绪。

“不是。”他冷冷道，甩开对方的手，却听见凤二笑了一下，似在笑他言不由衷。

崔不去莫名其妙，以看傻子的眼神瞥了他一眼，转身往前走。

大小两个阵法套在一起才叫双璇阵。此时他们正走到阵法的核心，从石头之间来回穿梭鼓荡的阴风格外大，眼睛所看见的却是远远近近光影交叠，如梦似幻，耳边更有金戈铁马之声响彻不绝。这阵法混淆入阵之人的五感七窍，饶是凤霄这等武功也觉目眩神迷心跳加剧，更不必提别人了。

但他跟在崔不去后面，往往能避开阴风交汇之处，也没有再踩入阵法陷阱。不过崔不去对阵法也没到十分熟悉的地步，他走走停停，似每走一步都经过了深思熟虑。

穿过这座石林，前方出现一方光亮，似乎出口在望。洞外细雨如帘，隐约还能看见阴云密布，这幅景象在久困洞穴的人看来，反而意味着自由。

崔不去心里明白这个出口很可能是陷阱，但他犹豫了一下，还是抬步跨了出去。

几乎同时，两旁冷风伴随杀气嗖嗖而来，他被及时扯住后领后退踉跄。毫厘之差，几支铁箭扑了个空，发出相撞的铮鸣声。

凤霄一手拽着崔不去往后扔，一手弹出琴弦。蕴含真气的琴弦至半空忽而张开绷直，将气势汹汹的铁箭拦了一下。这一下已经足够，凤霄与崔不去旋身往旁边避开，铁箭有气无力往前飞了一段，终于落在地上。

凤霄没好气：“范耘那老匹夫一开始就没安好心！”

“他想借我们之手对付十三楼，如果我们在这过程中死伤，正好就一箭双雕了。”崔不去面色淡淡，毫不意外，“这里就算不是出口，应该也离出口不远了。我们直接去出口守着，玉秀想要出去，就一定得从这里走。”说罢他伸手推开凤霄，后者被他一推，居然顺势歪靠着石头缓缓坐下。

崔不去回头，面露疑惑。

凤霄叹了口气：“我走不动了，歇会儿吧，那么拼作甚？说不定玉秀现在也正坐在里头吃干粮呢。”

崔不去第一反应是这人又要作妖了，但他还是蹲下身，伸手去摸对方的额头。没发烧。

手被对方捉住，凤霄懒洋洋道：“崔道长，不要轻薄我。”

崔不去的嘴角抽动，想把手收回去，微微用力，没能成功：“现在好像是你在轻薄我。”

“我若不抓住你的手，还不知你要摸我多少下呢。觊觎本座之人不知凡几，你这点小心思我怎么会瞧不出来？若是真心仰慕我，便明说一声，我也未必不能考虑接受。”

这都是什么乱七八糟的流氓话？

崔不去早已习惯凤二经常随口而出的流氓话，但对方一般不会在这种紧要关头不着调的。

他心头一动：“你是不是受伤了？”

凤霄还是那股懒洋洋的语调：“胡说八道，本座武功盖世，岂会受伤？你别以为这里昏天暗地的就能对我胡来，我是绝对不会就范的。”

他一面说，一面将崔不去扯来，按住他的后脑勺，不肯让他起身。掌风从旁侧袭来，崔不去因凤霄的举动而堪堪避过。

玉秀一掌落空，不得不从黑暗中现身，正面迎上凤霄。崔不去被推至一旁，看着两道身影瞬间缠斗在一起。

他忽然明白，玉秀肯定早就跟上他们，而且暗中窥视已久，只是一直在找个机会下手。刚才听到崔不去说此处离出口不远之后，他就已经动了杀心。崔不去毫无察觉，但凤霄肯定能感应到，所以他也在等玉秀出手。

真气在二人之间澎湃鼓荡，与阵内的阴气相互呼应，仿佛号角一般将周围的阴寒之气都聚拢过来。玉秀、凤霄有内力护体无所谓，崔不去只觉寒风扑面而来，从鼻子里强行蹿入，顿时胸闷欲呕，难受得他连连咳嗽起来。

这咳嗽声似乎提醒了玉秀，后者冷笑道：“凤二府主还没感觉到自己身体里多了一根针吗？”

他在迷雾中游走，身形快得几乎化为虚影与灰雾融为一体，却时不时顺着阴风的轨迹伺机对凤霄出手。可以看出玉秀被困在这里也不是全无收获，至少他也摸清了双璇阵的一些规律。

玉秀的话印证了崔不去的猜测，他心下一沉，努力在迷雾中辨认凤霄的身手。

对方出手依旧狠厉果决，丝毫没有受到玉秀的影响，但越是这样，崔不去越知道情形不妙。因为以凤霄的作风，听见玉秀说话肯定是要反唇相讥，不把对手气得跳脚绝不罢休的，但现在他居然没有出声。玉秀可能没发现异样，但崔不去立时就看出凤霄身体有异，他现在已经顾不上说话了。

自己能帮上什么忙？崔不去如是想道，左右四顾，蹙起眉头。

玉秀以守为主，耐着性子跟凤霄周旋，并不急着出手。但凤霄完全相反，他的掌风比阵内的阴风还要凌厉，每一招都蕴含杀机，身形也快得无法分辨。玉秀眼看着对方从正面袭来，忙闪身避开，却见凤霄人至半空忽然消失，下一刻又出现在玉秀身侧，一掌正中他的心口，将他周身护体真气打得彻底溃散。

玉秀喷出一口鲜血，大惊失色，但他很快发现凤霄居然没有趁势逼近，反而停了一瞬。这一瞬让他马上明白了什么，玉秀哈哈一笑，没有因为受伤而逃走，却欺身上前，大袖扬风，从袖中飞出一把短刀。他握住刀柄，聚毕生功力于刀刃，朝凤霄当头斩去！

高手交战，不在长久，往往窥见对方弱点的瞬间便可决定生死。从玉秀方才中了一掌惊惧交加到此时他不退反进，也不过短短片刻工夫。他相信自己的判断，心中甚至有一点感激楼主，如果没有他传授的那道暗器，现在能不能让凤霄吃亏还有待商榷。

真气灌注于刀刃，一时连阴风亦不敢略其锋芒，被玉秀这一刀狠狠破开，又被裹挟着卷向凤霄！

凤霄虽然反应极快，在他起刀时就已后退，但他的身形比刚才慢了不止一点。这一刀下去，就算不能将他的脑袋劈下来，起码也能在他胸前破开一道豁口，足以让人去掉半条命。

说时迟那时快，刀锋呼啸而过，迷雾之中，凤霄的身形居然凭空消失。玉秀一刀劈在地上，刀气往两旁涌开，轰隆巨响之中，石头纷纷碎裂倾倒，凤霄却已经不见人影！

玉秀惊怒之下，飞快地往旁边掠去一眼。果不其然，崔不去也不见了！

崔不去拽着凤霄在陆续倒塌的石阵中腾挪躲闪，灵活得不大像个重伤病患。反倒是凤霄的脚步有点踉跄，忽而一软，半身倾在崔不去身上，差点让他也跟着歪倒。

“……我把那根针先逼出来，现在半边身子不能动了。”凤霄咬着牙关道。

他没想到那暗器如此厉害，本以为可以暂时压制住，但刚才他与玉秀交手，一运内力，银针就随着真气开始在体内乱窜，让他差点着了道。

崔不去也不多话，拽住凤霄往石壁一靠，按着他坐下。

“我刚才用石头仿照双璇阵摆了个小阵法，让这个阵变成三璇阵，但这种小伎俩维持不了多久，玉秀一力降十会很快突破出来，你须得快些！”崔不去飞快道。

“你帮我。”凤霄一手按着肩膀，一寸寸往下移，另一只手则握拳微微蜷起，“按住我的关元穴，力道适中。”

关元穴在脐下三寸之处，崔不去略通医术，对此穴也听说过，但用起来却没那么熟练。他伸手摸向凤霄肚脐，还待比画下面三寸的位置，凤霄却已无法忍受他的磨蹭，直接抓着他的手往下摸。

“就是这里。一只手摸，别松开，另一只手顺着任脉往上，我没说停就别停下！”

崔不去也没多想，安静依言照做。

有崔不去帮他截住任脉不让银针乱走，凤霄才有余裕引导银针，尝试将其逼出。但那枚银针似意识到自己的不妙处境，越发在体内不安分起来，顺着血脉的流动到处走。凤霄脸色越发白了一些，他抿着唇紧闭双眼，面容不复平日的调笑，看上去竟有一丝冷酷。

从某种意义上，崔不去与他是同一种人。他们心志甚坚，想要达到的目的不择手段也会去做，只不过凤霄的冷酷常常藏在漫不经心的随意之下，让人很难察觉。

崔不去原是为了观察对方神色变化，以便随机应变，但他现在却觉得凤霄这副正经的模样要比平时嬉皮笑脸顺眼多了。

就在此时，凤霄的身体忽然微微一震，嘴角流下鲜血，身体也软软歪向前面，被崔不去扶住。

“你怎么样？”崔不去圈住他的肩膀，令对方的额头抵在自己颈窝上。

“恐怕，不太妙……”凤霄虚弱道。

“你再多支撑片刻，出口近在眼前了。”崔不去没有多余废话，说罢就要将凤霄的手臂搁在自己肩膀上把他拉起，却被对方阻止了。

“就算能出去，我也不知道解剑府的人能不能比十三楼的人更快找到我们。若遇上十三楼楼主，恐怕我们俩都在劫难逃。所以你现在说这些废话有何用，还不如省点力气逃出去再说！”

崔不去哑声道，却听对方在黑暗中轻轻叹息一声，接着便被抱住了。

整整好一会儿，崔不去浑身僵硬，素来城府深沉的脸上破天荒流露出震惊，连眼神都忘了掩饰。脑子里充满混沌迷茫，他在“这人疯了”跟“姓凤的祛毒不成走火入魔”之间游移，一时得不到答案。

崔不去挣扎不已，凤霄捉住对方的手，写下一个“忍”字。果不其然，崔不去的挣扎一下子停住了。

凤霄知道崔不去一定会想起上次的事情。他们在西突厥时，为了迷惑拉拢大王子，崔不去故意装作与凤霄有龙阳之癖。他肯定以为这次也是一样，凤霄想要借由此计来迷惑玉秀，引蛇出洞。

崔不去停止挣扎，却依旧僵着身体，他瞪着双眼，心里早将凤霄远至开天辟地的祖宗都骂了一遍。

玉秀怎么还不出来，有完没完了？

凤霄简直快要笑得打滚了，他的身体微微颤抖，显然已经到了忍耐的极限。

他没有想到崔不去竟如此可爱，不让动，就真的一动不动。但他不能笑，一笑就前功尽弃了。

在他们身后，的确有一只眼睛正看着他们。

眼睛的主人长相俊秀，只要他愿意，便可笑得慈悲温柔，感化世间狠戾之物。但他自从失去一只眼睛之后，隐藏内心深处的残忍、嗜杀、虚伪、无情杀意就冲破表象的牢笼，如同放归山林的野兽，再也不受任何控制。他憎恨所有害他至此的人，更憎恨那些权柄在握、高高在上享受荣华富贵的人！巧的是，眼前这两个人正好都符合这些条件。

玉秀谨慎地将气息隐藏，遥遥看着凤霄疗伤，等待最适合出手的那一刻。

还不是时候，他告诉自己，再忍一忍，银针即将逼出之时，才是敌人最脆弱最不设防的时候。那个时候出手，才能保证将凤霄一击毙命。只要凤霄一死，任凭崔不去再诡计多端也无济于事了。

忽然，玉秀睁大眼睛，差点乱了气息！

原来如此，原来如此！

若被杨坚和独孤伽罗知道，崔、凤两人表面水火不容，实际上暗自勾搭，还会对他们言听计从、信任有加吗？

如果他现在还是晋王幕僚，此刻肯定二话不说转头就走，去向晋王告密，或者将这个把柄牢牢捏在手中，用以控制两人。

但他什么都没有了，身份被崔不去揭穿，晋王已经容不下他了。

玉秀慢慢握紧手中的刀。忽然间，他身形一动，掠向前方，速度之快，几与雾气融合！

一枚短刀从袖中与身形齐出，宛若飞虹，如水似光。玉秀的心中忽然一片空明，这一刻，他福至心灵，突破了一直以来的武功瓶颈。行至穷处，坐看云起，刀随身动，刀从心意，这几乎是世间凡人无法企及的速度。

若是早十年悟出这一招，他一定可以从千军万马中突破重围，将公主带走，带去谁也找不到的地方。不管公主的意愿如何，他有一辈子去等她慢慢想通。哪怕是回到王帐内与凤霄决战的那一刻也好，他起码可以将敌人除去。但偏偏是现在才悟出，为何偏偏是现在？！

一丝怨恨生出，他气息乱了一瞬。仅仅是一瞬，刀已刺入凤霄的后背。他甚至能感受到真气破开皮肉，血从伤口喷溅而出，溅上他的鼻尖、他的额头。

不对！玉秀的动作蓦地顿住。难道凤霄刚才一直没动静，便是在等着他先出手？！刚才喷上他额头的也不是血，是那枚银针，潋滟水波！

他下意识想要摸上额头验证，但眨眼工夫，凤霄的身形往前倾，又反手朝他弹指，一根琴弦挟着阴风射来！

玉秀的刀大可继续往前递，刀锋肯定能够破入敌人的后背，但他的脖子同时也会被琴弦割断。

是同归于尽，还是舍死求生？

那一刀既被杂念所阻，威力已然大不如前。一鼓作气，再而衰，三而竭。玉秀已无必杀求死之念，所以他注定杀不了凤霄。他选择了后退避开琴弦，这一退，刀也跟着往后收。

玉秀一言不发转身逃离，但已经来不及了。琴弦若离弦之箭，雄浑真气挟着厉厉阴风破空而去。

呼啸声中，玉秀的后颈出现一道血痕。血痕迅速蔓延，变成一条血色项链，深深镌刻在脖子上。玉秀依旧维持着往前疾奔的动作，然而头颅已经从身体上分离，骨碌碌滚落！他的表情惊怒交加，似还不相信自己因此殒命。

染血的琴弦落在他的头颅旁边，似他跌宕起伏却戛然而止的人生。

他在晋王身边初次露面时，带着佛门高足的光环，无言慈悲，俊秀温柔，令京城多少名媛暗暗注目倾心。如今这位曾被认为前途无量的玉秀禅师，却死在这暗无天日的洞穴里，何其憋屈惨淡！

凤霄长舒一口气。他对敌人没有什么同情心，不过同为武者，他能感觉到玉秀在一瞬间领悟突破。当时千钧一发，无暇多想，他也只能凭借直觉出手。若一着不慎或慢了片刻，现在死的就不是玉秀了。

咳嗽声从身后传来，崔不去慢慢起身道：“看来凤二府主如今无碍了？”

听见这个称呼凤霄就暗道不妙，他也咳嗽了两声，捂着胸口往前倒去。

若无意外，他应该会倒在崔不去身上，又或者崔不去伸手扶住他。

但崔不去往旁边挪开了。

凤霄：“……”

他总不能当真扑倒在地上，只好顺势倚靠旁边石壁，挽回一点面子。

“玉秀的刀方才刺破我后背了，我现在有些头晕。你帮我看看，那刀上是否淬了毒。”凤霄虚弱道。

崔不去“嗯”了一声：“我看看。”

他走到凤霄身后，冷不防重重一掌拍在对方背部！凤霄差点真给拍得吐血三升，他咳嗽连天，这回不是装的了。

“你就这么对待救命恩人的吗？”凤霄有点恼火。

“我瞧着凤二府主近日虚火上升，怕是太久没近女色了，给你去去火。”崔不去阴恻恻道，“您这火看来有点旺，不然我再给您拍一拍？”

凤霄“扑哧”一笑，叹了口气：“这火怕是不好治。世间凡夫俗子，哪个能入我法眼？别说女色了，便是那倾国倾城的冯小怜在我眼中也不过红颜白骨，色即是空。”

他故意停顿一下，上下打量崔不去。

崔不去却面无表情，看了他半天，冷冷道：“昔日在西突厥，我为博取大王子的信任，不得已为之，今日你以我惑玉秀，就当欠你的还清了，没有下次。”

崔不去眉间倦意浓重，眼睛偏还不掩锐利，似能将世间一切阴谋算计看穿，独立于尘世之外。说罢，他转身便去寻出路，再不与对方说半句话。

凤霄跟在他后面，心道非但有下次，还有下下次，下下下次。你想置身事外，清明到底，我偏要拉你入这红尘，颠倒翻滚，沾一身凤凰羽毛，再也甩脱不开。

# 第四十二章 坐收渔利

没了玉秀的牵制，崔不去很快就找到出阵之法。只是他们前一刻刚逃出生天，下一刻就停住了脚步。

一个人负手站在洞口，似等候许久，见他们出来，便露出“果然如此”的神色。

“看来玉秀已经被你们解决了。”

崔不去停住脚步。

范耘见状一笑：“若没有我帮你调开人手，给你留下火油、匕首，你也许还困在里头。若没有我帮你们拦住元三思，现在你们刚解决了玉秀，又要多面对一个劲敌了。”

崔不去点点头：“多谢先生。”

那表情，那神态，好像范耘帮他们是理所当然的，没有半点感激或歉疚。

饶是范耘涵养再好，也不由挑眉：“不去，多年不见，你越发刻薄了。我帮了你们这么多，你却还对我多有防备，这份多疑可真令人心寒啊。”

崔不去面色淡淡，不为所动：“先生言重了。你所料想的最好结果，是十三楼的人被凤霄斩杀于此，而我跟凤霄二人也同时殒身阵中。可惜天不从人愿，你在这里等了半天，没想到还是等到我们俩活生生地出来了。”

若范耘有心救人，大可亲自入阵，他却在外头等候，可见他虽然没有动手杀人，却也根本不希望崔不去他们活着出来。

范耘一愣，哈哈笑了起来。他知道崔不去早已看穿他的目的，却没想到对方看得如此透彻。

凤霄上前两步，有意无意挡在崔不去前面。

“前辈设局引我们过来，意在让我们与十三楼互相厮杀。如今，不知你的目的达成了多少？”

范耘看见他的动作，便笑道：“你受伤了，而我没有，现在我想对崔不去下手，你拦不住。”

凤霄只说了四个字：“大可试试。”

他今日也许杀不了范耘，但对方也绝对占不了便宜。

范耘还真动过这个念头。若能一举把崔不去和凤霄解决，他的目的就达成一半了。但他方才与元三思交手，身上也带了伤，若想杀崔不去，就必须先杀了凤霄。以凤霄的能耐，便是受伤，也绝不容被错认为病虎，最终结果很可能是他跟凤霄两败俱伤。

在天南山密会之前，范耘也曾以为崔、凤二人面和心不和，固然同为隋朝官员、天子亲信，但逮到能落井下石推对方入坑的机会，也绝不会心慈手软。这原本是再正常不过的想法，可他没想到两人在困境面前竟肯放下成见，精诚合作，还能平安无事走出北斗双璇阵。

范耘不由暗暗叹了口气，甚是遗憾。想通这一节，他索性放开了说：“我的确不是真心加入云海十三楼的，如果没有我，你们可能永远都不知道此处是十三楼的老巢之一。此番你们不单全身而退，还立下大功，应该感谢我才是。只可惜，楼主说过要亲临，到最后也没有来。此人大恶若善，城府深沉，想必早已对我起了疑心，这次密会定是想考验我的忠心。”

崔不去道：“既然先生不是云海十三楼的人，那应该可以告诉我们，楼主到底是何方人士？”

范耘沉吟道：“你们应该见过他，他曾去过边城，就在段栖鹄被你们铲除的那一次。”

崔不去下意识看了凤霄一眼，对方也正好朝他望来。凤霄脑海里扫过冰弦、燕雪行等人的名字，最后落在两个字上面。

萧履。

几乎是同时，崔不去也说话了：“萧履？”

范耘颔首：“不错。”

此人风采气度堪称当代人杰，文从当代名家，武功上也有一手好剑法。只因右手残废，只能以左手练剑，也无法身居高位，空有一身才华却无用武之地，分外令人惋惜。

崔不去对他印象不错，也许是两人前半生都有相似的坎坷残缺的缘故，也许是出自同为聪明人的欣赏。但对他是云海十三楼幕后主使者这个身份，崔不去半点也不觉得意外。

凤霄眯起眼："这么说，上回我与他交手，他是有意藏拙了？"

范耘道："当日我不在场，不过此人天分极高，武功绝不比你低。他若短短几招就输给你，那只能说他的确是有意为之。"

崔不去蹙眉："那时他是去解救被段栖鹄掳走的亲人？我亲眼看见被掳的女子喊他七哥。"

作为云海十三楼的楼主，若连自己的亲人都保不住，还要送给手下去玩弄，那也太滑稽了。

范耘笑道："你这是聪明反被聪明误。据我所知，那些女子当时个个被折磨得心智全无，怎么可能在一时半刻间认出亲人。萧履不管喊什么，只要以关切的情状去营救她们，自然都会被错认。若我没料错，萧履根本就没有给那女子清醒多说几句话的工夫。"

崔不去点头："的确是我疏忽了。"

范耘道："我从前在江南游历，偶遇萧履。当时他身负重伤，贴身竹筏藏于水下，前有强敌，后有追兵，生死一瞬，是我援手救了他。他感念我的救命之恩，从此之后两人便常来常往。他聪明不下于你，凡事一点就透，我的确起了爱才之心。"

凤霄故作惊讶："你的爱好可真奇特，不仅好为人师，还喜欢搬起石头砸自己的脚啊！"

崔不去嘴角微微扯起。

范耘也苦笑："你不必挤对我，此事的确是我看走了眼。当时我只当对方是个天纵英才却郁郁不得志的名门子弟，对他常常有问必答，毫无藏私。直到两年前，他邀我加入云海十三楼，说三先生的位置为我虚席以待，我才知道，他竟已悄无声息网罗了如此之多的高手，布下这么大一个摊子。"

崔不去沉吟道："萧履是南朝人，萧氏又是前朝皇室，人脉亲故不计其数。如今南朝天子陈叔宝又是个扶不起的阿斗，大有英雄用武之地，他想方设法渗透南朝势力，谋取南朝皇位，也并非做不到。可我并没有听说云海十三楼在南方做成什么事。"

范耘："不错，因为他针对陈叔宝的几次设计都被我暗中破坏了。"

崔不去恍然，这就说得通了。

范耘既然为南朝效力，当然既要破坏萧履的布局，也不能让崔不去和凤霄成为最终的赢家。若是萧履跟崔不去他们斗个你死我活，两败俱伤，才更加符合范耘的利益。

崔不去淡淡道："没想到先生聪明一世，自诩对天下大势了然于心，竟也会做蠢事，倾尽力量去辅佐一个无可救药的昏聩君王。”

范耘的笑容终于露出一丝苦涩，“你想错了。陈叔宝昏庸无能我并非不知，只是故人所托，不能不尽力。明知其不可而为之，打从决定做这件事起，我便已有了一败涂地的打算。”

崔不去：“不知哪位故人能令先生如此折腰？”

“斯人早已作古，不提也罢。”范耘闭了闭眼，将不经意流露出来的软弱和沧桑统统掩去。再睁眼时，便又是那个在崔不去他们和十三楼之间游走，两边算计、坐收渔利的诸葛先生。

“闲话不提，我已经将十三楼如此重要的讯息告诉了你们，作为回报，你们是不是也该有所表示？”

崔不去：“你想要什么？”

范耘笑道：“你们其中一人的命。”

他果真是说变脸就变脸，说动手就动手。话还未说完，连笑容也没有一点变化，人就已疾风般卷来，伸手抓向崔不去！

凤霄几乎是同时出手，掌风攻向范耘后背。范耘若想自救，就须得先放弃对崔不去下手。

在崔不去眼看攻击步步趋近而下意识后退时，凌厉掌风却化为拂面微风，范耘竟虚晃一招，转而折身扑向凤霄！

崔不去瞬间明白了。范耘从头到尾的目标都是凤霄，只要杀了凤霄，他只能束手就擒，但若是让凤霄逃离，则会后患无穷。

凤霄撤手不及，范耘提前掠至身后，他只能撤掌回身，任凭掌风重重撞上肩膀，另一只手弹出丝弦，迫使范耘后退。

双方第一回合，凤霄肩胛中了一掌，而范耘也没讨到便宜，他的手臂被蓄满真气的丝弦割出一道伤痕，血渗透了衣服，很快染红手臂一圈。

从范耘出手到双方受伤，只在崔不去呼吸之间。转眼二人再次交手，这次便完全撇开崔不去，如狂风骤雨瞬间相遇，迸发惊天巨雷，真气从二人周身鼓荡开去。刚刚经历过一场山雨的落叶被轻易席卷起来，在半空狂舞转圈，飞沙走石，呼啸奔忙。此时若有谁从洞内逃出，还没来得及庆幸，就会被这股强大的真气推回，重新跌落洞中。

崔不去只觉一股力量扑面而来，推着他往后退了数步，转眼就退到悬崖边上。若非他眼明手快抓住旁边树干稳住身形，现在不必范耘亲自动手，他就先掉下去了。

他这时才对范耘的身手有了一个确切的认知。

范耘其人，博闻强识，胸怀广阔，年轻时周游四方，后来为琉璃宫赏识，延聘为客卿。实际上他与琉璃宫没有半点关系，依旧是闲云野鹤，不受任何拘束。除了范氏后人这个身份之外，武功、学识、来历，统统都是谜。

掌握左月局之后，崔不去曾派人暗中调查过范耘，发现他与南朝第一大派临川学宫过从甚密，武功脉络，一招一式，虽多有自创改良，但隐隐还能看出临川学宫的影子。

临川学宫崇尚儒学，宫主皆为儒武双修之名家，毕生以辅佐明主一统天下、恢复汉人河山为己任。

崔不去捂住嘴，低低咳嗽几声，腥膻涌上喉咙，溢出嘴角，润湿了手指。他毫不在意反手抹去，倚着半人高的石头观战，忍着眩晕微微眯起眼。

“范耘，如今萧履虽未现身，十三楼经此一事也元气有伤，我对你而言既已无用，何不先杀了我？”

范耘朗笑：“你不必激我。凤二府主乃当世高手，若不先将他击败，我实在不放心！不去，你知道我当初为何不收你为徒吗？”

他一击不中，并未一味强攻，转而步履轻盈地与凤霄周旋，耐性极好。

崔不去冷冷道：“是我不愿拜人为师，请勿因果倒置。”

范耘听而不闻，仍是笑道：“因我观你面相，命格极硬，六亲不近，一生注定多灾多难。若有大劫过不去，还会殒命早夭，连累身边的人，谁与你走近，谁便没有好结果。你看看你这次不得不孤身前来，可不正是因为一直跟在你身边的乔仙重伤未愈？”

这番话看似对着崔不去说，实则是说给凤霄听的。

世间芸芸，上至帝王将相，下至贩夫走卒，除了崔不去这等不受上天眷顾之人，谁敢说自己不信天命？就连范耘自己，看遍万象众生，也深知命数所定，非人力可挽回。他甚至曾因故友病重，意图逆天改命，将自己的命数借给故友，可最终也是徒劳无功。

崔不去面无表情，无动于衷，似一节不肯向风雨低头的劲竹，病体支离下是冷硬至寒的骨头。

可他自己不在意，难道旁人也不在意吗？

对敌百计，攻心为上。

一声嗤笑，出自凤霄之口。

“真巧，曾有算命的说我天下第一好命，生来就是富贵闲人，就算天煞孤星也克不了我。老范啊，你都一把年纪了，就别折腾了。现在投降认输，本座还能给你留一条全尸，免得你下了黄泉还得四处找自己的脑袋！”

说话间，他一掌拍去，范耘接下，两股真气轰然巨响，二人飞退，范耘神色自若，稳稳落地。

“我倒是忘了，你出自魔门，比常人要看得更开一些。”

他既知言语无法令对方分神，便不再废话，剑光自真气横生而出，陡然荡向凤霄！

刹那间雨幕重重，烟云漫天，行至中途，烟雨收敛，忽而化为点点霞光洒向湖面，残阳似血，漾于冰壶，绮丽冶艳，梦幻迷离。

凤霄足尖一点，人往后飞起，双袖若羽翅张开，悉数破开障眼法，瞬时风波荡尽，海阔天青。

范耘身形未停，剑光随身而动，眨眼已至凤霄身前，剑幕层层堆叠，烟雨被拨开之后又加一层，如阴云笼罩，挥之不去。剑气纵横之处，乱石飞溅，碎叶如雨，将凤霄包裹其中，使其避无可避。

凤霄身在战局之中感受颇深，范耘的剑法看似缥缈明媚，却杀机重重，稍有被迷惑，便是自寻死路。

在此之前，凤霄虽知范耘武功不错，却觉得对方年过天命还未在江湖上混出名头，可见武功再好也有限，而且对方在云海十三楼之中受楼主看重的也是谋略而非武功。但现在他知道自己看走眼了。

范耘的武功何止不错，饶是以凤霄的自信，也不能不承认对方武功远在一流之上，甚至已能跻身武学宗师的行列。

可为何拥有这样武功的范耘，在江湖上竟籍籍无名？

心念电转，凤霄忽然想到一个可能性。

天下武功排名出自方丈洲琉璃宫之手，琉璃宫之武林名谱不能说无一遗漏，但起码也是十有八九。范耘既然跟琉璃宫有关系，那么他也可以动用这种关系，将自己的名字从武林谱上划去。加上范耘无意行走江湖，与人交手不多，自然也就鲜为外界所知。

后背传来剧痛，那是刚才他逼出银针之处，无可避免还是伤了经脉。

但凤霄的手很稳，丝弦从袖中飞出时，一端被他握住，另一端则绷得笔直，在剑光之中铮然作响，破开剑光飞虹、碎雨杀幕。弦音后发先至，传入范耘耳中，蕴含内力的音波撞开他的护体真气，冲入耳膜之中。

范耘似没想到敌人还能聚音成线，化乐为剑，脸上不禁浮现一丝意外之色。

法镜宗以琴入武，若有琴在手，凤霄现在就能轻松许多，但那把珍贵的余音琴已经被他一根根把琴弦拆下来了。范耘这等名士若是知道此刻攻击他的武器出自那把与绕梁齐名的千古名琴，恐怕会气得直接把凤霄乱剑捅死。

但他不知道，所以他的手仅仅是被音波干扰得微微一颤，剑光抖开，又是千万重光幕散开，如狂风奔啸大海，聚起波涛如怒，再次卷向凤霄。

与此同时，凤霄也已身在剑光之中，另一只手又朝范耘弹出一根琴弦。

狭路相逢，正面对决，非武功更高、内力更深者不能胜出。

到了他们这种武功境界的交手，每一刻都会藏着无数变数。范耘心细如发，早已看出凤霄受旧伤影响，右手不稳，力道甚至比左手更弱一些。虽然这种差异极其细微，范耘既然看见，就断无不利用的道理，于是攻向凤霄右侧的剑幕也比左侧更为浓密。

这时，范耘听见了崔不去的声音：“我知道你在帮谁了。”

崔不去的话语如三月春夜里的雨，缥缈轻忽，银针飞毫，但范耘何等耳力，便是对方声如蚊蚋，他也照样能听得清清楚楚。

“你帮的是陈朝天子，并非当今陈帝叔宝，而是先帝陈顼。宣帝长于御下，量能宽大，事有始终，在位十数年，虽称不上旷世明君，也堪为贤君。可惜天不假年，后继无人，犬子不似乃父，令陈叔宝这等昏聩小儿毁了陈朝几代的苦心经营。”

若是可以，范耘恨不能回到片刻之前，令崔不去再也开不了口。可世事没有如果，他既已出手，便无回头之路，只能任由对方的声音飘入耳中。

崔不去不愧是崔不去，句句堪比刀剑，直戳人心最软弱处，将范耘所有的淡定毁去。

“先生你与宣帝相交莫逆，受对方临终托孤，却被托了这么一个扶不起的阿斗。可故友已逝，千金一诺，你只能倾尽全力，如诸葛亮一般殚精竭虑，转圜周旋，甚至不惜挑拨我们与云海十三楼的人相斗，好让陈帝得利。更可惜的是，陈帝根本未能领会你的好意，纵使你武功过人、处处算计，只怕最终也只能重蹈诸葛孔明覆辙，星殒五丈原。明知其不可而为之，先生，这条路还未走完，你已看见尽处了。”

他的语速越来越快，说到最后，已是图穷匕见，字字诛心，剖开血肉直见白骨。

范耘的呼吸微微一滞，连带剑光也乱了分寸。

崔不去那番话，早点说或晚点说，后果截然不同。范耘忽然很后悔，后悔自己一念之仁，刚才没有先向对方下手。

他的失态仅仅是一瞬，但对凤霄来说已经足够。

丝弦破开剑幕，刺入范耘握剑的手，下一刻，凤霄身形已至。

范耘脸色一变，待要后退已来不及了，对方一掌印上他的胸口，范耘随之喷出一口鲜血，身体往后退去。

凤霄丝毫不给他喘息之机，又步步紧逼，接连三掌拍出。范耘硬接了两掌，每接一掌就退一步，脸色就更白一分。在凤霄拍出第三掌时，范耘已经不肯再接，转身便走，纵身跃下山崖，落在下面的石上，几个起落，身影就消失在山雾之中。

“二郎！”

范耘消失不久，一行人匆匆出现，为首的竟是解剑府三府主明月，他身后的解剑府鹰骑还抓着一个老熟人，雁荡山庄的少庄主林雍。

一口气用完，崔不去再也支撑不住，不顾伤口摩擦山石的剧痛，身体直接往旁边歪倒。

凤霄眼明手快，在对方脑袋见红之前将人撑住。

“你来得可真是时候！”凤霄对明月道，半是无语半是嘲讽。

明月苦笑：“他们的巢穴隐藏得如此之深，我寻了半天都寻不到。这还是误打误撞捉住了此人，才让他带路找过来！”

凤霄抬抬下巴，示意明月将林雍的哑穴解开。

林雍的嘴巴一重获自由，立马滔滔不绝喊道：“云天！我从未对你不利，也没帮他们害过你，元三思那厮让我给你下毒，我也没有听从。自从见到你，我就对你心怀仰慕，你哪怕只看我一眼，我心里都是高兴的……”

凤霄嘴角抽动：“把他嘴巴堵了！”

林雍：“别别！我不说了还不行吗？”

凤霄深知此人貌似性情开朗广交好友，实则心机极深，否则也不会以纨绔子弟的外表为掩护加入云海十三楼。不管对方如何唱作俱佳，他都不为所动，只问道：“其他人呢？”

林雍忙道：“起火的时候宁舍我那老匹夫跑得比我还快，我被阵法困住耽误了一阵，出来时便没再看见过旁人，只遇上你的手下了！”

凤霄：“你们的萧楼主呢？发生了这么大的事情，他还能沉住气不出来吗？”

林雍定了定神：“云海十三楼里看重尊卑，我并无机会见楼主，只有范先生和玉秀等人才能经常接触楼主。”

崔不去咳嗽道：“他在说谎，回去时问供，对他用奈何香。”

林雍脸色微变，眼里极快掠过深沉恨意，他双臂一振，竟突然震开左右鹰骑的手，转身逃走。

一道银光从明月袖中飞出，正中林雍后肩，他吃痛摔倒，鹰骑立马扑上去将他制住。

山间又开始下起小雨。

凤霄没有力气和心情在这里审问林雍，便挥挥手让鹰骑将他带回去再说。

明月见崔不去站不起来，就走过去搀扶，崔不去低声道谢，没有拒绝。

身后的凤霄凉凉道："他连站都站不起来，你还要他自己走，这病鬼能走得动吗？"

崔不去只觉脚下一空，人已被打横抱起。

明月是个厚道人，见状吃惊道："二郎，你身上还有伤，不如我来吧！"

"抱都抱了，再转手更麻烦！"凤霄撇撇嘴，"一身血腥泥土味，闻见就难受。你听见姓范的说了吧？你命太硬，谁沾了你就倒霉，虽然我是大富大贵的命，但回去之后你可别妄想赖上我啊，赶紧去找个算命看相的改改命，别让我也跟着走霉运……"

崔不去委实筋疲力尽，对方下山时起起落落，更让他胸口翻涌直想吐血，只能紧闭嘴巴，用仅余的力气翻了个白眼。

奈何香用在不同的人身上，完全是不同的效果。

直到现在，凤霄还记得崔不去忍着奈何香发作时入骨的痛苦，维持一丝理智与他周旋博弈。

崔不去最大的失误，也许就是当初在中了奈何香之后过于淡定清醒，反倒引起了凤霄的警觉和怀疑。

后来，玉秀在崔不去的设计下也中了奈何香，他拼着毒性发作还能与凤霄打一场，甚至逃之夭夭。

与这两个人比起来，林雍就显得不堪一击了。

"林雍已经将自己加入云海十三楼之后的所作所为都一五一十交代了。十三楼内各人职责分明，他负责的是财，萧履为他提供财路，他也帮十三楼赚了不少钱。据他说，云海十三楼势力分散，平日无事时，他们很少相聚。他知道的不多，连萧履在北方还布了哪些暗棋都一无所知。唯一称得上有点用的线索，就是雁荡山庄间接或直接与萧履联系的各种法子。"

明月坐在屋内，向另外两人汇报自己讯问的结果。

"这一次，萧履从头到尾都没有出现，说明他很可能已经察知范耘的异常，根本不会踏入圈套。如今林雍又在我们手里，恐怕这些联系的法子也都作废了，等我们查过去，肯定人去楼空了。

"目前为止，云海十三楼的人，玉秀、林雍、段栖鹄、冯小怜、玉衡皆已铲除，范耘作为萧履最看重的谋士，却背叛了他，萧履也不可能再用他。没了范耘的十三楼，已如龙失一目、鸟折羽翼，近期之内应该不会再生出什么风波了。”

明月虽位列解剑府第三人，但他深居简出，既未在江湖上扬名，也没有在朝堂上立下什么功劳，平日里不显山不露水，很多人都以为解剑府核心在于凤霄，不将这位三府主当回事。但崔不去知道，凤霄成日在外头东奔西跑，京中若无人坐镇，居中协调，解剑府怕是早就维持不下去了。

此人之能，不在出风头撑门面，而在运筹帷幄镇守后方。

若说凤霄是解剑府的羽翼和獠牙，那么明月就是解剑府的心脏。

崔不去思忖间，就听凤霄问道：“那些在山洞里守着的侍卫婢女可有什么交代？”

明月摇头：“那些人是本门派被灭之后为云海十三楼收编的，算不上十三楼的死士，又长年守在里头，大部分一问三不知。不过有一个叫梁风的倒是提供了一条线索，他说上回天南山密会，楼主出现过，还有一个少女，蒙着面纱。他曾听楼主唤她欢娘，二人行止颇为亲昵。”

凤霄下意识望向崔不去：“江湖上有哪个姓名中有欢字的女子？”

崔不去咳嗽两声，拧着眉想半天，给了他一个肯定的答案：“没有，也许是化名。”

他拥被坐在床上，脸色恹恹，就算明月和凤霄二人给他输了不少真气，也不可能让他元气大伤的身体骤然恢复过来。不仅要捏着鼻子喝药，一想到回京之后还得面对左月局众人的苦瓜脸，崔不去的心情实在好不起来。

凤霄武功深厚，固然比他好很多，不过衣服下边也裹着厚厚几圈纱布。

明月见状就道：“善后的事先交给我，余者回京再说不迟。还有一事，天池玉胆我遍寻不至，很可能已经被人拿走了。”

范耘说玉胆能延寿时，崔不去不是不动心的。

生而为人，求生不求死，崔不去自问不是神仙，也无法免俗。但现在听见这句话，他的神色却很平静，毫无意外之色。

也许是他早已习惯上天一次次苛待，在那些困境与难题面前，他学会依靠自己，而不是虚无缥缈的希望。

常人胸口被捅了一刀，尚且要躺个十天半月，他却还能坐在这里与凤霄、明月说话，可见心志之坚，怕是连老天也奈何不了他。

凤霄问：“我们来时还有两名左月卫随行，可找到他们的下落了？”

明月叹了口气：“找到了，他们的尸身在天南山峰下被发现，致命伤在天灵盖，想必是十三楼的人怕留着他们徒生变数，就直接灭口抛尸了。”

凤霄若有所思："一般杀人都是用兵器，鲜有这种直接上手的，应该是元三思或玉秀所为。"

崔不去冷冷道："不管是谁下的手，这笔账都算在云海十三楼身上便是。"

明月道："数遍萧履身边，如今也就剩下元三思和宁舍我等寥寥几人可用。以他的眼光，宁可空着十三楼的位置，也不会将一些徒有虚名之辈充塞进去。我们只要找到萧履，就可以顺势消灭云海十三楼了。"

"恐怕没有这么简单。"崔不去眉间倦意浓重，他连说话声都低了不少，"范耘曾说过，萧履的布置远不止我们所知道的这几个人，以他的聪明，可能早就察觉到范耘的异样。"

凤霄哼笑："这次萧履从头到尾都没现身，也许是想将计就计，用玉秀和元三思的人头来换我们的死。我们斗个两败俱伤，范耘想坐收渔利，殊不知萧履才是黄雀在后。"

明月皱起眉头。先前凤霄离京，只说要去找一把属于自己的琴，明月只当他又闲不住，却没想到会牵扯这么多错综复杂的后续。若非崔不去与凤霄实力强横，运气也不错，现在已经性命难保。

云海十三楼就像一头隐藏在阴影中的庞然大物。当这头巨兽逐渐被他们逼迫显形时，众人赫然发现，它已经张开血盆大口，足以随时酿成巨大威胁。

它的触须与足迹遍布南北，朝堂之高、江湖之远，云海十三楼几乎无处不在。如果连博陵郡守都是他们的人，那是否郡守以下的县官吏员还有十三楼的眼线隐藏其中，郡守以上京城之中，是否又有十三楼的人？

想及此，明月心头一突。

他忽然明白萧履为何屡屡要对凤霄和崔不去下手了。

因为他们所掌管的解剑府和左月局，掌握着朝堂武林乃至番邦塞外大大小小的消息渠道。只要除去他们，大隋就如除去爪牙的老虎，就算看上去还让人畏惧，却已经没了威力。届时，十三楼一直以来所埋伏的那些暗线，就可以尽情施展，无所顾忌。

"我还是有些奇怪。"想通了这一层，随之而来的却是更多疑惑。

明月道："自两晋以来，朝代更迭频繁，其中不乏权臣一夜上位，还有，咳，外戚掌国。但这些人要么兵权在手，要么朝中有人支持。萧履身为南朝人，不得陈叔宝重用，论朝堂人脉，还远远不到改朝换代的地步。

"十三楼的势力大多分散各地，譬如元三思，就算官至郡守，离入主中枢尚早，想要发动一场宫变根本不可能。还有玉秀，就算他没死，没被你们揭穿身份，现在还留在晋王身边，但晋王再信他，也不可能听从他的怂恿去造反吧？

“除非起兵造反，否则云海十三楼布下再多暗线，又如何颠覆天下？”

崔不去沉默片刻，缓缓道：“元三思入朝为官，这些年与哪些人接触过、受过哪些人的提拔、与谁走得近，以解剑府的能耐，想要查出来并不难。”

“多谢崔尊使指点，我回京便查！”这的确是个关键线索，明月忙提笔记下，又将此事关联一一列出，以免遗漏。

左月局无权干涉解剑府做事，换作从前的凤霄，必定出言嘲讽，但现在凤二府主却静悄悄的什么意见也没有，明月心说这是太阳从西边出来了？

崔不去又道：“还有，玉秀跟随晋王数年，必然有意无意引导他与某些人交好，或者让他在帝后面前提出某些建言。此事与江湖无涉，左月局不好出面，解剑府要查，不妨由此下手。只是晋王此人喜怒无常，不大好说话，你们须得费些功夫……”

他的声音越来越小，明月听不清，不禁奇怪抬头，却见对方居然就这么坐着睡着了。

明月愕然。

凤霄已经起身走过去将人放平，盖上被子。

“殚精竭虑，费神过度，崔郎君这样下去，恐怕不是……好兆头。”明月原想说不是长寿之兆，觉得不好，又将话咽回去了。

凤霄平静道：“如果没有这些事情忙，他可能早就倒下了。”

明月不解。

凤霄却没多说，转了话题：“范耘虽然不是十三楼的人，但他的存在十分重要，他知道十三楼许多事情，须得早日将他找出来。找回玉胆和追查萧履的关键，可能也在他身上。”

明月点头应是。

# 第四十三章 樗蒲赌约

梦里似乎有窸窸窣窣的说话声，却听不分明，如同他半生里见过的许多人和事，最终潮水般退去，一切归于寂静。

有很多回，崔不去都觉得自己一旦睡过去就再也醒不过来，那种疲惫至死的倦意从心底漫起，逐渐将四肢百骸裹住，丝绸似的浓密，令人透不过气。但他的命数似乎不止于此，无论梦里如何窒息痛苦，最后依旧能挣扎着睁开眼睛。

就像现在。有时候，连他都佩服自己的命硬。

崔不去盯着头顶的幔帐，缓缓眨眼，用了半刻钟来回忆自己身处何方、为何会在此地。

天南山脚下的小镇，他们从山上下来，明月善后十三楼余党需要一些时间，还得派人将那些侍卫婢女押解回京慢慢审问，所以崔不去和凤霄大可留在此地养好伤再回去。

放在他床头的是一封信，上面有左月局的火漆封缄，完好无缺。信是乔仙写来的，崔不去将其打开，火漆上的标记显示这封信并非机密，所以由官驿送来，估计是被明月或凤霄看见，顺手把信拿过来了。

信上说他们在东海郡一无所获，并没有查到云海十三楼的踪迹线索——自然查不到，因为这条假线索本来就是范耘故意用来迷惑自己，调虎离山的。

之前乔仙在塞外受伤，崔不去原是让她留守京城，谁知她非但闲不住，还跟长孙菩提一道跑去东海郡。眼下毫无收获，字里行间看得出沮丧之意，她请示下一步该如何去做。

外面传来说话声。崔不去点上烛火，将信一点点烧成灰烬，他起身下榻穿鞋梳洗。

桂花的香气从窗外飘入，在经历过那个暗无天日的洞穴之后，就连平静的阴天也变得秋高气爽。

崔不去推开门时，凤霄与明月正在院子里下棋。就算受了伤，这位凤二府主也是不肯安安分分待在床上养伤的。

崔不去仅仅看了一眼，就不感兴趣地移开视线。

明月起身拱手招呼，他的品级比崔不去低，论理是该行礼的。

崔不去点头："三府主不必多礼，你们随意，我出去走走。"

"来一盘？"凤霄喊住他。

崔不去："我不会玩。"

凤霄震惊了："你不会下樗蒲？"

这种起源于汉末的棋类游戏，现今非但流行于京城，市井坊间的高手也大有人在。

崔不去回以无辜的表情，脸上写着"不会玩很稀奇吗？"

自然是很稀奇。凤霄像看一只长了两双翅膀的怪鸟，看了他好一会儿，道："灶上给你留了饭，吃完我教你。"

崔不去摇摇头："我为何要学这个？"

凤霄道："你每日除了公事，还有什么乐趣可言？"

崔不去平静道："公事正是我的乐趣。"

凤霄给了明月一个"我就说吧"的眼神。

明月彻底服了，心道若是毫不尽忠职守的凤二府主能与视公事如性命的崔尊使互相中和一下就好了。面对这样无趣的人，饶是明月绞尽脑汁，恐怕也想不出什么话能聊，只有凤霄兴致勃勃，还向崔不去提出建议。

"我们来打赌如何？我教你规则，我们来下几盘，三局两胜，输家需要答应对方一件事。"

崔不去终于来了点兴趣："任何事情都可以？"

凤霄挑眉："自然，只要我有。"

崔不去："凤二府主说得如此慷慨，可别到时候反悔！"

凤霄微微笑道："难道你想要的是我吗？"

崔不去的腮帮子抽动了一下。

"我要大隋郡县各级官员的名单资料。"崔不去缓缓道。

官员名单吏部也有，解剑府却拥有更多秘密，包括那些官员们的嗜好、纳了几房小妾、睡觉是否打呼等等。

崔不去想要这份名单很久了，今日终于等到机会，如何肯放过。

听见这句话，凤霄的笑容顿时僵在脸上。

明月飞快扭过头，他需要费老大的劲才能控制住自己不发笑。

樗蒲不难玩，崔不去看凤霄与明月下一盘就明白规则了。这个游戏不是光靠脑子就可以，还得有些运气，崔不去运气不错，上来第一盘就赢了。

明月还有些事，先行离开，凤崔二人被包围在满庭的桂花之中，微光从白色与浅黄色的花瓣间隙透下，秋光半暖，风起尘香。

更重要的是，树下有人。有人气，便有烟火人间的味道。

摆棋盘的石桌被擦得一尘不染，连旁边碧绿色的茶杯都像一汪清澈荡漾的绿泉。

不必说，这肯定是凤霄用的。明月熟知凤二的秉性，特地买来新的茶杯，亲自用热水烫了三回，否则凤霄肯定从盘古开天辟地嫌弃到杯底的微小尘埃。

崔不去则双手捧着小米稀粥的碗，一边下棋，一边小口地喝，任由暖流从喉咙流入腹中，缓缓恢复身体的生机。

比起凤霄，他要随遇而安得多。就算现在有人给他一碗掺着砂石的米粥，只要一时半会儿找不到旁的吃食，而他又的确饿了，他也会安之若素地将那碗粥端起来喝掉。

喝了小半碗，崔不去就有点饱了。

他握着碗的手停住不动，看向棋盘，蹙起眉头。

凤霄的眉梢飞起一点得意：“我赢了。”

崔不去面无表情：“这只是第二局。”言下之意，最后一局才决定胜负。

两个在刀山火海里摸爬滚打过的人，经手过数之不尽的珍奇宝物，此时竟因一个小小的赌局而认真起来。

崔不去对那份名单志在必得，而凤霄想要赢的赌局，似乎还从未输过。

明月处理完手头的事情，折返回来观棋，他刚走到小院门口，脚步就停住了。

因为凤霄脸上非但没了刚才的飞扬神采，反而还有点儿凝重。对方看看崔不去，又看看棋盘，脸色微变。

发生了何事？明月有点疑惑，在“走过去触霉头”和“在这里看热闹”之间犹豫片刻，最终选择了后者。

他眼尖地看见棋盘上，属于崔不去的琉璃棋子率先走到终点。

看来是崔尊使赢了，明月暗道。

以凤二素来的骄傲和自信，几乎从未有过败绩，难怪脸色会不好看。

“你根本不是头一回下樗蒲，小招数用得很熟练嘛。”凤霄哼笑一声。

“此话从何说起？”崔不去慢吞吞道，手指在瓷碗身上一下下点着，这意味着他心情不错。

凤霄想，若是早点发现这个小秘密，说不定之前几次交锋他还能提前察知崔不去的意图，掌握对方的心绪。不过现在也不晚。

“一场小游戏还要诈，崔道长不觉有失身份吗？”凤霄一脸无语。

“兵不厌诈。”崔不去眼角弯起，露出这些日子以来难得的真心笑意，“三局两胜，既然我赢了，还请凤二府主遵守诺言，早日将名单给我。”

凤霄：“再来一回。”

“我累了。”崔不去怎肯给他翻盘的机会，随即起身，施施然回房歇息。

明月走过来，看着凤霄跷起二郎腿得意扬扬，身后五彩羽毛都快要开屏了的模样，奇道：“你为何要故意输给他？”

凤霄打了个呵欠：“将欲取之，必先予之，懂不懂？”

明月：“不懂。”

凤霄呵呵一笑：“所以我是老二，你是老三。”

明月抽了抽嘴角：“你说以崔不去的聪明，能不能看出你是有意输的？”

凤霄：“看出来又如何？”

“看出来了还将计就计，说明他根本不在意你的目的，只想把名单拿到手。所以，”明月脸上浮现一丝同情之色，“我不知道你想从崔不去那里得到什么，但很明显，你怎么想，对他来说并不重要。”

凤霄摇扇子的手停了一瞬，他盯住明月，狐疑道：“老三，我怎么觉着你的脑子突然灵光起来了，你该不会是云海十三楼的人易容假扮的吧？”

明月啼笑皆非：“我这叫旁观者清。你平素谁也不放在眼里，连太子、晋王都不例外，哪怕是为了算计别人愿意退让示弱，也算难得了。”

凤霄：“说到晋王，既然玉秀能得他的信任，难保太子与其他人身边不会有十三楼的人。上回我让你查的事情，你查得如何了？”

提及正事，明月收敛神色，摇头道：“太子身边应该没有十三楼的人。宫闱里头，解剑府不好插手，但据我所知，左月局应该也着手在调查。崔不去深得皇后信重，也许查出了什么，你与他朝夕相处，不妨找机会询问一下。”

凤霄道：“我问过了，玉秀一事之后，皇后的确下令彻查过宫闱，也揪出几个可疑之人，但都与云海十三楼无关。往好处想，萧履的手还没能伸那么长，往坏处想，就是他埋的钉子隐藏得太深，一时半会儿还查不出来。但还有一人，此番回京之后你须得好好盯着。”

明月疑惑：“谁？”

凤霄没卖关子："乐平公主。"

明月恍然："你是怀疑千灯宴之后，她身边还有清理不干净的逆党余孽？"

凤霄不置可否："无论如何，公主府内外的盯梢不能放松。"

一年一年，月缺月圆。

过了七夕，秋夕拜月的日子就近了。

本朝开国以来，皇帝并未贪图方便而沿袭前朝旧制，反倒大刀阔斧，迁新都，定新律，减免赋税，休养生息。虽然现在许多百姓都知道朝廷与突厥之间迟早必有一战，但对于他们而言，日常算计柴米油盐的琐碎反倒更重要一些。随着新朝新政逐渐铺开，百姓手头稍稍宽裕，便愿意多买些吃食准备过节，大街小巷更是热闹了几分。

而对达官贵人来说，最近热衷讨论的话题却与秋夕拜月无关，而在兰陵公主和宇文县主身上。

据说向来在帝后面前温顺听话的兰陵公主，在皇后谈及婚事夫婿时，竟提出想要下嫁解剑府二府主凤霄。

虽然人人都知道兰陵公主对凤霄有意，可谁也没料到她会有这等当面向帝后提出的勇气。恰逢这几日凤二府主从外地回京，许多人便抱着看好戏的心思，准备看他如何回应。

至于宇文县主，自然也与婚事有关。

女大当嫁，她的身份却比兰陵公主要尴尬敏感许多。她的母亲乐平公主恨不能将世上最好的夫婿捧到女儿面前，然而事实是，愿意娶宇文娥英的人，乐平公主嫌弃对方门第太低，公主看得上眼的，对方又不乐意迎娶。

于是乎，乐平公主不得不频频出入宫禁，求助于自己最有能耐的母亲。

独孤皇后自然很乐意多看见女儿。膝下几名儿女，唯独在这个长女身上，独孤氏耗费了最多心血，付出的爱也最多。

可惜女儿虽然身份尊荣，作为一个女人来说，命却不是很好。

丧夫无子，膝下只有宇文娥英一女。父母终究会离她而去，当女儿远嫁，乐平公主将来所能依靠的，也只能是当皇帝的兄弟了。

想及此，独孤皇后心中就充满怜爱，她的手有一下没一下地抚摸着掌心的乌发，心疼地看着其中夹杂一两根银丝。

如天底下所有疼爱儿女的母亲一般，哪怕她与皇帝并称二圣，对朝政涉足过深，但她依然是一个母亲，尤其是一个于心有愧的母亲。

"我听说，你最近给娥英挑夫婿都快挑花眼了，世间优秀男儿那么多，竟无一个能让你看上的吗？”独孤皇后打趣道，“难不成你与阿五一样，想找凤霄为婿？”

依偎在她膝上的乐平公主已是不小了，秀丽的脸庞掩不住眼角细细的纹路，但在母亲面前，无论多大，她依旧是那个孺慕双亲的女儿，岁月从未改变过这一切。

乐平公主闻言，不禁“扑哧”一笑：“凤二郎风华正茂，武功才情天下少有人及，阿五少女怀春，为其动心，也不奇怪。若我年轻个十岁，说不定也会像阿五一般呢！”

她口中的阿五，正是倾心凤霄的兰陵公主杨阿五。

皇后笑道：“不孝女，在母亲面前何敢言老！你如今年纪尚轻，又贵为本朝嫡长公主，若有看得上眼的大好男儿，只管问我与你父亲开口便是，何必委屈自己？”

乐平公主神色一黯，默然不语。

独孤皇后缓缓道：“你既然不想守寡，就招个一表人才的驸马，堂堂正正与你出双入对。否则，这世上多的是想要亲近你、借你上位的奸佞小人，千灯宴之事难免又会重演。”

公主忙跪下请罪：“母亲，那一次的确是我识人不清，险些害得太子与晋王为我连累。若他们有个差池，我万死难辞其咎，再也不敢了！”

皇后叹了口气，亲手将她扶起。

“我与你父亲都未怪你，是你太自苦了。宇文赟早已不在，你并没有亏欠他，根本不必为他守寡。你想想，若你的再婚夫婿是五姓七家的名门子弟，有这样一个继父，娥英的过往早晚会被人淡忘，不会再有人时时提起。”

“母亲，这些日子我一直在想，若当初我没有嫁给宇文赟该多好！”乐平公主伏在她膝上小声啜泣。

独孤皇后性子坚韧强横，长女却如此柔弱，不类其母。

但皇后面对这位长公主，似总有用不完的耐心。

“傻孩子，往事不可追，不要总是沉湎于过去。你若不想再嫁，我也不逼你，但娥英的婚事，你相看了这么多的贤才俊彦，可有什么中意的人选？”

乐平公主摇摇头：“看来看去，都有些欠缺。娥英这孩子心性单纯，容易被人牵着鼻子走，我想让她一世平安无忧。”

独孤皇后沉吟道：“既是如此，她的夫婿就得聪明强势，能护得住她方可。依你看，崔不去如何？”

乐平公主心头一惊，她猛地抬头望向母亲！

逆光之中，独孤皇后的表情竟有些看不清。

乐平公主心中是有怨的，但若表露出自己的怨恨，招惹祸患麻烦，就得有解决麻烦的能力。她虽然贵为乐平公主，天之娇女，面对真正能够左右她的权力时，却显得软弱单薄。所以她在帝后面前，从未将这种怨恨表露出来，只能将其深埋心底。

但此时此刻，她望着自己的母亲，心跳加剧，过度紧张之下，连耳膜都“砰砰”鼓动起来，仿佛有人在旁边敲起战鼓，一声一声，将她的心脏紧紧攥住。

有那么一瞬间，乐平公主差点以为皇后看穿了她所有的小心思。

她忽然意识到，面前的这个女人，不仅仅是自己的母亲，也是帝国皇后，更是一位杀伐果断不逊于自己父亲的女性。

“母亲。”乐平公主放软了声音，斟字酌句，“我知道崔先生素来得您看重，否则他也不可能年纪轻轻就执掌左月局。”

独孤皇后拍拍她的手，笑道：“你弄反了，他并非因为得我信任才执掌左月局，他能得到这些，是因为他有这个能力。”

“是！”乐平公主没来由地焦躁起来，不禁提高声音，“但他的身体很不好，母亲，娥英是您的外孙女，难道您忍心让她刚嫁人就守寡吗？”

独孤皇后脸色不变：“崔不去的确先天有疾，但并非无药可救，也无性命之忧，你多虑了。娥英天真烂漫，偏偏身份有异，我知道你们二人只想好好过日子，但那些上蹿下跳的小人不会因此就轻易放过你们。有崔不去在，我也可放心几分。”

乐平公主的脸色“唰”的一下就白了。她本以为独孤皇后只是出言试探，但听这话意，竟是真想将宇文娥英许配给崔不去。

独孤皇后看着她，像在等她的回答，更像是要从她脸上得到答案。

乐平公主从未像现在这样清晰地意识到，母女之间无论有多少温情脉脉，也掩盖不了权力划出来的天堑。

“我只有这一个女儿！”泪水从脸上滑落，无尽委屈涌上心头，她瞬间泣不成声，“母亲，求您了。我保证，娥英她一定安安分分的，我会看住她，绝不让她为小人所趁！”

独孤皇后没有像往常那样柔声安抚她，也没有立马给她一个安心的保证，这让乐平公主的心不断往下沉。

“丽华，你要记得，你姓杨，不姓宇文。娥英虽然姓宇文，但宇文家并不能给她任何庇护。”她听见皇后如是道。

“是。”公主深深俯下身体，表示听懂了母亲的弦外之音。

皇后终于伸手将她扶起来，说出来的话却令公主半点都高兴不起来。

“崔不去除了身体多病，其他样样都好。若等他调理好了，与常人无异，你对这门婚事还是如此反对吗？”

乐平公主心头一颤，她紧紧咬着牙关，顶住头顶温和却极具压力的目光。

从小到大都是这样，母亲决定了什么事，她绝无反抗的余地。

“……是。”

千回百转，无数思虑飞影般掠过，她蓄起半生勇气，才最终吐出这个字。

“罢了，娥英现在也还小，此事先搁置不提。瞧你急的，去将眼泪擦了再出宫吧。”独孤皇后的声音很柔和，似乎没有生女儿的气。

但她也没有给一个肯定的答复，这说明独孤皇后想要撮合崔不去和宇文娥英的心思还未停歇。

乐平公主浑浑噩噩地起身，在宫人的引领下，踩着云朵似的离宫，连背影都显得失魂落魄。

独孤皇后轻轻叹了口气：“出来吧，崔先生。”

转角墙后转出一人，面带病容，步履轻缓。

“你也看见了，丽华秉性柔弱，不像能够操纵云海十三楼的人。”皇后道，“方才我依你所言出言试探，若她心里有鬼，应该将计就计，而非极力反对。”

崔不去点点头：“大公主的确不像，不过还请您暂勿澄清此事。公主回去之后，定会将此事说给身边亲近之人，若她身边还有小人，到时自然会设法应对。天南山之后，敌人一时偃旗息鼓，揪不出马脚。既然如此，那就我们不动，等他们动。”

独孤皇后苦笑：“未曾想过有一日，我还得用对付旁人的手段来对付自己的女儿，早知如此，当初便不该让她入宫。”

崔不去面色淡淡，没有接话。

皇后这句话并不需要任何回应。更何况当初如果没有乐平公主这个前朝皇后，杨坚未必能以外戚身份掌权上位，若时光回溯，只怕他们依旧会将女儿送入宫。

两个时辰后，崔不去带着独孤皇后赏赐的珍贵药材出宫，早已在宫门等得不耐烦的乔仙，一看见跟在他身后的陌生面孔就愣住了。

娃娃脸的年轻将领主动拱手：“在下关山海，右卫将军司马。陛下听闻崔先生在天南山遇险，担心左月局人手不足，特命我随侍左右。”

随侍左右向来是乔仙的职责，她没想到崔不去进宫一趟，身边竟多了个与自己竞争的人，顿时大生敌意。

关山海没什么兴趣与姑娘家争风吃醋，于他而言，从一个右卫司马沦落到当别人的随身侍卫，是一种侮辱。即使崔不去再得帝后看重，保护这个病恹恹的人也不能给关山海带来任何成就感，他宁愿上阵杀敌。

崔不去无意对乔仙多作解释，也没兴趣调解新人与旧人的矛盾，他兀自上了马车，从头到尾都维持着若有所思的表情，心不在焉，这意味着他在思考一些事情，不应该被打扰。

关山海没有坐在车内与崔不去套近乎，主动去外头与车夫同坐，乔仙却忍不住跟进来。

“尊使，皇后为何突然派了个人跟您，是否想要……”她的声音原本已经压得足够低了，此时又低了几分，“监视？”

崔不去摇头：“不必多想，左月局人手本来就不足，你们一旦有别的差事在身，就难免疲于奔波。这次天南山之行，如果我身边有个关山海，也许就能抓住宁舍我。”

乔仙歉疚：“是属下没用。”

崔不去微微蹙眉，忽然道：“乔仙。”

乔仙茫然抬头。

崔不去：“你把我的安危看得太重了，又将自己看得太轻。我对你的期望，从来就不是一个贴身侍女或护卫，你明白吗？”

乔仙静默无语。

每次她不肯同意崔不去的话时，就会以这种方式进行无声抗议。崔不去对乔仙，向来比对左月局其他人多了几分容让，但这次他并不打算继续纵容下去。

左月局两名副使，长孙菩提主外，宋良辰主内，都有各自的职责，再下面是听从差遣的左月卫。乔仙随侍崔不去居多，旁人也将她当作崔不去的护卫，但崔不去不希望她一辈子都困在自己身边。乔仙应该有更广阔的天空，哪怕是去江湖上闯荡，以她的能耐，理应会有一席之地。

看着乔仙不声不响仿佛受了多少委屈的样子，听见乐平公主声泪俱下也无动于衷的崔不去，此时却伸出手轻轻拍了拍她的头顶。

乔仙微微一动，像是用脑袋顺势蹭了蹭，无关男女暧昧，反倒像小动物汲取温度一般。

“我们认识几年了？”崔不去问。

“四年。”乔仙闷闷道。

她记得很清楚。

崔不去的语气很轻松："所以，你也该学会独当一面了。"

"您以后不要出远门了，好不好？"只有在崔不去面前，她才会卸下清冷与坚硬的外壳，甚至用上别人从未听过的哀求语气，"若我不跟着，又有谁能帮您调理身体？"

"最近不会。我带着你给的药，更何况现在有关山海，还有……"崔不去顿了顿，没将"凤霄"二字说出口。

姓凤的虽然处处跟他过不去，但不能否认，两人在大事上配合得不错。天南山上若没有凤霄，而是换作乔仙或长孙，现在他们未必有命在。

乔仙一怔，似乎意识到他的未竟之语，面上掠过难以置信的惊色，却很快低下头，没让崔不去注意到。

随即，她听见崔不去吩咐道："你现在去解剑府一趟，问凤二要那份名单。"

乔仙知道是什么名单，据说那是崔、凤二人在天南山下打赌时，崔不去赢来的。但回京之后，每回左月局派人前去讨要，得到的都是同一个回答：让左月使亲自去。

凤霄似乎早就料定崔不去迟早会妥协低头，就这么老神在在，敞开大门，放下直钩，等着鱼儿自己咬住，但崔不去偏不肯如他的愿，更不肯亲自上门讨要。于是局面就此僵住，不上不下。

"若他还是不肯给呢？"乔仙问道。

崔不去轻轻一哼："你上门去，他肯定觉得我心急了，就算不肯给，也会耍点花招。到时候我再反将他一军，让他赖不了账。"

这语气不像是对付敌人，倒像是熟悉彼此的老对手过招，知己知彼，亦敌亦友。

乔仙发现，去了一趟博陵之后，这两人的关系果真不一样了。

乔仙上门的时候，凤霄正在作画。他心无旁骛，嘴角一抹笑意，看上去兴致不错。

再怎么不情愿，乔仙也必须先行礼。

"左月卫乔仙，拜见二府主。"

凤霄头未抬，画笔也未停。从乔仙这个角度，她看不清对方在画什么，但凤霄的笑容通过笔尖悉数传入书案上的藤纸之中，阳光暖融，玉人执笔，即使是不喜欢凤霄的乔仙，也不能不承认这样的情景很动人。

然而所有美妙都随着凤二开口的那一刻彻底幻灭。

"看来，崔不去还是不肯亲自来。"

乔仙道："卑职奉尊使之命前来拿早该给左月局的东西，还请二府主愿赌服输。"

凤霄对她的冷脸视而未见，依旧笑吟吟道："这是我与崔不去之间的赌约，他若想要那份名单，就让他自己来拿，除了他之外的任何人，我都是不认的。还有……"

停顿片刻，凤霄搁笔，在堪堪完成的画作上欣赏一番后才抬首看向乔仙。

"崔不去与我平起平坐，那是因为他有这个资格。你口口声声自称卑职，语气却半点也不像为人下属，崔不去带你出门，难道指望你如此态度为他分忧解难吗？"

迎着乔仙震惊的目光，凤霄露出一个略带恶意的微笑。

"你虽然懂易容变声之法，也略通医术，但在解剑府里，你这样的人并非不可替代，若我送一个给崔不去，你猜他会不会收下？新人又会不会取代你的位置？"

乔仙心头陡然涌出一股怒气，她想说点什么，话到嘴边又觉得没有必要争辩，最后只化为一句冷冷的话语："恐怕要让您失望了，宫里刚刚派出一名随扈，充任尊使的新侍卫！"

凤霄讶异道："那你不就彻底失宠了？"

乔仙："……"

看着乔仙怒气冲冲离开的背影，裴惊蛰忍不住问道："郎君，若下次崔不去亲自上门，我们真要将那份名单给出去吗？"

凤霄挑眉："他肯上门服软，为何不给？"

裴惊蛰抱怨："但其中不乏各级官员的隐秘弱点，解剑府也是费了不少周折才收集齐全……"怎么能说给就给？

凤霄笑眯眯道："你不懂崔不去，他肯亲自过来，那必定已经做好了付出一定代价与我交易的准备。你都知道单凭一盘棋就将这份名单交出去太吃亏，这个道理崔不去会不知道吗？他压根就没指望过我会轻易给，之所以一直没上门，就是因为他认为左月局暂时没有什么东西能让我心动。"

裴惊蛰越听越糊涂："那您是希望他来，还是希望他不来？"

凤霄没有回答这个问题，转而道："你去打听一下，皇后派了谁给他。"

这不是什么秘密，也不难查，裴惊蛰应声离去，不多时就折返回来。

"郎君，是右卫将军司马关山海。关家三代从军，关山海一手问月枪法驰骋沙场，罕有敌手，若无意外，他将来应该会接替右卫将军，掌管京城右卫。皇后将这样一个人指派给左月使，可见对其看重。"

凤霄嗤之以鼻："战场上的功夫是万人敌，长于冲锋陷阵，却不一定适合当护卫。关山海一路升迁，顺风顺水，又是个有真本事的，一定傲气过人，突然被调去左月局，心里难免不满。"

他说罢起身，一边往外走。

裴惊蛰忙跟上："您去哪儿？"

凤霄背着手，优哉游哉："去左月局看热闹。"

说得好像上隔壁串门似的，明明解剑府与左月局并不相邻。

裴惊蛰："可您刚才还说，要等崔不去服软。"

凤霄道："山不来就我，我去就山。皇后不会无的放矢，她派了个关山海，必是最近有什么新差事需要崔不去出马。我亲自上门让崔不去服软，也是一样的。"

裴惊蛰心里嘀咕：这还叫什么让对方服软，明明是自己按捺不住，主动上门吧？

他跟崔不去打过几次交道，不知怎的，虽然崔不去不会武功，可在对方那双眼睛面前，他立马就觉得自己无所遁形，哪怕什么都没做，也会莫名心虚。

"郎君，您接近崔不去是因为左月局吗？"

凤霄哼笑："若没有崔不去，左月局算什么？"

裴惊蛰不解："可崔不去又有何特殊之处？"

凤霄摇着扇子缓步前行，凉凉道："姓崔的貌不惊人，性情乖戾，吝啬记仇，嘴巴刻薄，得寸进尺，斤斤计较，城府深沉，一肚子阴谋诡计。多病还不自惜，成日里四处蹦跶抢功劳，在博陵郡和天南山，若非有我，他早死了百八十回了。若说特殊，那可能就是特别爱找死吧。"

裴惊蛰目瞪口呆，他只是随口一问，哪里知道凤霄会一下子说了这么多。

既然对方一无是处，为何凤二府主还总要没事找事？

人家安安静静，凤二郎君就非要找人去提醒崔不去，崔不去真派了人来，凤二又吊足胃口，非要崔不去亲自来。

裴惊蛰实在没法想象这样两个人是怎么在博陵待了那么长时间还相安无事的。一山不容二虎，按理说，要么凤霄被气死，要么崔不去被打死，结果什么事情都没发生。

裴惊蛰微觉诡异，又丈二和尚摸不着头脑。

多了个关山海，左月局果然热闹得很。

左月局众人，尤其是能留在崔不去身边的人，无不跟了他许久，得到相当信任。关山海骤然从天而降，却什么都没有，只凭“皇后亲指”四个字，就仅次于长孙和宋良辰压在众人头顶，自然人人注目，私下议论。

乔仙心头憋闷，忍不住当众向关山海提出切磋的要求。

殊不知关山海也自觉屈才，嘴上不说，心里难免不服，便痛快答应了乔仙的要求。

二人在左月局的练武场上交手，不少人闻风而去，将露天练武场围得水泄不通，连崔不去都被惊动了。

乔仙长于飘逸的剑法，关山海则是大开大合的枪法，两人无论武功路数还是生平履历都八竿子打不着，却因左月局而联系在一起。

两人心中都存着一股意气，出手皆未留情。乔仙一身白衣飘然而动，身随剑舞，几乎凭虚御风，唯有眼力不错的人，才能发现她的足尖偶尔碰触地面，足够令人惊艳了。

乔仙不在意任何人的看法，她只是为了要证明自己比关山海更有资格跟随崔不去。

随着锋利剑气扑面而来，关山海目光凛冽，手腕一振，枪花就层层堆叠漫涌开去，挡住了乔仙的攻势。

扫，刺，点，拨。枪法中最常见的几个动作被关山海运用自如，他手中的问月枪已经变成一把具有灵气的兵器，势如破竹攻向敌人。枪头划过空中残留点点寒星，不等众人脑海中的印象被抹去，又一道银色痕迹自枪头划出，前后相连，竟隐隐是个太极八卦的轮廓！

一枪卸去乔仙的攻击，一枪在周身筑起真气，一枪反守为攻，逼近对手。

关山海轮廓分明的蜜色脸庞在烈日下迸发出万夫莫敌的气势，仿佛在他面前的不是乔仙，而是千军万马，而他独自一人在战场上游走，无视强敌，无视周遭，无视生死。

山海倾覆，日月沉浮，草木摧折，春秋混茫。虽千万人，唯一而已！

乔仙发现自己的剑被对方长枪绞住，仅仅一瞬，炫目枪芒已经近在眼前，朝额心刺来！

杀气凛凛，眉间剧痛！

乔仙大惊失色，不得不撤身后退。但她的剑被紧紧绞住无法抽离，即使松手，那股杀气也跟着逼迫近前，令人躲无可躲，逃无可逃！

几乎是同时，两道疾风从不同方向飞掠而来，一左一右击向关山海的双肩。

关山海腾身跃起，避开石子，稳稳落地，反手挽花收枪。

乔仙惊魂未定，再也没脸看崔不去，单膝下跪请罪道：“属下学艺不精，请尊使恕罪！”

崔不去淡淡道：“胜败乃兵家常事，对自己人点到即止，要有分寸。”

前一句是对乔仙说的，后面一句却是在警告关山海。

关山海抿抿唇，拱手道：“属下知错。”

崔不去又转向从外头走来的两人，道：“是什么风把凤二府主刮来了？”

方才那两枚石子，一枚来自长孙菩提，一枚则来自凤霄。

凤霄笑吟吟道：“自天南山一别，崔郎君便闭门不见，我却思念得紧，不过来看看，怎么对得起我们那段同甘共苦、同生共死的日子？”

崔不去嘲讽：“我还以为凤二府主终于想起自己赌输的那笔账，良心发现过来还债了。”

秋风扬沙，将袍角高高卷起。乔仙站在练武场中，遥遥看着两人相对而立。

左月局何等地方，凤霄如何能轻易进来，就算以他的武功谁都拦不住，守门的左月卫起码也会拼死阻止，奔来禀告。但什么事也没发生，对方顺顺利利、畅通无阻地来到练武场。

这必定是因为崔不去事先有过交代，只要是凤霄亲自来了，便不必相拦。

起初明明是不死不休的对手，什么时候起，解剑府的主人还能入左月局如无人之地了？

凤霄不知是否也想到了乔仙正在想的事情，唇角的笑意更深了。

崔不去挥挥手，让众人散去，他则领着凤霄走向池中凉亭。

“凤二府主大驾光临，到底有何贵干？”

闲得没事，过来看热闹的。裴惊蛰腹诽道。

凤霄道：“过来给你送名单呀。”

崔不去蓦地顿住脚步，蹙起眉头：“你何时变得这么大方了？”

凤霄叹了口气：“我知道那份名单对你很重要，你想借此揪出云海十三楼安插在朝中的钉子，可这样要紧的东西，我如何能随随便便就给了？原想等你上门来要，可你迟迟不肯来，我这不就只能亲自过来了？既然你怀疑我的诚心，那我走便是了。”

说罢他转身离去，崔不去下意识伸出手抓住他的袖子。

下一刻，崔不去发现这个动作暴露了自己急切的心情，立马松手。

但已经迟了，凤霄露出得逞的笑容。

“既然你这么想要，那我们是不是该坐下来好好谈谈？”

面对这个人，真是一刻都不能放松，崔不去缓缓吁了口气。

“你要什么？”

凤霄伸出手，摸向他的脸颊。正当崔不去想避开时，对方的手却飞快穿过他耳畔鬓发，上移至发髻，抽下崔不去的玉笄。

他将玉笄在崔不去面前晃了晃。

“为了不让你赖账，我只好将这根玉笄权充信物。”

凤霄还记得那日从山洞出来时对方披头散发的模样，唇色冷白，决绝凛冽，宛若攀缘悬崖的孤松。眼下崔不去的发髻显然还用了别的东西固定住，这根玉笄抽出来也没能看见他头发落下的模样，凤霄有点惋惜。

“恐怕，”崔不去面无表情，缓缓道，“凤二府主要的东西太难，我给不出。”

凤霄高深莫测道：“我还未说，你怎么知道给不出？”

崔不去的视线在他手上的玉笄停留片刻，抿唇不语。

明明有求于人，却连句软话也不肯说，凤霄想道。他兀自把玩手中玉笄。

“我要你——”在对方惊异的目光中，凤霄不紧不慢地补完后半句，“的一个人情。一份名单，换一个天大的人情。记得了，崔不去，这是你欠我的。”

打从六工城起，咱俩就已经纠缠不清了。

《无双·中》完

欲知后事如何，敬请期待《无双·下》。

# 无双（中）


作者
梦溪石

选题策划
知音动漫图书 · 时代坊

封面图
鱼　泡

装帧设计
陈　启

策划编辑
付　阳

执行编辑
邓　苗

责任发行
周冬梅

出版社
中国致公出版社

总出品
湖北知音动漫有限公司

制作出品
知音动漫图书•时代坊

官方论坛
http://xsbbs.zymk.cn

平台支持
知音漫客

**图书在版编目（CIP）数据**

无双. 中 / 梦溪石著. -- 北京 : 中国致公出版社,
2019
ISBN 978-7-5145-1446-9

Ⅰ. ①无… Ⅱ. ①梦… Ⅲ. ①长篇小说－中国－当代
Ⅳ. ①I247.5

中国版本图书馆CIP数据核字(2019)第191350号

无双. 中/梦溪石 著

| | |
|---|---|
| 出　　版 | 中国致公出版社<br>（北京市朝阳区八里庄西里100号住邦2000大厦1号楼西区21层） |
| 出　　品 | 湖北知音动漫有限公司<br>（武汉市东湖路179号） |
| 发　　行 | 中国致公出版社（010-66121708） |
| 作品企划 | 知音动漫图书・时代坊 |
| 责任编辑 | 付　阳 |
| 特约编辑 | 付　阳　邓　苗 |
| 装帧设计 | 陈　启 |
| 印　　刷 | 中印南方印刷有限公司 |
| 版　　次 | 2019年11月第1版 |
| 印　　次 | 2019年11月第1次印刷 |
| 开　　本 | 787mm×1092mm　1/16 |
| 印　　张 | 18 |
| 字　　数 | 313千字 |
| 书　　号 | ISBN 978-7-5145-1446-9 |
| 定　　价 | 38.00元 |